参园

夏鲁平小说集

夏鲁平 ◎ 著

长 春 出 版 社

全国百佳图书出版单位

图书在版编目（CIP）数据

参园：夏鲁平小说集 / 夏鲁平著. -- 长春：长春
出版社, 2025. 1. -- ISBN 978-7-5445-7552-2

Ⅰ. I247.7

中国国家版本馆CIP数据核字第2024FX7062号

参园——夏鲁平小说集

著　　者　夏鲁平

责任编辑　江　鹰

封面设计　宁荣刚

出版发行　长春出版社

总 编 室　0431-88563443

市场营销　0431-88561180

网络营销　0431-88587345

地　　址　吉林省长春市南关区长春大街309号

邮　　编　130041

网　　址　www.cccbs.net

制　　版　长春出版社美术设计制作中心

印　　刷　长春天行健印刷有限公司

开　　本　880mm×1230mm　1/32

字　　数　240千字

印　　张　11.5

版　　次　2025年1月第1版

印　　次　2025年1月第1次印刷

定　　价　59.80元

目　录

吃 喜 儿

一

"你啥时回来？我快挺不住了！"

张明礼刚把强力胶抹在泡沫板上，春兰的电话就来了。泡沫板一米见方，两寸厚，拿在手里轻飘飘的，要是不小心，随时会被风扯跑。贴到七楼那会儿，张明礼眼前出现了一家窗口，他无意看向屋里，可还是看了。他看见一张大床，床上躺着一个睡懒觉的女人。女人突然醒了，猛地背过身去，扯了被子，蒙在头上。被子有些轻，有些短，一双白脚从下面不知羞耻地暴露出来。张明礼看见那双白脚很像春兰的脚，只是指甲涂了红色,比春兰的脚多了些耐看的内容。女人知道张明礼还在看着她，掀开被子，转过身来，张明礼想躲已经来不及了，他看到了女人的脸和一头恣肆的乱发。女人的脸也像春兰，不是一般地像，若不是张明礼脑中有片刻清醒，他很可能喊一声："春兰！"

他把眼前的女人与春兰重叠在了一起，春兰那边就有了感应，电话猛地来了。他站在几十米高的脚手架上，一只手拽住安全绳，另一只手伸到了屁股兜，手机被掏出来，声音很大，犹如春兰整个人空降过来。

春兰问："你啥时回来呀？"

张明礼说："快了快了！"

春兰说："你再不回来，我就挺不住了！"

张明礼来省城长春已经五个月。从五月到九月，市政府开展暖房子工程，给全城每幢楼房加一层泡沫板，泡沫板外面挂上铁丝网、塑料网，抹上水泥，涂上漆，那楼就成了新楼。东北这边的冬天，每年老百姓都吵吵冷，吵吵屋里的暖气片不热。如今政府有了钱，给全市所有楼房做保暖层，每家屋里要比往年暖和多了。不愧是给政府干活，包工队对工人的工资不拖不欠，足月发放，那一沓沓的钞票攥在手里，张明礼心里就是一个乐！

脚手架绿色安全网上挂着红布黄字标语——"加强安全意识，提升城市神韵"，一鼓一荡漫不经心随风飘动着。张明礼接听着电话，手没忘了拽着安全绳，安全绳早就系在腰上，手拽在上面纯属多余，可他还是死死拽住那安全绳。这几年，父亲卧病在炕，张明礼没出过远门，一直坚持在家种地，种的是苞米，这东西每年都会给他带来好收成——那油绿粗壮的苞米秆，能结出两个苞米棒子，粒大饱满。然而好收成未必是好事，张明礼辛辛苦苦忙活了一年，到了秋后，每斤苞米才卖个三毛五毛。也就是说，卖一吨苞米的钱，买不回一吨煤。头年冬天，春兰真拿苞米粒当煤烧，眼看着那金黄的苞米粒一锹锹扔进灶坑，翻卷起旺盛的火苗，从灶坑口舔出长长的火舌，燎到半空，春兰的心痛着，眼泪流出来，却一句话也不肯说。张明礼看在眼里，记在心上，知道春兰肚子里憋着一堆话要说呢。也就是从那时起，他铁了心想要出去做事，可他在村子里两眼漆黑，怎么做？春兰说："找王光胜。"王光胜是村里唯一一出去干事的人，秋天回来时，还张罗吃喜儿，说他在城里买了房子。那房子在哪儿买的，多大面积，新房还是旧房，花了多少钱，大伙都没好意思问，只管跟过去吃喜儿了。那天，春兰把炕柜掀了个底朝天，从箱子底拿出五百块钱，包上红纸，写上钱数，再写上张明礼的名字，就给王光胜送去了。那次吃喜儿，王光胜在自家院子里摆了二十桌，吃的是流水席，来人随时上桌随时吃。酒足饭饱，想离开就离开；还想吃，再来。有屁股沉的，从中午一直吃到晚上，也不觉得撑得慌，好像不把那礼钱吃回来，对不起自个儿。那次吃喜儿，春兰受到不小的震动："看看人家王光胜，越有钱就越有钱，先不说他在外面挣了多少，光这顿请吃喜儿，红包少说也得收个几万。"吃喜儿过后，张明礼便找王光胜，三番五次设计酒局，终于有一天把王光胜喝软乎了，两人摇摇晃晃脚底没根儿地走出饭店，王光胜说出一句掏心窝子的话："你的心思我明白，有机会我一定带你出去。"

张明礼来到省城长春，最初他跟王光胜说："想参观参观你在城里买的房子。"王光胜嘴里答应着，始终没领着他去。王光胜已是半个省城里的人，城里人讲究的是隐私，他不想让张明礼看他的房子，自有他的道理，张明礼也不必强求，强求了，好像人家前些日子买房子吃喜儿是骗取钱财。张明礼不再提王光胜房子的事，为了表示友好和感激，张明礼还特意给王光胜买了两条烟。两人相安无事地在一起干了两个月，张明礼以为往后他们会在一起热热乎乎守候一个夏天，可没过几天，王光胜忽然跑到另一个包工队去了，那个包工队比这边大，各方面条件也比这边优越，搞的暖房子是一个花园小区，那花园小区离他这边有三四里。晚上吃完饭，张明礼总要给王光胜打电话，两人凑到一起，走在灯火通明的街道上，看街景，看大热天戴着口罩、围着纱巾脚步匆匆疾走的路人，那些路人很像是他们出家门时追赶长途汽车的样子，他就想到了他们的村子，这时村子夜晚的街上肯定是黑灯瞎火的，没什么意思……不久，王光胜干的那个花园小区暖房子工程完工，他跟着包工队去更远的地方，两人很难再见面，只是晚上通通电话，算是相互有个照应。后来，连通电话的时候也少了，见面的机会更是没有。也许王光胜跟张明礼在一起腻歪了，有意与他失去了联系。

　　张明礼现在干活的地点是旧式楼房，脏乱差。早年各家安装固定电话时留下一团团黑乎乎的电话线，扭结着裸露在楼外的墙壁上，很是让人头疼。施工时，工人们尽量给那一堆电话线空出位置，又要贴好每一块泡沫板，工程进度比王光胜那边的花园小区慢了不少。尽管慢，工人们也一定要保质保量，上面检查很严格，糊弄不了。张明礼在工地上干了一夏天，现在进入了工程尾声。离家五个月，时间说长不长，说短也不短。在离地面几十米的空中接听着春兰的电话，他对溜号时贴上去的泡沫板很不放心，又不自觉地伸手扶了一把泡沫板，扶不动的，强力胶早已把泡沫板和墙皮牢牢黏在了一起，很是端正。头顶的蓝天像水洗一般透彻,还飘起几朵白云,闲来无事地慢慢游走。

春兰说:"我有点儿挺不住了!"

张明礼说:"我回去,怎么也得十来天。"

春兰说:"我真有点儿挺不住了。"

张明礼说:"我们现在是一个萝卜一个坑,你让我怎么回?"

张明礼想多问几句父亲的情况,春兰说:"爹这几天有点感冒,还是等你回来再说吧!"

二

张明礼坚持干完最后十天活儿才回到家里。他家的房子跟村里的所有人家没什么两样,分东西两屋,东屋住着他和春兰,西屋由父亲独占一间。两屋中间隔着的外屋,是烧火做饭的地方,平时放酸菜缸、堆积烧灶坑的苞米棒子和苞米秆。张明礼进了家门,直奔西屋,屋里特有的气味,让他想起了久违的亲切与温暖。躺在炕上的父亲,比以前还瘦了,瘦得干瘪了。他出门这五个月,父亲知道吗?现在他好像什么都不知道了。在工地最后十天里,春兰每天晚上都打来电话,她满脑子装的全是吃喜儿、吃喜儿。"家里有什么喜儿可吃?"张明礼有些不耐烦了,"我说过,这里只能再干十来天!"春兰问:"十来天是几天,是十天,还是八天、九天?"春兰让他到包工头那儿问问,他们工期最后一天究竟是多少号。张明礼几次碰见包工头,也想问问工期结束的准确日期,可话到了嘴边,他又收住了,这话没法问,一问,包工头以为他不安心工作,不安心工作的工人,来年开春暖房子工程开工时，还能用他吗？张明礼很想给包工头一个好印象，为以后进城干活打个好基础。

张明礼说："想办吃喜儿，你办呗，总催我干啥？"

春兰说："我快要挺不住了！"

等张明礼他们包工队将一幢旧楼贴完最后一块泡沫板，包上铁丝网，刷上水泥浆，再上一层涂料，天刮起了风，他看见那个睡懒觉的女人走出了家门，走在街上，把披在背后的长发撩到前襟，绾成一缕，横捂住半个脸，歪头躲避起风……心里就怅怅地想：这个城市有那么多窗口，住着那么多人家，真是舒服呢！这么想着，他的情绪又很快地过去了。几场小雨过后，黄色的杨树叶子落了一地，包工头脚踩着一层湿乎乎的树叶说："今年就这样了！"

张明礼听出包工头想收工的意思，再干活，得等来年春天。他把手里的工具相互摩擦着，擦掉黏在上面板结的水泥，"咔咔"响亮地磕碰几下，麻利地拾掇起来，跑回工棚，走到自己的铺位，没有片刻停留地揭起褥子，卷起了行李，捆上绳子，就等着包工头一声令下，他背着行李走人，回家见他的春兰。从外面磨磨蹭蹭进来好几个工友，看见张明礼捆好的行李，咧开嘴笑了，说："再急今天也得住一晚上，明天拿了工资才能走。"张明礼想想也是，工资还没拿呢，怎么急都没用！他失望地解并捆绑好的绳子，重新慢悠悠地铺上褥子，走出工棚。这回，他主动给春兰打了电话，说："工期结束，明天拿了工资就可以回家。"说话的时候，张明礼感觉春兰在默默地抹眼泪，有什么事值得抹眼泪呢？张明礼不想多问，放下电话，走回工棚。

早年他们村子里有个奇怪的现象，像他这个岁数的男人，都娶了外村女人，村子里的姑娘，也都嫁到外地，嫁得离城里越近越好。出嫁似乎也有一定的规律，村里的愿意嫁到城郊，城郊的直接跑到了城里。在村子里，唯独张明礼和春兰看对眼儿了，看对眼儿的原因，是两个人都优秀，谁都比不了，优秀的理应比别人过得好，可几年来，他们的日子总是赖赖巴巴半死不活。更重要的，就是村子里几十户人家，在一起住久了，也都有那么一点血脉相连，什么七大姑八大姨，绕一个弯，顶多绕两弯三弯，都能把表面毫不相关的两户人家藤藤蔓蔓理清了，不仅是本村，与外村也是一样，方圆十几里地之内，亲戚套着亲戚，关系连着关系，人情往来，不可缺少，很是拖累人的。

这回春兰要办吃喜儿，也是跟亲戚有关。春兰说："以前咱家穷，谁家有个大事小情，还掂量着是不是告诉咱们；今年你出外干活儿，他们知道你挣大钱了，屁大点的事，都来找我，找我，我就得去，去了，总不能空手，要带上三百五百的礼钱。你出外挣的这五个月的工资，已被我送出去两个月，一万七八千块。我真的挺不住了。怎么花的？前院老毕家，也就是孩子他二表姨儿子升学，我给拿了五百，后院老葛头过生日，我给人家拿了二百，还有村东村西、村南村北，很多人家有事，平时低头不见抬头见，我能装聋作哑不露面吗？"

张明礼闷头不语。

春兰说："这样下去，我真挺不住了。"

春兰还讲了他表舅，村子里那个杀牲口的屠夫。大概七月份的时候，他表舅的孙子生病，春兰拿去一百块钱，他表舅当场"吧嗒"一下把脸拉下来，不高兴了，说："这点事还值得你跑一趟？"他表舅让春兰加他手机微信，"以后有什么事，那点钱用微信红包支付就行了！"你说气人不气人？最气人的是，他当着春兰的面，拿手机叫了一辆车，要带孙子进县城看病，还说："这一百块钱要是用微信支付就好了，正好够去县城的车费，到了地点，用手机往司机手机里一划拉，就完事了，省去了多少麻烦！"春兰回到家，气还消不下去，生什么气呢？她花一百块钱去看他表舅的孙子，已经给足了面子，怎么花钱还用他告诉吗？这时的春兰就想到，他表舅不高兴可能事出有因。两年前张明礼父亲倒在炕上，村里村外很多人都来看望，送来了不少礼金，他表舅是不是也送过呢？这样一想，春兰赶紧打开炕柜，翻出当年记下的礼单，眼睛在那密密麻麻的小字上扫来扫去，终于把他表舅的名字扫出来了，名字后面标注的是二百块钱。春兰的确把这个茬儿忘得一干二净，赶紧拿出手机，用微信红包往他表舅手机里发了二百块。这样，不但还了人情，又多出一百块表示了心意。他表舅这回高兴了，马上在微信里发出了一个"龇牙笑脸"。

这几个月，哪家婚丧嫁娶，孩子出生，老人寿宴，盖房子上大梁，春兰都得出面到场，礼金都是他送我二百，我还他三百，他送我三百，我再送回五百。越送，钱越翻倍地疯长，各种名堂不断涌现，花样翻新，有的人家搞一次两次还算说得过去，可有的人家要搞三次四次！人活一张脸皮，明知道是怎么回事，谁都不愿意挑破了，只能硬着头皮拿了钱去，有点打掉牙自己往肚子里咽的意思。

八月份，村主任进省城长春办事，顺便买了一张彩票，也不知手气咋那么好，一下子就中了，两万块！回来时，说现在有"八项规定"，这喜儿不吃了。可不知怎么，他又偷偷摸摸吃上了！春兰想，人家是村主任，说不定什么时候用得着，不能像对待普通人家那样拿个三头五百就了事。这样一盘算，春兰随礼的价位一下子蹿到了一千。不用问，村里所有人家至少拿一千，都拿一千，肯定不能给村主任留下什么印象，再说，村里所有的人都知道张明礼出外挣大钱了，挣了大钱，手再抠门儿，会惹人恨的。春兰掂量来掂量去，一咬牙一跺脚，干脆拿出红纸包了两千块，给村主任送去了。送就送了，春兰心甘情愿，哪承想，不到一个月，她还没容空儿跟村主任说句热乎话呢，村主任竟调走了，走得突然，让人一时脑子转不过弯来。没多长时间，村里来了新主任，有人张罗接风，春兰又毅然送去两千块钱。想一想，这钱送得多少有点冤枉，新主任接了钱还没过几分钟呢，就不知道春兰是谁了，有两次，竟把她当成了孩子他二表姨。这前前后后一折腾，春兰拿出去四千块，这四千就这么轻易打了水漂儿没影了。说来也是，谁让人家是村主任了，谁逼着你往出掏钱了？还不是自己放不下那张脸皮，这事怪不得村主任。

春兰说："咱得想办法儿整点事，不然那些钱收不回来了。"说着话，春兰从炕柜里扯出去年张明礼穿过的棉裤，翻开裤裆，准备添些棉花，找块布补上。张明礼盯着春兰插针挑线不停剜动的手腕，怎么也想不明白自己为什么烂裤裆。裤裆处的棉花一疙瘩一块儿的，滚成了几团，让张明礼不由得想起冬天冷风灌钻的滋味……这样的人，怎么能算有大钱了呢？

张明礼说："咱能整啥事？没事可整！"

春兰说："我们总不能瞪着眼睛看人家整！"

张明礼没话了。

春兰说："你说这事，在电话里一句两句能跟你说明白吗？我盼你早点回家，就是想跟你在一块儿好好商量商量。"

张明礼说："可我们实在整不出什么事。"

"不会开动脑筋好好想一想！"春兰抬起头，伸起长脖子仰脸朝天地说："我问你，这次进城，你看见王光胜新买的房子没有？"

张明礼抽动了一下鼻孔，弯曲起食指揉搓着，默默摇头。

春兰说："我就猜你没看见，上次去他家吃喜儿，我们拿了五百块，到现在连他的房子影儿都不知道在哪儿，你说这事，是不是有点那个……"

"哪个？"

"你自己寻思去！"裤裆补完了，春兰牙齿"咯嘣"一声咬断线头儿，把棉裤扔到了他脸上。

三

春兰也要办一次吃喜儿，理由是，有了钱的张明礼在省城买了一个喜庆的房子。买房子是好事，值得庆贺庆贺！

风声放出去，春兰满面春风见人便打招呼，让全村人知道得越多越好。

躲在屋里的张明礼脸上臊得青一块红一块，乘人不备，扯住春兰衣袖，撕撕巴巴往家里拽，进了屋，关上门说："你这是骗人！"

春兰狠甩了一下胳膊说："一边待着去，我怎么骗人了？王光胜能在城里买房子，就不兴咱买？"

张明礼说："可咱真没买！"

春兰说："我张罗我的，你别跟着瞎胡搅！"

张明礼说："咱爹刚得病时，大伙都拿了钱，这回你再让人家拿，总不是那么回事。"

春兰说："那是两年前的事，礼钱早还回去了，要是咱家现在还不张罗，可要亏大了！"

春兰转身去了外屋，开始熬猪食，大白菜帮子加苞米面，外加豆饼。苞米面是自家磨的，有些粗糙，喂猪正好。豆饼是从外村一家小榨油坊买来的，这两样东西能使猪长得肥、长得壮、长得快。猪食熬完了，舀进水桶，拎到猪圈，隔着栅栏哗啦一下倒进猪槽里。张明礼闷声看着正在晒太阳的懒东西一跃而起，奔向猪槽，吃得卖力，知道春兰一定要杀这口猪了！这猪本来准备年底杀的，春兰为了办吃喜儿办得敞敞亮亮，等不及了，非杀不可，只有杀了猪，请了人家，人家才觉得这礼钱没白拿，即便有人怀疑他没买房子，也说不出什么，杀了这猪，等于把人家的嘴堵上了。

春兰还给猪增加了喂食次数，由每天三顿改成了四顿，猪食也由以前的汤汤水水变成了稍微黏糊的大餐。张明礼从屋窗口看着春兰里里外外地忙活，总是缩头缩脑羞于出门。

孩子他二表姨从他家院门口路过，问春兰："怎么，这是要杀猪呀？"

春兰仰起脸，伸长着脖子，笑眼眯成了一条细缝说："这不，大伙儿要过来吃喜儿，我得给猪加强营养，杀了，肉也好吃！"

孩子他二表姨说："你也真够破费的了！"

春兰故意扯着嗓门儿喊："这有什么，都是乡里乡亲！"

春兰能干，远近有名，眼见着圈里的猪稀松的皮肉圆滚滚撑起来，肥了一圈，浑身的黑毛也油光锃亮，根根直立，长势喜人啊！闲下来，春兰盘腿坐在炕头，找出日历，往手指肚上喷了唾沫，一遍遍翻弄，很快将吃喜儿的日子定下来——十月三十日，阳历阴历都是双。这日子好，既把吃喜儿的事办了，又免了年底杀猪。每年春天，张明礼都要进县城抓一只猪羔子回来，养上一年，到了年底宰杀时，家里摆两张大桌子，招呼村子里每家主事的男人过来吃一顿。那个时候，灶坑里的火一天烧个不停，大锅里不断煮着猪下水——猪腰子、猪肝、血肠，还有五花肉酸菜。酸菜缸里的酸菜吃下去半截，到了半夜人走茶凉，清点一番，一百多斤的大猪剩不了几斤，赶紧收起来，跟猪头猪蹄收拾在一起，埋进院子雪地里，外面扣上一口废弃的大铁锅，锅底压上一块大石头，这点儿肉只能春节时拿出来，而猪头呢，往往要存到二月二龙抬头……春节的日子就这么过去了，每家都一样，你请我，我请你，兴高采烈的。

春兰准备提前把猪杀了，少了春节时的折腾，张明礼没什么话可说。

可事情到了这个节骨眼儿上，张明礼还在问："人家要是问我房子的事，我咋回答？"

春兰说："不会回答你就闭嘴，到时候我跟他们说！"

张明礼问："你怎么说？"

春兰说："王光胜怎么说我怎么说，学话还不会？笨蛋！"

张明礼问："那万一说露馅儿了咋办？"

还没来得及回答，屋外院子响起了动静，后院老葛头推开屋门进来了。

"你小子可以呀，听说出外干活儿挣大钱了，还买了房子，多大面积？"脚跟还没在外屋落利索，话匣子就打开了。

"不大，不大，也就五十多平，二手房，没啥显摆的！"春兰推开里屋门，咋咋呼呼迎了出去。

"花了多少钱？"

"没几个子儿，明礼刚进城才几个月，能有几个子儿？贷款买的。"春兰敞开门，把老葛头请进了屋里。

"祝贺祝贺！"老葛头抹了一把上嘴唇滞留的清鼻涕，手摸进了怀里，扯出一个红纸包，撂在炕沿上。

春兰说："你这是干啥呢！不用这个，到时候，你人过来就行了！"说着，拾起红纸包往老葛头里怀里塞。

老葛头躲闪着说："多少是这个意思，你收下！"退出屋，人走到外面，又说："到吃喜儿那天，我再过来！"

春兰已追到门外，手里捏着红纸包说："那就谢谢了，到日子一定过来！"

越临近吃喜儿的日子,张明礼越是紧张。紧张什么？心虚！春兰倒是脸不红不白，自然得很，张明礼真是佩服她了，佩服

得一个劲儿摇头叹气。几天来，他越发不想出门见人，生怕有
人问起吃喜儿的事。连去院子里的茅坑，也提前一两秒钟望一
眼院子，确认没有外人从门口路过，才贼头贼脑地快速打开房
门，低头一路小跑。进了茅坑办完事，再从木板缝朝外瞄几眼，
提上裤子跑回屋里。春兰看着他，说："你堂堂一个大老爷们儿，
心里咋就经不住事呢？"张明礼不想反唇相讥，头一低，栽进
西屋，看他爹去了。春兰的谎话，张明礼不是不会说，他总觉
得那话要是从自己嘴里溜达出来，不是那么回事。他还有个预感，
三十号吃喜儿那天，春兰一个人答对不了那么多嘴，有人肯定
要问房子的事，到那时，张明礼是逃不掉的，他必须回答。这
样一想，又是一阵紧张，但他对那假想的房子已经有了具体概念：
五十平，二手房，贷款买的。回答起来不应该太困难，没必要
紧张。要是有人问他更具体的细节，他也想好了，比如房子的
地点，他可以绘声绘色地说出搞暖房子那个老楼区，人家要是
问他房间结构，他也可以饶有兴趣地把看到的那睡懒觉女人的
房间描述一下。

日子风驰电掣般到了二十七号，春兰干活大包大揽，忙得
风风火火疲惫不堪，张明礼也插不上手。

二十八号一眨眼到了，这天早晨要杀猪。好几天前，春兰
就将杀猪的事告诉了他表舅，大刚放亮，他表舅带着一套杀猪
的工具，用帆布裹着，人就来了。昨晚，春兰没给猪喂食，特
意空一下猪肠子。饿了一宿的黑毛猪，自己拱出了猪圈，可怜
巴巴地拱起了房门，但无论它怎么拱，春兰都拉紧房门屏住呼
吸不动声色。这猪还拿春兰当好人呐，拼命地拱门，不知道春

兰为了自己的那点小心思，要把它提前解决了。他表舅进了院子，走到门口，蹲下，给猪挠起了痒痒，黑毛猪暂时忘掉了饥饿，很享受地哼叽叽地躺下，四脚张开，丝毫没有察觉这温柔的欺骗。一根麻绳，早已神不知鬼不觉地系住了黑毛猪两只前蹄，再一拽绳头，前蹄并拢，还没等黑毛猪反应过来是怎么回事，两只后蹄也被并拢在一起。他表舅站起身，操起门框旁边的木杠，顺势穿过四蹄，然后大喊张明礼。张明礼磨磨蹭蹭来到了院子里，接过木杠，他在前，他表舅断后，一声号令，木杠上肩，黑毛猪被抬起来了，才知道嗷嗷挣扎，但为时已晚。两个人紧走几步，来到院子里那张早已放好的矮腿炕桌前，放上猪，抽出木杠，他表舅唱："猪哇猪哇莫见怪，你早晚是锅里的一道菜，我大外甥家办吃喜儿，请你多担待呀！"唱罢抡圆了木杠，落在了猪脑门儿上，叫声戛然而止，打晕了的猪，看不见人的行动，他表舅心坦然了，一尺多长的尖刀从容地抖落出帆布包，伸开手指头捻出，按向猪心口儿，停留处，刀尖捅入皮肉，再加一把劲儿，长长的家伙就短成了一个把柄。张明礼的心一紧，知道这就是吃喜儿的结果。吃了喜儿，他家那房子在哪儿呢？这样一想，就感觉那五十平方米的二手房在眼前晃悠开了，房间跟睡懒觉的女人房间一模一样，只是一张大床上躺着春兰……张明礼端来空盆，撂在桌下刀柄处，他表舅手腕一转，抽出的尖刀，带出一条血溜儿，血挺着劲儿抛入盆中，泛着泡沫儿沿着盆壁打起了旋儿。张明礼脑子里也开始打旋儿了，猩红的血泡沫好像灌进了他脑子里，眼前所有的东西都红彤彤的，那五十平方米的二手房也是红的，红得不像是虚拟，不像是幻觉，而是实实在在存在着……好长一段工夫，那血一点点渐弱，弱成点滴，血盆已满，端到别处，等稍后灌血肠，他的脑子里的猩红血泡沫还挥之不去……

春兰点燃了灶坑，塞进脱了粒的苞米棒子，烧开一大锅水。灶坑的火苗拧着劲儿、撒着欢儿奔腾。他表舅手持尖刀，在衣袖口来回翻腾抹去血水，塞进帆布包里。他又抽出一把小短刀，手脚利索地将猪后蹄绳扣解开，一舀冷水泼向蹄跟，刮去一小片黑毛皮，在皮肉上切开一个小切口……这猪还是杀早了，他应该让它多活两三个月才是，张明礼很后悔没阻拦春兰……他呆呆地看着他表舅拎起一根铁钎，插入那个小切口，铁钎向前行走处，皮层隆起，到了脖颈，抽出铁钎，他表舅嘴贴切口，两腮帮鼓起，额头青筋毕现，眼珠猩红，呼呼吹气——用嘴吹进气肉才香。他转过念头又一想，看春兰那热血沸腾一意孤行的样子，谁能阻拦得了？吃喜儿吃喜儿，吃的是哪门子喜儿呢？自欺欺人也罢，竟活活提前害死了一口猪！他表舅边吹边拿一根柳条抽打猪身，皮层渐渐涨起，猪变得滚圆，松开嘴，用麻绳系牢切口，后蹄再次并拢系住，张明礼感觉自己的手脚也紧绷绷的，被绑架了似的松弛不下来！他表舅喊："水烧开了没有？"春兰推门探出头说："早就开了！"那声调氤氲起让他难以述说的怨气，可他不能发火，不但不能发火，一点不高兴的意思都不能表现出来，怎么说春兰都是为了这个家！看着春兰拿两根木桦子横在锅沿上，张明礼又走到院子里，帮着他表舅将木杠重新插入黑猪四蹄中间，两个人一起扛起木杠，抬起那死猪，进屋，撂在横在锅口的木桦子上，往猪身上浇热水。他表舅拿出刮板，咔咔咔，刮板所到之处，黑毛翻飞脱落，眼见着一条圆滚滚粉白的肉身显现，再从锅口将这粉白的家伙抬下，撂到院中矮腿炕桌上，下一步开膛破肚。再过两天，这东西就被剁成无数个肥肥腻腻的碎块，香喷喷地钻进全村吃喜儿人的嘴里，然后，然后顺着肠子溜跑了。

这时，西屋窗框上透露出一丝响动，是一件东西碰撞另一件东西的声响，杂乱、软绵、有气无力，又似有似无，蚊虫一样响在张明礼耳郭。一下，两下，三下，四下……又掺杂起快要散了架风箱似的声响。张明礼脑袋"嗡"的一下，猛地打个激灵，胳膊泛起一层立着汗毛的小疙瘩！从早晨到现在，父亲的吃喝拉撒，他怎么全给忘到脑后了呢？慌忙转身跑过去，打开西屋门，张明礼简直不敢相信，父亲居然自己坐在了炕上，他能坐起来了，真就坐起来了！张明礼惊喜得眼泪都快出来了，双臂颤抖着扑过去，在炕上跪起双腿，两只手轻轻托住父亲的后背。

父亲比前几天清醒了，他扭动着脖子，想转过脸来，脖子就僵在那儿，嗓子里响起了呼噜噜的痰丝声。张明礼轻轻将耳朵贴向父亲的嘴边，闭起眼仔细地辨听。

"你……闹……别……扭……了？"

"咱家杀猪了，等一会儿吃肉。"张明礼扯过一条厚被，垫在父亲腰部。

"春……兰……一……心……为……这……家。"

"我知道我知道，什么事都没有，你就别操心了！"

张明礼撤下厚被，扶父亲慢慢躺下。现在，手里的父亲只剩下一把老骨头，他必须慢一些，再慢一些，不能出现任何差池。屋子里弥漫着一股酸腐的气味，那是父亲身体的气味。张明礼静静地坐在了炕沿上，听父亲长短不齐的呼呼噜噜声，嗓子里似乎也有一种不自在的反应。吞咽几下口水，在屋里轻声挪动起脚步，又很快停下来，他重新坐在炕沿上，耳朵屏蔽掉了屋外所有的热闹，眼睁睁看向父亲。刚才父亲的举动无疑是临终前的回光返照，他很快就要不久人世了，这样想着，落日已悄然拖走了屋里的最后一缕光线，夜晚来临，他打开灯，看向父亲。父亲静静躺在炕上，额头的抬头纹开了，他想不到父亲这么快开启了抬头纹。抬头纹一开，人就不行了。张明礼极力控制着抖动的手脚，喊："春兰，找衣服。"

春兰惊骇地出现在西屋，问："你怎么不早喊我？"忙忙乱乱为父亲穿上寿衣，灭掉屋里所有的灯，停留半晌。静默中，张明礼和春兰悄悄退出屋来，打发走他表舅，关上了院门。矮腿桌面摊着劈开的两条猪肉，就那么放着，地上腥臭的血水也没人扫。晚上八点，一沓烧纸挂在了门外，院门紧闭，躲在东屋的春兰终于哭出声来。

"爹呀，你走得真不是时候，你知道不？后天咱家请人吃喜儿，等我办完吃喜儿你再走不行吗！"

张明礼说："这事爹还听你的？"

"爹呀，你咋不咬咬牙挺几天，等我办完吃喜儿，再给你办白事，咱家可以收两份，两份那个呀！"

忽然，春兰的脸，掠过一个火辣的脆响。她愣怔着，嘴里发不出声来。

张明礼手指麻木着又挥起拳头，重重砸出去……心，紧跟着拳头与门板爆出的山崩地裂般的声响，一落千丈。

"你会不会说句人话?!"

春兰晃晃脑袋，手背抹向嘴角，抹出血来，她"哇"地疯张了，挥舞的手臂如两杆草耙子耙向张明礼："你打我，你敢打我?!我不活了……我的天呐，打老婆的男人，还是个男人吗……"

村子里一派寂静，春兰一声高过一声的尖厉嗓音，撕扯着夜晚的天空，每家屋顶灰尘都在"噗噗"地颤抖不已。有人打开房门，张大了不会动弹的嘴巴，失神地张望过来。不一会儿，他家的院门口聚集起花花绿绿高矮不齐的一堆人，七大姑八大姨都急火火赶来了，可他们谁都打不开院门，门上着锁。有些人翻墙跳进院子里，咚咚敲响房门，看见屋里春兰鼻孔里支棱着一团儿报纸，在屋地晃动着，却怎么也不给开门。那些人又跳出院墙，颓丧着脸，知道后天无论如何吃不上喜儿了。

四

紧闭了两天的院门打开了。张明礼猜到大伙儿还在等着来奔赴丧宴，可他就是迟迟没有动静。即便没有动静，孩子他二表姨还是来了，他表舅也来了，七大姑八大姨都来了，他们带来了用白纸包裹着的礼钱，在屋里默默地站了一会儿，离开。因为没有丧宴，来的人的确比想象的少了一些。天下起了一场雪，雪后的村子一派清冷，淘气的孩子们不知深浅地在街上玩起了雪爬犁。老葛头站在自家院门外，拿着没有擦净灰尘的唢呐，哆哆嗦嗦举在嘴上，时断时续地呜呜咽咽吹起来，为亡灵送上最后一程。在冬日的干冷中，披麻戴孝的张明礼请来村里的四个壮汉，抬着父亲的棺木，踩着咯吱咯吱的厚雪，顶着簌簌细风走出肃杀的村子……院子里那头猪，已分成了七八块，摊放在矮腿炕桌上。下葬完父亲，张明礼让他们每人拿走一块，剩下的，埋进了雪地里，雪一旦在地上存留，寒冷的冬天就真正来临了……张明礼没办丧宴，也没让村民们感到有什么可奇怪的，他们两口子打架打成这样，哪儿还有心思张罗？即便他勉强张罗了，这饭能吃出滋味吗？

肯定没滋味！

开春的时候，张明礼又要进省城长春搞暖房子工程了。那个工地，是去年旧楼群留下的尾巴，还有三幢。干完这三幢楼，他们还要转移到新的小区。张明礼想起去年暖房子工程结束时，王光胜没回村子，过春节时，他也没回，看来他真在城里住下了。临出门这几天，春兰帮他拆洗了被褥，重新缝好，打成了行李卷。这天早上，春兰还早早起来，在外屋包了韭菜鸡蛋馅饺子。去年离家，春兰也是包韭菜鸡蛋馅饺子，他一个人狼吞虎咽吃了整整一小盆，连最后盆底剩下的汤汤水水也喝个精光。今天呢，张明礼的肚子里好像被太多的心思占据，吃了十几个，便吃不下去了。春兰从碗橱里翻出铝饭盒，装上剩下的饺子，扣好盖，用麻绳系住，塞进行李里。张明礼这一走，又要五个月，两人心里都复杂得不知说什么好。

院墙根花草树木冒起了黄芽，春天的气息丝丝缕缕窜进屋里来了。院外不远处的草甸子上，有一头放养的黄牛，正没心没肺地埋头啃噬着刚刚见绿的嫩草，一副远离人间烟火的样子。张明礼舒展开一脸褶皱说："这回进城，我还真想买一套房子，五十多平方米，二手房，买了房我心里才踏实。"

春兰说："咱家什么都没吃成，还有钱买吗？"

这时，张明礼发现院门外有一团黑乎乎的东西在动，是蠕动，颤颤巍巍要扒开院门的意思。张明礼死盯起那黑物，眼睛酸胀的当口儿，感觉那黑物怎么是个人呢？他眨巴几下眼睛想看个究竟，就觉得那人像王光胜。可王光胜没这么瘦、这么黑呀，他又怎么可能矮在地上呢？春兰似乎也看见院门口那个人，吓得不敢说话了，手指甲不知什么时候抠着张明礼的肘窝，哆哆嗦嗦，目瞪口呆起来。

"明礼，在家吗？"

果真是王光胜，他怎么变成了这副样子？张明礼嗓音干涩地刚要应答，被春兰从背后伸过来的手死死地捂住……好半天，春兰轻轻放开手，她的手里还有韭菜鸡蛋的味道。张明礼悄声地探起头，透过门板缝，看见王光胜坐在一个爬犁上，那爬犁安了四个滑轮，王光胜两手攥着两块木板，在地面上一拄，滑轮爬犁就动了，身子紧跟着动起来！

"明礼，你要出去干活，我就不打搅了！"

爬犁熟练地滑跑了，那个瘦瘦小小的王光胜，看着有点可怜的王光胜，双手攥着木板拄向地面，一下下与爬犁一起飞快地滑走了。王光胜出了什么事？张明礼快有一年没看见他了，时间怎么把那个整天得意扬扬、牛哄哄的王光胜，一下子矮下去，矮到地面上了？

　　张明礼和春兰眼睁睁盯着王光胜拄着爬犁滑走，滑向后院老葛头家院门口。他们看见老葛头从屋里跑出来，打开了院门，也被眼前的王光胜吓了个趔趄，后退两步终于站稳，又上前扯起王光胜伸起来的一只手，往院子里拖，拖向屋门，正欲进屋时，门槛挡住了那个爬犁。王光胜挣脱了老葛头的手，怎么也不肯进屋。他们就在屋门口说话，说了半天，王光胜调转爬犁，驶出院门，离开了。

　　春兰去了一趟老葛头家，很快回来，她说："这下弄明白了，王光胜瘫了。怎么瘫的？他不是说在城市买了房子吗？他说那房子本来早就装修好了，人搬进去住就行了，可他起了高调，非要从里到外收拾收拾不可，人就在阳台一脚踩空了，从三楼掉下来，多亏下面有一堆电话线挡了一下，没被摔死。他那房子也卖了，花了不少钱。你说，他在外面搞了那么多年暖房子，都没出事，怎么偏偏给自己家干活出事了？好惨呐！他正张罗吃喜儿，吃他捡回一条命！"

　　张明礼起身撒腿便往屋外跑。春兰急忙问："你干啥去？"

　　张明礼头也不回地说："他从那么高的楼上摔下，还能活过来，我得去吃喜儿！"

　　张明礼边跑边叫着快要消失的王光胜，脚下的尘土飞扬着，呼啦啦漫过了头顶，盖住了身子，他冲着身后呆立的春兰喊道："等吃过了喜儿，我再进城……"

原载《作家》2017 年第 10 期

《中华文学选刊》2017 年第 11 期转载

收入《中国短篇小说年度佳作 2017》（孟繁华主编）

冬　捕

　　山坳里原本是一片茂密森林，松树、柳树、椴树还有树身下面数不清的榛莽，形成了这里特有的地貌。树林密了，便养生了各种动物，不管什么季节，狍子、狐狸、野兔子、野鸡总会瞪着圆溜溜锃亮的小眼睛往来穿梭于密林之中。有陈年的老树寿终正寝，横倒竖歪地长眠在枝叶茂盛的子孙们脚下，巨大空洞的树干如一张永远合不拢的大嘴，成为冬眠黑熊的安乐窝。李家屯的祖辈们被这里的山和山里的一草一木迷住，盘踞此地，同时迷住他们的还有山坳南面清清的饮马河。多少年了，河水晃晃悠悠，屯里人就在这晃悠中繁衍了几辈，他们由最初的狩猎改为后来的捕鱼，都得益于这里的山山水水呢。与山水草木相伴，山水草木就跟人有了情意，就帮人想了很多生路，比方种田，比方去外面做工。几经变化，唯有少数人留下来，继续操持着捕鱼行当。李家屯往前数五代，亲戚连着亲戚，亲戚住在一个屯子里，就不那么亲了，但在这十几户人家里，左邻右舍还是打断骨头连着筋，谁都离不开谁，也就免不了生出许多的家长里短和是是非非。

三叔赶在晚饭的当口走出家门，脚步一阵风似的卷起秋后地上的落叶。由于心里有气，步伐便显得杂乱无章，他立在天明家院门，顺下了心气，就开始砸门。

想躲是躲不过去了。妈妈正在院子里无休止地咳嗽，胸腔像一个巨大的风箱，需要不停地抽抽拉拉，才能把肺部的气抽出来、送回去，一副死不了活不起的样子，难受得很。

自打入秋以来，三叔已经来过天明家好多次了，他每次来，妈妈都这样咳嗽。有一回，三叔催促妈妈上医院，妈妈就冲天骂三叔，说你站着说话不嫌腰疼，我去医院你给我拿钱啊？三叔真就套上马车把妈妈送到了县医院。从医院回来，三叔的脸更难看了，说我这是何苦呢，原来的钱没要回来，转眼又新搭了一千块。他这么一说，妈妈不愿意听了，说你那一千块钱光给我花了，你不也看病了吗？你做你那胃镜花了多少钱你不知道？你昧良心说话，就不怕那心被狗吃了？

天明的心就随着妈妈的骂声一惊一跳的。

三叔不会再领妈妈去医院了，不去医院，三叔还会隔三岔五地来。今天他像是真急了，说，我跟你说不通，我跟天明说说，让天明给评评理。

妈妈说，评啥理，咱俩的事情咱俩谈，别把天明也搅和进去。她说着赶紧把天明推到西屋，坚持不让天明露面。

三叔说，不是我逼你，你知道我的难处，做了胃镜才知道，我怕我跟大哥得了一样的病。

妈妈说，你这是吓唬我呐！

三叔说，我没吓唬你，我干啥要吓唬你？

窗外的秋风夹着呼哨捶打着窗子，窗子就一鼓一鼓的，好像是有人在使劲儿地掀。天明的心竟不住地发紧，三叔也得胃癌了？癌症是要死人的，爸爸是得癌症死的，三叔也要得癌症死吗？天明清楚地记得爸爸是夏天死的。爸爸长年在城里工地干活，不分白天黑夜的，等到发现得了癌回到家，人马上就不行了。救人如救火，妈妈向三叔求助，三叔让三婶翻箱倒柜拿了三万块，感动得妈妈差一点儿给三叔下跪了。三叔是屯子里最有钱的人，别说为自己堂哥治病，就是屯子里别的人想借这三万块钱，三叔也会拿的。有钱的三叔真是太好了，就像屯子里的活菩萨、活神仙，连乡里的干部都高看他好几眼。可是三万块钱没有留住爸爸的命，却给妈妈留下一屁股还不完的债。为了救爸爸，整个夏天妈妈都没过好，攒下一堆心火，一直到了秋天那堆心火变成了病才发出来，妈妈的咳嗽就是这么来的。爸爸的死闹得人财两空，躲债催债成了妈妈也成了三叔割不掉的心病。本来三叔往外借了钱，大家都有一个和气的脸面，可是到了还不上钱的时候，要钱的有要钱的难处，还不上钱的有还不上钱的心酸，闹得彼此心里都不痛快，甚至脸面都快撕开了。

看到妈妈和三叔这么闹，天明就跟妈妈说，妈妈，你这是干啥呢，你怎么能跟三叔那样呢？怎么说三叔对咱家都是有恩的。

妈妈说，三叔还没高大到把钱白送给你的程度。他的钱也不是大风刮来的，借债还钱天经地义，可他这么逼人就不对了。

天明的心软下来，他不想跟妈妈理论。他知道妈妈不是故意耍赖的人，如果不生病，可以从别处借钱还给三叔的，可妈妈这一病，谁还敢借钱？

上了秋，天也就一天比一天短了，眼看着天还亮着，不知什么工夫，太阳就掉进西山那头去了。屯子里天黑了，人也跟着安静起来，三叔的砸门声就格外的响，好像要把全屯人都惊恐万状地砸出来。妈妈停止了咳嗽，再次把天明推到西屋。西屋存放着铁锹镐头柳条筐，都是妈妈认为最有用的宝物。天明混迹在这些物品当中，更是妈妈宝物中的宝物。

三叔的脚踏进外屋，说，我今天是来找天明的，我就想让天明听听这个理儿。天明？

天明的耳朵随着三叔的脚步进了东屋。

三叔说，河马上结冰了，结了冰就得捕鱼，我没那本钱，这活儿就没办法干，你总不能看着我把到手的钱让别人挣去吧。

三叔的"理儿"是站得住脚的，谁不知道三叔是远近闻名的鱼把头。屋里一时没声了。天明的耳朵静止在东屋里，又异常地敏感起来，他似乎能听到东屋细微的声音，比如妈妈正低头抠着指甲，比如三叔鼻孔里的呼吸，比如空气中微尘的浮动。

三叔说，我就想听你一个准信儿，钱什么时候还？

话说到这份上真就绝情了，比秋天里的风都冷，冷得彻骨了。妈妈态度有所转变了，她寻思了一会儿说，这几天我想好了，捕鱼的时候，让天明跟你干，每天的工钱你说了算，他挣多少就等于我还你多少，你觉得我们什么时候将钱还上了，再把天明给我送回来。

三叔说，童工啊，我用不起。

妈妈说，那你还有比这更好的办法？

三叔的确没什么好办法，他站起身给妈妈扔下一句话，等我回去考虑考虑。

三叔出门了，妈妈有点不放心，她重新关了房门，到西屋叫天明。妈妈眼泪汪汪地说，事到如今，只有你吃苦吧，一个男孩子吃点苦不是坏事。记住，不管我跟你三叔怎么耍怎么闹，都不关你的事，你必须把你该做的事完成。

天明说，你早就应该这么做，我都是大孩子了，不要什么事都瞒着我。

已是深秋，天上时而雨时而雪地阴个不停，等到见不到雨水，冬天就彻底地来了。自打下了一场大雪后，妈妈总喜欢倒在炕上，有事没事就往炕上爬，蜷缩着身子，胸腔里发出深深的咳嗽，一震一震的，整个屋子都跟着天摇地晃。

三场雪过后，饮马河冰面可以走马车了。清理了一片冰面积雪，用彩旗圈起来，就有人在上面滑冰，抽冰猴，玩狗爬犁，还有人在河岸的坡地一个不大不小的滑雪场玩耍。冬天旅游季节真正来临了，一辆辆旅游车运来天南海北的红男绿女，疯啊闹啊的，对寒冷不知如何预防，往往上半身厚重严实，下半身四处漏风，看上去奇形怪状，可笑极了。天明从外面回来，说了河面上的事，妈妈很开心。妈妈说，那叫作顾头顾不了腚。说完就笑了，整个屋子也都跟着笑了，这笑还没完呢，代价就出来了，一阵无休止的咳嗽席卷而来，有些喘不过气了，天明赶紧捶打妈妈的后背。天明已经听惯了妈妈的咳嗽，可母子连心啊，妈妈咳嗽，撕断他的每根神经。天明就有些恨老天，老天怎么一点高兴也不让妈妈有呢。

妈妈咳嗽渐渐平息了，平息后的第一句话就是，你赶快找三叔吧。

这时天明反倒有些犹豫了，他有点舍不得离开妈妈了，就说，我怕三叔不要我。

一股气儿又把咳嗽引出来，妈妈的脸一点点膨胀着，紫红了，手却高扬在半空，比画着，说不出话来。天明又赶紧捶打妈妈的后背说，我去，我去，我去就是了。

三叔家在天明家南面，中间隔着五户人家，还有一个小水泡，要走十多分钟的路。天明推门出去，妈妈又敲着窗户叫住他，艰难地从炕上爬起来，披头散发扶着墙来到院子，从鸡窝里抓出两只老母鸡，唤天明找来绳子，捆住鸡腿儿，把两只老母鸡连在一起。天明拎起两只老母鸡走出院子，心里有一种说不出的难受。这时，老天也跟着凑热闹，飘起零星的小雪，落在天明的头上肩上，把他难受的心情渲染得更加浓重。

天明走了二十分钟才推开三叔家的院门儿。二六子、大脑袋、二赖子正从仓库拽渔网，渔网挂了满满一院子。天明在渔网缝隙中躲来躲去走到房门口，心想，这三个人都是屯里有名有脸儿的人物，三叔能把这三个人归附到手下，说明三叔真是能耐。这工夫，后背被门撞了一下，天明回过头，看见三婶从屋里出来。三婶问，你这是干啥呢？事情有点突然，天明一时无法回答了，他挠着后脑勺说，我妈叫我看看三叔。

跟三婶进了屋，把鸡撂在外屋地上，就听见里屋有吭哧声。

天明看见三叔跪在炕梢，弯着腰，两只手使劲抓着肚子，脑门儿全是汗。三婶说，你三叔刚才还好好的，这会儿又犯了胃病，别看他这样，一会儿就好了。说着话，三叔身子松弛下来，安静下来，他慢慢抬起头擦了汗，脸像纸一样的白。

三叔问，你来干什么？

天明说，听说三叔病了，我妈让我来看你。

三叔说，我知道你会这么说，我刚倒下，你妈怎么知道？

天明说，就知道嘛。

三叔说，回去告诉你妈，我这儿不用你。

天明不知怎么说话了。

三叔说，你怎么还不走哇？

天明走出三叔家院子，天上的小雪已经停下来，地上落下薄薄一层白雪，脚踩下去，留了一行歪歪扭扭的脚印。雪后的空气有一种透彻心肺的清新，天空大地房舍树木杂草又像被过滤了似的亮眼，天明鼻孔喷出的薄雾丝丝缕缕地飘散着。他想，自己就这么回去了，妈妈心里肯定不好受，再说了，他已向妈妈表了决心，有必要再回去一次，就当妈妈又把他撵回来的。一边想着，就不自觉地移动了脚步，铁了心要回三叔家。

踏进三叔家门，三叔的病好像彻底好了，见了他愁眉苦脸地问，怎么又回来了？

天明说，是我妈让我回来的，你不收我，我就不走了。

天明真就不走了，他转身跑到院子里，向二六子、大脑袋、二赖子要活儿干。这三个人对天明也不客气，支使他干这干那，活儿说干就干上了，往往这边活儿还没干完，那边又响起了叫唤声，天明忙得脑门子都出汗了。三叔推开房门，看着天明，不再赶天明走了，还招呼天明跟他一起捆渔网，然后把渔网搬到车上去。天明的力气明显赶不上他们，腿脚发软气喘吁吁。越是赶不上，他们越是加劲地干，天明在他们中间有些碍手碍脚了，有时还被渔网拖几个趔趄，心里的滋味真是不好受哇，就像被人打掉牙齿往肚子里咽，欲哭无泪。是大人们故意搞坏，挤对他、累他，让他吃不消，自己跑掉，天明想。他心里打定主意，不管他们怎么折腾，他死活都要跟他们缠在一起，坚持到底就是胜利。网终于全部装上了马车，三叔赶起马车飞快跑出院子，向饮马河方向飞奔。二六子、大脑袋、二赖子跟随其后，紧跑几步，忽地爬上马车，等天明再想爬，已经来不及了，马车跑出老远，他无论如何也追不上了，只能跟在马车后面跑，一副丢盔卸甲的样子。

要说三叔不急也不对，今年捕鱼至少比往年推迟了三四天，都是三叔的胃病耽误了，再不抓紧，错过捕鱼最佳时间，肠子都会悔青的。

马车跑到饮马河边儿，眼前呈现出一望无际的雪野，无遮无拦的，风卷起积雪，铺天盖地飞扬，在极远处，雪与天混沌一片，让人生出无名的恐惧。马车停顿一下，找准了方位，又往河心跑去。河面上的寒风明显比屯子里的狠、毒，不留情面，吹到脸上就像一个个刀片在割肉，又像一根根钢针往脸皮上刺。天明感觉脸麻木得不知长到什么地方去了，要想找回自己的脸，最好的办法就是拼命跑，跑得浑身热气腾腾。

马车停在事先选好的位置，大伙一边抵挡恣肆的风雪，一边搬下工具。三叔拿起铁凿子在冰面画个车轱辘一样大的圆圈，对天明说，你还真有两下子，坚持过来了，按打鱼人的规矩，每个新人都得经过这样的摔打，什么时候把筋骨摔打硬了，什么时候才能在我们这行站稳脚跟。三叔让天明在车轱辘一样大的圆圈上凿冰，凿出的冰窟窿只能比圆圈大不能比圆圈小，而三叔、二六子、大脑袋、二赖子一字排开，每隔十几米占据一个位置，也开始凿冰，凿出的冰窟窿要比天明凿出的小，比碗口大不了多少。不到十几分钟，他们的冰窟窿就凿成了，露出了水，而天明这边刚刚凿出薄薄的一层冰。三叔他们也好像故意看他的笑话，继续一字排开，每隔十几米占据一个位置，重新画碗口大的圈，凿冰窟窿。碗口大的冰窟窿全部开凿完了，他们凑到一起，开始开凿比天明这边大两倍的冰窟窿，作为收网口。眼看着收网口完成了，他们转回身，胡子、眉毛、狗皮帽子上全是白花花的霜，冷不丁一看，简直就是一个雪人。三叔不声不响领三个人过来，推开天明，凿上天明这边最后一个冰窟窿。这伙人真是有力气，凿子下去，胡子眉毛上的霜纷纷掉落，在雪地上见不到踪影。车轱辘大的冰窟窿开凿出水了。出了水，等于河面揭开了一个小盖，鱼儿在冰层底下憋闷好久了，一帮一伙地逃过来，呼吸着新鲜空气，撩得水花叭叭响，诱人呐。淘出水层残余冰块，三叔往车轱辘大的冰窟窿里下网，哗哗啦啦的，二六子、大脑袋、二赖子跑到碗口大的冰窟窿跟前，用长杆子拉网纲，网拉过来，推向下一个碗口大的冰窟窿，下一个碗口大的冰窟窿接到网纲，再推向下一个碗口大的冰窟窿，一直拉到网纲从收网口露出头来。三叔摘下腰上的酒壶，给每个人喝一口，既是一个小小庆功仪式，也是为了驱赶一下身上的寒气。松口气的当儿，就见渔网在冰底下一点点舒展开去，沉入水底，大伙的心又忍不住地悬浮起来。谁都知道，第一网鱼就是这一冬收成的预兆，每个人都在祷告天祷告地祷告一望无际白茫茫的雪野，能给他们带来好运气。

谁会想到呢，结果是开局不利。收网时，除了有一条一米多长的大胖头，再就是十几条鲤鱼。也许是天冷的关系，大胖头像受到了偷袭又不明真相，被人稀里糊涂从被窝里拽出来似的，赤身裸体，晕头转向，本能地折腾几下就束手待毙。那些鲤鱼更是冻得打不起精神，懒洋洋地摊在冰面上没蹦几下，就僵硬得一动不动了。

回到家，三叔的胃病又犯了，他在炕上滚了两天，他们的工作也就停了两天。第三天三叔从炕上爬起来，决定无论如何都要张罗捕鱼，如果再不捕鱼，这一冬就算白白地荒废了。招呼来二六子、大脑袋、二赖子，三叔还没忘了叫上天明，看来他已经接受了天明，天明已经成了这伙人中不可或缺的一员。临出门，天明看见妈妈的咳嗽更加严重，怕是过不了这个冬天，心就特别地难受，但还是咬着牙出门了。套上马车，他们去了河面，三叔指挥大伙重新开凿冰窟窿。这回，三叔没有给天明安排具体的活儿，也就是说，所有的活儿都有天明的份儿，大伙随时可以支使天明，这样一来，哪里少了天明，哪里的人就像缺了腿脚，少了帮手，无所适从。天明也认同了自己的角色，活儿干得格外起劲儿。冰窟窿凿成了，有无数的鱼奔跑过来，扑打着水花，呼吸冰层外面的新鲜空气。不用说，这回三叔选准地方了，几百斤的大鱼小鱼唾手可得。大伙的情绪一下子高涨了，那种高兴想不挂在脸上都不行。他们抢着从马车上搬下渔网，哗啦啦顺到车轱辘大的冰窟窿里，生怕动作慢了，鱼会溜掉。然而，工作的时间毕竟是漫长的，等渔网完好地布置在冰层下面，两三个小时已经过去了。三叔说，捕鱼和做其他事情一样，不能太贪，太贪了就要坏事。他要赶在天黑前把网收回来，收拾利索。说着话，太阳已经偏西，从云缝中拉出数不清的长长的斜线，铺在冰面雪地上，雪地变成了橘黄色，像撒了金子，格外耀眼。二六子拉起网纲开始收渔网了，那网格外的重，又意外的沉，费了好大的劲儿也拉不动，大脑袋、二赖子赶紧奔过去跟二六子一起拉，网慢慢地启动了，网里肯定有上百斤的鱼，那些鱼肯定很不听话地冲撞渔网，拼命挣扎，甚至和冰层上面的人较劲儿。已经收回三分之一了，网又定在水里不动，再使劲儿，还是不动，三叔上前抓了一把网纲说，别动。三叔让大伙松开手，他一个人握着网纲将渔网顺回水中，隔了一会儿，叫大伙再往回拉，拉着拉着，渔网又不动了，三叔的脸色一下子不好看了。三叔说，怎么办？渔网挂在石头上了。大伙的脸色都凝固不动，难看起来，颓丧起来。难道老天爷故意在这时给他们设立一个坎儿，让即将到来的喜悦落空吗？三叔再次抓紧网纲握了握，就把握出了河底石头的准确位置；放下网纲，迈开脚步向前丈量，丈量了五步，站下。三叔确定脚底的位置就是挂住渔网的地方。所有人的表情都冷峻起来，所有的人都明白在这样的天气里渔网挂在河底预示着什么，将要发生什么。现在，几百斤鱼在这样的事件面前已无足轻重，丢弃渔网却是捕鱼人的耻辱，燃眉之急就是怎样将渔网完好无损从冰河里拖出来。三叔移开脚步，让大伙在他的脚印上往下凿冰，凿成两个车辖辘大的窟窿。大伙的表情更加冷峻了，身子瑟瑟发抖。三叔从后腰摘出那只常备的酒壶问，谁下？三叔的眼神咄咄逼人，逼得二六子猛地打个激灵，赶快转过头去看大脑袋，大脑袋又迅速把目光推给了二赖子，二赖子早有心理准备，他停顿了一下，不紧不慢地说，大家都明白，在这节骨眼儿上，谁下去都不得好，不被冻死，也冻残废了，按规矩，天明是我们这几人中排在最后的，这活儿就该他干。

所有人的眼睛又都盯上了天明，天明是逃不过去、躲不过去了，只有下水的份儿。天明突然寒噤得上下牙打架，嗒嗒嗒嗒嗒，想抑制都抑制不住。过了很长时间，天明说，我真的要去死吗？我不想死，我要是死了，谁替我妈还债？

这话，听着平平常常，可却像一根钢针将人刺疼了。所有的人都惊呆了，愣愣地看天明，看三叔。三叔宛如一根木桩立在那儿不动，任凭小风吹起的雪扑打着脸，那风，像要把三叔的脸皮从脸上撕下来。三叔第一次低下头看天明了，认认真真地看，又不自觉地拿自己跟这个孩子比了比，这一比，心里就翻江倒海般地难受。三叔默默拧开酒壶盖，仰脖把酒喝得壶底朝天，扔掉酒壶，他对天明说，三叔咋能忍心叫你下水呢？你这小身子骨下到水里也是喂鱼，你有这份心思三叔还有什么话可说的？回去跟你妈说一声，就凭你这句话，三叔那钱没白借给你们家。你知道吗？三叔胃里得了癌，死是早晚的事，今天这事只有三叔最适合，等三叔死了，你给三叔大声哭喊两嗓子就行。

三叔好像有点诀别的意思了，他又对二六子、大脑袋、二赖子交代说，感谢你们跟了我一回，不管我今天能不能活着上来，按规定，天黑时我们就算散伙了，以后大伙自己各奔前程吧。

三叔脱掉厚重的棉衣，光了身子，黝黑的肤色在雪地上划出一道光亮，分外扎眼。还没等天明打量完他的身子，三叔一个跳跃扎入水中，水花溅出，落在雪地上，融化了雪，又立刻生成一粒粒冰疙瘩。三叔慢慢潜入水中，钻入水底，大伙眼睁睁看着寒冷的水花打着旋儿，盖住了三叔。二六子手里的网纲不停地抖动，是三叔顺着网纲摸石头呢。不一会儿网纲松动了，二六子高喊，摘下了，渔网从石头上摘下了，嘴里呼出的雾气掩住了他整张脸。冰窟窿突然腾起一股水浪，三叔的头钻出水面，二六子伸手去接三叔，可三叔好像没力气把手递过来，人却要沉入水中，二六子眼疾手快抓住了三叔的头发，三叔的头再次露出水面，所有的人都扑向冰窟窿，拼尽全力拖出三叔。三叔四肢已经不会动了，天明拿起一件大衣盖在三叔身上，又被二六子扯掉了，二六子高喊，快，用雪团揉搓身子。大脑袋、二赖子抓起一把雪就往三叔手上脚上胳膊上腿上胸上背上头上搓，雪团搓得没有了，再去抓。手指冻得不听使唤，钻心地疼，可谁都顾不了这些，为了保住三叔的命，就是手指搓掉了也值得。天明忍不住哭了，被二六子强行制止：你还有时间哭？快动手搓！这时，好像有无数只手相互撞击、磕碰，无数只手搓遍了三叔四肢前胸后背，搓啊搓，不停地搓，三叔浑身皮肤开始通红一片，有了血色，血流动了，雪就变成了水，水又变成了气，缭绕在三叔身上……二六子叹了一口长气说，这回总算有救了！

过了很长很长时间，晚霞终于送走了雪野中这一行冬捕者的身影。

原载《长江文艺》2009 年第 6 期

出门在外

坐在从延吉开往长春的动车上，看着窗外的雪景，以及雪景中矗立的信号塔、连绵不断的远山，我有些寂寞难耐。现在，我出差的任务已经完成，再过一个多小时，就要回到家中。我工作的单位正在搞轰轰烈烈的"营改增"，我的任务跟这项工作有关。脸朝车窗外看得时间有点久，转回头，看车厢里的人，看自己的手机。两个小时之前，远在北师大读研的女儿打来电话，说房屋中介发来微信要收取房租。我无暇顾及，只好让妻子去处理，现在闲下来，很想知道此事办得怎样。这时，他跟我搭话了。

"你去长春吗？"

"嗯！"

我扭过头，瞅了他一眼。说话之前，我根本没注意这个人，车厢里早已空旷，很多人中途下了车，在这偌大的空间里，我与他相隔不足两米。抬腕看了看表，动车还有四十分钟到达长春站。他的那句问话，把我从某种情境中唤醒，回答完毕，我起身离开座位，活动一下腿脚，车厢不远处有几位睡得东倒西歪的年轻女子,在她们中间,有两位没睡,情绪高昂地谈着什么,侧耳一听,是一位女子向另一位女子热情地推销保险。我的脸再次冲向窗外,耳朵屏蔽掉周围所有的杂音。

"长春站很大……"我再次接收到了他的话,是很浓重的东北乡下口音。我的脸离开车窗,不明缘由地看向他。这是位农民兄弟,他身旁的空座位上立着一个大大的编织袋,从形状上看,里面肯定塞满了被褥和锅碗筷子之类的东西。他像是随时为下车扛起那编织袋做准备,手始终搭在编织袋的封口上。

他的身子向我这边移动了一个位置,靠近了过道。

"我向你打听个事……"动车里的环境好像让他静默很久,有必要找个人搭讪,松动松动忍受了太长时间的拘谨。

"从长春到公主岭怎么倒车?"他好像观察我好半天,早做好了与我说话的准备,并充满信任地将手里擎着的两张车票伸了过来。我接过车票,看到的是他的满头白发。他的白发那么夺人眼球,像顶着一头白雪。那是一头很久没剪理的白发,一直白到两鬓,而且每根细丝都支棱起来。眼前这个人有六十多岁或者奔七十?面对他的求助,我无法漠视,很耐心地看着两张车票——一张是延吉到长春,另一张是长春到公主岭。

这位农民兄弟问:"我是不是不用出站台,就可以直接上下一趟车?"

真就把我问住了,我没有这方面的经验,不能草率给他一个答复。

我不失礼貌地把票递还给他说:"我也说不清楚,一会儿,等乘务员过来,可以向他们打听一下。"

他接票的手，粗糙僵硬，沟壑纵横。失望的神情刹那间有一丝惶恐不安，急促地向车厢两头看去，身子也随之扭动，一条腿还伸到过道上，站起身来，再次张望，又不得不坐下。

我不免替他操起心来，也跟着一起张望，真希望这时乘务员能够出现。乘务员有好长时间没有从我们身边走过，此时也应该来了。心里有了这种期盼，我感觉眼前的时间过得特别慢。

动车快速飞驶，车窗外蓝天之下是一片厚重的白色世界，茫茫无际。干枯的树枝因挂满了冰霜变得异常丰厚，或静谧低垂或昂扬挺拔，以一派素洁的身姿展示在天地之间……这种雾凇景观，真是很难一见。

我说："你下了这趟车，离那趟车开车时间还有二十分钟，时间够用，先不用着急。"

动车忽然钻进了山洞，车厢里的灯光刹那间亮了，他开始沉默不语，好像是灯光让他安静下来，我也没什么话可说，也许是气流的作用，耳孔的听觉有些失常，像有什么事情要发生。

几分钟后，动车"哗"地舒缓了一口长气终于冲出山洞，四周又亮得让人很不适应。我转过头看向他，刚才接过车票时，我无意中看过他的身份证号，虽然有几个数字用"×××"替代，我还是看见一串熟悉的数字，也就是说，他与我同年出生。难道我们这个年龄的人都老成这个样子吗？我不相信我老了，我的心态还很年轻。但想起刚上车时，看见车厢里来来去去的人，真就属我与这位农民兄弟年龄最大，我忽然对他有了一种惺惺相惜的感觉。

不远处那位推销保险的女子已丢掉了说话的强势，她一只脚脱掉了鞋，搭在座位上，歪着身子，伸着修饰过的紫色指甲，抠起隔着丝袜的脚趾，显得毫无教养。她正在专注地听着对面的女子兜售某种化妆品。那女子显然是个直销商，她咄咄逼人的架势，好像推销保险的女子不买她的化妆品就别想离开，真是狭路相逢，看谁有本事了。

我问："你这是回家吗？"

他说："回家，我出来两个多月了。"

"你从家出门的时候，是怎样乘的车？"我有必要多问一句。

他猛地站起身离开座位，眼睛盯着前方车厢一头，顾及不到回答我的问话，抬脚向前走去。乘务员出现了，他把乘务员堵在过道上，递上手里的两张车票。我看见乘务员接过车票，翻看了几次，嘴里说起了什么，听得我这位农民兄弟的白头像鸡啄食一样点个不停，他得到了答案，我为他松了一口气。人出门在外嘴勤腿勤没坏处，这回他应该放心了。转身退回到座位，他的屁股虚虚地坐下，张口说出了一句让我非常失望的话："那乘务员也说不准。"

我无言。

"我来的时候是直达，这次回来，要是再坐直达，得半夜到家，我小舅子说，这样倒车省时间。"他还没忘记我刚才的问话。

我说："你下车后，问地勤人员，他们肯定会知道。"

事已至此，我们的谈话应该结束了，但他继续惶恐着，眼睛在车厢里没有停止四处张望，好像很希望找到可以再次询问的人。但最终他还是放弃了。我拿起电话打给妻子，想知道我女儿的房租付过去没有，那个接收房款的卡号早已发到她的手机上，我本不该操心。电话响了十次她也没有接听，我只好又将脸冲向车窗外，看着远处连绵的山体随着这趟动车给我造成缓缓移动的错觉，想着山里的雪和城市的雪是不一样的，它一旦落下来，便铺张地盖住满山黄叶，覆盖着大地，不到春天永远不会融化，所以寒冷也在所难免。相比之下，车厢内的温暖弥足珍贵。我们的话题又出来了，这回是我主动跟他搭话，我好奇他为什么有此次出行。

这位农民兄弟很愿意重启话题。他毫无避讳地抬起粗糙的食指，搓动着鼻孔，调整了一下思绪说："我这次去延边是帮一个亲戚干粗木工活儿，也就是搭培植木耳菌的木架子。在出门之前，那亲戚说，只要我来，干一天活儿，给我一百五十块，不干活儿，一天也给一百块，这样我就去了。结果呢，我有两天没活儿，那亲戚也没给钱。也许那一百块被当作饭钱和住宿费扣掉了。我想问这到底是怎么回事，我小舅子不让我问，他在那亲戚家已经干半年了，比我会来事，不像我这么倔，他怕我说不好听的，让我回来。回来就回来吧，我也不想干了，我小舅子看我真不愿意干，当天帮我买了车票。"

我问："你家里有地吗？"

他再次抬起粗糙的食指，揉搓了鼻孔说："有一垧。"

我又问："你以前出来打过工吗？"

他迟疑了一下，想了想，皱起眉头说："三十岁那年出来过一次，在建筑工地上干力工，半年，一分钱也没挣到，腰还被砸伤了，以后再就没出来，心寒了！想不到这次出来又被骗了。"

我干脆直截了当地问："你一年收入是多少？"

　　他欠了欠屁股，身子完全转向了我说："也就是两万多块钱。"不等我接话，他又说："我大儿子挣得多，他在河北帮人家干活儿，一天能挣一千块。"

　　"你大儿子多大？"我刨根问底儿，他的生活让我彻底感兴趣了。

　　"二十九。"

　　"有对象吗？"

　　"我大孙子都十一了。"

　　"你大孙子跟你们过？"

　　"嗯呐，我小儿子的孩子也跟我。"

　　"你几个孩子？"

　　"就俩儿子，还有俩孙子，小儿子在家种地。"

　　难怪他的相貌这样衰老，都到了当爷爷的辈分了，能不老？广播里开始预报动车正点进入长春站的消息，那几个睡觉的人看来早已醒了，直起腰一边看向窗外，一边用手指梳理蓬乱的头发。那两个推销保险和直销化妆品的女子之间的事不知是怎么解决的，反正她们已经偃旗息鼓，谁也不理谁，堵在车门口准备下车。

　　我对这位农民兄弟说："不管咋样，下了车，你肯定要走地下通道。"

　　他好像没听明白我的意思，点点白头，又变得不安起来，手抓着身旁那个巨大的编织袋，好像随时要把它拎起。动车停下了，车门打开，他抓起编织袋就往肩上扛，也许是体力不支，编织袋在他的手里晃悠了一下，我伸手帮了一把，编织袋扛在了他肩上。他在前，我在后，一点点走出车厢。这时，我忽然有一种想帮助他问路的想法，虽然他离乘下一趟车还有二十分钟，但肯定要在长长的地下通道行走，时间稍有浪费，乘下趟车就会紧张。走出车门，四周的人流多起来，各色人等步履匆匆，他站在车门口茫然四顾，有些六神无主。肩膀上的那个编织袋不断地撞击着行人，阻挡着行人，有人粗暴地推搡，他感觉到了，就极力躲避，这样反倒撞击到更多的人。我决心帮他，眼睛不停寻找着穿铁路制服的地勤人员，他看我并没有急于离开，便跟我告别说："我姓李，烧锅儿人，有时间到我家串门。"

这时，一位身穿铁路制服的男子向这边走来，我赶紧冲上去问："往公主岭倒车在几站台？"

那位穿铁路制服的男子停下脚步，看着我，又看看他，没有急于回答。我的这位农民兄弟及时地凑过来，探头探脑想听个明白。穿铁路制服的男人好像故意跟我们的焦急心情作对，他不紧不慢拧动着手里对讲机的键钮，然后用嘴吹了一下，再次拧动，面无表情。对讲机里传出嘈杂的男人和女人的声音，听着让人心躁。我的这位农民兄弟赶紧递上他手里的两张车票，我们等待这位地勤人员给个明确的答复。

穿铁路制服的男人翻看着两张车票，攥在手里，又开始拧动对讲机键钮，似乎他的注意力全在对讲机里。

我们耐心地等待，我准备打听明白路线后，把这位农民兄弟带到地下通道，帮他找到下一个乘车路口再离开。可那位穿铁路制服的男子还在摆弄他手中的对讲机，并不急于回答我们的提问。时间就这么一点点耗掉了，我盯着穿铁路制服男子的脸，心里升腾起无名的烦躁，又不得不忍下去。穿铁路制服的男子看出我的心理反应，他又拿起对讲机，放在嘴上吹了吹，"噗噗"有声，我以为他要跟什么人说话，或者他也搞不清楚是哪个站台，询问一下他的同事，可他什么也没说，又把对讲机放下。

我极力控制着情绪问："你能告诉我们，他在哪个站台倒车？"

穿铁路制服的男子对我的问话没有回应，就像我这个人压根不存在。

人流很快走光了，所有的人都拥向地下通道，我看着最后一拨人影儿，自尊心受到极大的挫伤，我感觉我成了不受穿铁路制服男子欢迎的人，这样跟着耗下去等于自讨没趣，我一脸难堪地把这位农民兄弟甩给他，随他处理吧，我应该走了。

我奔向地下通道，追赶那最后一拨人，在我即将走入通道时，我还是不放心地回头看了一眼这位农民兄弟。他所剩的时间不多了，不知接下来能否赶上那趟开往公主岭的火车。如果赶不上，他可要浪费一张车票，而且真就要半夜赶回家了。我心里不住地骂那穿铁路制服的男子缺少起码的职业道德。我是个不愿意招惹是非的人，不然我会跑过去，让他给这位农民兄弟一个说法。我看见这位农民兄弟正仰着脸愣愣地听他说着什么，白头点得像鸡啄食。

我顺着通道台阶一步步往下走，那位农民兄弟气喘吁吁跑过来了，我停下脚步等了他一下，问："搞明白了？在哪个站台？"

"第五！"

我看看表，离那趟车开车时间还有十三分钟，那位农民兄弟好像不知道时间概念，不顾一切往前跑，我像受了传染，也跟着小跑起来，其实我是想跑到他跟前，告诉他，第五站台离这儿不算远，时间还来得及。可他已经跑进地下通道了，他面对着长长的通道，左看一眼，右看一眼，犹豫着，又不知往哪儿走，然后回头看向我。这时我正好跑下最后一级台阶，站在这位农民兄弟跟前，帮他查看通道口的数字："三、四、五……"我话音未落，身后响起了一声呐喊："你想干什么！"

是喊我吗？我转回头，看见那穿铁路制服的男子站在我们刚走下来的那个通道口，怒目圆睁，竟然也开始顺着台阶跑下来。我想干什么？我什么也不想干，我只是告诉这位农民兄弟第五站台口在什么方向。

这位农民兄弟很听话地在空旷的地下通道奔跑起来，那巨大的编织袋在他的肩膀上摇摇晃晃。我看着远处最后一拨即将消失的人群，也赶紧追了过去。追着追着，我忍不住心头的好奇，回头看了一眼，那穿铁路制服的男子居然还站在通道里，身子一动不动。

我沮丧地走出车站，乘上公交车回家，一路上我对自己说，没关系，我被人误解了，事情过去就好了。

这时，我的手机响了，是妻子打来的，她说："我刚把房租转入对方银行卡里，要是再晚一点儿，今天这款就转不成了。"

我问："你为什么把时间搞得这么紧张？"

妻子无奈地说："这不能全怪我，我在银行往对方卡里转款的时候，窗口人员让我反复确认信息，拖延了一段儿时间，他们怀疑我被骗子盯上了。"

原载《光明日报》2017 年 2 月 10 日

黑 板 擦

也许是母亲患病的缘故吧，在我的记忆里，母亲常年躺在炕上。那是 1970 年，母亲背部患上了骨结核，住进九台县医院，动了手术，割下一根肋骨，将脊椎骨上的结核刮掉，刀口有半尺长。出院回家的母亲，在家卧炕打针，药名叫"链霉素"。我家炕沿底下有一堆链霉素小瓶，我时常拿着这些小瓶，送给身边的小伙伴玩，从而结成了不少友谊。这一年，我上学。乡下的孩子有一个约定俗成的习惯，上学之前，去生产小队牛棚搓牛毛，搓成鹅蛋大的那么一团，送给老师当黑板擦，老师由此会奖励给学生一支铅笔或一个薄薄的作业本。开学的头一天，我也急忙钻进生产小队牛棚，学着别人的样子，用一根一寸长、筷子那么粗的小木棍在牛身上滚来滚去，厚厚的牛毛缠在木棍上，再抽去木棍，继续在牛身上搓。一头牛，毛不够，就换第二头牛、第三头牛。学校每个教室里都存有一小堆这样的牛毛团黑板擦。我得到的消息晚，动手迟，生产小队牛身上的毛被人搓走了好几团，那些牛又不可能在短时间代谢下更多的毛，我怎么搓，也只能搓一个像鸡蛋大小的牛毛团，上学的第一天，无法将它献出来。

这一天，我还遭受了更大的打击。

老师在课堂上的第一件事是给每个同学起名。那时，跟我一般大的农村孩子很少有正经的名字，他们出生时，家里随便叫了个狗蛋、狗剩什么的，稍有点文化，会给孩子起个比较时髦的名字：卫红或卫东。上了小学，老师必须把学生的名字规范一下，重新起名，起一个能拿得出手的名字。我的老师五十多岁，男的，身穿一件带补丁的中山装，左胸衣兜别着一支英雄牌钢笔。他是从旧社会过来的人，说话一字一板，慢声细语，给每个同学起名字，不用思考，张嘴就来。我们村有个叫"红旗"的孩子，老师给他改名叫"高占敖"，我们全班同学都听成"高占挠"。红旗忍受不了，硬要老师叫他"高红旗"。高红旗这个名字一直从小叫到他成年，不曾改过，也不会改了。前几年我开车回到我家下放过的那个村庄，见到了高红旗，他已是村主任，家里养了几十只羊，高宅大院，比普通人家富裕了许多。

我的名字从出生就起好了，上了户口本，老师没给我重新起名。接下来，老师教每个同学写名字，我的名字前两个字笔画多，写起来丢东落西，老师怎么教，我也无法将笔画写完整，因为老师还要忙着教下一个同学写名字，不得不从我身边离开。老师一走，我更不知如何下笔，连一横一竖也写不出来，只恨家长怎么给我头上安装了两个这么烦琐的字。

放学回到家里，躺在炕上的母亲问我这一天学了什么，我终于忍不住，"哇"的一声哭了，哭得鼻涕眼泪横流。母亲拿起她枕边的毛巾，一遍又一遍无声地给我擦拭泪水和鼻涕，默默等待我哭完。我哭得没意思了，她才知道是怎么回事，让我拿出书包里的本子。母亲不能翻转身体，她让我躺在她身边，在本子后面垫上一张硬纸盒，举到空中，她伸出大手攥住我的小手，一笔一画帮我写起了名字。那一刻，母亲专注，我也专注，母亲的气息缠绕着我，温暖极了。母亲牵引着我的手，慢慢写出一个"夏"字，再写一个"夏"字，一共写了五遍，我的手背被她攥得有些生疼。母亲的手终于松开了，让我独立完成"夏"字的书写，写完了，母亲教我写"鲁"，写了六遍，接着写"平"，这个字写起来容易，我终于会写自己的名字了，虽然写得长短不齐，歪歪扭扭，但毕竟会写了。我的心里如同升起了万道光芒，翻身趴在炕沿上，一遍遍写起了名字，写满了整整一本。天黑的时候，我还跑出院子，跑到生产小队牛棚，急于做一件重大的事情，那就是从衣兜里掏出那个没有完成的鸡蛋大小的牛毛团，挑选一头因晚归而没被搓过毛的牛，耐心十足地不厌其烦地在牛身上滚动起来。不知过了多长时间，手里的牛毛团搓成鹅蛋一样大了，甚至比鹅蛋还大，比昨天所有同学交到老师那里的牛毛团都大。

第二天上学，老师检查作业，我先将牛毛团呈上，在老师大为惊讶翻来覆去端详牛毛团的时候，我又呈上作业本。老师手里攥着牛毛团，接过作业本，翻开，足足盯了我一秒钟，然后转过身，急忙走上讲台，抖动着作业本向同学一页页翻起、展示。那时，我心中只感觉丝丝缕缕地腾起热浪，不停地向头顶翻涌，难以抑制怦怦的心跳。老师还在讲台上说我的作业，没完没了地说，言之凿凿，说得我好长时间都手足无措。表扬结束，老师检查完所有同学的作业，开始讲课，这时我发现老师的目光一直没有离开我，我对接着老师的目光，感觉他的课只为我一个人讲，我成了全班独一无二的大红人。

应该说，乡村与城里的差距不仅是物质的，更是教育的。我的好日子经历了一年，家里突然得到消息，调回了城里，我来到离我家最近的长春市东岭小学。这时，我的学习成绩已不占优势，顶多是班级的中上等生。我的班主任老师叫史丽萍，那年她十八岁，刚参加工作不久，也许是孩子气未脱的缘故，她很爱跟学生打成一片。我们喜欢这样的老师。我印象中，史老师穿着一条米黄色的裤子，粉红色的确良上衣，非常青春靓丽。每逢星期天，她会叫上几个同学去她家里。她家炕头有个长方形的铁盒，盒里装着炒熟的白瓜子，我们可以随便吃。小孩子嘴馋，又不知道节制，几个人往往不把一铁盒白瓜子吃光，绝不罢休。下一个星期日再去史老师家，那铁盒子还摆放在炕头，一盒白瓜子装得冒尖，吃得我们说话喘气都喷出白瓜子的香味。史老师也到每个同学家，进行家访。我母亲背部的骨结核病，回到长春市又犯了，再次住进九台县医院，刮骨，又割掉一根肋骨，后背出现了两个刀口，呈"八"字形。母亲躺在炕上，无暇管我，我成了野孩子，上衣五颗纽扣，不知什么时候掉了两颗。史老师没有认为野孩子就不是好学生，她认真地到了我家，坐在炕沿上，没跟我母亲有太多的话，大约坐了十分钟，她起身离开，要去下一个同学家进行家访，我自然成了她的随从。那一次，走在弯弯曲曲的胡同小路上，我看见一直无语的史老师偷偷抹起了眼泪。

星期一上早自习，史老师叫我去她办公室，她从抽屉里拿出纽扣和针线，为我补上那两颗缺失的纽扣，好像没有考虑过她的行为意味着什么。她一边缝着纽扣，一边说："以后你有什么难事，一定要找老师！"我双臂垂立，无声地点头，只想着把这种感激变为日后的行动。

我开始在班级里表现得格外积极，爱集体，爱劳动，学习成绩忽地蹿到了班级里前一二名，被史老师任命为班级的劳动委员。每逢班里打扫卫生，我都干得热火朝天，干得满脸通红大汗淋漓。有一天，史老师手里的黑板擦坏了，毛毡从木板上龇出毛边儿，好像再一用力，毛毡就会全部脱落。下课时，史老师问："哪位同学的家长是木匠，帮老师做个黑板擦？"声音刚落，我不假思索举起手，老师看着我，不太相信，但没表态，她在慢慢等待着一个个同学举起手来。这还了得，我急切地伸张手臂，身子半蹲半站离开了桌椅，手不停地向史老师摇晃。看我那当仁不让的架势，她也只好把这项工作落在了我头上。其实那时我求功心切，着实向史老师撒了弥天大谎。我父亲以前是个教书匠，对木匠一窍不通，从乡下抽调回来，在长春市制冰厂当生产调度，根本做不了黑板擦，也不会为孩子的事求助别人。史老师肯定知道我向她撒谎，但她没有揭穿。我领到任务，一颗心放下了，但另一颗心却悬了起来，我上哪儿弄个黑板擦？若是在乡下，我宁可一宿不睡，也要为老师搓一团牛毛，可眼下是在城里，根本见不到牛。我决定放学后亲自制作黑板擦。

这事想起来容易，实际操作却难上加难。首先我得找一块木板，用锯条锯成肥皂大的方块。放学的路上，我四下踅摸，终于捡到了木板。锯条我家有，在仓房里。回到了家，我把木板锯成了黑板擦模样的方块，有毛边儿的地方，找来砂纸打磨。班级里的黑板擦是天蓝色的，为了让木板更加接近原来的颜色，我用蓝蜡笔一点点涂在木板上。接下来的事比较难了，黑板擦关键部位是毛毡，我根本搞不到那种毛毡，也不知道什么地方有毛毡。我的积极过于盲目，已超出我所能承受的能力。我开始打起了家里一条毛毯的主意，那条毛毯为灰黑色，虽然有些旧，开过线，但在那年月，是一个家庭富有的标志。孩子的心思，大人无论如何也不知道，我神不知鬼不觉用剪刀在那条毛毯上剪下一条。缺了一条的毛毯，什么时候被躺在炕上的母亲发现已经不重要，我也不记得了。我只记得我把这块毛毯条叠成黑板擦一样大小的小方块，用白面粉做成糨糊，将毛毯条折叠粘在一起。那时，我不知道世界上有"胶"这种东西，我以为所有粘连的物品都是用糨糊完成的。我将粘好的折叠毛毯条再粘在木板上，放在仓房窗台，等风干后交给史老师。我的想法不免一厢情愿，第二天放学回到家中，我急切地钻入仓房，想看看粘在木板上的折叠毛毯条上的糨糊干了没有。的确干了，但折叠毛毯条从木板上翘起，糨糊根本无法将这两样东西结实地粘住，我没辙了，想不到做一个黑板擦要比在乡下搓一个牛毛团还要难。

第三天，我还是没有拿出这个黑板擦，史老师上课时，手里握着那个破损的黑板擦，只能小心擦拭着黑板。那时的黑板用胶合板做成，四周镶了木框，板面用黑墨涂染，挂在墙上，无论是在上面写字还是擦拭，总是"咣当咣当"摇晃。这一天，我的眼睛也开始跟着黑板不住地摇晃，心神不宁。我想，这时的史老师心里肯定有话要说，只是正在讲课，不便分开思路。一堂课终于结束了，史老师的脸冲向了我，问："黑板擦做出来了吗？"我躲不过去了，再次撒谎说："做出来了，明天带来。"这一天，我的脑子里一直转悠着那个宣告失败的黑板擦，如果明天再拿不出来怎么办？撒下的谎，终归要自己圆下来。这时，我很想找史老师诚实交代，黑板擦制作失败；我还想着是否能去商店买个黑板擦，但很快又被否决了，我手里根本没有零花钱，也不便向父母张嘴索要。我就这么默默地煎熬着自己，直到放学离校。

走在回家的路上，我突发灵感：糨糊粘不了，为什么不用铁钉钉呢？我一路小跑到家门，钻进仓房，从工具箱里找出四根半寸长的铁钉，将折叠毛毯条铺在木板上，在四个角上钉上了铁钉，黑板擦终于做成了。

第四天上学，史老师刚走进教室，我赶紧从书包里掏出那个黑板擦，史老师喜出望外接在手里，忽然一愣，这黑板擦显然出乎她的预料，而且不是出自大人之手。她反复掂量着这个稚嫩的黑板擦，指甲划向蜡笔涂上去的蓝色，说："不错，我代表全班同学谢谢你。"史老师开始用这个黑板擦了，黑板擦擦向黑板的一刹那，我们的耳边发出了尖厉的声响，是铁钉与黑板摩擦的声响，一道长长的划痕出现了，惊心动魄。全班同学好像早就琢磨起这个怪异的黑板擦，一直憋闷着没有发出任何声音，这一个划痕终于划开了他们的笑声。史老师转过身，也在笑，她肯定觉得这个黑板擦滑稽可笑，同学们于是跟着放肆地笑了，笑得我咬牙切齿，头猛地埋向桌面。在天昏地暗中，史老师敲响了讲台桌子，那是黑板擦与桌面的撞击声，她粗暴地镇压住所有的笑声，教室一下子静了。安静中，史老师喊起了我的名字，让我站起身来。我站起来，耷拉着脑袋，史老师让我抬头，看同学，看老师。我万万没想到史老师泪水盈盈地愤怒着，说："我知道你们笑什么，我为你们的笑声感到羞耻，有谁能像夏鲁平同学这样亲手为班级做成一个黑板擦？我现在宣布，期末优秀学生、优秀班干部，就是夏鲁平同学，大家为他鼓掌！"顿时，我的心又一次热浪翻滚，泪水潸然而出。

不久，学校为每个班级分发了新的黑板擦。我做的那个黑板擦上课时一直被史老师攥在手里，她用这个黑板擦时，轻拿轻放，不再在黑板上擦出划痕。有时，她还将学校分发的黑板擦与我做的黑板擦交替使用，两个黑板擦都沾满了厚厚的粉笔灰。

第二学期，史老师离开我们班，教下一个年级。我们班新来了一位老师，姓何，是个三岁孩子的母亲。因为初来乍到，何老师上课时面部表情单一，且板着面孔。她对每位同学都一视同仁，从未在谁的脸上停留过。我们都好像不能接受年龄大的老师，总是与她保持相对警惕的距离。

何老师上课，喜欢操起学校统一分发的那个黑板擦。我做的那个黑板擦基本闲置，时间长了，被推到黑板槽边缘，与一些碎粉笔头挤在一起，我看着也几近麻木，认同了那个黑板擦本该拥有的命运。有一次，何老师写错了一个字，正站在黑板边上，随手摸向黑板槽，抓起我做的那个黑板擦，擦向那个错字，"吱——"黑板又响亮地现出了划痕，她的手停住了，看看这个黑板擦，皱起眉头说："这是什么破玩意儿，你们以前的史老师真能对付！"一扬手，黑板擦咣的一声被扔进了教室门后的垃圾堆里。

教室里鸦雀无声，没有我想象的那种哄堂大笑，我的心一落千丈，身子一动也不会动了，有同学偷偷转过头，瞥了我一眼，赶紧缩回去。教室里细微的情绪，没有引起何老师的注意，她走到黑板中间，拿起学校分发的黑板擦，退到黑板边缘，"咔咔"擦掉刚才没有擦完的字，继续上课。接下来的时间里，何老师讲的什么，我一句也没听进耳朵，我看着何老师的嘴巴一张一合，脑子里错乱混杂的声响此起彼伏。几天后，更为严重的事情发生了，我成了班级里捣蛋的学生，优秀学生被刷掉，劳动委员被刷掉，我在各种课堂上摇头摆尾故意弄出怪异的响声。我成了何老师眼中重点看管的对象，让她头疼了，疼得我心里有一种说不出的爽快。有别的老师上课，何老师过来趴教室门缝，偷看课堂纪律，看见摇头晃脑的我，推门进来，揪住我的衣领，拎出教室，让我在走廊站立，让我回家找家长。我背起书包离开学校，知道母亲躺在家里，根本无法出门，父亲整天抓革命促生产根本没空，抽不出身子管我，况且这事，我也万万不能告诉他。我开始逃学，我成了何老师的对立面，我与她不共戴天。粗心大意的何老师听说我以前是班级里的好学生，学习好，思想品德好，热爱班级，热爱劳动，她搞不明白我为什么一下子滑到了"坏"学生的行列。我感觉史老师试图在找我，我不愿意再见到史老师，有时我在操场上溜达，特意留心是否有史老师，只要史老师出现，我立马逃之夭夭。

　　小学终于毕业，我上了初中，随家庭住址入学。那个中学名声不是很好，有同学上了不到一个学期就转学了。我父亲似乎没有想过中学还有好坏之分，从没动过帮我转学的念头。在这样的学校里，学生有太多的自由和自在，到了初中二年，我可以不用藏着掖着把家里父亲用过的发黄的五十年代高级语文课本揣到学校，饿虎扑食一般吞噬里面的文字和故事。应该说，那是个渴望学习的年龄，我时常跑到邻近的重点中学——长春八中，趴向人家一楼教室的窗户，看重点学校学生是怎样上课的，看得心里一阵阵发痒，垂头丧气无奈返回。

　　有一天早上，我背着书包上学，走到中学校门口，竟惊讶地发现我小学时的史老师，她身穿我熟悉的粉红色的确良上衣，米黄色的裤子，站在不远处盯着我，等待我主动跟她说话。可我一言不发，也不看她，我已不是她所期望的学生了，我硬着头皮往校门里走，给她一个生冷的背影儿。

　　史老师肯定心凉了半截，我就这么狠着心让我与她之间凉下去。我走进了校门，感觉史老师突然从后面追上来，我加快了脚步，直着脖子，就是不理她。史老师不再追我，她站在了那里，嘴里发出了愤怒的声响："别忘了，你可是老师心中的好学生！"

　　那一刻，我站了下来，站在那里，脑子好像蓦地从混沌中回过神儿来。

　　几十年过去了，当教师的妻子告诉我，现在她给学生上课，使用的是电子白板，写在屏幕上的字，想要擦拭，张开手掌轻轻一抹，就会消掉上面所有的痕迹。

　　　　　　　　　　　　　原载《光明日报》2018 年 9 月 14 日

换 季

一

我老婆问起了一双鞋，高腰棕色的皮鞋。供热公司赶在星期天给暖气试热水，屋里暖气片里憋住了膨胀的气体，我刚拧开放风阀，我老婆那边就喊上了："我跟你说话呢，听见没有？"我手背抹了一把脑门汹涌的汗珠，"什么鞋，我从没见过什么棕色皮鞋。"我老婆强迫我放下手头上的忙活，指着地板上一堆乱七八糟的鞋盒子说："我记得清清楚楚，春天里我给你买了一双棕色的皮鞋，打了折，二百块，怎么说没有就没有了？"看着她那一脸光怪陆离的神情，我又将鞋柜重新查找一遍，那双高腰棕色的皮鞋却始终不见踪影。半个月前，隔壁楼里发生一起盗窃案，犯罪嫌疑人拎走一双某大学研究先秦文学教授的布鞋，穿在脚上，打开楼上对面的房门，大模大样登堂入室，窃走五条项链、三枚钻戒，和一沓价值几万元的连号人民币。作案后，布鞋又拖泥带水放回原处。我不希望这种事在我身上重演。

　　我老婆似乎还陷在那双高腰棕色皮鞋里难以自拔，那败坏的情绪大有持续发酵的可能，我赶紧拎起一双看好的黑皮鞋，以重新钉掌为由，逃出家门。

　　站在楼门口，我鼻尖凉了一下，不轻不重，在判断是否要下雨的时候，额头和鼻梁又来了那么两下清凉，同样不轻不重。手一摸，湿的，长长的水流挂在指间，的确是雨滴。冬天似乎从这一滴雨开始，下过这场雨，天很快要冷下来了。

　　我决定冒雨出门，奔向百姓超市门口那个老徐修鞋摊，修理我手里这双黑皮鞋。修鞋摊固定在百姓超市门前不知有多少年，自从有了超市，就有了修鞋摊，它俨然成为百姓超市门前不可分割的一部分。修鞋匠老徐是四川人，也许常年出门在外，那一口不标准的普通话，只是略带一点儿四川口音。每年春天他都要出现在百姓超市门前，一蹲就是一个春天，一个夏天，再一个秋天。天一放冷，下了头场雪，他就要收摊，带着老婆回四川老家。

　　修鞋摊其实是个一米见方带轱辘的木箱，外加一个蓝色塑料凳和他屁股底下坐着的那个折叠马扎。每天收摊，木箱上面的缝纫机缩回箱子里，锤子剪子那一整套七零八碎的工具噼噼啪啪扔进缝纫机两侧空隙，盖上箱盖，抽出屁股底下的折叠马扎，压在箱盖上面，拎起一根铁链子，穿过折叠马扎，在木箱上围上一圈，上锁，木箱推到百姓超市山墙那边一米多宽的缝隙里。特意留出的铁链头，套进墙缝地面铁桩上，重新加一把锁，就算完事。这一米多宽的墙缝，平时多是塞些百姓超市淘汰下来的纸盒、废纸、废塑料袋，有人来收废品，往往能拉走一汽车。我不知道修鞋匠老徐是怎样跟百姓超市达成的协议，每年冬天他回四川老家，这个修鞋木箱就存放在墙缝里。墙缝外面挂着一个大帘子，显然经过了精心处理，帘面有红砖图案，与百姓超市墙壁融为一体，不用心观察，谁都看不出那是个存放废纸盒废纸废塑料袋和修鞋木箱的墙缝。

老徐每年春天摆出修鞋木箱，百姓超市门前立马有了活气儿，多半是因为人多造成的效果。与修鞋摊一起凑热闹的，有一张掉了漆的灰不溜秋的象棋盘，不知谁从家里搬出来，没日没夜摊在地上。下棋的人多数是百姓超市楼上的住户，棋下得也没日没夜，好在百姓超市后半夜才熄灯。有人下棋，就有人看热闹，百姓超市门前因为有了这张棋盘，整天人流不断。也许因为有老徐看守，从晚上遗留到白天的棋盘上的棋子扔得狼藉一片，从没有人收拾，来人随时坐下，摆上棋子，随便开杀了。老徐有活时，干活，没活时，欠一欠身，从折叠马扎上站起，眼珠子像粘贴在棋盘里，看得一丝不苟。他的右腿明显有毛病，脚掌外撇，不能长时间站着，他只看了一会儿，又坐回他的折叠马扎，又极力拉长着脖子继续看向棋盘，观棋不语。从不言语的老徐，对每盘棋都看得津津有味，有时还会默不作声龇着牙乐起来。

老徐鞋修得好，远近闻名，这并不能说明他有多么高超的技术。修鞋就那么几个步骤和几样东西——胶水、橡胶掌，再就是刀具，打磨橡胶掌的铁锉什么的，跟别的修鞋摊没有差别。老徐修鞋不是靠他手上的技术，更多的是眼光。他接过要修的鞋，便知道鞋的主人走路是内八字或外八字。他会按每个人脚的重力进行修补，只要经他手修过的鞋，肯定把每个人脚上的不足或短板补回来。他这么了解每个人的脚，体谅每个人的脚，也许跟他自己的脚残疾有关，以己度人，他成了个好修鞋匠。对他有了认可，平时家里所有的鞋，我都找他来修。即便在外面走远路，鞋突然出了问题，也要坚持走回来。只有把鞋交给老徐修理，我心里才踏实，顺便还可以同样伸起脖子，看向正在对弈的棋盘，看对弈之人如何将棋子砸得叮当乱响！不知不觉，老徐会把修好的鞋扔到我脚下。

春天的时候，我老婆甲状腺出了毛病，做了手术。手术后她吃了代替甲状腺功能的药物，反应强烈，做事总是颠三倒四。我相信，那双不见踪影的高腰棕色皮鞋，肯定会在某一天某一时刻，在屋子里某个隐蔽的角落里被重新发现，这种奇迹，在我们以往的日子里不止一次出现。刚才出门之前，我老婆还说过："别看那双鞋才二百块钱，原价两千多呢，货真价实的名牌。开春时，我听说欧亚商都店庆商品打折，好不容易才买了一双。"手术后，我老婆有点闲不住，这我知道。至于她说买了一双高腰棕色皮鞋，我的确一无所知。我老婆突然狐疑地问："你是不是嫌我买得便宜，不喜欢，偷偷扔了？"听到这话，我赶紧溜之大吉。

老徐的鞋摊是否会收工呢，他不会傻到在这样的天气里顶着雨守在超市门口。我拎着这双需要重新钉掌的黑皮鞋，一步步向前走。下过了这场小雨，再来一场小雪，老徐就要回他的四川老家，需要修理的鞋，得抓紧时间，不然，这一个冬天都不会见到他。

二

老徐最初给我的印象并不怎么样，那大概是头三年或者头五年吧，夏天傍晚时分，我经常去超市门口围观下棋。有时，手里攥着刚刚从超市里拎出来的酱油瓶子或醋瓶子，不分主次轻重忘了老婆做菜急等着使用。那段日子我对围观有着特殊的瘾头儿，心痒痒得恨不得棋盘上谁退下，由我坐下来，跟对面陌生人杀上一盘。那些下棋或围观的人看着都脸熟，只是我们彼此叫不上对方的名字，顶多知道某某姓王，就叫他老王或小王，姓李，就叫他老李或小李，有些奇怪的姓，记不住也就记不住了，不用特意煞费苦心非记住不可。

在这里混久了，他们知道我白天上班，是个有单位的人，只是晚上这段时间能抽空跟他们凑到一起。也不知什么时候，他们知道我在税务部门上班，是的，税务！就是从生产、经营业主兜里往外抽取税款的人，事儿听着有点不舒服、不自在是吧？没办法，这是我的职业。国家如果没有我们这些收税人，哪儿来的钱？没有钱，拿什么建高铁、修高速、搞国防？说这些，有点儿像讲大道理，其实道理一点都不大。平时在单位，我手里有一定的权力，我依照税法替国家把守好税收这一道门户。这样的职业干时间长了，会落下职业病，就是一旦发现不法分子赚取国家税收便宜，总是恨之入骨，查办起来决不姑息手软。

我的职业也影响到了下棋。有时棋子走得不顺，情绪多有波动，对方往往要谦让我一点儿，但我不需要。我需要彼此遵守规则，这是我职业生涯养成的习惯，也是我的性格。老徐看好了我这一点，有意无意接近我，让我多注意他，有时我与他的脸面相撞，他立即现出巴结相，这让我很是享受也很是讨厌。尽管如此，我还是与老徐有一搭无一搭地说上话了。我发现老徐头脑里灌满了糊涂虫，税务、城管、工商、公安几个不同的部门他总是分不清，所有穿制服的，包括保安在内他都看成是同一类，好像这些人都是强势群体，专门欺负老百姓。这话我听着就生气，我也是老百姓，我们讲究的是服务，我们还不知道自己受谁欺负呢！

说两件事，能把人气个倒仰！大概是前年吧，前年夏天，我脚上的一双凉鞋开胶了，拎到老徐那儿修理，他开口就说："你们公安每年要没收好多自行车和电动车吧，你帮我弄一台没人要的自行车，往后修鞋全免费！"我低头看见他那只别扭的右脚，气不打一处来，他这是把我看成啥人了，怎么能好意思张这个口？再说，我只是个税务人员，跟公安根本搭不上边儿！鞋修完，我往木箱子上扔下十块钱，穿上凉鞋就走人，连一声解释都没有。还是那年夏天，我在超市门前看人家下棋，那是我很少见到的两位高手，棋走得正酣，我背后的衣襟被扯动了一下，接着又被扯动了一下。从棋盘上转过头，发现是老徐。他像是有事的样子，让我离开棋盘跟前的人群。老徐说："今天下午，我小姨子在头道街卖水果，秤和手推车被城管没收了，你行行好，帮我要回来！"我瞪着他可怜巴巴的眼珠子，不耐烦地说："我搞税务，跟城管有什么关系？别说我不认识他们，即便认识，我也不可能参与这些事，我丢不起这张脸！"话说得有些严重，肯定伤了老徐的心，他呆呆地愣在那里，半天没说话。我不知道他小姨子的事后来是怎么一个结果，但我知道，在这个城市里，不只是他一个人在做事，他还有亲属跟他生活在一起。

　　我以为驳斥了两次，他不再跟我提那些烦人的琐事。可我在他眼里还是权重如山的人，是他摸得着看得见的一根救命稻草。他的企求从没有放弃过，好像总有一天，我会成为他的贵人。去年，他大概搞明白了税务和城管和公安的工作性质，又来麻烦我了。这次麻烦还算靠点谱，他说："你认识不少老板吧，你能不能跟哪位老板说一声，帮我老婆找个工作，打扫卫生那种，做饭也行，我老婆跟我来长春好几年了，一直没事可干，主要是，她的腿小时候得了小儿麻痹，走路不利索，没人找她干活，要是有个认识人看着面子接收她一下，人家就会发现我老婆很能干。"

　　这事我总算应承下来，说："等遇到机会，我帮你说说。"

　　离开他的鞋摊，我很快把这个承诺忘得一干二净。

三

　　现在，我老婆说得有鼻子有眼儿的高腰棕色皮鞋没有了，这事搞得我们都挺闹心。自从我老婆做了手术，我不再在超市门口逗留了。棋盘周围再热闹，我也不会停留片刻。至于老徐，我也有半年多没注意他，偶尔去超市买些杂七杂八的日用品，他肯定会看见过我，只是我没有朝他瞅上一眼，他也不便跟我打招呼，更不可能追问我他老婆的事有没有眉目。

　　我拎着这双需要钉掌的鞋，去老徐鞋摊。天还在飘着零星的雨滴，在我的鼻尖或脸颊上凉那么几下，没有加大数量的意思。这样的天是否一直沉入到傍晚，沉到一片混沌的夜幕里，尚不可知。大老远的，我看见老徐身穿浅蓝色工作装，鼻孔下面挂着两根长短不齐的清鼻涕，手里正一样一样摆弄着修鞋工具。工作装是"一汽"特有的标志，左胸上印有"一汽"的字样，很是扎眼。他搞到这样一件大型国有企业的工作装，就好像跟"一汽"沾亲带故了，修鞋摊也会变得不同凡响。那浅蓝色的工作装有些日子没洗过了，两只袖口不知是鼻涕所致，还是修鞋造成的，满是油腻的污垢，根本看不见原有布料的颜色。他这样摆弄着工具，是要收工呢！我向他挥动的黑皮鞋，老徐看见了，他眼睁睁看了好一阵，确认我果真奔向了他，又低头从木箱往外倒腾那些修鞋的玩意儿。

我问："这么早收摊？"

老徐扯起那蓝塑料凳放到我跟前，意思是让我坐下。他接过黑皮鞋，放到地上一只，另一只攥在手里，掰了一遍鞋帮，也不问鞋出了什么毛病，就知道我要钉鞋掌了。鞋翻转过来，鞋底朝天套在铁砧上，他抄起铁钳拔掉鞋跟残留的旧橡胶和铁钉。为了确保不再有铁钉残存，他的拇指在鞋跟上摩擦了两个来回，将钳子换成一把铁锉，磨向需要钉掌的地方。鞋跟尘土飞扬，黑色的橡胶现出了新鲜的麻纹，他再从工具箱扯出一块报废的汽车轮胎，剪下一块，剪成一个半月牙，同样用锉打磨，磨出新鲜的麻纹。我的鼻孔瞬间钻进了橡胶摩擦所发出的气味，不得不歪头躲避。这当口，一条杂毛小黄狗，从老徐身后伸出头看向我，只看了一眼，起身了，试探着向我凑过来，鼻子伸到了我的裤脚。不知是出于防范的考虑还是说不清的原因，这条杂毛小黄狗又得寸进尺地将鼻子伸向我的脚面。老徐没回答我刚才的问话，很可能还在想着我曾经答应给他老婆找工作的事，生气了，或者他压根也不会生气，只是盘算下一步找个什么样的借口跟我沟通更见成效。

那条杂毛小黄狗的嘴巴和眼窝掺杂着白毛，像得了白癜风，它轻轻地站在我与老徐中间，等待我向它示好。这是一条没有任何主见和敌意的小狗，我伸手摸向了它的脑袋，感觉手里的皮肉松懈，手并没用力，它的眼皮便向上翻开，露出直勾勾的眼白，舌头适时地翻出，舔了几下嘴巴，无动于衷地承受我的任意摩擦和摆弄。

"你再晚来两分钟，我就不见了。"

"这雨一时半会儿下不了！"

"不下雨，也不会有人来。"

那条杂毛小黄狗听着我与老徐有一搭无一搭地说话，鼻子又凑到我手背上，凑到它想凑的地方，嗅起我全身的气味来了。我拍了拍它的脑袋，问老徐："你怎么养起狗了？"

"也不是特意养，夏天，我老婆把我手机安上了微信，说是找我能省话费，方便！微信真是个好东西，我怎么也摆弄不够，那天我摇一摇，就摇来了这小家伙，它趴在我跟前，怎么也不肯走。一开始我以为是谁家走丢的狗，后来发现不是，它就是一只流浪狗。我看实在可怜，花一块钱买了一根火腿肠，这下可好，它成天跟着我，我回家它跟我回家，我修鞋它就坐在这儿，我不嫌弃它，它也不嫌弃我，有我吃的，就有它一口。这小家伙精明得很,运气好的话,在这儿一天能得到好几根火腿肠,都是它自己叼着钱去超市里买。"

"它自己会买吃的？"

"不信，你给它一块钱试试，它认钱。"

果真是这样？我手摸向衣兜，它好像听懂了我们的说话，不住摇动起尾巴，讨好又焦急地眼巴巴盯着我手上每一个动作。对不起，对不起，我的脑子轰一响，怎么出门没带钱呢？

老徐说："我这儿有！"

他随手从上衣兜里掏出一块钱，递了过去，那条杂毛小黄狗两只后蹄撑地，直起身，前蹄向老徐叩拜再叩拜，嘴叼住那绿色一元纸币，落下前蹄，一溜烟儿跑进了超市里。

出门修鞋，兜里没钱总归是尴尬，特别是在老徐眼里，我还算个人物。刚才真是被我老婆吵晕了头，拎着这双黑皮鞋就往外走，也没想想兜里是否揣上几张纸币。

老徐问："你带手机了吗？"

我再次多此一举地摸摸衣兜，手机也没带。我注意到老徐的木箱顶上有一个扫码贴，他修鞋也可以用微信接收费用？可我没带手机，这项功能也无法使用了。

我说："我回家取钱！"

老徐伸出一只手，按住我说："不用特意跑，以后啥时路过这儿，再说！"

一块新鞋掌和鞋跟粘在了一起。我看见老徐手里的工作，琢磨着老徐这种表面的客套，能否代表着他真实的心理？假如这十块修鞋费，变成无限期的拖欠，他该怎么办？经验告诉我，他是个没多大承受能力的人，他很不容易，很艰难，不然不会把我当成公安局的人向我索要废弃的自行车，也不会求我向城管讨回他小姨子的秤和手推车。不管怎么说，老徐的话还挺宽慰人心的。

那条杂毛小黄狗乐颠颠从超市里跑出来，嘴里横叼着一根火腿肠，坐在我与老徐中间，将火腿肠撂在地上，用两爪按住，伸嘴不停地撕扯火腿肠上的塑料包装，然后尽情享受起属于自己的美食。

我拎着这双钉完鞋掌的黑皮鞋往回走，天上的雨滴好像没了。我回过身，半真半假地说："这事你自己想着啊，我一天天的事多，这钱忘给了可别怨我。"

老徐脸上挤出一堆难得一见的笑褶儿说："差不了，你还欠这小家伙一根火腿肠呢！"

四

小雨临近傍晚下起来，雨滴淅淅沥沥敲打了一夜窗外的一块铁皮，天快要亮时，变成了无声的雪。见到了雪，气温一下子向着寒冷逼进了一步，冬天真的来了。早晨出门，我看见树根、草丛、石头缝、墙脚残留着一块半块的积雪，凉丝丝的，有了一种久违的惬意。

老徐这一天也许会结束他一年的工作，木箱塞进百姓超市旁边山墙那一米多宽的墙缝里，锁上铁链，用纸盒掩盖好，然后走人，回四川老家。但这天早晨他依然顽强地坚守在超市门口，一点收摊的迹象都没有。看样子，他一时半会儿也不会离开。其实，早晨上班前，我从鞋柜里又找出一双棉皮鞋，准备出门时拎到老徐那儿去修理，顺便把昨天修鞋的十块钱还给他。快要走到超市门口，一辆私家车挡住了我前行的脚步，车轮碾压的雪水差点溅到我的裤腿。那辆私家车驶过去。路面的积水形成了一溜儿黑泥汤子，我根本无法踏进脚去。犹豫的当口，一堆汽车争先恐后汹涌驶来，彻底隔断了我穿越马路的念头。再晚两分钟，上班时间就会吃紧，我必须当机立断不在此停留，回家取车赶路。棉皮鞋扔进了车里，想着晚上下班再见老徐也不迟。

事与愿违，中午的时候，我接到一个电话，说晚上有个酒局，同学的，必须参加。到老徐那儿送修鞋钱的事显然落空了，还有我那双棉皮鞋，也无法及时修理。如果老徐回四川之前没有修上这双棉皮鞋，这一冬我穿着它都会不舒服，我的拖延实属被逼无奈。

第三天早晨，出乎意料接到领导的电话，我必须比平时提前一个小时到达单位，然后出差。时间格外紧张，我手忙脚乱地洗脸刷牙，简单喝一小碗小米粥，出了家门。最近我的同事发现一户商贸企业，开业不到半年，商品销售额竟高达三十亿，进项增值税发票品目全部是黄金，销项增值税发票品目也大部分为黄金，还有少部分为铝材、钢材、化妆品和服装。增值税发票信息显示，该企业进货为上海、西安、重庆等地，销售对象为安徽、天津等二十多个省市上百个地区，具有重大虚开增值税发票违法嫌疑，必须对该企业立案调查。事不宜迟，马上动身。这么早的时间，老徐不可能出现在百姓超市门口，我无论如何也无法与老徐见面。我想把还十块钱的事交给我老婆，可她自从认定那一双高腰的棕色皮鞋不翼而飞，一直耿耿于怀，这回，她又听说我毫无征兆地突然出差，情绪多有起伏，不求她也罢。

我们办理的这起案件，犯罪嫌疑人早已由公安机关控制，在大数据时代，正应了那句话——要想人不知，除非己莫为。犯罪嫌疑人被锁定那天，他所有信息都一览无余地呈现出来。这是一名重点大学经济学本科毕业生，从小失去了父母，由其舅舅抚养长大，从小学到高中，一直是班里的尖子生，平时少言寡语，大学时因班级保研不公有过轻生的念头，同学关系也不是很好。在被抓捕之前，他与女朋友钻进快捷酒店，三天没有出门，也许感到罪责难逃，故意放纵自己。这是一个帅气的年轻人，一米八的个儿，当我第一眼见他时，就知道摆在面前的是个难啃的骨头，一方面他会凭借自己的小聪明跟我们周旋，另一方面来自他乖戾的性格，这种人容易走向极端。实施抓捕后，犯罪嫌疑人一直被关在一间空屋里，我们向他宣读了政策，然后一句多余的话也不说，转身离开。从监视屏上看到，犯罪嫌疑人最初暴躁了两个多小时，后来感觉累了，没意思了，一步步在屋里来回走动。他对这小屋充满了好奇，竟然研究起屋子里每个角落和封闭窗户的位置。再后来，他坐在椅子上双手反复交替抠起了指甲，抠出了血。这一个重大信号，说明他心里在想事，快要崩溃了。我们一阵激动，又见了他一次，告诉他先不要着急，好好想想，想好了再说。又转身离开。其实我们在跟他进行一场心理的较量，较量是沉重的、漫长的，是一场无声的煎熬，需要足够的耐心。我们等待他心理包裹着的坚硬的外壳一点点炸裂、粉碎，散落一地。那一刻时间不会太长。忽然，他眼里不经意间冒出了一丝游离的光亮，接着晦暗下去。凭经验，用不了一个小时，他就会坍塌，开口说话了。事实上，我们的判断相当准确，经过了五十五分零八秒，这个犯罪嫌疑人突然情绪失控，放下了一直绷紧的自己，彻底完蛋了。我们都长长松了一口气，走出监视室，坐在了他跟前，听取供述。他先讲起他与舅舅的关系，讲他舅舅对他从小到大如何疼爱，现在他舅舅得了肠癌，他想用快捷的办法挣钱，做起了天上掉馅饼的发财梦想，那就是开了一户商贸企业。虚开了第一笔增值税发票那天，他揣着钱去了舅舅家里，扶着舅舅去饭店吃了一顿包子……我的心被什么东西拧了一把，这是个懂得知恩图报的人，只可惜走错了路。我镇定住自己，不动声色地坐着，他不知道我们已经掌握了具体数额和很多情况，索性将所有干过的事情和盘托出。我眼睛不错神地盯着他滔滔不绝供述的嘴型，他每供述一件，我心里都在累加起一个数字，五年、七年、十年、十五年、二十年……他的罪行早已超过了无期徒刑，他大汗淋漓释然了，我的心却疼痛起来、郁结起来，我眼睁睁看着一个人是怎样走向毁灭，又万般无助。我站起身，叫来工作人员，给他倒了一杯水。

犯罪嫌疑人的供述条理清晰，又引出了许多枝枝蔓蔓，本来几天能够完成的工作，我们却忙了半个月，欠老徐的那十块钱和修理棉皮鞋的事一放就是半个月，我没时间想这段时间老徐是怎样一种心理感受。

天气预报显示，这天气温要比半个月前至少下降了五度。刚才我回家路过百姓超市门口，看见老徐仍然坚守着他的摊位，也就是说，今年他在这里至少比往年延长了半个月。我原以为这半个月，老徐早回四川老家了，如果是那样，我那双棉皮鞋要重新找人修理，欠老徐那笔修鞋款，只能来年春天还他了。现在，他坐在百姓超市门口，简直把我吓了一跳，都什么季节了，他还没走？

也许坐在这里时间太久了，他经不住寒冷的吹打，整个人缩成了一团，那浅蓝色的"一汽"工作装，因里面套进了羽绒服，全身鼓囊成一只熊的模样，除了下颌系了两个紧绷绷的衣扣，大襟是敞开的，嘴里呼出一股股哈气，顺着头顶缭绕开去。看样子，他的两只手冻得有些疼，有些麻木，那缩成一团的身子在我的眼里动了，只见他伸出一双虬曲的手，捂在嘴上，接收着温暖的哈气，再两掌相搓，放下，插进趴在他胯前那条杂毛小黄狗前腿的腋窝里。那条杂毛小黄狗就那么老老实实趴着，眯着眼，似睡非睡让他取暖。难道这一个冬天他不准备回四川老家了？老徐以前说过，他还从来没经历过长春的冬天，不知道冬天会冻成啥样，他最想看的是这个城市里的雪，看春节过后房檐结成的冰溜子是个什么样子，在他的想象里，那些冰溜子不知要比溶洞里的钟乳石好看多少倍。

进了家门，我老婆看我一身疲惫，赶紧进厨房做了一碗热汤面，亲手盛在碗里，笑盈盈端过来，碗沿还搭了一双筷子。她好像知道我这半个月的工作压力，在用行动对我进行一次心理疏导，而且，很知趣地不再提起那双让人心里添堵的高腰棕色皮鞋。吃着我老婆端上来的热汤面，我又想起了老徐，琢磨着一会儿稍加休息，就去超市门口还钱。不能再等、再拖延了！哪怕有再多的理由，也不能欠人家的修鞋费用。我找出了十块钱，又特意找出一块钱单独存放在裤兜里，准备对那条忠实的杂毛小黄狗进行一次犒劳！我欠它一根火腿肠呢。

下楼取出车里的棉皮鞋，拎在手里，我向百姓超市门前走去。天又飘起了雪花，这样的天气不需要雨水在中间过渡一下，那雪就直愣愣从天上落下来。四处都冻得嘎巴嘎巴响。与老徐鞋摊相隔一条马路，我眼前似乎出现了错觉，怎么突然看不见老徐了呢？再次定睛看看，的确不见老徐了。百姓超市门前那只木箱旁边趴着那条杂毛小黄狗，老徐真的不见了。他屁股底下常年坐着的折叠马扎歪倒在地，也没人扶起。我匆匆穿过马路，走到老徐的鞋摊跟前，将棉皮鞋放在木箱上，我踯躅着四处寻找。老徐不能走远，他可能跑到哪个死角胡同，解开腰带撒尿去了，或许他早晨出门太早，没来得及吃饭，买了一盒方便面，到他熟悉的地方找热水，或许……或许什么，我想不出来了。

"你等老徐吗？"

"这会儿他干啥去了？"

"你不要等了，刚才他坐在这里晕倒了，被人抬到了诊所，估计一时半会儿回不来！"

"老徐怎么了，出了什么事？"

我站在鞋摊跟前傻愣着，老徐怎么会突然晕倒？看来，东北的气候他适应不了，早该回四川，他没有回去，注定要出事。我看着那条杂毛小黄狗，知道欠它一根火腿肠，就掏出一块钱递给它，我等待它叼走。那条杂毛小黄狗看着我手里摇晃的钱，眨巴眨巴眼睛，毫无反应。难道它不喜欢钱不喜欢火腿肠？我再次摇晃这一块钱，那条杂毛小黄狗向我靠近了一步，这回它终于经不住诱惑，想叼走这钱了。想不到的是，它甩给了我一个屁股，脑袋转到另一个方向，实施彻底的抗拒。它张望的一百米处，有一家私人医疗诊所，老徐刚刚被人抬到了那里。我应该去诊所还钱。那条杂毛小黄狗似乎看明白了我的意图，要跟我一起过去，但只是走了几步，又犹豫着停止了行动，转身回到那只木箱跟前，趴了下来。

诊所里的老徐清醒过来，只是他那条有毛病的右脚彻底不听使唤了，连带着他右侧半个身子也失去了灵敏。我问老徐："你自己感觉怎么样？"

老徐摇摇头，又点点头，他无从回答我的问话。

看到老徐这副神态，我不能只是简单还他十块修鞋钱了，在拿出十块钱的同时，我又递给他二百块，虽显微薄，但能稍稍缓解我心里的忧伤。诊所根本不敢接收老徐，他们已经叫了120救护车，给他老婆和他小姨子打了电话。这时，救护车已经赶到，头顶闪烁着紧张的灯光停在诊所门前，可老徐不想被救护车拉走，坚持等着他老婆和他小姨子赶来。现在，他身边所熟悉的人只有我了，他求我帮他取下腰带上的一串钥匙，左手很不灵便地分辨着，好半天终于找到了他需要寻找的两把，拇指和食指捏起，死死地捏住，他让我取下这两把钥匙，开始说话了。虽然口齿不太清楚，我还是听懂了他的意思。他说他以后修不了鞋了，让我帮他把木箱推到百姓超市旁边山墙缝里，锁上铁链子。老徐还告诉我一件最为重要的事，就是，木箱推到百姓超市山墙缝之前，一定要从箱底找出一双用报纸包裹着的皮鞋，那是一双高档皮鞋，少说也得上千块，是春天的时候一个女士交给他的，他钉完鞋掌，那女士一直没来取，他等了一个春天又一个夏天，估计那女士忘了。他想这几天天冷了，那女士会想起这双鞋，会来取，可到今天还是没有等来。

"你替我在超市门前打个广告！"

"是失物招领？"

"怎么都行，打上个广告，写上你的电话，一定要帮我找到她，她家可能就在这附近。"

老徐对我信任地交代完，他老婆一瘸一拐跟着他小姨子赶来。这是个长得周正的女人，虽然患有小儿麻痹症，但不失面部的周正。她六神无主地推开诊所的门，四处观察了半天，最后直奔老徐，开始絮叨了："我早就张罗回四川，你偏要磨蹭这几天，这下可好，这下可好！"伸出两手，不带好气地左一下右一下扯正那件歪歪扭扭浅蓝色的"一汽"工作装，回过头来，悄声细语与救护车上的人员进行了简单交涉。救护车无奈地开走了。他老婆要搀扶起老徐站起来，他们摇晃了半天，老徐也没起来，我上前帮了一把，和他老婆一左一右架起老徐，走出诊所。室外的雪光刺得人眼睛有些生疼，我眯起眼睛寻找他的小姨子，他的小姨子手里推着一辆锈迹斑斑的手推车，停在诊所门前，同样六神无主。老徐被磕磕绊绊扶上了手推车，他小姨子弯着腰，一用力，手推车就走了，走得悄无声息。路面一层清雪，印出两条七扭八歪的辙印，还有一串杂乱的脚步。他们不知去了哪里。

五

我老婆陪我处理老徐木箱那天，空中飘起了铜钱大的雪，大雪铺天盖地落在了我们这个城市。我很容易找到了那双高腰棕色皮鞋，是一双女士鞋。我老婆看见那双鞋，眼睛一惊，映亮了雪光，她不停地说："这分明就是我买的那双，是我放到了这里，我怎么忘得一干二净？真是糊涂，糊涂！"

我说："你给我买的那双鞋呢，就是打折那双？"

我老婆说："不是，我好像记错了，就这一双，我给自己买的一双！"

那条杂毛小黄狗不停地摇晃着尾巴，尾随着木箱来到山墙跟前，脊背盖着一层厚雪。我用铁链子锁好木箱，拉下带有砖形图案的遮帘，心中茫然。

我老婆问："这是哪儿来的狗？"

我说："不知道，今年它一直跟着老徐在这里。"

我老婆问："我们这么走了，它怎么办？"

我说："也许继续流浪吧！"

我老婆说："要不我们把它领养吧……还有，我想找到老徐！"

原载《民族文学》2018 年第 12 期

那　年

楔　子

我姥爷在河北老家好悬死一回。那是他们村子闹日本鬼子的年月，我姥爷被三四个荷枪实弹的日本鬼子逼出家门，跟全村一帮邋邋遢遢的壮劳力肩扛铁锹铁镐到指定地点挖壕沟。壕沟挖到晚上，日本鬼子回到岗楼，我姥爷那伙人也散伙回家。到了半夜，还是这伙人，又悄悄从家里出动，把白天挖出的那一堆土填回壕沟。壕沟是日本人的防御工事，我姥爷那伙人就是白天挖，晚上填，一直挺到有一批日本鬼子来了，大扫荡。

那是个尘土飞扬的秋季，我姥姥他们村子天空混沌一片，她领着我大舅跑出村子，站在十多里远的空旷的野地里。他们怎么也不会想到，野地的风更大，尘土更高，风卷尘土，撕扯起娘俩，似要将他们四分五裂。好一阵子，尘土刮过去，我姥姥以为这下可好了，心还没等松开两秒钟，野地里忽然现出蝗

虫一般的日本鬼子，端着刺刀，杀气腾腾，四五米一个人并排
走过来，老远就能闻到他们身上飘飞的血腥。

我姥姥说，你知道日本鬼子的刺刀为什么没刺进我的身子
里吗？是我的魂儿救了我，我那魂儿跑到苍天大老爷那儿，苍
天大老爷把日本鬼子的魂儿勾跑了，他们看不见我。

日本鬼子"呼呼"地跑过来，又跑过去，四周遮天蔽日狂风
大作，风里不但有血腥，还有汗臭和脚臭。我姥姥的魂儿慢慢
飞回来了，睁开眼睛，竟看见我姥爷被五花大绑地捆着，裹在
日本鬼子堆里，心咯噔一声，说我姥爷活不成了。她脚步踉跄
一下晕过去。等她醒来，那伙日本鬼子走出离她不到十几米远
停下，拉成一排，木棍一样站立，转身，"咔"地立正，每个五
花大绑的人前面都立着一个日本鬼子，各就各位，只听到当官
的一声喊叫，一个个日本鬼子端着刺刀龇牙咧嘴一阵助跑，那
么长的刺刀，"咔嚓嚓嚓"捅进那些五花大绑人的胸腔，血，柱
子一样喷出来。我姥姥闭了眼睛，不知过了多长时间，她的眼
睛睁开了，看见我姥爷竟然还站着，原来他前面少了一个日本
鬼子。在那些五花大绑人胸腔喷着血柱倒下去的时候，我姥爷
身边有一个人，胸部挨了一刺刀，居然没喷出血柱，那当官的
走到那个端刺刀的日本鬼子跟前，"啪啪"就是两个耳光，打得
那日本鬼子一个劲儿地"咔咔咔"立正，再次端起刺刀，照着那
个倒下去的人身上一顿猛刺。也就在这工夫，那日本鬼子忽然
扬起脸，眯缝眼睛看向我姥姥。寒光闪烁的刺刀，刺得我姥姥
的眼睛什么都看不见。那日本鬼子肯定想在我姥姥或者我大舅
胸腔上捅出一个血柱子，挽回他杀人不利的过失。

　　我姥姥身上的魂儿又腾地飞走了，还没等飞到苍天大老爷那儿，只听到"砰"的一声枪响，又把我姥姥的魂儿勾回来。我姥姥看见所有的日本鬼子全趴在地上，左顾右看，见没动静，当官的"哇啦"一嗓子，所有的日本鬼子"呼"地从地上弹跳起来，向枪响的地方跑去。那个刚才要杀我姥姥或我大舅的日本鬼子，也顾不上跑过来了，伸手牵着五花大绑的我姥爷，跟着那帮儿日本鬼子一路狂奔。

　　我姥爷被日本鬼子牵走了。走出不远，开始安营扎寨。日本鬼子们早已累得不行，躺在地上，让我姥爷给他们烧火做饭。我姥爷拾柴的工夫，走得远了一点，眼看能逃掉，忽然被一个警觉的日本鬼子"哇啦哇啦"喊住。日本鬼子吃完饭，又开始扫荡，目标是我姥姥他们的村子。这时的我姥爷，已不再被五花大绑，日本鬼子用节省下来的绳子捆绑新抓来的人。抓的人多了，绳子不够用，再次站成一排，把先前抓来的一拨人用刺刀捅死，解下绳子，捆绑下拨新抓来的人。

　　凭感觉，日本鬼子随时会动杀机，我姥爷必须想办法跑掉。村子里每一块土坯、每个墙缝或每一棵墙头草，他都了如指掌。在行走的过程中，我姥爷趁身边一个日本鬼子打喷嚏的工夫，朝身边周围扫了两眼，转身跳过一个院墙，眨眼人就没影了。

　　我姥爷一路跑到了东北长春。这时的长春早已被日本人改为伪满"新京"。

　　我姥爷在"新京"日本人开的棺材铺做工后，将我姥姥和我大舅从关内接到了东北，安置在离棺材铺不远的一个叫小房身的地方。我姥姥每天都能在自家院子看见棺材铺里的一堆堆圆木和一排排厚实实的红漆棺材，摆在一块大敞地上，晾晒在阳光下，光彩耀眼。

那一段时间，我姥爷在棺材铺里受尽了欺凌，决定跟几个拜把子兄弟与日本人大干一场。

那是个阴霾密布的晚上，我姥姥在昏暗的土坯屋里，借着油灯，翻箱倒柜找出一个个巴掌大的麻布条块，用细密的针线连接成了一块大布，准备晚上缝在我大舅的裤裆上。我大舅裤裆烂成一个破洞，像被狗掏了，没法替换，我姥姥只能事先将它缝制好，等我大舅钻进被窝，再缝补裤裆。也就在这时，她听到红房子那边响起了枪声。

据一个跑出来的兄弟讲，红房子那边死了十多个木匠，他们的暴动还没开始，就被日本先兵发现了。我姥爷他们跑出棺材铺，跑向红房子，想夺取武器进行反击，哪承想前面的机枪响了，我姥爷他们一干人，活活被打死在大野地里。那位兄弟还讲，我姥爷早就想联系到东北抗日联军，可他们始终没有联系上。

我姥爷死了，没死在大扫荡那会儿，死在了东北。

一

若干年之后，我姥姥为我大舅缝制秋天小棉袄的这天下午，院门外蜂拥起一股日本难民。我姥姥牙齿咬断一根线头儿，干涩的眼球盯起那些累得东倒西歪的行人问："唉，怎么又来了一帮儿？"

推开油纸窗，用一根油黑的木棍撑起窗框，我姥姥觑眼向外张望。

那些难民走得慌张，个个像裤兜里赘着一泡尿，两腿夹裆踽踽而行，匆匆赶往我姥姥家后面的红房子。红房子离我姥姥家半里地，是光复前日本人的军火库和粮库，红砖墙围成的一个大红房子，如草甸子上一座孤零零的坟茔。

"新京"里的日本居民早在头几天跑光了，能带的东西，都带在了身上，没有像现在这帮人这般狼狈。前几日，还有一伙儿从蛟河那边赶来的垦荒的日本农民，大老远地来到长春，以为从这里就可以回他们的日本国，可眼下的城市已不是伪满的"新京"，而是中国的长春了。一个个刚才还趾高气扬的日本人，转眼间便惶惶然，变成了缩头乌龟，一窝蜂地赶往红房子，扎着堆儿怎么也不肯出来。

"眼下这一帮人，是哪儿来的呢？"我姥姥禁不住再次向院外望去。

有金发碧眼的苏联士兵，开着卡车虎虎生威地从那些日本人身边呼叫而过，轮下卷起旋风一样的尘土，瞬间吞掉了这些不规则的队伍。尘土跑进了院子里，我姥姥赶紧撤下油黑的木棍，放下油纸窗。

尘土渐渐回落下去，那些日本人轻声咳嗽着，吐起带有泥土的唾沫，缩头缩脑显露出脸、身子，还有背部七零八碎的东西。有一个小孩子嘤嘤地哭起来，我姥姥再次推开油纸窗，定睛瞅向窗外，见一个日本女人急急地猫腰，脚踏碎步，将手里牵着的小女孩儿拉扯得七拧八挣。小女孩儿的眼睛里好像进了沙子，那只没被攥住的手，不停揉搓，泪水与尘土将小脸儿画成了一片污浊。

我姥姥实在看不下去了，大声喊那女人。那女人头也不抬，反倒加快了不规则的碎步，奔跑起来。小女孩儿摔倒了，摔得我姥姥心里扑棱一声，赶紧甩起小脚儿下炕，鞋还没完全穿上，就推开房门，奔到院门外。我姥姥强硬而武断地抢过日本女人手里的小女孩儿，手指翻开她的眼皮，嘴贴了上去。那日本女人瞪着惊恐万状的眼睛尖叫一声，挓挲着两只悬空的手，不知是要抢回孩子，还是自己马上逃掉。

我姥姥没等那日本女人做出反应，舌头已经舔完小女孩儿的眼球。小女孩儿眨巴眨巴湿润的眼睛，好了。日本女人站立在那里，愣眉愣眼地看着她的孩子，看我姥姥，再次扯起那小女孩儿，一句话没说，脚踏碎步"嗒嗒"地赶路去了。

我姥姥回到屋里，伸开手指，丈量起刚刚为我大舅缝制完的秋天棉袄，感觉这股日本人比先前从蛟河来的那帮还要狼狈，半个时辰过去了，长长的队伍仍没断流儿。我姥姥低下头，看着炕上铺展开的棉袄，猜度着还是做肥了，喊我大舅进屋试试，我大舅说："我要去卖瓜，没工夫。"

我姥姥说："要是做肥了咋办？"

我大舅回答："肥了不要紧，扎根儿麻绳儿就行了！"

我姥姥歪起头无可奈何地笑了，目光还在打量着棉袄，心说："真是好呢，手摸着软软乎乎，如今光复了，我儿也应该正儿八经地穿一件新棉袄了。"

转眼间，红房子那边的日本人越聚越多，老远看去，像一大片腻虫，黑乎乎的一片，不声不响地倒在院子里。地面满是大大小小的蜡纸，红红绿绿的棉布垫儿，怪里怪气，五花八门。

让我大舅想不到的是，他挑着两筐香瓜来到红房子，竟然好半天没有人搭理。尽管我大舅在张望中喊破了嗓子，也没人肯离开屋子里半步。我大舅喊声太大了，震得两个香瓜滚出筐外，摔裂，瓜瓢里的黄水儿不紧不慢流出来，香味四溢，惹得趴在门槛上一个日本小男孩儿吧嗒起嘴巴，眼睛直勾勾盯过来。我大舅乐了，拿起了一个裂了缝的瓜，走过去，准备引逗那小男孩。鬼知道，引逗还没开始，那个瓜就被小男孩儿夺入手中，撒腿跑进了红房子里。我大舅垂头丧气走回到瓜筐旁边，抓起另一个摔坏的香瓜，擦巴了两下，"咔嚓咔嚓"吃起来。

二

"那挨饿的滋味真不好受哇！"

在头一拨日本人跑来的时候，我姥姥看见红房子里饿得东倒西歪的人，熬了两桶稀黏的高粱米粥，小脚儿颤巍着让我大舅帮助挑到红房子。那些日本人看见两桶高粱粥，尽管一个个饿得不成样子，却没人凑过来回应，一个个木头人似的倒在地上。我姥姥看出他们心存芥蒂，好像她的粥里放了毒药似的，便脸色一变，扯起脖子使劲儿喊："你们不吃，我吃，别把好心当作驴肝肺！"我姥姥当着日本人的面儿，从两只桶里各舀了半勺稀粥，张嘴仰脖儿，"咕咚咚"倒进肚子里，抹了两下嘴巴子。见那帮人仍无动于衷，一脚踏进人堆里，看到地上有空碗，舀一勺粥，"当"地敲进人家碗里。过去我姥姥在关内老家，只要见到有讨饭的人进了她家门，家里有菜团子，给菜团子，有粥，给人家一口粥，绝没有让他们空手离开过。现在，我姥姥主动登门送高粱米粥，却不招人待见，心里那滋味，别提有多尴尬。好在我姥姥乐善好施，完全来自心中的不自觉，情绪也就放平和了一些。

此时，我姥姥家里有了足够的粮食，是从红房子里搬来的。光复那天，人们好像从一连串长梦中醒过来，懵懂地搓起眼皮，撒腿跑到街上，放开嗓门叫喊着，敲脸盆，砸铁桶，满大街都是"叮叮咚咚"的激越之声，有人觉得不过瘾，脸盆铁桶举过头顶，狠狠摔向地面，脚踩下去，再踩下去，脸盆扁了，铁桶也扁了，这时，就听到有人喊："快到红房子扛粮食啊！"所有的人都愣了，手中的摔打戛然而止，疯一样向红房子那边儿飞跑。我大舅在奔跑中被人踩掉了一只鞋，回身刚要捡，看见他家前院的大闺女推了他一把，然后从身边跑过去，屁股上的一大堆肉坨坨，一点也不显得累赘。真是开眼界了。日本人撤走那天，红房子里扔下了一麻袋一麻袋的米、豆油、榻榻米（床草垫）、洋火、洋油，整整一屋子，全是做梦都见不到的好东西。

我姥姥听到了喊声，抓不到我大舅的影儿，便急火火随着大伙儿一溜烟儿地跑到红房子，扛上半袋子大米就往家跑，那米真香啊，她还从来没有这么近距离闻到过大米的香。她早就听说东北有这种高级的粮食，放在锅里煮熟，满屋子会灌满了香气。那大米还会自动出油，油汪汪的大米吃起来，不用夹一口菜。

红房子里的人眨眼多了起来，不管住在远处的，还是近边儿的，男女老少们全都行动起来。我姥姥把肩上的粮食往自家院子里一摔，又想起找我大舅，哪知我大舅弯腰弓背扛着一麻袋大米破门而入，手里还拎着两桶豆油。我姥姥那个乐啊，她和我大舅再次返回红房子，看见成袋的大米瞬间被人扛光了。有人开始收拾地上洒落的大米。虽然米掺杂着土，白白的米粒变成了灰土色，那也有人要，那灰土色的大米扛回家，用井水一冲，白还是那个白，照样香喷喷地好吃。我大舅没工夫拾地上的大米，他直接奔到一麻袋高粱米跟前，抓起，往肩上一甩，腰一弓一挺，那只麻袋就上身了。我姥姥抓起三桶豆油，实在抓不住，心痛地扔下一桶，被我大舅随手拾起，啥也别说了，娘俩抓紧时间往回跑吧，跑回家再跑回来。

我大舅说："我从来没见过日本人吃高粱米，这些高粱米都喂牲口。"

我姥姥说："他们不吃咱们吃，咱们哪顿不吃高粱米？高粱米对我们来说，也是好东西。"

再从犄角旮旯找出一些洋火、洋蜡、洋皂，还有一小桶可点油灯的洋油。洋油也叫煤油，是老百姓生活必备品，每到晚上，每家屋子里都要点上一盏煤油灯。为了使煤油灯发挥最大效能，也为了节省煤油，我姥姥往往要把煤油灯放在里屋与外屋之间的一尺见方的窗口上，一盏煤油灯同时照亮两个屋子。中国老百姓晚上照亮从来不用洋蜡，都说日本人的洋蜡是用死人的油脂做的，点着那东西，总感觉屋里有无数冤魂在跳动。

两桶稀粥很快分完了。红房子屋里到处是打碎的瓦罐、酒瓶，还有没被人收拾干净的大米高粱米粒。我大舅没目的地在红房子里走了两圈，无所事事的，他看见西墙根儿有个废弃的灶台，灶台旁竖着高粱秸。因为无所事事，脚在高粱秸上划拉，就这一脚，问题来了，那里面好像有什么东西。我大舅再用脚划拉一下，这回划拉倒几根高粱秸，里面有个东西隐约出现了。我大舅拽走高粱秸，突然浑身一激灵，他的眼前出现了一个大活人。那人双手捂头，身上打着战，从头到脚全是细碎的高粱叶子。真是稀罕了，我大舅伸手去拽，发现是个女人。那女人惊恐地抬起脸，我大舅也同样惊恐起来，他不敢相信自己的眼睛，更不敢相信面前发生的一切，他看见了枝子。

我大舅轻声问："是枝子？"

枝子看着我大舅，混沌的眼神透露出无比的绝望。

三

光复之前，我大舅一直在加藤家当傅役。加藤家住在长江町，那是"新京"城里一条狭窄的筒子巷，阴暗潮湿的街面，散发着发霉的气味、肥皂水的气味，还有一种说不清道不明隐隐约约的尿臊味。我大舅去加藤家当傅役那天，长江町一直没完没了下着小雨，街面上的人少得可怜，我大舅跟着我姥姥头顶撑着一件布褂子去长江町买洋火，有个日本女人打着花油纸伞，踏着碎步走到他们跟前，也许是雨天视线不好，人心就焦躁，那日本女人伞边忽然剐碰到我姥姥的肩膀，我姥姥还没来得及躲闪，那日本女人停下碎步，冲我姥姥喊了一通日本话。我姥姥没听懂，拉扯着我大舅就走，那日本女人踏着小碎步离去，还没走多远，身子忽然僵住，只见她提了一下裙子，蹲下去，细雨打湿的地面顿时热浪湍急，尿流溅起一溜儿白花花的泡沫，顺着木屐底儿流出来。

我大舅眼睛都看直了，他第一次看见日本女人这样如厕。

我大舅的呆相儿被加藤逮了个正着。加藤笑眯眯地一点没有责怪我大舅的意思，他扯掉我姥姥和我大舅头顶的湿布褂子，用半生不熟的中国话说："我看好你儿子了，你儿子必须、马上去我家做傅役！"

我姥姥瞪着惊恐的眼睛问："什么叫傅役？"

加藤说："佣人！"

那个如厕完的日本女人折回来，抬手抿起一根耷拉在脖颈上的长发，掖到耳后，与加藤一阵"哇啦哇啦"，加藤对我姥姥说："反正我们看上你这孩子了，这事就这么定了。"

我姥姥拽起我大舅就跑，可她的脚像踩在了棉团上，怎么也跑不动，腿一软就瘫了。

迎面走来一个人，看着我大舅说："看你这儿子，长得白白净净大个头儿，谁看谁相中，你这事十有八九是躲不过去了。"

我大舅在加藤家当上了傅役。他每天早晨按时给那两口子端走积攒了一宿尿液的尿盆，倒在院子里的树根底下，将尿盆洗刷干净，扣在外屋门板后面。白天的时候，他还要给加藤家做饭洗碗，出外打酒。那酒曾一度引起我大舅的好奇，他始终搞不明白酒究竟是什么东西，加藤为什么喜欢喝。有一回，我大舅打酒回来，实在忍不住，悄悄拧开酒瓶盖，仰起脖子嘴对着瓶口，这一喝不要紧，我大舅满嘴的酒液像喷枪似的射了出去，脸红脖子粗地咳嗽个没完。酒抖落出半瓶，这样拎回去，肯定挨打，我大舅自作聪明找到自来水管，把酒瓶灌上了水，一路小跑地回到了加藤家里。

喝酒的时候到了，加藤打开酒瓶还没等喝呢，眯起小眼睛向我大舅招手，我大舅胆战心惊走到他跟前，加藤欠起屁股，挥手打来一个耳光子。

就在那一次被打，我大舅彻底改变了，他不再是我姥姥所熟识的我大舅，而是成了地地道道的佣人。他熟通加藤家一切习惯，各种活儿干得有板儿有眼儿，有条不紊。我大舅不久学会了几句日本话，穿起了加藤淘汰下来的和服。有一次，他领我姥姥在西安路乘摩电车，居然混进了日本人堆里，上了头等车厢。我姥姥想跟我大舅一起上车，被日本人一把拽扯下来，搡到后一节车厢。后一节车厢是中国人乘坐的，挤得我姥姥快要喘不上气儿了，她在车厢里拼命地往前面挤，想透过车窗看我大舅。让她惊讶的是，前面那头等车厢只坐着几个零星的日本人。

下了摩电，披头散发的我姥姥扯过我大舅，说："你把我甩到后面去，就不管了？"

我大舅说："我没想到你没上来，我以为你早上车了呢！"

回到家，我姥姥想不明白我大舅咋就变成了这样儿，日本人乘坐的车厢咋就叫头等。有时晚上做梦，感觉自己偷偷走进了头等车厢，还没等脚跟站稳，就被日本人识别出来，吓得她出了一身冷汗。从那时起，我姥姥避讳逛街，她对出行总带有一种恐惧，有几次不得不出门，没走多远，迎面碰上日本人，她马上低头让路，生怕躲让不及，遭受一顿"叽里呱啦"的臭骂。我姥姥出门大多数是到北面大野地里挖野菜、拾煤核儿、捡破布。也不能走得太远，走远了，便是日本人的红房子，那里是中国人的禁地，是让人望而却步的地方，一不小心冒犯了那里，会惹来杀身之祸。

为了能更多地见到我大舅，我姥姥常在红房子那边垃圾场捡些破布，用碱水洗了，搭在院子里的石头上晒干，再熬一碗糨糊，抹在破布上，两块破布黏在一起，再在两层布上抹一层糨糊，再贴上布。如此反复，我姥姥会将七八层破布黏住，放到平板石头上，用木槌轻轻敲匀，敲实，在太阳下彻底晾晒之后，用细密的麻线一针一针缝制，做成一双双大小不等的鞋垫。鞋垫拿到长江町卖掉，她就在加藤家门前开始了漫长的等待，直到看到我大舅匆忙的身影一闪而过，才悄悄离开，找到一家商铺用手中的钱换来毛线，回家织毛领、毛手套，再拿到长江町卖掉，再等我大舅。我姥姥很会精打细算，看着不可能的事，在她手里一倒腾，就变成了家里的煤盐酱醋，变成了家里的许多生活之需。

有一次我姥姥去长江町卖完东西，突然看见我大舅拎着酒瓶子从加藤家跑出来，他腰间肥大的和服上系了条麻绳子，别提有多狼狈、多难看了。我姥姥当时鼻子一酸，眼泪差点下来了，她不能再责怪我大舅，这孩子活得有多不容易。我姥姥使劲喊住我大舅，说："你跑啥呢？"

我大舅停下脚步问："我跑了吗？我没跑！"

我姥姥的眼神儿顺我大舅腰上的麻绳，不由自主出溜到他脚上了，我姥姥问："你脚上的鞋是谁的？"

我大舅说："加藤的。"

我姥姥问："合脚吗？"

我大舅说："还行。"

我姥姥说："明显大呢，不合脚吧？"

我大舅说："还行。"

我姥姥问："磨不磨脚？"

我大舅说："还行。"

我姥姥生气了，说："什么还行还行，你就不能跟我说一句正经话吗？"

我大舅说："你别老跟着我，你要是被加藤看见了，我这一天的活儿就白干了。"

加藤家最难侍候的是他们的独女——枝子。枝子有一身臭脾气，饭来张口，衣来伸手，家里油瓶子倒了都不肯扶一下。就这臭脾气，我大舅还得每天给她洗袜子、洗衣服、洗她随便甩下的物品。枝子每天洗头，都是我大舅事先烧好水，倒上适度的冷水，枝子才慢慢腾腾散开自己的头发，低头扎进水盆里。这时候，我大舅会手拿毛巾站在枝子跟前，枝子的头从水盆里抬出来，我大舅及时递上毛巾。洗完头的枝子，从来不看我大舅一眼，头上散发出清凉的气息，一溜烟儿地刮过去。枝子每个月的月经带都是扔给我大舅来洗，我大舅还会从枝子床头、床底搜集起一条条月经带，泡在水盆里，用洋皂打成泡沫，一下一下使劲揉搓。腥臊的月经带混杂着洋皂的气味，很容易钻进鼻孔，我大舅却浑然不觉。枝子每个月固定来月经的那几天，洗得洁白透亮的月经带时常搭在晾衣绳上，系上活扣，风吹来，如一条条灵幡在空中呼啦啦任意飘飞。

让我大舅百思不得其解的是，枝子也随她母亲，裙子里不穿裤衩。有时她走着走着，忽然定住，两手提了一把裙子，原地蹲下，脚跟处便淌起了黄色的尿流。尿完了，站起身，该干什么干什么。没多久，我大舅看着枝子如厕的方式，已见怪不怪了。

四

现在，怎么说呢？身上没有了娇气，没有了臭脾气的枝子，百般顺从地一只手扯住我大舅的衣袖，另一只手捂住脸，低头走出红房子。我大舅已顾不上周围奇怪的目光，反倒握住扯着他衣袖的那只手，行走在明晃晃的阳光里。阳光比人的眼睛还毒辣，很快让我大舅脑门子汗涔涔了，密密麻麻的汗珠聚集在一起，在脸颊上形成一条弯曲的河，不停地流淌，流到脖颈子里，又顺着前胸后背扩展成更广阔的流域。

日本侨民撤退的那天，枝子跑到了一家中国戏园子。撤退的消息已经吵吵嚷嚷四五天了，加藤辞退了我大舅，开始收拾屋子。他把家里值钱的东西打成一个个包裹，最后发现包裹太多,根本不能全部带走。枝子看着屋里堆积如山的物品,心就烦,想独自走出家门,转换掉抑郁已久的心情。加藤说:"你去哪儿?我们接到命令,拔腿就走,你哪儿也不许去。"枝子踏出的脚步又缩了回来。加藤重新打开一个个包裹,将更值钱的东西集中在一起,放进一只皮箱里。枝子看着又是心烦,她总听加藤说"要撤,要撤",可没见过他们有一次真正动身。枝子又要溜出屋子了,那是一个天要黑还没完全黑下来的傍晚,所有的东西都变得模糊不清,枝子轻轻挪动起脚步,似乎一闪身就迈出了家门。

枝子对自己的行动颇为得意,还有点刺激,觉得人还是经历一点什么为好,不然日子该有多么乏味。枝子在戏园子玩耍的时候,始终感觉这里的气氛跟平时有点儿不一样。怎么不一样呢?她也说不好,好像头顶悬挂一块大石头,不知什么时候会掉下来,像多日来不断做着的噩梦一样。就在这时,她听见有人小声说,日本侨民马上要撤退,这回该轮到日本人完蛋了。枝子听着,刚要发作,听见戏园子里突然响起了一阵骚动,还有脚步不停的"嗒嗒嗒"声,一个玻璃瓶不明真相地被摔碎了,发出了巨大的响动,街上出现了一阵阵压抑已久的呼喊。枝子跑出戏园子,眼见一个日本少年光着脚踩进水坑,身上、脸上溅上好多泥点子。

"光复了,光复了,日本话不用学(xiáo),过了今天用不着!"

那日本少年从水坑里拔出脚,甩起散乱花儿的分头,再次接着跑,边跑边回过头,抹了一把鼻涕,声嘶力竭地喊:"奴才们,听好了,再过三十年,我还要回来——"

光复了,光复了!

枝子跑回家里，屋子空了，到处是烧焦皮革的气味、纸张黑灰的气味，屋地一满瓦盆的灰烬早已冷却，有斑斑水迹落在地板上。父亲和母亲不知去哪儿了，大大小小的包裹散落一地，那只放贵重物品的皮箱子已经不见了踪影。桌子上放着一张纸条："亲爱的枝子，我们等不了你回来了，接到命令，我们必须马上起身，你回来后，去铁路西侧那个叫红房子的地方找我们，如果我们在红房子仍无法见面，那说明我和你妈已经动身去日本国了，你在红房子不要乱动，等下一拨我们的人到达时，你跟随他们一起撤离。"

枝子在红房子里孤零零蹲了一天，才等来那头一拨的日本人。

现在，她只有老老实实跟我大舅回家。进了院门，也不知怎么，脚不小心绊到了门槛，险些跪在地上。我大舅一把拉住了枝子。枝子见到我姥姥，两手叠放在腹前，规规矩矩鞠了一躬，低眉顺目得已完全不像从前骄傲的枝子。人一旦落难了，身子和心都软得不行，好像我姥姥哪怕说一句无关紧要的话，枝子的眼泪都会扑簌簌落下来。

我姥姥明明知道枝子是加藤的独女，还是把她安排进了自己家的西屋，然后到院子井里摇了两桶水，拎回来，倒进大锅里，灶坑添了柴，点着，不一会儿，烧热锅里的水，舀进瓦盆里，端进西屋。过去日本人猖狂的时候，我姥姥对他们没什么好印象，知道那些人总是小算计，欺负人，眼下，面对跑过来的日本老百姓，我姥姥轻轻叹了一口气，还是做着她力所能及的善举。

拉上西屋窗帘，拉上门帘，枝子始终站立不动，她这是在等我大舅过来帮忙。哪知我姥姥一把将我大舅推进了东屋，说："女孩子洗澡，你不许过来。"

枝子的澡洗得足够漫长，好在她一两个小时后终于出来了，脸红乎乎的，散乱着头发，来到了院子里，上身穿着我姥姥给她的衣服，下身用一个床单缠在腰上，浑身上下又透露出清凉的气息。她在院子里站住，忽然双手提起床单要蹲下，我姥姥手疾眼快，赶紧拉起枝子往房山头儿那个用高粱秸围起来的茅坑走。枝子进了茅坑，又忸怩出来，她怎么也不肯在茅坑里如厕。枝子在茅坑外面走了半圈，趁我姥姥不备，猛地蹲下来，热烘烘的尿流散发出臊气熏天的气味，在高粱秸边儿蜿蜒流淌。

枝子在我姥姥家一住就是三天。她晚上在西屋睡觉，白天几乎跟我大舅形影不离。我大舅走到哪儿，她跟到哪儿。我大舅去茅坑，她站在茅坑外面等我大舅；我大舅躺在炕上睡午觉，她坐在我大舅跟前的炕沿边默默地等待；我大舅不小心裤裆里放了个屁，她就双手捂住嘴哧哧地笑。

我姥姥看出点问题，喊枝子："你把院子里水盆给我拿来，对，放在这儿，先别走，门后还有洗衣板，对，就这个洗衣板，先别走，我有重要的活儿交给你……"看见我大舅，又喊："你们自己干自己的事，不要总黏在一起啊！"

我大舅做傅役的时候，枝子在他心里高不可攀，如今枝子落难了，从高处掉下来，我大舅那种超乎寻常的表情，无一漏掉地被我姥姥看见。

我姥姥拉我大舅进了东屋，她手劲儿太大，攥得我大舅生疼，也不肯松开。关上屋门，把枝子隔在了屋外，我姥姥对我大舅说："你也到了娶媳妇的年龄，赶明儿，妈给你找个中国姑娘，日本人咱不要，你要是娶了日本媳妇，非让人笑掉大牙不可，以为咱家没能耐呢。"

我大舅点点头，一脸凝重。

我姥姥问："你记住了？"

我大舅说："记住了。"

我大舅还记住的是，离"新京"相隔几百里，有个叫蛟河的地方，那里黑黢黢的土地和清澈的水源生长着大面积的优质水稻，日本军人把他们的老百姓带到那里开荒农垦，不知描绘了多少美好的愿景。如今，苏军打过来，日本人战败了，这些老百姓举目无亲地向长春逃来。他们逃向红房子时，正是半夜，我大舅听到院外的脚步声，起身趴向窗户，见一个个黑影围着红房子"嗖嗖"穿梭而行，然后走进去，没了动静。

听说又新来了一拨儿日本人，第二天早上，枝子迫不及待脱掉我姥姥给她穿的衣服和围在腰上的床单，换上她那套洗得干净的衣裙，赶往红房子。我大舅不放心，跟在枝子屁股后，一直护送着她。那一路，我大舅是一种怎样的心情，谁都不知道，他的脚一边不停地踢着枯黄的落叶，一边行走，始终不语。到了红房子，枝子低着头，轻声细语说了一句："谢谢！"带着清凉气息钻进了红房子里。我大舅呆呆地站着，看着那些蓬头垢面的人，心说，这些人还是来晚了一步，去日本方向的路已经走不通了，他们只能守候在这里，不知要等到何时。

我大舅每天都去红房子，站在外面，伸长脖子张望，希望每天能跟枝子见上一面。哪怕什么也不说，只要见到枝子，就会心满意足。一开始，我大舅还以卖瓜为借口，在红房子外面逡巡又逡巡，后来，他连这个借口也不要了，整天在红房子外面闲转悠。又看见那个吃了他一个裂缝香瓜的小男孩，我大舅兴奋不已，赶紧招手问："你能进里面喊一下一个叫枝子的人吗？"那小男孩伸出手来，好像是要瓜，我大舅摸摸自己的衣裳，摸不出什么，说："我一会儿回家给你拿吃的，你帮我叫出那个枝子。"男孩愣头愣脑撒腿跑回屋里，一直没有出来。我大舅失望地守候在红房子院外，耷拉着被秋日头晒蔫的脑袋，无精打采的。

尽管我大舅接连两天没看见枝子，第三天、第四天、第五天我大舅还是站在红房子外面。他相信枝子每天都会看见他，每天都在跟他说话，虽然他什么也没听见。

新过来的这拨日本人已让红房子人满为患，他们身上带来的粮食所剩无几，红房子里的人开始缺水少食，枝子躲在那群人中还是没有出来的迹象。天忽然下了一场雨，大滴的雨水在地上砸成一个个水泡泡，所有的日本人都挤在红房子檐下，从怀里拿出干粮，伸向雨水，将打湿的干粮揾在双手里，低头往嘴里塞，我大舅老远就能闻出干粮渣散出的酸腐发霉的气味。

看热闹的中国老百姓都跑回家躲雨去了，唯独我大舅傻呵呵站在那里，任无数条雨鞭把他抽打成了落汤鸡，还岿然不动，好像红房子里随时会闪现出枝子，不容他错过。

五

谁都想不到，我姥姥在那次扛粮食回来的路上，捡到一支土炮，也就是土枪，是装火药铁砂的那种枪。枪托上挂着一个装满火药的葫芦和一袋铁砂。我姥姥倒出葫芦里的火药，看受没受潮，看铁砂各种形状。反正这时没什么事儿，我姥姥将火药倒进炮筒，用铁丝伸进筒管，将火药夯实，再将铁砂倒进半炮筒，塞上烂棉团，用铁丝再次捣了捣。这些铁砂要是打出去，就是一个特大扇面，会把并肩走在一起的三四个人身上打成蜂窝眼儿。我姥姥在这光复的热闹场景中，明目张胆扛着土炮，如获至宝地回家了。

我姥姥没忘了将那些大米、高粱米、豆油、洋火、洋油、榻榻米，还有手中这杆土炮塞进夹缝墙里。我姥姥家盖土坯房子时，在墙壁里面又砌了一层假墙，假墙与真墙当中有一米宽的空间，既能藏人，也能藏东西。每户人家的夹缝墙都不一样，有砌在东西墙壁上的，还有砌在北墙壁上的，很是隐蔽，外人一时难以看出来。

院门突然被人推开了，我姥姥向屋外望去，见一个女人一脚门里、一脚门外地立在门口，手里牵着一个小女孩儿。我姥姥看着这个女人，一脸惊讶，冲着窗外喊："你怎么来了？"我姥姥记得，这个女人是那天新一拨儿日本人中的一位。她手里的孩子，我姥姥还用舌头舔过她迷住的眼睛。

女人用流利的汉话说："我叫深泽惠。"

我姥姥没有应声，还在端详着这女人。

女人举止谦卑有度，彬彬有礼。

我姥姥说："你走错门儿了吧？"

女人说："你救救我们娘俩吧，我们要活不下去了。"

我姥姥说："那你就进来说。"

深泽惠踏着小碎步，低眉顺目牵引着她的孩子走进我姥姥家院子，说："只要能给我们一口饭吃，你让我干什么都行。"

此时，我大舅在红房子外面已经站了一个时辰。他看见红房子里的人都饿得有气无力地倒在地上，担心枝子会被饿死，不免有些心烦意乱。他脚上的鞋不停地摩擦着地面，好像那脚也会深思熟虑。必须冲进红房子找出枝子了。我大舅停下所有多余的动作，真就往红房子里钻。他突如其来的举动，吓得那些倒在地上的日本女人纷纷竖起，大呼小叫，以为我大舅前来欺负她们。我大舅的行为的确让人害怕，只要看到地上有年轻的日本女人，他都要奔过去，把人家摇醒，仔细端详着。那些日本女人把我大舅当成了色鬼，当成了不怀好意的冒犯者。

我大舅走走停停，看看这个，瞅瞅那个，仅一会儿工夫，就在那个灶台跟前找到了枝子。枝子已经昏昏欲睡，神智一半清醒，一半糊涂，她看见我大舅，以为自己在做梦，使劲睁开双眼，却懵懂不知。我大舅拉起枝子的手，想拉她起身，枝子实在起不来了，她的腿被一个人头压住。我大舅把她的腿从那个人头下拉出来，可枝子还是站不起来，也许她的双腿被压得麻木，也许她的身子没有了支撑的力量，我大舅一狠心抱起枝子，踏着人与人的身体空隙，走出红房子。

　　我姥姥听我大舅说红房子里的人饿得不行，又要往红房子送吃的。前天，我姥姥和了一瓦盆玉米面，放在炕头上，上面蒙上一个大被。瓦盆里的玉米面正在发酵，越发越膨胀，臭味已经出来了，这正是我姥姥希望的。发酵的玉米面黏稠、细腻、滑溜儿，我姥姥准备给全家人做一顿玉米臭馇子。这臭馇子做起来很有讲究，先是把一大锅水烧得滚开，拿着一个圆眼笊篱，将发酵过头的臭玉米面团成一坨，放在笊篱里使劲儿挤压，笊篱下面出现一缕缕圆长条条，直接落到滚开的热水里，用笊篱搅动几下，平静的水在锅里一圈一圈地转，不一会儿又翻滚起来，馇条就可以捞出来，上下甩动几下，抛掉最后几滴水珠，盛在另一个瓦盆里，放入冷水，吃饭时盛入饭中，倒入大酱，真是闻着臭吃着香啊。我姥姥召集深泽惠烧火做馇条了，她放了满满一大锅水，往锅里挤了一团又一团玉米面，一瓦盆玉米面全放进锅里，这些馇条捞出来，整整装了四只水桶。为避免馇条粘连，我姥姥往桶里倒进几舀冷水，又往每只水桶里倒进一勺勺大酱。大酱也是我姥姥自己做的。每年秋天，我姥姥都要烀一锅黄豆，黄豆烀熟了，在锅里捣烂，将捣烂的黄豆从锅里一团团捧出来，拍成四四方方的酱块，用草纸包好，放到房梁上干燥发酵，我姥姥每年秋天都要做出十多个酱块。酱块在屋里房梁上存放一冬，第二年春天阴历四月初八、十八、二十八是下大酱的日子。我姥姥把发酵好的酱块从房梁上取下来，掰开，投入缸中，撒入大把大把的盐，浇上烧开后冷却的水，双脚洗干净了，踏进缸里踩，踩得细碎的豆瓣从两只脚趾缝里一溜烟地挤出来，不存有一块细疙瘩，才心满意足地爬出缸来，扣上缸盖，让大酱继续发酵。我姥姥做大酱很是迷信，家里决不允许有例假的女人进来，如果一不小心被不干净的女人撞上了，这一缸大酱就发酵不好，甚至臭了。发酵的酱缸摆放在院子里，系上红布条，避邪。大酱发酵二十一天，再打开缸盖，收拾掉缸里白花花的蛆，扣上盖，再发酵，整个一夏天，一缸大酱成为我姥姥家人一日三餐不可缺少的食材。

有了深泽惠帮忙，这一锅臭馇子做得很快。找一根结实的粗木棍，串起四只桶把儿，我姥姥和深泽惠一前一后抬着，打开院门儿去红房子那边儿了。因为有了日本女人深泽惠，我姥姥四桶臭馇子很快分完，虽然每人一小勺，但人人都有份。我姥姥说："只要红房子不饿死人，比什么都好。"

枝子来到我姥姥家第二天就缓过来了，她自己能洗脸，也能梳头，奇怪的是，这回枝子不再紧跟我大舅。有事没事，她都跟深泽惠凑在一起，没完没了说着日本话。有时枝子还跟深泽惠的女儿黏在一起，唱起日本歌谣：

> 樱花啊
>
> 樱花啊
>
> 阳春三月晴空下
>
> 一望无际樱花哟
>
> 花如云海似彩霞
>
> 芬芳无比美如画
>
> 快来吧
>
> 快来吧
>
> 快来看樱花

我姥姥最听不惯俩人在一起"哇啦哇啦"，过去整个"新京"，日本人不让中国人说中国话，中国人一张嘴，必须说日语，不然会吃嘴巴子。现在我姥姥听见她们肆无忌惮地"哇啦哇啦"，不满地对她们喊："你俩是不是有什么话瞒着我？"

深泽惠赶紧跑过来说："我们说的全是你的好话！"

我姥姥说："如今我们光复了，你知道吗？"

深泽惠说："知道，从现在起，我教她说中国话！"

两个日本女人凑到一起，我姥姥开始领着她们织毛衣、毛裤、毛袜子、毛衣领、毛手套，家里的院子忽然变成了一个毛活儿小作坊。每天早晨六点，深泽惠和枝子准时起床，我姥姥就在厨房做饭。饭做好了，她们急忙吃完，每个人便干起手中的毛活儿。深泽惠和枝子干活的能力悟性各有不同，但都很卖力，没有偷懒耍滑的。深泽惠手最巧，她在织一件紫红色毛衣，针线疏密有度，针码均匀大方，外表连一个接线头都看不出来；手还快，不到一天工夫，已织成一大片，毛衣的基本形状已经出来了，上面还不断改变针法，织成得体的图案，一看就知道她以前没少干这活儿。

枝子织毛活儿的手艺一般，她织的是毛裤，没有毛衣那么复杂的针码，只要匀称就可以了，属于可调教的那一类。我姥姥每个星期都要拿着这些织好的毛衣、毛裤、毛袜子、毛手套蹲到院门口叫卖。最让我姥姥欣慰的是，自从我大舅把枝子抱回家，他就不再搭理枝子，好像还故意躲着枝子，只要是在屋子或院子跟枝子碰个对面，我大舅把头一低，躲过去。真是天地变了，过去我大舅在枝子家当傅役，干着下等人的活儿，没什么尊严可讲,现在,枝子成了我姥姥手下一名织毛活儿的工人,我大舅不自觉地趾高气扬起来,他怎么能跟在自己家干活的工人有那种意思呢?

毛活儿加工作坊很是红火,所有产品拿出院外很快销售一空。我姥姥手里有了钱,开始张罗给我大舅找媳妇了。

前院那家大屁股闺女,长得浓眉大眼,身板也结实,粗腿,生孩子肯定不费劲儿,还是干活儿的一把好手。我姥姥托媒人去说了,想不到人家早有这个心思,一口答应下来,羞得那闺女躲在墙角一个劲儿味哧哧地傻笑,八成她早就看上我大舅了!还有什么可说的?提亲吧!

我大舅听说我姥姥找了前院的闺女给他当媳妇,打开院门跑出去,眨眼工夫没影了,一天也不见回家。我姥姥到外面左找右找,最后在自家房后柴草垛里找到了我大舅。我大舅嘴里正咬着一根草棍儿,仰脸朝天躺着,双眼直愣愣地望着天上游走的白云,死了一样。我姥姥的脸阴沉下来,知道我大舅没相中人家,什么也没说,扯起我大舅就往回走。我大舅闷葫芦一样一声不吱,搞得我姥姥心情始终不快。吃饭时,我大舅故意把嘴"吧嗒"得山响,气得我姥姥手里的筷子狠劲拍在桌上,说:"你个不知好歹的东西,白给一个女人,哪个男人不乐出个大鼻涕泡?你可好!"我大舅放下碗筷,炕桌往出一推,扯过一条大被,侧身一躺,睡觉了。第二天,我大舅爬出被窝,又丧打游魂地没影儿了。

我姥姥到街上找了一整天我大舅,脸上、胳膊都被火辣辣的太阳晒爆皮了,也不见我大舅一点儿人影,她带着一身湿汗回到家门，一口气灌进肚子里两大茶缸冷水，歇口气儿，决定硬着头皮找媒人。我姥姥还没等走出院门，就看见我大舅还躺在柴火垛里，她那个气呀，扬脸冲我大舅飞出一口唾沫。到了媒人那里，我姥姥嘴角堆积起白沫，不停地跟人家道歉。道歉也没用，当天，前院那闺女的妈跟我姥姥翻脸了，站在街口指桑骂槐，没出五日，她的闺女嫁到别的人家去了。

我姥姥又开始寻摸李瓦匠、张木匠的闺女，一个个又都泡汤了。我姥姥灰头土脸地冲我大舅说："你这个不争脸、不争气的崽儿啊，简直要活活气死我！"

六

据说，去日本国必经的道路开通了。红房子里的日本人东倒西歪从地上爬起来，拍打掉身上的尘土，又要进行一场满眼空蒙的长途跋涉。

深泽惠向我姥姥借了五枚铜大钱，用手捂着回到西屋，左摇右摇，上摇下摇，手停下，闭上眼睛默念三遍，一狠心，双手张开，铜大钱散落在炕席上，深泽惠看啊看，掐着指头算了一阵，再次将铜大钱收入手中，左摇右摇，上摇下摇，双手张开，有一枚铜大钱滚落到地上，深泽惠再次掐起手指，如此这番算了三遍，无可奈何抬起头说："凶多吉少，我不走了。"

枝子坚持要走。她准备回到红房子去，跟大队伍会合，然后回日本国找她的父亲加藤，还有她的母亲。

悬浮了一整天的太阳，像一只大铜锣，明晃晃地挂在了姥姥家房顶烟囱上，不一会儿，一出溜儿滑落到西墙下面去了。深泽惠抚摸着枝子的肩膀，深情地说："天黑了，你还是在这儿住一晚上，明天起早赶过去。"

枝子点点头，答应下来。

这一晚上，俩人聚在西屋，又"哇啦哇啦"说起了日本话，说着说着，抱头哭上了，哭了一阵，又"哇啦哇啦"起来，最后都把天说亮了，窗外的公鸡"喔喔喔——"打起了长鸣。

这一宿，我大舅躺在东屋炕上翻来覆去一直也没睡好。半夜里，他去外屋往瓦盆里撒尿的工夫，听见深泽惠说话，我大舅挠着裤裆对那些日本话听得一知半解，好像是深泽惠的丈夫是日本军人，被宪兵队秘密抓走了，现在活不见人死不见尸，自己不知怎么办。闹心啊，连我姥姥也跟着闹心。我姥姥说："让她们说吧，说完了，枝子跟她也许再也见不着面了。"

第二天早上，吃过早饭，枝子拎着收拾好的东西走出屋门。我大舅又要护送枝子回红房子，枝子客气地说："怎好意思麻烦你，不用吧！"

我姥姥扬扬手说："他要送，你就让他送！"

我大舅一声不吭，等枝子跟大家打招呼。打过招呼的枝子真要动身了，我大舅默默地移动脚步，独自走到院门跟前，站下，等枝子过来，他们一块儿出去。

从我姥姥家走到红房子这一路，我大舅始终闷着头，一句话也不跟枝子说，不但不说，走路时还故意跟枝子拉开了一段距离。他们快要走到红房子了，我大舅感觉地上的黄叶比前几天多了起来，还淋了昨晚的细雨，湿漉漉的，很是黏鞋。他不明缘由地打了个激灵，忽然紧张起来。四周怎么出奇的静呢？不正常啊！我大舅放慢了脚步，小心着移动，发现红房子那边儿不见一个人影儿！

枝子慌了，撒腿往红房子的方向跑，我大舅紧跟其后。两人奔跑的脚步明显底气不足。红房子空了，枝子从愣神中缓过来，"哇"的一声哭起来，哭倒在地上，又起身张牙舞爪往外跑。外面有麻雀拍动着翅膀，有乌鸦在他们身前身后不停地翻飞，就是没有人影儿。昨晚这一宿，所有的人都走光了，地上没有留下一块零乱的蜡纸和棉垫儿。枝子还要往路上追，我大舅抱住她说："人一宿能走好几里地，你追不上人家了。"

枝子似乎每一寸肌肤都在瑟瑟抖动，微微发颤，那是一种隐忍中不由自主的啜泣，一种绝望中天塌地陷般的哭喊，我大舅心里一个波浪一个波浪地跟着发酸、发软，他笨拙地蹲下身，静静守候着枝子，让她慢慢从隐忍与绝望中缓解出来。现在，枝子在我大舅心中已不是从前满身臭脾气的枝子，而是一个柔弱无助、遍体疼痛的枝子了。这天早上，我大舅在晨光中一点点拉起颤抖的枝子，领她一步步回家。

七

我姥姥的毛活儿加工作坊一天比一天红火，远近闻名了。更出名的是我姥姥家的两个日本女人。人一出名，麻烦事也跟着来了，我姥姥家院门口，大白天的，总是趴着一些面孔贪婪的家伙们，他们的眼睛使劲儿贴在门板缝上，滴溜溜转个不停。我姥姥看着，从侧面走过去，冷不丁打开院门，大开四敞的，说："看看看，有什么好看的？你们没见过日本人啊？"

晚上，事情比白天还要严重，那些家伙深更半夜翻墙跳进我姥姥家院子，悄悄蹲在西屋窗口，用舌头舔湿油窗纸，捅开黄豆粒大小的窟窿，往屋里看个没完。

我姥姥发现他们进来，拎着笤帚冲出房门，照着那帮聚精会神的家伙们后腰一顿猛砸。

这样下去可要出事啊。白天，我姥姥找了几根木方子，把西屋窗框都钉死了。外屋门也上了大铁链子。真是被逼无奈万不得已了。晚上睡觉，我姥姥毅然决然从夹缝墙里拿出了她那杆土炮，生硬地搂在被窝里。

果然不出所料，那帮家伙由偷偷摸摸变成公然闯入了。到了晚上，有四五个家伙跳进我姥姥家院子，使劲儿敲打西窗，发出猫叫狗叫和狼嗥，吓得深泽惠她们连同那个小女孩儿撞开西屋的门，衣着零乱地跳到外屋。

我姥姥蹑手蹑脚掀开被子，起身端出土炮，枪筒伸出窗外，"嗵"的一声巨响，院子上空顿时响起一股光芒四射的星团，星团又变成一大片散花，照得漆黑的夜惊心动魄。

那帮家伙再也不敢深更半夜跳进我姥姥家院子了。我姥姥家院子消停了，但毛活儿加工作坊再也无法维持下去。有一天，我姥姥小脚儿摇曳地走出院门，冲着大街劈头盖脸地喊："我知道你们心里想什么，你们再这么胡闹，别怪我家土炮不长眼睛！

我也不是不通情达理的人，我不想让日本人给我干一辈子活儿，你们要是有那份心思，赶紧回家准备彩礼，过来明媒正娶，从今天开始，我要往外嫁人了！"

此时，我姥姥神情里有一种不容冒犯的强硬。

晚上，院子里一点声音也没有，黑夜的天空突然划起一条长长的火线，又慢慢消失了，不一会儿，又出现一条长长的火线。都是子弹飞过的痕迹。又要打仗了，我姥姥想尽快把深泽惠和枝子嫁出去，只要她俩能有个彻底落脚的地方，再有什么动荡她也心安了。我姥姥还从炕柜里找出厚厚的棉被，钉在窗口上，防止子弹穿进屋里。家家开始省吃俭用节省粮食。

有哥俩穿戴整齐地叩开了我姥姥家院门。两个人每人手里拎着两包彩礼，等着我姥姥出来迎接。

看面相，这哥俩也算本分，像正经过日子的人。我姥姥走出屋门，对他俩从头打量到脚，又从脚打量到头顶，目光像一把大刷子，耐心地在那哥俩身上刷来刷去，问："你们是哪里人？"

哥答："大房身。"

我姥姥说："啊，西面那个屯子，怪不得我没见过你们。家里有几亩地？"

弟答："四亩半。"

我姥姥问："家里几口人？"

哥答："一个老母亲，眼睛瞎了。"

我姥姥说："看你们俩是干活的好手，往后的日子不会差。这彩礼我收下了，你们先回去，准备两套被褥，四盘八碗的也都备齐了，娶亲的时候，我可要验收。从今天起，我也得给她准备嫁妆，人到了你们家里，可不能受委屈。"

弟答："我和我哥都对她好！"

我姥姥处理事情总是精打细算，她用那哥俩送来的彩礼出门兑换来一块崭新的布料，为深泽惠做了套花布面嫁妆。

七天后，那哥俩把家里的锅碗瓢盆、两套被褥装上一辆马车，娶亲来了。我姥姥看着那一马车的物品，百感交集地挽起深泽惠的胳膊走出屋门。那当哥的看见深泽惠的女儿，忽然犹豫了，站在门口憋闷了好半天，终于放出一句屁话："多一张嘴，就多一份口粮啊！"

一下子把我姥姥说愣了，那当哥的明显不愿意呢，还有想退亲的意思？我姥姥慌神儿了，头两天她早已把彩礼换成布料，无法退还，关键是，深泽惠真要是被退亲，肯定坏了名声，以后没人敢要了。

我姥姥沉下脸说："头一次见面，我可跟你说过她带着一个孩子，现在你怎么又变卦了，哪有你们这样办事的？"

哥说："我没想到孩子有这么大。"

我姥姥说："不管咋样，这人你娶也得娶，不娶也得娶，你要是坏了我家名声，别说我对你们不客气！"

弟说："反正，孩子我们不能带！"

我姥姥说："好，孩子我留下，深泽惠，你跟他们走！"

天突然打了一个响雷，似乎要下雨，有一大块云彩，黑乎乎压过来，起风了，风来得急且凶猛，四周立马黑如夜晚，有雀蛋一样大的雨滴零星砸下来，砸开地上的尘土，伴着风声，空气中出现了土腥味。院外一棵大树，被风刮得像一把倒立的大扫帚，对着天空扫来扫去，罩在酱缸上的一个高粱秸盖帘，忽地一下被掀起来，跑出院子，向着更高更远的地方一路狂飞。深泽惠看着我姥姥，又看看那哥俩，低下头拎起包裹，挎到胳膊上。

深泽惠的女儿"哇"的一声哭了，说："妈妈，我不让你走！"

深泽惠眼眶里凝结着坚硬的泪水，咬着牙说："过几天，妈回来看你！"说完头也不回一脚踏出门外，跟那哥俩走了。

深泽惠女儿挣开了我姥姥，甩开腿扑向院门，扑向深泽惠。我姥姥再次抱住她的女儿，冲着院门喊："你们快走，快走吧！"

见挣扎无望，深泽惠女儿转身死死抱住我姥姥的大腿，泪水霎时滂沱成一条河，泣不成声了。

晚上，这孩子病倒了，脸蛋烧得像一团炭火，还在说胡话，全是我姥姥听不懂的日语。我姥姥让我大舅端来一碗温水，又唤我大舅从炕柜抽屉里找一枚铜大钱，搬起这孩子的身子，让她的全身翻转过来趴在炕上。我姥姥手执铜大钱，伸进温水碗里，铜大钱拿出之际，便在深泽惠女儿后背一下下刮起来，刮得她一阵阵嚎叫，不停地挣脱。我姥姥两腿压住她的两只胳膊，继续不停地刮。孩子后背出现了一道道红印子，红印子连在了一起，红成了一片，那一片红又变成了黑紫色。我姥姥累得满身是汗，她嘴角一歪，吹去自己鬓角耷拉下来的头发，从炕柜里扯出一条厚被盖在她身上。

深泽惠走的这三日，天一直没完没了地下着雨。按规矩，第三天深泽惠要回门的，那哥俩不会不懂。我姥姥起早收拾干净屋子，在家里等了一上午，也不见深泽惠和那哥俩的人影儿。怎么回事呢？我姥姥扒着院门向街上望了一趟又一趟，到下午还是不见人影儿。我姥姥的脸色阴沉得像快要下起雨来了。

第四日，天晴了，我姥姥收拾收拾身子，领着深泽惠的女儿，按那哥俩先前留下的地址找了过去。

那哥俩的邻居告诉我姥姥说："结婚当天人就没在这儿，搬到哪儿去了我们也不知道。"

让我姥姥想不到的是，深泽惠的离去，竟成了永别。一想起这事，我姥姥总是后悔当初不该逼着那哥俩领走深泽惠。我姥姥摸着深泽惠的女儿的头说："这孩子多可怜哟，她怎么说没妈就没妈了呢？"

是啊,怎么说没就没了呢!我姥姥时常背地里偷偷抹起眼泪。

后来，我姥姥一直养着深泽惠的女儿到十八岁，把她嫁给了一户好人家。

八

在我姥姥心中，枝子最不愁嫁，所以把她出嫁的事放到了最后。自从嫁走了深泽惠，我姥姥再不敢轻易说往出嫁人了，院子里安静下来,也没人上门提亲。夜晚的天空划过子弹的痕迹，一天比一天密集。我姥姥暗地里想出嫁枝子的心情变得心急火燎，她担心嫁不出去的枝子往后说不定会出现什么意想不到的麻烦。白天我姥姥去院子里抱干柴，都要猫腰贴着墙根儿一路小跑。还真有一粒子弹飞过来，穿透了油纸，被厚重的被子挡住，落在我姥姥家窗台上。我姥姥拾起那粒烫手的子弹，端详了好半天，扔在地上，万般无奈地主动出了院门，走东家串西家，小心而秘密地求人给枝子说亲。

过了好长时间，我姥姥已对说亲一事不抱什么希望了。有一天，院门走来一个五十多岁的男人。这当口，正是西边的天空燃起一大片火烧云，那男人蹑手蹑脚地站在院门口，身上穿了一件蓝中山装，板板正正，头上还戴了一顶蓝帽子。那帽子跟他的头很不匹配，显然大了一圈儿。他的脚上还穿了一双黑布鞋，鞋帮儿精心用白粉笔擦过，一圈的雪白，看着就知道有些修饰过度了。这是一个没有多大闪失，也不会有多大出息的男人。我姥姥叹了一口气，耷拉着眼皮也认了，因为她听说这男人是个小学教员，国文和算术一起教，打了一辈子光棍。

当即定下了这桩婚事。

在我姥姥为枝子梳头、穿试新衣服的时候，我大舅神不知鬼不觉地端起土炮跑出屋门，西边的火烧云映在我大舅的脸膛上，照得我大舅眼里泪光闪闪。我大舅瞪起血红的眼睛举起炮筒对着那男人吼："你给我滚！"

那男人一个劲儿地向我大舅摆手，牙齿"嘚嘚嘚"地打战，一句话也冒不出来。

我姥姥手搭眼眶向外看着，吓住了，她放下枝子跑出屋外，一把扯起我大舅的胳膊说："你疯了，你怎么能做这种事？枝子早晚要嫁人，她不能总待在咱家里。"

西天的火烧云光亮跳出我大舅的脸，错乱成一片。我大舅固执地喊："谁也不能领走枝子，谁都……"

我姥姥万万没想到我大舅会是这种样子，她说："你疯了，咱家不能娶日本女人！"

我大舅脖颈上的青筋毕现，嗓门沙哑了，他说："我就是疯了，我就是不让枝子走！"

我姥姥说："好哇好哇，我算彻底明白了，今天我成全你！"我姥姥也疯了一样，一溜烟儿跑回屋子，扯出梳了半截儿头的枝子说："让枝子自己说，她要是跟你，我明天就张罗把枝子给你当媳妇。现在我就要枝子一句话！"

枝子低着头，手指一下下缠绕着一缕头发，站了一会儿，默默移动起身子，悄悄回屋了。我姥姥和我大舅呆愣着，他们不明白枝子到底想什么，能做出什么举动，眼睛一直跟着她走进了西屋。

从西屋走出来的枝子，胳膊上挎上了一个包裹，是准备出嫁时带走的包裹。

只见枝子低头走过我姥姥身边，走过我大舅，突然跑起来，跑向院门口那个男人。火烧云在我姥姥家院子泼下最后一抹猩红，訇然退去！

我大舅大喊："枝子，枝子！"

我姥姥冲上来，拽掉我大舅手里的土炮，两手高举过头顶，狠狠砸向地面，然后一只手扯起我大舅衣领，另一只手照着我大舅的脸"啪啪"两个耳光。

我大舅被打醒了，傻了似的坐在地上。

拎着包裹的枝子，听到那两声脆响，回过头来，看了我大舅一眼，这一眼，让我大舅又心存希望，他再次喊："枝子——"

枝子的头又转回去，手抓住了那男人的胳膊，推搡起那男人，更加快步地向外走，走着走着，蓦然回望起我姥姥家的院子，脚步还在不停地向前挪动……

补　记

1974 年，已经是三个孩子母亲的枝子回了一趟日本国。她的父亲加藤和母亲早已离开人世，不过她联系上了一家亲戚。她在日本国生活了半年又回来了，说："那里好是好，就是住不惯。"那时她的年老的丈夫正患肠癌。丈夫去世后，她领着三个孩子又去了日本，从此再没回来。

我姥姥 1985 年去世。去世前，她的脑子时常清醒，时常糊涂。糊涂的时候，对我说："你妈是日本遗孤！我倒是有个亲生闺女，可那闺女命短，扔在了我来东北的路上。你妈的妈叫什么惠来着？我想一想！"

我姥姥清醒的时候，又会对我说："枝子这个人呐，不管多苦多难的事儿，她都能承受，苦过了难过了，那些事又全被遮掩过去。让我至今想不明白的是，当年她为什么认可嫁给一个五十多岁的老男人，也不肯跟你大舅呢？反正，我们家对她的那些好，她记不记得也无所谓了！"

原载《作家》2015 年增刊

《中华文学选刊》2016 年第 2 期转载

中学校长

一

　　得到消息这天中午，王文志正在食堂里从众多萝卜块中夹出一块牛肉。牛肉切得四四方方，塞进嘴里，经过牙齿的切割，早已预料的香味就出来了。单位食堂的伙食始终不错，牛肉炖萝卜是常有的菜，而且那牛肉炖得烂，偶尔出现筋头巴脑也有嚼头儿。在揣摩几番康利刚刚发来的这条短信之后，王文志的味蕾关闭了，再往嘴里塞进什么东西，都食之不知其味。

　　嘴片子"吧唧吧唧"的响声压不下食堂乱哄哄的吵嚷声。没人注意到王文志的变化，更没人知道王文志的味蕾关闭了。坐在身边的女教师还笑盈盈地夸奖王文志身上的西装。西装是藏蓝色的，与他平日穿夹克衫时那种随随便便的样子有些不同——精神！老婆对今天的事似乎早有先见之明，说你务必把西装穿上，说不定这西服能改变你身上的风水，招来喜气儿，喜气儿上来了，你就会所向披靡。

再次看着短信，王文志嘴里的饭菜不仅食之不知其味，而且是反复在嘴里转悠，怎么也咽不下去。平时他一神情紧张，过分激动，嗓子眼儿立马跟着紧缩。今天与以往不同，是预期的喜讯让他的胃口突然发生了变化。

王文志压制住心中的兴奋，不声不响地离开食堂，踌躇满志地来到操场，背起手，沐浴着户外明媚的阳光，想尽快平复一下起伏不定的心绪。没什么值得大惊小怪的，一切很快都会恢复常态，以后他还要在这种常态下继续工作。有两个青年女教师来到他跟前，讳莫如深地冲他莞尔一笑，又意味深长地同声问好。王文志也以同样的口音回敬了她们。

从现在起，他必须对自己的身份有个重新的认定和转换，如果真的成为拥有五六十名教职员工和一千多名学生的实验中学一把校长，他必须对未来有一个重新的规划和设想，天降大任于斯人也，任重而道远啊。

算起来，王文志当副校长已整整八年，这八年他每天安排教学，处理学生纠纷，到各个教室听老师讲课，检查教案，总是平平淡淡碌碌无为。除了以前的老校长，这八年他经历了张王李赵四任校长，虽然每任校长的性格不同，禀赋迥然，可他们都有一个共同的特点——对当官有着天然的悟性。这让王文志慨叹多年之后，得出一个结论——望尘莫及。王文志是 20 世纪八五届数学专业大本毕业生，在教学上奋斗了三十年，业务炉火纯青，桃李满天下。康利就是他二十几年前教过的学生，如今在区教育局当人事科科长，时常下来检查工作，虽然是上级领导，见到王文志还是毕恭毕敬，一点官架子都不敢有。正因为在教学中的一点儿成绩，加上在教师中的一点儿威望，王文志八年前被提拔为主管教学的副校长。

当上了副校长的王文志没有放弃教学工作，曾担任两个班的数学老师，脑子似乎还没从老师的身份上解脱出来。可是不久他发现，副校长的荣光和所见过的世面，是一个普通老师一辈子都想象不到的。

王文志在副校长这个宝座上坐出了瘾，他想象不出自己不当官会是什么样子。当然这个位置，他是不会满足的。人往高处走，水往低处流。有了副的，他还想有正的，有了正的，还要想头顶上那个台阶的事。这么多年，他一直为实现这个目标挥汗如雨、任劳任怨地干着。按理说，一个学校远离官场，没必要为一官半职耗费心思，可社会上官场思维无处不在，他不能假装清高。

二

人靠衣服马靠鞍。穿了一身崭新藏蓝色西装的王文志，像换了一个人，从里到外都透露着如空气一样的清新。对于副校长这个工作，他早已烂熟于心，从容应对，如果改变，他还不适应呢。王文志挺了挺弯曲的后背，想起这所学校曾有过的辉煌，不禁感慨万端。二十年前，他教过的班级，曾创造过整班搬入重点高中的纪录，那时实验中学红火啊，家长走门挖洞打破脑袋也要把孩子送进来，学校一时人满为患，每个班级学生多达七十人。那时王文志只是个普通老师，他教的学生的数学成绩，在全区排名第一，脸上有光不说，走到哪儿都被人围得里三层外三层，他是那样的意气风发，给他一个教育局局长，他也未必肯干。好几次他进饭店，刚坐下，就有人上来打招呼，王文志回应着，却想不起此人是何方神圣，在什么地方见过。吃过饭，前去结账，服务员告诉他，账早就被人结完了。王文志很不好意思，一个劲儿埋怨服务员没有帮他把好这个人情关。

这样的好景不长，随着老校长退休，学校教学质量每况愈下，像老太太过年——一年不如一年。一所学校想干好不容易，要是滑下来，就像过山车，一出溜就下来了。区教育局领导看着直着急，想阻止下滑，便任命王文志担任教学主任。但冰冻三尺非一日之寒，下滑趋势还在蔓延，等王文志被提拔为副校长之时，实验中学已经淡出了领导的视线，彻头彻尾地成了锻炼各类校长的实验基地。

让王文志印象比较深刻的是，老校长退休头一个月，区教育局派来一名新校长，姓张，张校长在老校长完全退下去之后，开始在校园里栽花植树，把学校周围犄角旮旯都栽上了花花草草，操场中央还开拓出一个大花坛，花坛为立体结构，用不同颜色的花草摆布成一行楷体字：今日我以校为荣，明天校以我为荣。整个操场光彩照人，参观的人络绎不绝，张校长由此调入更为重要的中学担任校长去了。

不久王校长来了，王校长不喜欢花花草草，更主要的是，张校长一走，那些花草开始衰败，有几个淘学生在操场戏闹，把立体花坛上的花盆碰掉，花土散落一地。王校长第一项工程便是雇人把那些花花草草全部清除，将露土的地方铺上地砖。这项工程说大不大，说小也不小，操场堆放着一摞摞地砖，学生上课间操只能圈在教室里。学校虽然乱腾了一阵，可地砖铺好后，校容校貌的确比从前大有改观，操场面积也好像一下子扩大了好几倍。学校就是学校，不是园林，学校操场就是供学生课间活动的地方。还原操场本来面目，不但及时，而且大有必要。王校长干了一年，不明原因地调走，也许他看出，再这样干下去，也没什么前途，不如趁早远走高飞。

　　李校长到任时，正值初秋，过了秋天就是冬天，这常识谁都知道。冬天最大的问题是采暖，为了让全校师生度过一个没有寒冷的、充满祥和气氛的冬天，李校长决定对暖气进行大规模的改造，将老式粗大铸铁暖气片，改换成铝合金，这样不仅节省能源，还可以大大提高室内温度。李校长做事有章有法，有条不紊，既要进行有效的施工，又不能影响学生的正常上课。为此，学校利用农历八月十五和十一长假，将暖气片全部更换完毕。也许施工进度过快难以保证质量，这年冬天，教室平均气温反倒比往年低了两度，害得老师们时常身披棉衣在办公室里走来走去，嘴里念念有词："这到底是怎么回事，怎么回事呀？"面对那些爱嚼舌头的老师，李校长派王文志出面解释，王文志也不好推脱，硬着头皮来到老师们中间说："今年冬天比往年气温低，室内温度自然要低。"但不管怎么说，老师们总是站在自己的角度看事情、想问题，李校长顶不住压力，在一个并不风高夜黑的晚上，辗转反侧，第二天做出重大决定，自己调离该校，大有"走自己的路，让别人去说吧"的凛然。

赵校长来时，先是安定人心，稳定教师队伍。他整天背着手，板着脸，专趴各教室门缝、门玻璃，看学生的学习状况，看老师台上的仪表，有时会突然闯进教室，当着正在上课的老师的面儿，拎出两个不认真听讲的学生。他是搞体育出身，对教学一窍不通，又怕别人说他一窍不通，因此整天给中层领导开会，从而压制住那些带有轻蔑情绪的小头头们，结果是，大家被搞得灰头土脸，谁都不玩活儿了，只看他一个人在众人面前张牙舞爪耍大刀。好在春天很快来临，春天有新气象也有新举措，赵校长比李校长更狠，将李校长刚刚安装不到半年的铝合金暖气片全部拆掉，对采暖设施进行全方位升级，并入全市供热网，采取集中供热。学校不仅成了洗官儿的地方，好像也成了洗钱的场所。整个实验中学开始人心涣散，萎靡不振，所有教师似乎都抱着同一种态度，任尔东西南北风，当一天和尚撞一天钟。

对于这次提拔，王文志暗下决心：天将降大任于斯人也，必先苦其心志，劳其筋骨，饿其体肤，然后带领全体教师把学校从低谷中拉出来，从萧条中拯救出来。他是懂教学的人，他熟悉每位老师的性格秉性，有能力将实验中学带成一个全市一流的学校。

三

王文志以为任命文件三五天就能下来。即使三五天没下来，十天半个月总该下来。过了十天半个月，王文志那套整天不离身的藏蓝色西装已经挂灰了，出现了吃饭时不小心溅上去的油点子。赶在星期五下班，他将这套西装送进了干洗店，星期日天黑前取回来，星期一上班时，照常穿在身上。一晃儿快一个月了，那任命文件还是迟迟没下来。他的心整天忽忽悠悠，七上八下，很想找个机会给康利打个电话，问问这到底是怎么回事。但他这电话始终没打，不是没有机会打，而是他不想让康利认为自己是个官迷，不想在学生面前丢这个面子。

一个月在漫长的煎熬中过去了，现在他怎么都觉得，必须鼓足勇气，以最大的决心给康利打去一通电话，不然也太对不起那天吃着牛肉时突然关闭起来的味蕾。就这样，一狠心，一跺脚，王文志拿起手机，钻到学校走廊不易见到人的角落儿，做贼心虚似的拨下康利的电话号码。

康利的手机关机。

王文志像泄了气儿的皮球一样颓然地蹲在墙角里，看手机的屏幕，看刚才拨出去的号码，有一种出师不利的挫败感。慢慢静下心来，等元气逐渐恢复，他才从墙角里慢慢仄身而出。自从上次康利透露了那么一点儿消息，他怎么再就没动静了？是捉弄老师玩呢，还是拿老师当猴耍？要是把老师整出病来，出了人命，你康利能负得了责吗？王文志决定接着把电话打下去，狠狠批评一下这个不靠谱的学生。

电话响了三声被对方掐断，掐得王文志脸红一阵白一阵的，想不到自己会遭受如此礼遇。好在不一会儿，康利来了一条短信，语言干净利落：我在开会，有事来信。王文志盯着短信，整个人好像又摇摇晃晃从灰心丧气中漂浮出来，面露喜色。康利并不是故意给他难堪呢，只是非常时期不便接电话而已。王文志深深地理解了康利，原谅了康利，手一遍遍不停地摩擦着手机，心里琢磨着：这事其实是不适合发短信的，最好的办法是当面去问。既然康利在开会，散会后肯定回办公室，他不妨去一趟区教育局，深入了解一下情况。

事不宜迟，趁热打铁，立即动身。

街上人不少，但各色人等皆面无表情，哪像王文志因怀揣着梦想而心事重重？混迹于人群当中，他忽然感觉，这事其实远没那么重要，人怎么都是活着，没必要苦苦挣扎。王文志心情有了稍许的缓解，感到户外的阳光照在他身上，也照进了他心里。坐了两趟公交车，行走了二三百米，到了区教育局门口儿，停下来，冲着一堆人打听一下，楼里的人的确在开会，而且开了一上午，下午上班接着开。王文志的心踏实了，脸上折射出太阳的光辉，他要安心地等着，等会散了，再约见康利。王文志不紧不慢拿出手机，气定神闲地给康利发出一条短信：我在教育局门前等你，安心开会！

四

东瞅瞅，西逛逛，闲得实在无聊，随手捡起地上一张售房广告，看房屋地点，看价钱，看户型，想着自己也应该换一套新房子了。老婆在家没事就跟他叨咕，谁谁又买房子了，好几百平方米的；谁谁又搬家了，带花园的。王文志跟老婆买房子的打算已持续两年，但凡事都要有个轻重缓急，目前最重要的是解决好自己的职位问题，等职位解决了，当上一把校长，再考虑房子也不迟。老婆似乎也赞同这种观点，他的职位解决不好，买再好的房子也脸面无光，底气不足，人前人后总是会缺少点什么。所以当务之急，必须解决职务问题。

看了半天广告，发现自己站在太阳下已经好久，广告纸张的反光刺激得他眼睛生疼。王文志抬起头，看见左边柱子跟前有一块阴凉儿，不动声色迈开脚步移了过去，继续看广告。他不怕将这广告看得仔细、看得磨叽，越细越磨叽，耗费的时间越快。旁边有个人影总是在他跟前晃来晃去，王文志没心思搭理，那人影就定在他跟前不动了，王文志警惕地抬起头，看见眼前立着一个五十多岁的女人。女人问："你也是来上访的？"王文志皱起眉头问："你怎么知道？"女人见王文志接了话，饶有兴趣地打开话匣子说："站在这里的人都是上访的。"王文志转头朝四周看了看，见身边站了十多个人，还真就像上访的。那女人问："你有啥冤？"王文志没作答。那女人瞥了一眼他手中的售房广告说："买房子被骗了？这得去政府那边告。"王文志躲开那女人，重新站在阳光里，想着自己一不小心落在了上访人堆里，实在是晦气了。

康利从楼里跑出来，正四下张望，王文志赶紧迎上去问："会散了？"

康利局促了两秒钟，匆忙说："还没呢。"

王文志问："没散你怎么出来？"

康利说："我怎么能让老师在门外等着？"

王文志说："你赶快回去，等散会了，再出来接我。"

康利说："没关系，快散了。"

康利领王文志进了他的办公室。

办公室不大，只摆了一张办公桌，桌面整齐地放着文件和几本书，虽然看上去普通，但透露出一种权力的庄重和威严，王文志无形中感到了压力，有些透不过气来。康利让王文志坐在黑皮长沙发上，王文志应着，屁股坐下来，心却悬在了半空。康利拿出水杯，倒上茶水，王文志伸手扶住康利的手腕，不让他忙，说："说几句话就走。"

康利说："你来一趟不容易，怎么能急着走，晚上我请老师吃饭。"

王文志说："那，大可不必，大可不必！"

康利说："老师的事，现在还没消息啊！"

王文志心说，这正是我要问你的。但话到了嘴边却改了口，说："不急不急。"

王文志发现自己在学生面前显得无比谦卑起来，有点低三下四了，这样可不行，他必须拿出老师的脸面和样子。稍稍调整了心绪，稳住心神，王文志便生拉硬扯地问："你成家了吗？"

康利说："还没呢。"

王文志问："有女朋友吗？"

康利说："还没呢。"

王文志说："抓紧时间处一个，差不多就行，千万不要挑三拣四的。"

康利说："我不挑。"

王文志想起，康利初三出现过一次早恋，那是一个连虫子都在谈情说爱的季节，王文志在发现的当天就把康利批评得屁滚尿流，还找了家长。他不知道康利现在是不是还记得，还忌恨自己。想想那事，王文志当时批评得的确有些重了，在那种学习压力下，出现早恋也是正常现象，他要是早预料有今天，完全可以换一种方式挽救这个学生，没必要小题大做，大动肝火，兴师动众。

康利说："看来事情有点麻烦！"

王文志汗毛惊起，问："怎么麻烦？"

康利说："八中有个叫刘强的刘副校长你知道吧？"

王文志当然知道了，那是全区有名的教学尖子，年年当先进，还经常到省外参观学习，交流经验。

王文志问："刘强怎么了？"

康利说："他成为你最强大的竞争对手，而且争得很厉害，好像势在必得，领导只好把这事放一放。"

王文志忽然明白了，浑身的汗毛渐渐萎靡下来，抚平了。他沉吟了片刻，磕磕巴巴地说："还能不能想点别的措施？比方说，你到领导那儿帮我说一说，或者你帮我牵线搭桥，我直接找领导。总之，你看我怎么做比较合适？"

康利说："这些都超出了我能力范围。"

王文志木在了沙发里。

五

刘强到实验中学任职已是两个月之后的事了。王文志继续担任他的副校长。召开全校大会宣布人事任命决定那天，所有人都以为王文志不会露面，撂挑子了。可大家想不到的是，王文志像什么事都没发生似的跟在领导屁股后，笑容满面地出现在众人面前。那套多日不见的藏蓝色西装仍穿在身上，只是又送到干洗店重新洗过一次，不如从前那么扎眼了。细心的人很快看了出来，王文志脸虽然在笑，却有一种笑里藏刀似的别扭。人们好像从没见过他这种笑法。好在新来的刘强校长跟王文志不熟，以为这就是平时的王文志。会议快结束时，王文志代表实验中学全体教师进行表态发言，只见他大步流星走上台，郑重其事从怀里掏出一张纸片，字正腔圆地朗读起来。那张带着数学味儿的嘴片子甩出的一粒唾沫星儿，忽地溅到台下第一排一名女教师鼻梁上，他浑然不觉，依旧朗读得有板有眼，让台下的人忍不住想笑，又找不到笑点在哪里。

刘校长上任第一件事，就是与八中教师举办一场声势浩大的篮球比赛。他将全校体育老师和身材高大的男老师组织在一起，自己担任队长，集中培训，还给每位运动员买一套运动装，没参加培训的人员也都得到一件运动衫。培训结束后，租了一辆大客车，赶赴八中进行比赛。八中是刘校长从前任职的地方，这次比赛他有一种衣锦还乡的特殊意义，还有一种荡气回肠的情绪在里面。让实验中学全校教职员工振奋的是，他们与八中进行的三场比赛，每场必赢。八中有篮球比赛的传统，刘校长把这个传统带到实验中学，的确别开生面。这次赢球，全校教职员工都乐不可支忘乎所以，以为实验中学球技势不可当，张罗向全区任何一家篮球队挑战。刘校长看着激昂的人群，高举双臂，无声地将他们压了下去。三场比赛尽管全胜，并不代表实验中学篮球水平有多高，只是机遇和巧合罢了。在每场比赛最为关键的时刻，八中的队员总是恰到火候地把球误传给刘校长，但刘校长不认为这是误传，八中队员有着多年的比赛经验，刘校长目前属于哪个队，他们不会不知道。这只是明知故犯，给刘校长在实验中学全体教职员工面前制造威信，增长人气，以便于他更好地当这个校长。

刘校长做的第二件事，是对教学楼进行整体装修。学校以前改造暖气，等于头痛医头，脚痛医脚，没有从根本上解决问题。全校教学楼每个窗户都裂缝漏风，暖气再好，也留不住温度，难怪越改造越冷。要想将冬天室内温度提上来，必须把全楼窗户进行更换。更换窗户必将伤及墙皮，墙皮是水泥彩砂石墙，年久失修，有的地方裂了缝，缝隙落入尘土，钻进榆树种子，种子发芽生根，长出了小树苗，在缝里茁壮生长。按照整体规划，墙皮必须全部刨掉，贴上墙砖。面对这项兴师动众的工程，不管王文志因提拔之事与刘校长有多大恩怨，单从在实验中学工作了三十年的资历来说，他不能无动于衷了，必须表达全体教师的心愿，站出来说话，不然，让刘校长这么任意胡为下去，也太有辱于他这个副校长的身份了。

装修一事拿到校长办公会议上，王文志立刻跳出来，提出反对。

王文志说："这种装修势必影响正常教学工作。"

刘校长愣眉愣眼地看着王文志，他知道王文志经历了张王李赵几任校长，历来是逆来顺受言听计从的，这次怎么了？明显是狗眼看人低，没把他看在眼里。刘校长以高度的涵养不想跟王文志一般见识，他说："这事我早就想好了，装修期间，全校师生都搬到八中。"

王文志说："八中有空教室吗？没有教室我们怎么上课？"

刘校长说："这只是暂时的困难，克服一下就好了，我已经跟那边商量，我们分上下午上课，八中学生上午上课，我们呢，下午上课。"

王文志说："我坚决反对！"

会议不欢而散。搬迁的风声又飞快地跑出去，教师们更是坚决反对，说我们学校这几年已经折腾得够呛了，别再折腾了。怎么叫折腾？话传到刘校长耳朵里，实在叫他难以忍受，装修一事暂时搁置。但刘校长又是个很任性的人，自己想办的事，眼看办不成，心里总是系着疙瘩。有一天，他抬头看着墙缝里整天飘摇的小榆树，终于不动声色地找人搭上梯子，把那棵小榆树从墙缝里连根拔出。

六

王文志身上那套藏蓝色西装，自从上次宣布刘校长任命大会穿过一次，再也没在众人面前出现过。现在他每天穿着夹克衫，随随便便，又恢复了本来模样。有好长时间，大家好像记不起来王文志穿西装时是一个什么样子了。

自从王文志否定了刘校长装修一事，他的胃口变得格外好，中午吃饭总是埋头吃得专心致志，吃得香气袭人，送进嘴里的牛肉块还没嚼几下，紧接着又把两个萝卜块塞进嘴里，狼吞虎咽似的。也就是这天中午，食堂里又疯传一则消息：王文志即将被调走，去八中担任副校长。这事听起来似乎不可思议，其实也在预料之中。

王文志一个人默默来到操场，思绪万千，微风掀起他那件夹克衫，掀起他额头上的发丝——乱，思绪也跟着乱得不行。想想马上要离开工作了三十年的学校，有点像远走他乡似的难舍难分。教室里传出学生们的吵闹声，清晰地响在耳边，耳朵也不听话地跟着吵闹起来。以前他好像从没有注意过这种声音，因为这是他工作中的一部分，习以为常了。有一只足球落入脚下，他抬头看看那一群上体育课的男孩子，想把球踢给他们，由于用力不当，那足球并没有按照他指定的目标飞去，害得两个孩子不得不跑出很远去追赶那只足球。王文志想：要不，不去八中当这个副校长了？八中是刘校长的老窝儿，他到那里身单力孤，很可能遭受排挤，如果八中的老师知道他跟刘校长这种关系，日子会不会更加难熬？果真如此，他还不如留在实验中学，像从前那样，教自己的课，干自己的事，无官一身轻。但这样似乎也不妥，落地的凤凰不如鸡，龙游浅水遭虾戏，虎落平川被犬欺啊，他最终还是躲不过刘校长这只魔爪。

王文志给康利打去电话，想排解一下苦闷。

康利说："一山不能容二虎。你跟刘校长是竞争对手，在一起很难开展工作，你去八中继续担任副校长，也是权宜之计，这也许更有利于身心健康。"

王文志问："我要是不去呢？"

康利说："这不是闹情绪的事，你去八中，领导肯定会对你的职务问题有所考虑。"

王文志去八中报到的第二天，就听说施工队开进了实验中学，大有事不宜迟紧锣密鼓之势。教学楼四周围上了一圈铁架子，铁架子四周又拉上了黑色遮物网，拆窗框和刨墙皮同时进行，叮当当好一阵忙乱，也不见学生们搬入八中。

窗框拆完了，墙皮也刨完了，刘校长又想起拆院墙，修院门，院墙院门要跟新装修的教学楼形成整体配套。当然，改造院墙只是个借口，醉翁之意不在酒，刘校长主要是想改造院门，院门是前几任留下的，他继续走似乎不吉利，必须推翻，按自己的意愿重新建设一个院门，新院门是新标志，也是新起点，院门变了，路也会改变，全校教职员工会走一条新的路，一条刘校长为他们重新开辟的路。

当然，这些事都是从八中老师嘴里传出来的，刘校长在实验中学那边有什么动静，八中这边很快就知道了。八中老师讲起刘校长总是眉飞色舞津津乐道，相反，王文志跟实验中学那边已彻底失去了联系。他没给实验中学任何人打过电话，那边也没人给他打过电话。大家都心知肚明，王文志跟刘校长有矛盾，联系不得。谁都是维护现任领导，不愿跟自己没什么瓜葛的人瞎联系。八中其实没有王文志想的那么糟糕，他们不受刘校长影响，该怎么样就怎么样。王文志小心翼翼度过了几个月，心说，八中老师挺好的，各个踏实能干，老师之间偶尔发生小摩擦，也只是因为课时费和考勤奖金，别无大碍。八中的生源也比较好、比较稳定，有老师自己的孩子，也有旁边大学职工子弟，剩下的就是学区内的学生，不像实验中学，学生家长各个有钱，动不动就跑到学校跟老师吵架，要挟老师。王文志在八中工作得很舒心，各项工作有序推进，有的数学老师家里有事请假，王文志都要过去帮他们临时代几堂课。因为他身为副校长，上课时学生们都挺守规矩，一个个瞪着黑乎乎圆溜溜的小眼珠子，神情专注认真听讲。这种课也不能常代，有一次，他帮一名刚大学毕业的女教师上课，学生一听，就听出与以往水平的差异，非让王文志继续给他们上课不可。那是个重点班级，学生们知道好坏，对老师格外挑剔，不但学生闹，家长也找到学校来了，王文志黏到手的学生甩不掉了，搞得那位女教师很被动，无法再在这个班上课，最后不得不由一把校长出面，调换老师，安慰学生和家长。家长也理解学校，王文志毕竟是副校长，还有副校长的工作，不能像普通老师那样全身心地投入到教学里。

总之，王文志已完全融入了八中，至于职务上的事，他也不想过多地考虑，至少目前还不是考虑这事的时候。

七

实验中学装修赶在暑假开学之前全部完工。校舍校貌焕然一新，变化是翻天覆地的，就拿院门来说，方圆十公里之内，没有哪个单位能像实验中学这么气派。就在这无比喜庆的日子里，实验中学上空飘来一抹不祥的浮云，刘校长忽然被免职了。据可靠消息透露，刘校长搞的工程预算与实际施工开支相差甚远，区里派来审计组对工程进行进一步审计，一笔一笔对账。刘校长摊上了大麻烦，本来他还想满怀豪情壮志凌云地大干一场呢，这下却完蛋了，搞不好，恐怕有地方去了。

康利说："这都不是最主要的，主要是区领导看不上刘校长，想当初领导让刘校长到实验中学，就有点勉强，想不到刘校长到了实验中学不但不夹着尾巴做人，还高调起来。"

康利说："这都不是主要的，主要是有人掌握了内部情况，对刘校长进行了实名举报，一查一个准儿。"

王文志问："那个举报人你知道吗？"

康利说："这已经超出了我工作范围，不好打听。"

王文志临危受命，重新返回实验中学主持工作。情况已经摆到这儿了，如同劫后余生的王文志这次总算看到了新希望，当一把校长的可能性近在咫尺。

学校已人是物非了，王文志走进实验中学大门时，若不是有几个熟悉的面孔陪伴，他还以为自己走进了哪个陌生单位。崭新的墙砖让教学楼变得富丽堂皇，高大的院墙和高矗的院门显示着这所学校有着某种凌驾于一切之上的傲慢。王文志心情复杂地背着手站在操场中央，觉得自己正处在前所未有的尴尬之中，所有教职员工都以为他离开了实验中学，再也回不来了，先前的冷漠很难让人一下变得热情，但他们要是继续冷漠又不合时宜。如果他主持了一段工作很快被扶正，也许情况会大有改观，那些热情的人总会热情起来，不懂热情的人，你就是整天挠他们的胳肢窝，他们也热情不起来。人总是千差万别的，不可千篇一律。

但何时能提拔、被重用，又是绕在他头顶的一块心病。

有一件事似乎比这更让他头疼。新学期刚开学，学校少招收了两个班级，生源不足是个严重的问题，实验中学今非昔比，现在不管什么样的学生，只要把他们拉进校门，就是最大的胜利。择校费早已取消，这笔钱也不能再挣了，但只要招来学生，不愁在他们身上挣不到钱。其实少招收两个班也不必大惊小怪，学生高峰期已经过去，两年前这种苗头已经显现出来，只是情况比他们预期的提前了。

学校不再像往年惯例给每个教师下达招生指标，生源是有限的，没有学生，挖地三尺也不能从地缝里拎出一个学生来。主持工作的王文志在这一点上，也不想过多地难为老师。

本来好不容易凑齐了六个班级，开学不到两个月，又被外校挖走了两个班级人数的学生，有的教师开始闲置，没课可教，很是难受。人有时候真是发贱，以前教学任务那么紧张，总有人请假泡病号，不是腰酸就是屁股疼，不给假还不高兴，现在没有多少课可上，竟然没有人张罗请假回家，还争先恐后抢着去上课。

下了两场雨，又下了两场雪，冬天也就到了。有暖气的冬天，身体是暖意的、舒服的，也出现了与以往季节不同的脂肪。有些发福的王文志这天按部就班地布置完工作，准备下到班里听几堂老师讲课，正要起身离开时，办公桌上电话响了，王文志停顿了一会儿，觉得这电话响得有些奇怪，好像有什么事情要发生。能有什么事呢？王文志接起电话，是康利的声音。康利说："告诉你一个重大消息，区领导刚刚开完班子会，实验中学随着形势的发展，已不适合继续独立生存下去了，马上并入八中！也就是说……喂喂，你听见我说话了吗？"

王文志怎么也无法缓过神来，有一种悲凉的气息从心底里渐渐涌起，在周身弥漫开来，整个办公室都暗无天日了。不知过了多久，他静下心，悄悄坐回原来的座位上，拿起电话给康利回拨过去，得到的回答是："实验中学的教学楼已转让给一个房地产商，那里即将被夷为一片平地，成为一个大型超市的停车场。"

八

实验中学的撤销，让王文志的扶正想法变成了泡影。皮之不存，毛将焉附？王文志很想在学校与老师们留几张合影，但实验中学已不是原来的样子，合影也没有多大意思，有种身在异乡、找不到归宿的感觉。

还没下班呢，王文志一个人跑到学校旁边的小酒馆，临窗坐下，点了一盘油炸花生米和一盘拍黄瓜，看着窗外川流不息的学生和老师，心像掉进了酸菜缸。他端起酒杯，擎到嘴边，然后狠狠喝一口。酒是小烧，六十度，一溜烟地划过食道，有劲儿，又解恨，他不知道在恨谁，也许是恨自己。筷子已经不习惯用了，他喜欢拿手指捏起一粒花生，捻掉皮，塞到嘴里，牙一嚼，香味就出来了，满嘴在这香味中，还有一种再喝一口酒的欲望，于是又端起杯，狠狠地喝一口，照例是有劲、解恨。面前的人影儿开始模糊不清，重影儿叠叠，酒劲上来了，很好，他就需要这种感觉。天，扯下了黑幕，盖住了窗口，屋里亮起了灯，灯影也层层重叠，一圈一圈环套在一起，王文志看到自己的脸出现在玻璃上，古怪又难看。邻桌的客人眼看着来了，不知吃到什么时候，已经走了。现在酒店里只有他一个客人，闲下来的服务员扎起堆来，说着无关紧要的话题，偶尔转过头，偷偷向他这边瞥上两眼，好像在问：什么时候喝完？他就冲那堆服务员喊："拿酒！"有一个胖姑娘脚底像安了弹簧，腾地跳了起来，跑走。酒没拿来，老板却过来了，拉了一下椅子，坐在他跟前，手指一下一下拽起鼻毛，说："谁都有心情不好的时候，心情不好喝点酒人之常情，昨天有一个小子也是，老婆被人家拐跑了，他还不知道，给老婆又买钻戒，又买鲜花，准备给她一个意外惊喜，谁知这天他老婆电话始终关机。到了晚上，他老婆电话开机了，却告诉他，她跟别人跑了，让他自行其便。你说现在这人怎么了？就是一个闹啊！看你这岁数，你老婆不至于被人拐跑了，当然现在人都喜欢老牛吃嫩草，讨小老婆，以前是为了生二胎，现在呢，也不全是，玩格调，二房嘛——小三儿，现在几大傻里有一条：养个小三生个娃，闹心啊，好事都让你占了，该有闹心的时候了。"

王文志真想拿起酒瓶子砸在老板的头上，他的手动了动，想象着这酒瓶子落在他脑袋上了，碎玻璃碴儿四溅，鲜血汩汩从老板脑瓜皮里流出来，模糊了他的双眼，血还不停地往下流，湿了脖颈，湿透了衣领，真叫个痛快。

王文志的手轻轻松开酒瓶子，他的酒喝得还不算多，没丧失理智，他鄙视的眼神一定让老板感到浑身发毛了，老板不拽鼻毛了，手里攥块抹布在桌上擦来擦去，说："现在这人真是怪啊，我这里经常遇到这样一种人，白天到重庆路那边乞讨，晚上换上一身衣服，跑到我这里大吃大喝，那酒喝得实在腻人，从天黑一直能喝到半夜，当然我说的不是你啊，从你的眼神和脸上的表情，我看出你绝不是那种人。人心不可貌相，海水不可斗量，有的人看上去文文明明，还像个老师呢，可一肚子男盗女娼，全是坏水。别多心，我说的不是你，你看着的确像个老师，你是这个学校的老师吗？不是，这个学校的老师从不到我这里喝酒，我这里总是来……你以为我说我们这里总来不三不四的人？我可没这么说啊……"

王文志一跃而起，拍着桌子大吼："我是校长！"

老板终于拽下一根鼻毛，放在眼前看了看，手指反复捻着，嘿嘿笑了，说："你可别逗我了，校长哪能光顾我的小店？再说了，校长总得有一帮女老师前呼后拥陪着，那场面，那场面大着呢，真叫人眼馋死了……昨天公安局的人找过我，让我看一张照片，说城北有一个人假扮老师，把一个女学生奸杀了，公安局正秘密搜集线索，见到可疑的人，立即汇报。"

王文志把手放在酒杯上，说："结账！多少钱？"

老板抠了一下鼻孔说："你别急，慢慢喝，我的话还没跟你唠完。"

王文志掏出钱包说："结账！"

老板说："你慌什么，再坐五分钟，就五分钟，现在才半夜12点，急什么？"

王文志说："你是不是拿我当逃犯了？难道在你这儿喝酒喝到12点的人都是老婆被拐、要饭花子、逃犯？"

老板又开始拽着鼻毛说："我可没这么说。不过你真不能走，你一走，一会儿公安局的人来了，以为我谎报案情。"

王文志霍地跳起来，是的，跳起来。

老板一把抓住他的衣袖说："别动，刚才我怎么看你都跟照片里的人一样。现在看你，怎么又不像了呢？你真的不能走，你一走，我成了谎报案情的人了，你必须配合，跟他们解释清楚，对我也是个交代！我相信你不是罪犯，现在我怎么看怎么不像，一会儿到了公安局，你可以找个证人，把你领出来。我肯定是认错人了，我不能让公安局的人认为我谎报案情。你有老婆吗？我现在给你老婆打个电话，帮你联系一下。"

王文志低头看看老板死不放松的手，不想与他撕扯，那样他真就被人误解成急于想逃走的犯罪嫌疑人了！实验中学离这儿太近，这事要是传出去，笑话可就传大了。他想起了老婆，拿着电话左翻右找，怎么也找不到老婆的电话。他有很多日子不跟老婆通话了。时间一分一秒地过去了，老板拽着他的衣袖怎么也不肯撒手，后厨大师傅戴着一顶高高的大白帽，身穿白上衣，手持两把菜刀已堵在门口，这叫咋回事呢？刚才还在扎堆的服务员早就作鸟兽散，那个胖服务员站在吧台里，哆哆嗦嗦地还在不停地拨动电话号码。警车灯随时会在门前亮起。他在电话里突然翻出了康利的手机号码。

康利有些情绪不好地说："到八中，明明是让你当一把手，你怎么还不明白？"

原载《鸭绿江》2015 年第 10 期

天高云淡

一

早晨四点，父亲打来电话，铃声在寂静的清晨尖厉刺耳，还有些急躁，不依不饶地咆哮，我光着屁股冲出被窝，慌张把它接起。

父亲说："户口本没了！"

我的心忽悠一晃，不是因为紧张，而是知道麻烦事来了。

现在很少有人使用户口本，父亲的户口本放在家里长年不动的抽屉里，是家里的重中之重，怎么会没了呢？

胡乱穿上衣服，赶到父亲家，看见德信和德惠先于我到了。也就是说，父亲一大早把他的三个儿女都折腾了过来。

德信闷头一句话也不说，脸上一块肌肉一抽一抽的，悻悻的样子好像有很多话在心里喋喋不休。

德惠说："没我事吧？没我事我走了。"

父亲说：“案子还没破呢，谁都不能走！”

除了自己家人，外人很难知道那个抽屉是家里的核心，是一切秘密所在。现在出了这么大的事，说明那个地方没什么秘密可言了。其实，母亲去世那天，德信从抽屉里翻出酱红色的户口本，去派出所为母亲注销户口时，我就预感家里要出什么事。

父亲说：“就因为那户口本，我昨晚一宿没睡好觉，折磨得够呛，也气个够呛，你说怎么办吧？”

我说：“不会没有吧，你好好找找。”

父亲的火气终于得以发泄，他说：“我找啥找！就是你们三个搞的鬼，赶快给我送来！”

还头一次听父亲骂粗话，看来他真的生气了。

二

母亲去世三个月，父亲召集我们开了一个家庭会议，就他以后的归属问题进行严格细致的讨论。父亲退休前是国营商场经理，他对组织会议一点不发愁，而且是易如反掌，反倒是应邀参加会议的我们，诚惶诚恐，生怕出现什么差错。会上，父亲先是开门见山讲了一通大道理，讲了国内外大好形势，最后落脚点是，他今后如何生活，让我们兄妹三人表个态度。

我说：“爹要是孤单，可以到我那里去住。”

父亲说：“临时住住可以，可时间长了，矛盾就出来了，兄弟之间拿老人踢球似的踢来踢去，我不是没见过。”

我说：“我们兄妹绝不是那种人。”

　　父亲说："这一点，我相信。"

　　德信说："要不然我过来住？"

　　德信冷不丁冒出一句话，实属难得。在大家都不作声的时候，他伸出两手，用劲搓了一把脸，将棱角分明的皮肉搓得七拧八挣。

　　父亲说："我受不了你那臭脾气。"

　　德信跟父亲不和由来已久，俩人在一起，摩擦斗嘴是常有的事儿。

　　德惠说："爹到我那儿去，再合适不过了。"

　　我的心像照进了一缕阳光。德惠是家里最小的妹妹，心细，腿勤，每个星期跑父亲这里不少于三四趟。妈在世的时候，他们的内衣内裤、外衣外裤都是她买的，是名副其实的爹妈的"小棉袄"。德惠最大的特点是，做饭做菜很合乎父亲的口味，特别是炖鸡炖鱼，那香味常常弥漫在门外走廊，惹得在此路过的人，恨不能顺着门缝钻进屋子里，坐上餐桌。只是，只是头些日子，德惠跑过来的劲头儿减少了，也不见她热火朝天地炖起香喷喷的鸡和鱼，有一种漫不经心的懒怠，偶尔来，也就在屋里看两眼，很快走了。

　　究其原因，是父亲在跳广场舞。跳舞锻炼身体，放松心情，无可厚非，我们没有反对过，可跳过舞的父亲，像着魔了一般，对我们来与不来，毫不上心。也就是说，他的兴奋点不在我们身上。德信管那种舞叫僵尸行走，几百上千号人集中在一起，排成声势浩大的长队，音响声浪压过一切嘈杂，又成为另一种噪音。父亲混在那群人中，乐不可支，不到散场，决不会捕捉到他的身影儿。我知道，父亲是孤单的，有一段时间非常颓废，广场舞让他心里有了明媚的阳光，重新快乐起来。

有一天，德信打来电话问："爹是不是有女人了？"

我问："怎么见得？"

德信说："昨天我回家，还没进门，看见一个老妖精挽着爹的胳膊往家里走，吓得我没敢进屋。"

我说："天黑路滑，老人之间相互搀扶也很正常。"

见我如此想法，德信不再跟我提起这件事。

父亲召集开会最终目的是，他要独自生活，三个孩子谁都不要干涉，最好没事也少来。

父亲外面有人了？我们似乎都有共同的疑问。

晚上，德信不辞辛苦，悄悄对父亲进行了跟踪。我劝他放弃这种行为，有点下作。他不以为然，好像他对跟踪一事有着天然的热爱。大黑天的，东北的小北风儿像刀片似的削着脸上的皮肉，他站在雪地里打来电话说："我见到那老妖精了，起码比爹小十几岁。"

德信一再强调："从人走路的两条腿，最能判断出实际年龄，没错，至少比爹小十几岁。"

父亲今年七十八岁，如此推断，那老妖精也就是六十出头，或者五十八九也未尝不可。父亲人老心不老，都这个岁数了，还遇上桃花运，实在是可以啊。德信生气地说："很明显，那老妖精是冲着爹的钱去的，我们不能坐视不管。"

父亲每月退休金四千多块，平时他省吃俭用，花不上一千，母亲去世前，家里还有十来万存款，日子挺好的！这回，那老妖精突然出现，我们都慌了神儿，有些措手不及了。德信绝望地断言，我们发现晚了，父亲很可能早已鬼迷心窍，恐怕十驾马车也拽不回来。

不难看出，这几天父亲一改往日的节俭，花钱开始大手大脚，不知什么时候，厨房新添了一套德国钢锅，几只精致的花瓷碗，筷筒里还戳着一把庙香一样的新筷子，预示家里添丁进口了。

德信串通德惠，向父亲提出那十来万存款的事，据说那十万块是母亲生前省吃俭用攒下来的，直到母亲去世，那笔钱也没花出去。父亲眼睛瞪得如牛眼睛，一口否认："所有存款都给你妈看病了，还哪来的存款？"

德信让德惠打开柜底下的抽屉。德惠言听计从，却搜查无果。

走出父亲家门，我劝德信说："也许爹不会跟那老妖精怎样，他只是寂寞临时找个伙伴，说不上过几天就分手了。再说他也不至于糊涂到把所有的钱都交给老妖精。"

德信愣眉愣眼盯着我说："我查过爹的工资卡，他现在基本上是月光族！"

我说："这也许不是坏事，爹是节俭的人，他长时间这么花钱，肯定不堪重负，矛盾早晚出现，分手是必然的。"

三

我的判断出现了严重的失误。父亲不但没有收敛，竟公然将那老妖精领回家来，一改以前的含蓄和遮掩。德信火烧腔似的打来电话问："怎么办？咱们总该干预一下，让老爷子这样胡作非为下去，我们脸都没地方放了，况且那老妖精是什么样儿的人，她抱着什么目的来咱家，我们一无所知。"

事情非同小可。我让德信沉住气，不要慌张，自己却慌张起来，心抖，手也抖。我是家中的老大，慌不得，必须稳住阵脚，才能很好地把握住弟弟德信和小妹德惠。稍事平静，我说："观察一段再说，有时间再透露透露父亲的想法。"

德信说："不用问，爹肯定是鬼迷心窍，无可救药了。据我这几天观察，那老妖精也不是总来跳广场舞，这说明，她根本不在附近住，很可能是为专门勾引老年人才出入广场的。"

果真如此，那还了得？星期天我起个大早，带着疑惑特意去了一趟父亲家。今冬暖气烧得好，父亲在屋里穿了件崭新的白衬衫，气度不凡的衣袖恰到好处地挽起。浑身上下透着亮光，头发也梳得如同大地上细密的田垄。最扎眼的是，他白衬衫衣领上打着领带，虽然不怎么得体，可以看出是用过心思的，只是手上的功夫差点，我想。我想的时候，他眼睛出神地打量着我，我不得不回避他目光的炙烤。

父亲书架上满满的都是过去的旧书。打开书架门，陈年纸张的辣味飘飞而出。我侧头躲闪一下，从里面抽出一本书，是关于满族史诗的作品——《乌布西奔妈妈》，来回翻弄，以此来掩饰内心的忐忑。父亲很久之前就对萨满文化情有独钟，以此来看人、断事超乎寻常。

父亲轻手轻脚跟过来，吓了我一跳。他狐疑地问："我的事，你们都知道了？"见我没什么反应，他又说："你们都长大成人了，各有自己的家，我的生活也应该有个安排。"

我说："你多虑了。"

父亲说:"别跟我装糊涂。你是家里的老大,他们不明白事,你总该明白,我不可能靠你们养我一辈子。"

将书塞回书堆里,转身离开书架,我必须认真跟父亲谈谈了。

我说:"我支持你。"

父亲眼睛颇为意外地闪动,如火炬瞬间被点燃。他抬手摸了摸领带结,往下拉了拉,好像紧绷的情绪也如释重负地松开。

我说:"不过,家里这么大的事,你总该跟我们商量商量,现在那老妖精,不,那女人……"

父亲打断道:"是你阿姨。"

我的喉咙干涩地滚动,说:"行,就叫阿姨。那阿姨姓什么,叫什么,以前是干什么的,家境如何,我们却一无所知。"

父亲问:"这很重要吗?"

我说:"很重要。"

想不到父亲说出一句:"我只关注现在和未来,以前的事,我不知道,我也不想知道。"

我说:"现在社会很复杂,人们的观念千种百样千差万别,我们还是慎重为好!"

父亲说:"这不用你提醒!"

这时,德信的电话不合时宜地打来。

德信说:"爹现在跟我们离心离德,他开始跟我们耍花招儿,你千万不能被他骗了。"

我说:"你没必要把事情想得那么糟糕,我看没那么严重。"

德信说:"怎么不严重?昨晚我又跟踪了那老妖精,那老妖精鬼得很,不知怎么知道我跟踪了她,她坐起公交车跟我绕了几圈大弯子，最终让我一无所获。你说，她要是正常，能害怕跟踪吗？况且她的警惕性那么高，不是一般人所能流露出的心态。"

我说："你不要早下结论，观察观察再说。"

德信说："你别离开，我马上过去，咱们必须把这事搞个水落石出。"

放下电话，父亲问："德信要来？"

我说："来就来吧，腿长在他身上，我们谁都管不了。"

父亲说："他只会惹我生气，恨不得我早死！"

我劝道："都是你亲儿子，他有什么想法，也都是为你好！"

父亲开始穿外衣，他是故意要躲开德信了。父亲的外衣也是新的，大方合体，穿在身上看上去至少比过去年轻了五六岁，焕然一新的。

我说："外面天冷路滑，多加小心！"

父亲说："不走远，我已跟你阿姨约好，她一会儿过来，我下楼接她，没什么事，你也早点回去。"

我说："我等一会儿德信，他来时，我再做做他思想工作。"

父亲下楼半个多小时，不多不少，正好半个小时，德信敲门来了，身上散发着户外的寒气，连嘴里的空气，都寒冷无比。脱掉厚重的外衣，站在门口换鞋的工夫，他往屋里张望了一下，额头堆积的抬头纹分明在问：父亲干什么呢？

我说："爹去接阿姨了，你在门口没看见他？"

德信一惊，问："你说什么？"

我立马反应过来，纠正说："去接那老妖精。"

德信的脸，口斜眼歪地扭曲着，神经麻痹后遗症形象一览无余。他说："想不到你这么快被洗脑！你说，妈活着的时候，出外回家，爹啥时接过？犯贱了是吧！"

我说："别说没用的，快进来。"

德信说："接她也好，我给德惠打电话，让她也过来，咱们今天坐在一起，把话掰扯清楚，省着往后留罗烂。"

电话打过去，德惠表示一会儿就到。德信进厨房找吃的，他说："我从早晨到现在，还没吃饭，有什么好吃的千万别客气，你省，都省给老妖精了。"

费了半天劲儿，翻出个紫皮地瓜，凉的，德信说："凉的也吃。"

我说："你应该热热，不然吃了胃疼！"

德信说："顾不了那么多。爹怎么还不上楼？不会被那老妖精拐跑吧？拐跑了不要紧，我怕那老妖精图财害命把爹害了！"

我给父亲打电话。

父亲说："我跟你阿姨在超市，你们要走，随手带上门就是了，不要等我。"

德信说："看看吧，那老妖精不敢见我们，躲着呐，他们不回来，我们就不走，耗，跟他们耗到底。"

我说："算了吧，我给德惠打电话，让她不要过来，咱们现在就走。"

德信说："等等！"他开始抱着膀子在屋里走来走去，还抬起手，不停捏动鼻尖，贼眉鼠眼的，好像随时准备发现什么重要线索，一举攻破父亲日夜守护的防线。

我给德惠打过了电话，又跟父亲联系上，告诉他说："我和德信走了。"

户口本大概就是在这天失踪的，我想。

四

几天来，我总是做着同样的梦，梦里的母亲出现在我跟前，我心里一阵喜悦，觉得母亲还活着，她并没有离开我们，她的脸上没有去世前的痛苦和焦灼，而是异常平静。有时她离我很近，近得我伸手能摸到她脸上苍老的皱褶和头上的发丝；有时她又离我很远，远得我们之间如隔着一层模糊的纱幔，看不清她的面部。母亲似乎告诉我，要照顾好你父亲，你父亲这个人任性，孩子气，如果不把他看好了，说不定会惹出什么祸端。我确认母亲还活在世上，她在遥远的天边每时每刻都注视着我们。我常常因梦中的母亲，而泪流满脸。

虽然那女人的身世我无法搞清，但背后我们称她为老妖精，有些言过其实了。有一天，我在父亲家楼下，借着夜晚的路灯，终于见到了那女人。父亲没有发现我，我也没必要上前打招呼，只是愁肠百结地选择离开。那是一个普通而本分的女人，绝没有我们脑中概念化的风尘女子形象。从举止上看，她年轻时也没有被风尘感染过。

父亲跟这个女人走在一起，是偶然相遇，还是早已相识？作为国营商店经理的父亲，社交圈肯定广泛，而且不乏女营业员的推崇和追随。记忆中，母亲早年好像跟父亲因一个长得好看的女营业员闹过一次家庭风波，但事情太小，像风吹过草尖儿，一下就刮过去了，小草反倒长得更加直挺茂盛。父亲说，那纯属母亲无中生有，胡乱猜疑。因为那个长得好看的营业员总喜欢来我们家抱德惠，还为德惠买冰棍糖果，一次两次还可以，来的次数多了，母亲本能地开始排斥。母亲说，那女营业员还是个姑娘，她对孩子这种亲法，很不正常，有一种想当后妈讨好孩子的意思。父亲说，竟是胡扯，她讨好德惠无非是想讨好你，她讨好你，无非是想讨好我，她讨好我，无非是想让我给她批两张条子，买永久凤凰自行车，买两斤猪蹄子回家孝敬父母。

事情吵吵嚷嚷过去了，但我总觉得母亲的直觉不会差，即便那女营业员没有跟父亲发生过什么实质性的内容，但是彼此心里肯定有过心照不宣的痒痒。

这女人会不会就是当年那个女营业员？我除了听说那女营业员长得好看外，对她毫无记忆。我发现我有些无中生有了，这种想法未免可笑，当经理的父亲这一辈子不知要接触多少女性，不知要与多少女营业员促膝谈心做思想工作，我怎么偏偏盯上那个女营业员？当年父亲的经理干得实在不容易，不但要管理单位里的一大摊子事情，还要管理职工的家庭生活，有时有的女营业员意外怀孕、和公婆闹矛盾，父亲也要加以解决。父亲干工作很负责，往往是上班忙了一天，下班还要走访出问题的女营业员家庭，亲自将问题解决了。第二天女营业员会欢天喜地来上班，不刁难顾客，更不与顾客吵嘴打架。

当过经理的父亲看人准，处理什么事都站位高，具有战略眼光，这种职业习惯已经深深渗透到他的骨子里，融化在血液中。

对于这样一个人，能说是为了排遣寂寞空虚，随随便便从广场上认识一个女人，跟人家好上了？这女人会不会是父亲在某一工作阶段上相遇的、交情较好的红颜知己？

但父亲的不爽，着实让人难以接受。假使他说出自己年轻时有过要好的女友或秘密情人之类的，反倒叫我放心了，我也许会理解父亲，以积极的态度帮助他成全这桩美事。

回到家里，我给德信打电话，他正在中医院针灸，这几天他总感觉右边半个脸有点发木，怕神经麻痹毛病再犯了，提前进行预防治疗。现在他脸上扎了十多根针，不方便接电话。

我问起那户口本。

德信供认不讳，说："的确在我这儿，我怕父亲跟那老妖精做出傻事，防患于未然。"

我说："你这样做适得其反，激化矛盾。"

德信嗫嚅了一会儿，不再表态。

我又给父亲打去电话说："德信只是使用一下户口本，明天他会给你送回去。"

父亲明显听出我在撒谎，他问："他使我户口本干吗？他的户口早就迁出去了，根本用不着我的户口本！"

我说："你就别较真儿了，明天给你送去就是了。"

放下电话，我心乱得很，父亲为一个户口本发这么大脾气，像很多脑萎缩的老人，不可理喻。有什么办法？家家都有难念的经，人人都有难唱的曲儿！不想了，我早早上床睡觉。好不容易睡着，又迷迷糊糊被尿憋醒。整个晚上，我去了三四趟厕所，喝了两三杯水，加起来睡了不到四五个小时，煎熬啊！第二天头昏脑涨出门,神情恍惚得整个周身如同纸人,飘忽的当口,被地面冰冻的黄痰滑个趔趄。

父亲又打来电话:"昨天我相信你的话,可户口本怎么到这时候还没送来?"

我说:"我现在打电话催催。"

给德信打电话,他说他换到一家老中医诊所,昨天的针灸不但没缓解症状,嘴角反倒歪得严重了,不得不起早跑到这里来,他的右半边脸贴满了黑乎乎的膏药,一动不敢动。我一筹莫展,父亲这边的事情正闹腾得一团糟,德信这边又出了毛病,雪上加霜了!

德信说:"不凑巧,刚才户口本让德惠拿走了。"

我很生气,问:"她拿走干什么?"

德信说:"这不关我的事。"

事情看来要闹大,还不断地发酵,复杂得不受我掌控。头顶着早晨的冰冷的细风,从农贸市场买来豆浆油条,踩着咯咯吱吱的积雪,心想:如果我失信于父亲,以后什么事都别想沟通了。

回到家里,把买来的早餐放在桌上,还没想好怎么给德惠打电话,德惠的电话就打过来了。看来德信和德惠私下里通气儿比较勤,有点珠联璧合的意思。

德惠说:"这户口本绝不能送回去。现在爹每月工资都被那老妖精糟蹋了,我们唯一能控制他们的,就是这户口本。假如我们不控制户口本,万一爹哪天脑袋一热,跟那老妖精登记结婚,家就不是我们的家了,这还其次,主要是爹这一百八十平方米的房子。想想啊,那老妖精比爹小十多岁,肯定死在爹后面,爹万一哪天不行了,房子落入那老妖精手里,我们就两手空空,一分钱也捞不到。"

我说:"你控制户口本,控制不住他的心,到头来都一样。"

德惠说:"那我就让他们永远当野鸳鸯!"

五

在我百般劝说下,德惠答应星期六去父亲家。

星期六早晨,下起了雪,天空灰蒙蒙一片混沌,十几米之外看不清人影和车影,无论是人还是车,行进在路上都要比平时迟缓,整个世界都在小心翼翼。在这样恶劣的天气里,我早早在父亲家里等候德惠,心里酸甜苦辣啥感觉都有了。

德惠上午十点钟来的,她的眉毛和外衣帽子毛边儿挂着的不知是白霜还是雪花,因室内的温度,很快凝成一颗颗晶亮密布的小水珠。她满脸委屈地从包里拿出户口本,轻轻放在茶几上。那个酱红色的户口本,立马引起了父亲的注意,他好像不相信德惠会这么轻而易举送来。德惠看着父亲,一言不发,牙齿咬住的下唇失去了血色。我问:"你吃饭了吗?"她的牙齿微微松开,说:"在家吃了。"我说:"你坐下休息一会儿吧!"德惠没有坐下来的意思,好像生怕在屋里待久了,听到哪句不顺耳的话,生起气来。大家都不想生气。

父亲还不放心,他翻开户口本,一页页查找,从头查到尾,又从尾查到头,像个疑心重重的破案人员,想在上面发现点什么疑点。确定万无一失了，父亲心满意足地合上户口本，当着我们的面儿，慢吞吞解开裤腰带，脱起了裤子。还好，裤子褪下一截，被他扯住了，翻开裤腰，露出一个用粗针大线缝制的口袋。

父亲慢慢将户口本塞进那口袋里，然后心安理得地提上裤子，扎紧腰带，嘴里念念有词道："我真怕哪天再被你们拿走了。"

拿到户口本的父亲，郑重宣布道："不管你们有何想法，我马上跟你阿姨登记结婚。"

我傻眼了。看来德信和德惠的判断不无道理，只是想不到父亲竟这么快不近情义地亮出底牌。我变得极为被动，无言以对，更不知接下来如何向德信和德惠交代。

回家冷静思考。

德信电话跟过来，也许他刚从老中医门诊那儿出来，脸上还贴着膏药，说话声别别扭扭的。他问："爹刚才给我打了电话，你说我们该怎么办吧？"

我说："如果那老妖精不是别有用心，结婚不一定是坏事，我们做儿女的，照顾得再周到，也无法代替婚姻给他带来的幸福。"

德信手里的电话好像被气得东倒西歪，我真担心他面部神经麻痹的毛病再犯了。他说："你脑袋怎么长的，到现在还没转过弯来？我们根本不在一条道儿上说话。"

我知道，德信心眼多、性格急，不然不会年纪轻轻患上脸部神经麻痹症。这几天因为父亲的事，我们毅然决然成了攻守同盟的人。我知道，这种状况很不牢固，像不稳定的化学物体，随时在变，好像眨眼的工夫，德信和德惠又站在了一起，我无形中成了父亲这一边儿的人。在这件事情上，我虽然左右摇摆、顾虑重重，但我相信自己还是有立场的，那就是，尽量把事情处理得周全。

有必要给德惠打个电话，听听她的声音，哪怕听到一番诉苦，也是对我心情的一种缓解。

德惠说："上午我从爹那里出来的时候，看见那老妖精了，爹肯定打电话告诉她我们在屋里，那老妖精才不肯上楼。她一直在门口徘徊，我就主动上前跟她搭话……"

我莫名其妙紧张起来，问："你们说了什么？"

德惠说："我跟她开门见山，说能不能不登记结婚就这么过下去，咱爹每个月工资全归她支配，就当她是个全职保姆，有什么特殊情况，我们兄妹会出面。"

我急忙打断德惠的话，问："她什么态度？"

德惠说："想不到，她眼圈一红，眼睛就那么死盯盯看着我，说孩子，我跟你爹是真感情，与钱没关系。啊呸，她竟然管我叫孩子！"

雪后的天气，格外的冷，早晨窗玻璃上升起的霜花，形状如山峦沟壑，如野草花卉，这是自然界无法临摹的纹理，像来自梦境，来自天外魔幻的世界。我听着德惠的讲述，手指不自觉地按向一块霜花，没有冰凉的感觉，倒是霜花在我手指肚里渐渐融化，有水珠，眼泪一样汨汨流淌。

德惠说："我看她是天才表演家，弄不好，我们兄妹仁都被那老妖精耍了，你猜她接下来说啥？她说，我们这一代人跟你们不同，不登记结婚就在一起，总不是那么回事，名不正言不顺。你听听，还要脸不？啊呸！"

我说："事情到了这一步，我们真应该商量商量，拿出解决问题的最佳方案。"

德惠说："没什么好商量的，一商量，你又跑到爹那边去了，我轻信你一次，绝不能轻信第二次！"

德惠的脾气跟父亲一样任性，又是女人的那种任性，我无法说服她，更无法说服德信，或者说，事到如今，我谁都不想说服，只是想彻底找出解决问题的办法，化干戈为玉帛。

六

父亲的户口本又没了。

他自己缝制的那个裤兜，开了线，露出一个大窟窿。我问："是不是丢在外面了？"父亲几乎是暴跳如雷，说："不可能，这几天我根本没出屋。"我怎么劝，父亲的火气也不见消，他非让我找回户口本不可，哪怕是挖地三尺也要找回来。

我问："裤子内兜，那么保险的地方，怎么说没就没了呢？"

父亲说："肯定是那两个东西搞的鬼！"

我赶紧奔赴父亲那儿，这事就像从絮叨女人嘴里生长出来的枝枝杈杈，电话里一句两句说不完。

冬天的太阳落得早，这一天人们还没怎么忙，还忙得不够劲儿呢，天就把脸一抹，黑下来。马路上到处是奔忙的声音，拥堵的汽车灯光，像眨着无数只眼睛，聚拢在一起，将路面裹成一条首尾不见、缓慢蠕动的火龙。我站在户外二十几分钟也见不到空载的出租车，只能跑向公交站点。站了三十分钟，公交车来了，车门如两张敞开的大嘴，前门吞进一团人群的同时，后门又吐出一堆人来。站台转眼间冷清了，车厢里的人热火朝天地拧动个不停。父亲电话又打来了，问："怎么还没过来？"我的话有些不着调了，生气地说："去公安局报案。"父亲急了，说："报什么案？这肯定是内盗！"父亲的口气明显软下来，又说："这也不算是内盗，肯定是德惠拿走了，你给我要回来就行，不要兴师动众啊！"

到父亲家已是晚上八点。父亲跟那女人早已吃完饭，坐在沙发里悠闲自在地看电视。我饥肠辘辘，怨气顿生，搓起冻得麻木胀疼的手，进厨房找吃的，还好，有一盘没有被筷子动过的土豆烧牛肉，用一只搪瓷碗扣着。我将这盘土豆烧牛肉送到微波炉里稍微加热，胡乱往嘴里塞了三四口，走回大厅，发现沙发跟前摆着一只木盆。那女人双脚浸泡在木盆里，见我来到跟前，不好意思地把脚从木盆里拿出来，分开，踩在盆沿上，晶莹的水滴落在地板上，花朵一样绽开。父亲赶紧递去擦脚巾，端起木盆跑向卫生间，将烫脚水吼声如雷地倒入厕所。放下木盆，父亲又跑回来，献媚般抢过擦脚巾，为老妖精擦起脚来。

我心像被尖硬的物体猛刺了一下，若不是亲眼所见，真不敢相信眼前发生的一切。

父亲说："锅里有饭，你自己吃吧！"

我什么都不想吃。父亲真是变了，变得这么贱！过去母亲活着的时候，我从未见父亲对母亲这么殷勤过，也没见过他为母亲倒过一次烫脚水，他对母亲永远是领导对下属的态度，公事公办，不徇私情。倒是母亲完全接受了他的习惯，心甘情愿为他倒去每次的烫脚水。我很怀疑父亲这辈子是否真心爱过母亲，体恤过母亲。麻木不仁的字眼儿，不应该安在老夫老妻身上。

德惠来了，父亲快步跑过去，着急忙慌打开房门，把手伸了过去。不言自明，他要户口本。

德惠说："我拿走了户口本，这不假，但我怕把握不住自己，放到德信那儿了，在问题没有彻底解决之前，德信不会露面。"

父亲给德信打电话，他的手如同干巴巴冬眠的柳树枝，摇晃在冷风里。找出德信的手机号，拨了出去，德信手机居然关机。那冬眠的柳枝怎肯善罢甘休，顽强地寻找德信座机号码。

那女人去了一趟厨房，忙活了一阵儿，端出那盘土豆烧牛肉和一碗热米饭，米饭香气四溢，悠悠地飘荡在餐厅里。

那女人见父亲急得像热锅上的蚂蚁，说："你也别太难为孩子，什么事都得一点一点解决，急不得。"

德惠不客气地一屁股坐在餐桌上，摆出一副不吃白不吃的架势，狼吞虎咽起来。那女人高兴地从冰箱拿出一瓶辣椒酱说："今天晚上刚炸的，你尝尝咋样？"

讨好德惠，也许是暂时的，说不定达到目的她马上就变脸。

我身不由己地站在德惠这边，以积聚多年的经验冷眼审视着眼前的一切，忽然觉得，面对父亲的变化，德惠适当闹一闹也不是不可以。父亲自从有了那女人，变得越来越飞扬跋扈，这也许是我一再妥协、一再委曲求全造成的结果。

我说："婚姻大事，不是儿戏，它涉及两个家庭，我们应该心平气和地商量一下，再做决定。"

德惠说："户口本的事好办，只要你们尊重我的意见，我立马想办法让德信把户口本送过来。"

父亲问："你啥意见，说！"

德惠放下碗筷，不紧不慢地瞥着那女人，眼睛转悠一下，好像内视到自己的心，一副刁蛮的模样，说："要想结婚可以，你们必须进行婚前财产公证，对家里的财物逐项登记。另外，我妈去世前是否有一张大额存折，必须搞个水落石出。"

父亲一跃而起，哐当当绊倒屁股底下无辜的木椅，厉声吼道："放屁！"

德惠抬起身，拉开房门跑了。父亲真动怒了，坐在我扶起的木椅上，直挺挺说不出话来。那女人慌张着取来速效救心丸，塞进父亲嘴里，又觉得不妥，伸出一根手指，将药丸重新在父亲嘴里摆布。我拿起电话打 120 救护车，父亲伸手阻拦。谢天谢地，看来父亲无大碍，让他好好休息一会儿吧。

这天晚上，我住在父亲家里。

我把父亲搀扶到卧室，父亲对我说："你阿姨有自己的退休金，她不占我什么便宜。"我说："好好，什么都别想，休息吧！"熄掉大厅的灯，已经是半夜十二点。我倒在沙发上，心如刀绞，家里的事儿闹大了，完全超出我所能控制的范围。德信和德惠铁了心似的站在同一联盟上，轻易不能拿出户口本。当然，父亲也不会进行什么财产公证，现在他的身体很好，还能为那女人端一木盆洗脚水，还有力量吼，争斗的日子必将要旷日持久。

这一宿，我一直处于浅睡眠，松软的沙发，让人很不舒服，翻个身，也要费一番力气。四周的漆黑严严实实罩住眼睛，睡意来临，窗口却揭开面纱般露出熹微。我睁开眼睛起身，轻声走向窗口，户外楼宇、树木以及林林总总的物体，瞬间梳妆一样打扮一新。我蹑手蹑脚转身走回大厅，见父亲卧室的门居然开着，我无意看向父亲的卧室，可还是看见父亲正光着膀子趴在床上，贪婪享受着那女人的手从他腰椎、胸椎、颈椎，揪起一把把皮肉。按摩呢。

七

事情就这么时缓时急一天天折腾着，德信和德惠虽然同在一个阵营，有时也互相推诿、抵赖，大家都好像无所适从。

父亲每天定时拿着一只布兜跟那女人逛早市，磨磨蹭蹭地去，磨磨蹭蹭地回来，不厌其烦地跟卖菜的商贩一分一角地讨价还价，乐此不疲地拎回大包小裹。每隔一段时间，我都去看看父亲，开导父亲。父亲也想开了，整天静静地趴在书桌上练习满文书法，好像什么事都无所谓，不再逼我向德信和德惠施压。父亲是为数不多懂满语的人，词汇量已达三千多，以前他很想让我们兄妹把他的满语继承下来，但我们都不感兴趣。父亲的孤独可想而知。

现在，那女人跟父亲义无反顾地生活在一起。我必须接受这个现实。前一段如临大敌的折腾，那女人不会看不明白，我有必要从中一点点消除与她形成的隔阂，让父亲渐行渐远的脚步放慢速度。

我鬼使神差地给他们送去一张体检卡。

父亲见到这份礼物，欢欣鼓舞，当着那女人的面夸奖我说："他从小就比那俩孩子懂事、省心。"

体检卡并没有给他们带来快乐。十多天之后，我去父亲那里，吃着那女人做的拿手好菜——土豆烧牛肉，就见父亲犹犹豫豫凑到我跟前，悄声地说："你阿姨肺部长的东西已经转移到脑部了。"

黏糊糊的土豆牛肉长时间地黏在我嘴里，确切地说，是横在我腮帮子上。

父亲说："其实，这事以前我就应该告诉你。"

我用舌头费力地挪动牛肉，放到牙齿部位嘎吱吱慢慢切割，惊愕于我还有很多不知道的事情。

那女人住进医院那天，外面下起了清雪，雪薄薄地落在地面上，风一吹，打着旋儿漫天飞舞，搞得我们不时地左右转头，撞开一条条雪路。父亲拿起家里的棉被、暖水瓶、保温饭盒、筷子，装进了一只草绿色大编织袋里，随我们一起行动。毋庸置疑，他已做好长期奋战的准备。

这回摊上事了，像黏在手上的东西，甩都甩不掉，父亲这是自作自受。

本来一个活蹦乱跳的人，住进医院，马上就不行了，都是我那张体检卡惹的祸。那女人整天病歪歪倒在病床，精神头也一天天垮掉。父亲没日没夜地当上了陪护。我心疼父亲，有时间就到医院替换一下，从良心和道义上讲，事到如今，我们对那女人也不能坐视不管。每次去，我都在家做好饭菜，装进保温饭盒，提到他们跟前。父亲看着我，慈眉善目地打开饭盒，将饭菜凑到鼻子前闻了闻，对她说："嗯，香！"

不管话是真是假，父亲心里肯定是香的。

父亲先是把一勺饭菜往自己嘴唇上碰一碰，极有耐心地慢慢放进她的嘴里。她张着雏鸟等食一样的口型，接住饭菜，两唇合拢，聚集细密的条纹如同篦齿。

德信和德惠是一起来到医院的。说话间，两人不知是谁，将户口本放在她的枕头旁。也许因为心里的平静，德信脸上那块抽动的肌肉，要比以前有了明显好转。

父亲没有张罗与她进行婚姻登记。也许他们觉得没这个必要了。

我很担心父亲被拖垮。看他走路的样子，膝盖弯曲，脚掌与大理石地面摩擦的声音，如同在我的心中划过一道道疼痛的伤痕。

东北最冷的一天来到了，冷到什么程度？这么说吧，吐一口唾沫，落地就是一块冰坨。天地冻得到处硬邦邦，不时生起冰冻的脆响。风，透过肉皮，一个劲儿地往骨头缝里钻，仿佛骨髓里也结满了冰碴儿。那女人不行了。接到父亲的电话，我顾不上几天来奔跑的疲惫，穿上厚重的棉衣，赶紧奔赴医院。

用了很久的氧气已经摘掉了，其他病人早已退出这间病房，整间屋子里只有护士和我们家人。那女人的手紧紧握着父亲的手，嘴总是呼气，很少有吸气，人也直挺挺的。一个陌生大男孩哭喊："妈，您就咽气吧，没什么舍不得的，你这样我心疼，你不要遭这份罪。"那女人并没有听从那大男孩的召唤，时间就这么一分一秒地过去，生命的无常，在这里得到了充分的验证。那大男孩还在哭，他说："我求你了，妈，我的好妈妈，我知道我对不起你。"站在床边的护士说："我还很少见到这么顽强的老太太，她心里是不是有什么事啊？"父亲说："她儿子也赶来了，还能有什么事？"是啊，我们已经接纳了她，拿她当亲人对待，她应该安心、知足，不会有什么事。这时，我看见她的手动了，微微地动了，似乎把父亲的手抓得更紧。父亲侧起耳朵，贴向她的嘴边："你想说什么吗？你告诉我，你想说什么，我听着呢！"她嘴中的气流急剧地推开父亲。大男孩说："妈，我现在就给你跪下，我跪下了，你就咽下这口气吧！"她的手再次动了一下，好像指甲要抠进父亲的皮肤，我感觉这是她用尽了全身的力量。父亲突然喊："哎呀，我怎么这么糊涂！"他用他那只没被抓住的手，使劲伸向她的枕下，摸、摸、摸，很快就摸到了他要的东西，搜出来，是两个户口本。我有点晕，考虑父亲是否还能搜出第三个户口本的时候，两本红红的结婚证书出现在我眼前。父亲牵引着她的手，触到了它，它夹在两只合在一起的手之间，缓缓地，缓缓地移向她的面前……大男孩忽然一头栽倒在床上，泣不成声。

她离开这个世界的方式，没什么特别之处，但最后出现的结婚证书，着实让我惊讶了，就好像我小时候看过某个电影的场景。办完丧事，父亲再次郑重其事召开了家庭会议，这次会议多了那个大男孩，他始终低头摆弄手机，一言不发。父亲对我们兄妹说："今天我把话说在明处，你们谁都不要有意见，给你阿姨治病的费用都是我拿的，我们在一起生活的时候，你阿姨每个月的退休金，我们分文没用，这次全交给她的儿子。"

散会后，德惠竟然哭了。

她对我说："阿姨去世前，有一天，你们都不在跟前，她向我提出一个请求，说要再抱我一次。你说，什么叫再抱一次？"

德惠又说："本来我对她从心里排斥，可我不知道为什么没有拒绝，被她抱了一下。那一抱，我好像想起了什么！"

我问："想起了什么？"

德惠赶紧把脸转开，哽咽着说："没什么，都怪我瞎猜！"

八

那女人走了一个多月，父亲的屋里还残存着她的气味。我从药店里买来消毒液，喷洒在屋里每个角角落落。父亲坐在沙发里，被刺鼻的消毒液呛得不住地咳嗽，他向我摆摆手，表示阻止。我拿起抹布，擦起那些消毒液，抬起身，舒缓一下因劳累而酸痛的腰部，发现我已擦到父亲卧室衣柜跟前，下面那个抽屉，带有磁性的力量再次吸引着我的手伸向了那里。户口本规规矩矩放在抽屉左角，外面罩了一个蓝色塑料袋，我拉动了一下塑料袋，见到户口本下面压着那两本结婚证书，打开塑料袋，我有一种翻看的冲动。

他们到底登记了。不知是亲自去的，还是在医院里有人上门服务。

我时常来到父亲这里，鼓励他到外面走走。父亲很长时间没去跳广场舞，理由是，外面天寒地冻，不便出行。他每天在家看电视的时候，都坐成一个姿势，偶尔从沙发里起身，腰竟是弯的，他习惯于以这种姿势在屋里走路。我说："在萨满文化中，人做了坏事，是要遭受报应的！"

想不到，父亲瞪起牛一样的眼睛盯住我。

我自知言语过重，不着边际，而且不应该当着他的面儿，这样刺激他。

父亲沉吟了一下，说："你说得对，我是犯过错误的人！"

我心跳猛然加速。

父亲说："男女错误在我们那个年代不可饶恕，可我却偏偏犯了一次那样的错误，相当严重的错误。那个女人找到了我，摸到了咱家，想和你妈摊牌谈判，让我离婚。可她见到你妈，看到咱们一大家子人，她退缩了。她说，一看到你女人的那种善良，无论如何也张不开这嘴。"

"后来，那女人选择了自动离开，我没想到她是那样的果断，一点也没拖泥带水，更没找我任何麻烦，这是我始终对她念念不忘的原因。你妈去世那年，我四处打听、寻找，终于得到了她的音信，我以为我找回了旧梦，急迫想见到她，没想到，现实要比我预想的残酷，她刚刚被查出肺癌。"

父亲悄悄抹了一把眼泪，我赶紧递过一张餐巾纸，父亲拿着餐巾纸，擦了眼睛，再擦擦手，说："那些日子，为了让她忘掉病情，为了让她开心，我领她到处转，我们跳遍了全市几乎所有地方的广场舞。在频繁的接触中，她揭开一个隐瞒了我三十几年的秘密，我们有了一个共同的孩子，我却一无所知。为了孩子，她忍受着三十年的孤寂，始终未嫁。我问她，当时你为什么不找我，告诉我真相？她说，那时你正是事业高峰，我不想让你分心，更不想让你为了这事坏了名声。三十年啊——"父亲老泪纵横了。

我问："就是那天我们见到的那位大男孩儿？"

父亲说："对，就是他，他是你们的弟弟，叫德生！"

原载《民族文学》2016 年第 8 期

《中华文学选刊》2016 年第 9 期转载

收入《中国短篇小说年度佳作 2016》（孟繁华主编）

棒 槌 谣

一

镇上又要办人参节了。参农们把自家存放的人参拿出来，交到镇上，镇上的人将人参拴成串，挂在镇上那条主街的一棵棵大树上、篱笆围墙头，整条街就跟以往不一样了，披红挂绿，好不热闹。有大个儿的人参，单独挑选出来，或头扎一条红绫，或胸戴大红花，或穿件遮肚的红兜兜，高高悬挂在树枝显眼处，远远看去，那些打扮一新的人参如攀爬树枝的小人，风一吹，树摇摆，小人摇摆，红绫飘起来，大红花、红兜兜也走了模样。上次人参节，丢了一个戴红兜兜的人参娃，那个参农哭得呼天抢地，找镇上算账，警察赶来，勘察一番，还照了相，没有发现任何线索。那人参娃丢得有些蹊跷，镇上的人拐弯抹角求福林找到张丽君，让她借助天神看看究竟是怎么回事。张丽君到了出事现场，站在那棵挂有人参娃的老榆树下，脑袋嗡的一声，就跟天神接上了……那棵身穿红兜兜的人参娃，早在五个小时前，自己解开麻绳，顺着老榆树枝爬下树干，悄悄溜跑了，跑进了棒槌山，钻进草丛，潜伏在山背阴处的洼地里。

那次降神，给张丽君带来了灾难性的后果。她买来不到半天的母羊死在了棒槌山山坡上。那母羊原本在福林家养了二年，因为福林忙着自家参园里的事，实在照顾不了一只羊，不得不转手便宜地卖给张丽君。那天，张丽君将羊牵到棒槌山山坡上，拴在一根手腕粗的椴子树根下，让它吃青草。福林老远过来喊她了，张丽君直起腰，看见福林深一脚浅一脚蹚着蒿草说："这回你可派上大用场了，镇上发生了怪事，公安破不了的案子，让你去看看。"

张丽君从镇上回来时天黑了，她走在太阳西落的村子里，才想起山坡上的那只羊，赶紧跑进了棒槌山。等她看见那只羊，立刻傻眼了——羊倒在山坡上，身体下坠，绳索在椴树与羊脖子之间抻得绷直。她去镇上足有小半天，那只羊肯定是吃草吃累了想趴下，或者它肚子底下的奶涨得不行，有些焦躁，脚底一滑摔倒，无法再次站起，活活被勒死了。

买到手不到半天的羊就这么死了，偏偏是她去镇上帮人家看事儿时死的，这不能不说是一个报应。张丽君把人参娃与这只死得不吉祥的羊联系在一起，心就有了不寒而栗的悚然，那人参娃肯定成精了，给她来这么一折腾，惩罚呢！

天起了凉风，杂草的湿气扑上来，千回百转地钻进张丽君的鼻孔——阿——阿嚏！张丽君无心处理死去的羊，哆哆嗦嗦跑回家里，一头倒在炕上，头捂棉被，惶恐、沮丧让她的四肢长时间地颤抖、冰凉。接下来的几天里，她做事颠三倒四，把本该放酱油的菜里倒进了醋，又把本该倒醋的菜里放进了酱油；有几次还稀里糊涂把小苏打和面碱当成食盐。人参娃肯定显灵了，它从土地里被人挖出来，够委屈的，有人还把它往树上晾，让日头晒、千人万人参观着，人家不跑干什么？跑就跑了，你张丽君还不知天高地厚帮镇上找回来，这就别怪人参娃回过头来弄死你家的羊，没弄死人，就够便宜你了！

二

镇上办人参节，街道上披红挂彩，热闹非凡，连摆水果摊、瓜子摊的也都出来了，跟着凑起了热闹；不但水果摊、瓜子摊，肉摊菜摊也出来了，什么羊肉、牛肉、猪肉，一嘟噜一串地高高悬挂，白菜、萝卜、西红柿、菜花、西兰花、大葱、大蒜、红辣椒随意堆放，还有烟酒糖茶日用百货琳琅满目，这些都不足以冲淡人参的主体气氛，一辆辆大巴车运来了南腔北调花花绿绿的外地人，见啥都稀奇，见啥都稀罕，瞪大了惊讶的眼珠，张着合不拢的嘴巴，大呼小叫，啧啧咋舌见啥买啥。红条幅扯了一行又一行，有的掉下来，风吹着，在地上打起了卷儿，远处的锣鼓敲起来，擂起来，咚咚咚，几里地开外，每个人的心都跟着震颤。主席台搭起来了，有领导上台讲话，讲啥呢，不知道，大家挤成一团，仰脸朝天，你捅我一下，我掐你一把，嘻嘻哈哈，就等着一会儿有奖品分发。

福林骑着摩托车在人群外面溜了两圈，好像找人，也不知他找什么人，干脆一只脚踩地，将摩托车停下，撇腿下来，在路边锁上车，人就钻进来了。五年前，福林在棒槌山拿下一块林地，种起了人参，走路的架势也跟从前不一样了，怎么个不一样？牛气！但人参生长期长，这么多年，他只是投入，没挣过一分钱，他的牛气多少有点装腔作势。这些，别人不知道，张丽君心里再清楚不过了。七年前，福林心甘情愿做春艳的倒插门女婿，是想借春艳的奶奶——那个老萨满，帮他寻找棒槌山里的棒槌。福林十六岁跟老把头放过山，放山的人有五六个，他们自带干粮和水，拿着索罗棍，在长白山里行走了一个多月。钟灵毓秀的长白山，山高林密，有毒蛇猛兽不说，单是脚下，一不小心踩到蒿草覆盖的地缝，人就会落进万丈深渊，杳无踪迹。放山苦且危险，不是一般人所能受得了的，但寻找棒槌的梦想总是伴随着他们在山林一天一天不停行走。这五六个人，一旦进了山林，彼此都不见踪影，寂寞害怕时，就用索罗棍敲打树干，发出声响互相照应。放山人有个规矩，无论是谁发现了棒槌，都要大喊一声："棒槌！"这叫喊山，接着就有人呼应："棒槌——"这叫接山，为的是定住棒槌，然后大家聚拢在一起，将一根红线系住棒槌的枝叶，共同采挖。那一个月放山，福林吃尽了苦头，却连一棵棒槌影儿都没找到。福林与春艳结婚时，春艳的奶奶——那个老萨满已经老得不行了，一阵糊涂一阵明白，根本说不清棒槌山里棒槌的准确位置，福林最终失望，不再做寻找棒槌的梦，挖门盗洞找人申请了一块林地，拿出家里的积蓄，老老实实种植起了人参。

福林在人群里寻找了一大圈，见到张丽君，停下了，他说：

"老姨，你咋还有这份闲心？快跟我回去，有件事要跟你商量。"

张丽君问："有啥事，你就说吧！"

福林说："不行，这里人多耳杂，我必须单独跟你说。"

福林扯起张丽君的衣袖就往出拽，来到他那辆摩托车旁，发动起车子，让张丽君坐在他的身后，摩托车一溜烟儿地往村子方向开。张丽君双手死死扯着福林的衣襟，耳边的风呼呼刮过，她问："有啥事你就说呗，干啥神神秘秘，叫人怪紧张的。"

福林放慢了车速，稳了稳心神，可能还咽了一口唾沫，说："老姨，今年，我还没求过你啥事呢！"

张丽君说："啥事你就快说，别吞吞吐吐！"

福林说："事情重大，我都不知从哪儿说起。从头说吧，今天上午，镇里一个领导打来电话，问我能不能搞到一棵棒槌，他可能拿棒槌送给刚才那个讲话的头头，我要是能搞到棒槌，镇里领导就会给我批一块林地，有了地，就能再搞一块参园，我就发了，不是一般地发，现在林场轻易不往出批地。种参，你知道要砍掉好一大片林木，种过参的土，营养全被吸走了，三十年缓不过来，镇上的人说，这对棒槌山损失太大了，没对镇上做出贡献的人一律不批。"

张丽君身子激灵得一歪，差点被甩下车来，问："这事你找我干啥？"

福林说："我听春艳说，五十年前，她姥爷往棒槌山上撒过棒槌籽，那棒槌长在哪里，长成多少棵，谁都不知道，只有你能动用神的力量，把它们看出来。"

张丽君瞪了一眼福林后脑勺，没给他一个好眼神。棒槌山是镇领导家的？是你福林家的？你们想咋整就咋整？脸咋就那么大呢？啊呸——张丽君心里就这么吐他一口，她还想起那只死去的羊，那只死去三年的羊，心里不停地滚动起一股股酸水，酸溜溜地疼。

张丽君板起脸说："棒槌有灵，不能随便招惹。"

福林说："啥灵？别瞎扯了，你要是帮我搞到，我申请下来参地，分给你一半，也让你也跟着发财。"

张丽君眨巴眨巴眼睛，问："你咋就知道我就一定能找到棒槌？"

福林说："你是萨满啊，你一降神，棒槌在哪儿你都看得清清楚楚，就像上次你看见的那个人参娃。"

张丽君说："你别提那事，你一提，我的心就堵得疼！"

福林说："你就别谦虚了，棒槌山的事，瞒不了你！"

到了家门口，摩托车停下，张丽君跨下摩托车，走进自家院门，反手把门关上，不再搭理福林。

福林伸长了脖子，眼珠子一个劲儿发愣，哎哎叫着，张丽君没给他半点说话机会。

晚上，春艳拎着一筐鸡蛋来了，她把鸡蛋筐往外屋灶台一放，人就扭着屁股进了屋。

春艳说："老姨，你就别保守了，帮福林也就是帮我，我们家福林是敞亮人，他说到的事，肯定能做到，到时候亏不了你！"

张丽君说："我看不出来，就是看不出来。"

春艳说："你不帮他，他自己也会上山，他小时候是放过山的，这事难不住他。说不定赶巧，他自己就找到了呢，只是费点时间罢了。"

张丽君赶紧摆摆手,赶人出去。春艳歪着鼻子气呼呼地走了,临出门时,回身顺手拎走了那筐鸡蛋。

张丽君拉上窗帘,慢慢点燃了三炷香。

三

福林果然自己上山了。他手里操着五尺多长的索罗棍,身上还背着干粮,从张丽君院门前走过。这时,正是傍晚,棒槌村起雾了,天灰蒙蒙的,雾里还有一股炊烟的味道,凉丝丝、湿漉漉的,游魂似的飘着,漫不经心地卷向了棒槌山。张丽君正坐在自家院子里发呆,福林路过的身影着实吓了她一跳,她赶紧站起身,觑眼盯着福林走去的方向,回屋慌忙换上长衣,来到外屋掀开锅盖,拿了两块玉米面大饼子,操起烧火棍,跟了出去。她也要去棒槌山,来个搅局。因为是尾随,张丽君尽量躲避着福林。他慢,她也慢;他快,她也快。棒槌山的雾如同细雨,张丽君还没走多远,裤腿子全湿透了,湿到了裤裆,整条裤子像尿了一般。雾水还在她的裤脚上流淌,流到鞋窝里,每踩下脚板,鞋帮儿里都会挤出一堆咕叽咕叽的泥水泡儿,但她顾不了这些,只能一门心思地拼命尾随,假使这时福林真的撞见棒槌,她一定来个搅局。

夜晚的味道长时间氤氲于她的鼻孔,她紧缩着肩胛骨,抬头眼望天空的星星,看天上的紫气从哪颗星星冒出来,又如何缓缓照临在棒槌山上。黑夜里的云片,遮掩着无数星光,她好像看不见福林、跟不住福林了，湿漉漉的裤子把她冰得浑身上下瑟瑟发抖，实在忍受不住，她不得不下山回家。

福林在棒槌山里住了三个晚上，坚持没有回来。张丽君心里忐忑着，知道那些棒槌轻易不会给他露脸儿，可她还是有些担心。福林这个人，认准的事，恐怕十头牛也拉不回来，必须想办法了，不然他不会善罢甘休。

早晨，爬出被窝的张丽君，双膝跪在炕上，冲着棒槌山，闭气凝神合上眼，双手合掌作揖，拜了三拜。恍惚看见福林发现了一棵棒槌，那棒槌枝叶正瑟瑟不停地求饶。福林哪能饶过它呢，只见他张开凶狠的十指，沿着棒槌枝干两侧的泥土，猛然刺进去，再刺进去。那土，出乎预料地松软，在没有完全腐烂的残枝败叶中，哧哧地钻出一只蜈蚣。霎时间，棒槌头顶上的红果，凝噎出一滴水珠，转动着，顺着枝干淌下，啪的一下落入泥土，是泪。福林双手已碰到棒槌的细根须了，他再次拨土，不停地拨土，拨呀拨……"快跑！"张丽君猛喊一声，气喘吁吁，大汗淋漓，睁开眼，真就不见那棒槌影儿了。一团团祥云从棒槌山顶挣脱而出，不紧不慢飘忽到她的屋里，到了她跟前，缭绕起来，棒槌山显灵了。现在，她开始执着地想着花草树木，想着泥土和石头，想着怎么叫福林走下山来。

晚上，月亮升起来，张丽君拉上屋里的窗帘，穿上神服，脑袋上扣上一顶长翎帽，腰间系了一圈铜铃，手握一只单面驴皮抓鼓，在漆黑的屋子里独自狂舞。在哗哗作响的腰铃和"咚咚"击打声中，她耐心十足地跟神灵进行着长时间的交谈。

村里人听到张丽君家的响动，忍不住跑出家门，站在远处张望起她家的院门，听着那好似从远古传来的旷远的长调，身子不由得惊起一层鸡皮疙瘩。

咚咚咚隆，咚咚，

棒槌村棒槌山，

村连着水，水连着山，

山山水水绕村边。

张丽君抖擞、旋转的神服流苏，如倒垂着的一簇洁白人参花，甩出一阵阵风语。

说说咱们这棒槌山，

花长得好，草长得茂，

花花草草罩山腰。

还有那一排排一片片

榆树杨树椴子树，

棵棵树木长得高。

树林里，狍子狐狸到处跑，

还有那神出鬼没的大跳猫。

张丽君身体快速旋起，呼呼地冲出屋门，吓得凑近跟前的人们，禁不住一个劲儿向后趔趄。

就在这树林背阴处，

隐藏着一棵大神草。

……

张丽君唱得天昏地暗，连棒槌山顶的云雾都吸引过来了，慢悠悠地停在村子里的天空。福林从人群中挤进了院子，他下山了，终于下山回来了，张丽君吧嗒一下醒过神儿来，脸颊布满了红晕。她愣愣盯着福林，心里的喜悦快要蹦跳出来。福林伸出双手，恭恭敬敬扶张丽君回屋，坐在炕沿上小心翼翼地问："你看出来了？那棒槌山上棒槌长在哪里？"

张丽君阴沉着脸，手里的驴皮抓鼓一个劲儿地响，咚咚咚隆咚咚咚……沉闷中，张丽君猛地睁开眼，当头一句："福林，你要发财了。"

福林说："我问的是棒槌，不是财运。"

张丽君又闭着眼睛，盘腿坐在炕上，上下嘴片扇动起一片零碎的唾沫星子，说："你的财运明晃晃的，谁都挡不住。"

福林挠着脑瓜壳，那笑的褶皱细虫一样慢慢爬到了脸上，越聚越多，挤占着有限的脸盘。福林说："市场人参价格上来了，今年正是我起参的年份，八年了，是时候了。你能告诉我，棒槌究竟在哪里？"

张丽君说："很远很远，我抓不到它影儿！"

四

福林又要进山，这回，他准备的包裹比上次还大，手里的索罗棍比上次还粗还长，一捆绳索，跟包裹系在一起。看来他准备进山走更长时间。张丽君的驴皮抓鼓再次在自家院子里敲响，可怎么敲，福林也不过来，看来他是铁了心肠不理张丽君。

三十年前，张丽君得过一棵老棒槌。那是春艳对金英透露出的家里秘密——春艳的奶奶，那个老萨满在降神时看见了棒槌山上有一棵老棒槌，她准备选好一个良辰吉日，举办一个隆重的仪式，把那老棒槌请回家里。张丽君听到这个消息，赶紧跑到棒槌山里，费了几番周折，终于挖走了那棵棒槌。回到家，她顾不上歇口气儿，便从炕柜里扯出一条好久没穿的裤子，将刚刚得手的棒槌包裹上草纸，塞进裤腿，系住裤脚、腰口，分开裤腿搭在脖子上，一路奔波去了县城。那时，天将傍晚，她在一家正在上窗板的药铺门前停下，胆怯地冲着药铺老板拍了拍脖子上的裤子。"什么东西？"药铺老板疑惑着上上下下打量起她的全身。张丽君咚咚的心跳声如同没完没了的空谷回音，她说："棒槌，我带来一棵棒槌。""你说是野山参？"张丽君不作声，以同样的目光死死盯住对方。稍事停顿，药铺老板脸上皱纹一下一下无序跳动着重新打开门，请张丽君钻进那灯光晦暗的老药铺里。张丽君摘下脖颈上那条裤了，平放在漆黑暗红的柜板上，牙齿叼开死紧的麻绳扣，慢慢抽出那卷带有棒槌的草纸。

棒槌一览无余地展示在柜板上面，药铺老板的手猛地一抖，屁股撞到了身后药匣子上。张丽君看着药铺老板夸张的表情，哧地笑出声了。药铺老板从惊吓中舒缓过神儿来，向前挪动了脚步，再次靠近那棵棒槌，低语道："宝贝，宝贝啊，你这是从哪儿搞来的？"

那一次，药铺老板没敢收留那一棵棒槌，连夜把她介绍给了省城的一个大买主儿。那棵棒槌最终落到了哪里，换回了多少钱，张丽君一直守口如瓶。这是她与买主儿达成的口头协议，天机一样不可泄露。此后，她家的变化是立竿见影的，金英开始顿顿吃大米白面馒头。张丽君蒸的馒头又大又白，金英拿着，蘸了白糖荤油跑出家门，左一口右一口地塞满了腮帮子。

张丽君卖完那棵棒槌从城里回到家里第三天，金英得了一种怪病，她每天吃过晚饭，连拉带吐，拉完了吐完了，又哭又笑，趁人不备，猛地扑倒在地上，怀里压住一只跑进屋里的老母鸡，伸手抓起来，不顾那一声声凄厉的嘶鸣，开始进行着残忍的撕扯。满屋子鸡毛纷飞出无可名状的惨景。转眼间，一只血淋淋的鸡腿，攥在金英手上。她开始喝血吃肉，红乎乎的鸡血弄脏了满脸。张丽君愤怒夺下鸡腿，试图把她按到炕上，她的身子竟有一股神奇的力量，按不住。炕柜里的被褥也被拽出来了，扔得四处开花。

有邻居找到张丽君，亲切地捏去她肩膀头上的一根绒毛，拍打了几下，很小心地问："你家是不是犯什么邪，惹怒了什么？"

张丽君想起那棵棒槌，她面色煞白地盯着来人，死死咬着毫无血色的下唇说："没有，绝没有。"

金英杀死了家里三只老母鸡后，张丽君请来了后院春艳的奶奶——那个老萨满。老萨满两只眼皮常年耷拉着，遮住了眼球，不得不在中间支起两根细篾条。老萨满小心扶着眼皮，飘飘忽忽走进房屋时，金英正贪婪而专注地啃噬着一块血肉模糊的鸡胸脯。

老萨满镇静地观察片刻，转身打退跟在屁股后的春艳，伸手向张丽君要来一根做活儿的针，又让她找出一把钳子。老萨满用那把钳子夹住针，拽来灶台上灰白色的麻秆，手指捻裂，插进灶膛，沾上红火，用嘴一吹，麻秆燃上火苗，烧起钳子上的那根针，烧红，撤出麻秆踩入脚底，等待那针由红变紫，渐渐冷却。

张丽君偷挖棒槌的情境再次出现了，棒槌的根须在脑子里张牙舞爪起来，抽得她两侧太阳穴一蹦一跳，不住地发紧，她不得不努力控制……老萨满伸出舌尖试了试温度，令张丽君解开金英的衣襟，抻住她的手臂，露出腋窝……张丽君太阳穴蹦跳得更厉害，她有些受不了了……屋外所有的人都在屏息观望，还没等大家反应过来是怎么回事，老萨满就以迅雷不及掩耳之势，将针刺入金英的腋窝。张丽君哇的一声大叫，感觉那针刺进了自己的太阳穴。金英的眼睛直愣愣地不会动了，只听老萨满一声招呼，门外的邻居们蜂拥入屋，搬水缸，掀柴垛，贴墙摆放多年的炕柜也被移到了炕中间，突然有人高喊："在这儿！"循声望去，头顶撕掉的棚纸里面现出了一根粗大的房梁，房梁上面四脚朝天地躺着一只黄鼠狼，也不会动了。

那棒槌的根须也好像停止了挥舞，张丽君的头皮还在一阵紧似一阵……有人用柳条杆捅下黄鼠狼，拎住尾巴，扔出屋外，老萨满又哧地拽出金英腋窝下的针，有一滴血停留在针尖上，光鲜透亮。院中的黄鼠狼一抽搐，四腿一蹬，从地上转过身，划出一道金光，没影儿了。

张丽君直感觉那棒槌的根须正透露出一股邪气，从她的头部窜入到她身体内的每根神经里，冰凉……

原来是黄鼠狼附体，金英成了人身黄鼠狼，怪不得一犯病就抓鸡。金英的毛病好了，她又掀开锅盖，摸走一个硕大雪白的馒头，插上一根筷子，高举在手里，一路满心欢喜地找春艳玩去了。

没过三天，金英再次犯病，张丽君不得不把金英的病与那棒槌联系在一起，是那棒槌在折腾她呢！有邻居用木梯临时改制成担架，把金英捆绑在上面，人就像待杀的年猪被抬到了老萨满那里。

老萨满看了一眼金英，目光狠狠地落在了呆若木鸡的张丽君身上。此时，张丽君浑身早已抖若筛糠了。老萨满轻轻抬手摘下两眼皮间的篾条，放在香炉旁边，眼皮就无声地粘连在一起。她摇晃起脑袋，咿……咿……呀……呀……双唇一噗，喉咙里滚出一堆神话，那番神话，谁都听不懂。咚咚咚……空中似有轰隆之声，老萨满一抖，浮起一阵灰尘，她狠狠揉搓了几把脸，吸引起满屋子里所有疑虑的眼珠，说："莫非这孩子也要成萨满了？"张丽君嗓子眼里咕咚一下滚落出了哽咽之声："老萨满的魂儿跑到我家了，我们家要出萨满了。"

金英这般小的年纪，绝不能让她成为萨满。萨满是"知晓"神意之人，不经过一番事理，怎么能"知晓"呢？

在后院儿的老萨满快要升天时，张丽君开始频繁出入老萨满家里，按照本村的规矩，实施"落乌云"，也就是抓住九天时间，学习神词，掌握神礼，一旦老萨满归西，立即接管神事。

老萨满在弥留的前夜，拉住张丽君的手说："我知道，当年是你挖走了山里那棵棒槌。"

张丽君的心咕咚一声，掉进了深不见底的黑洞。天也跟着黑了，黑得一点儿不留情面。

老萨满说："我不怪你！你知道现在的棒槌为什么越来越

少吗？"

张丽君不知如何回答。

老萨满说："天地间有两大宝——天上的紫气，地下的棒槌。棒槌从紫气照耀中生长，现如今，紫气被遮掩住了，照不到棒槌山，棒槌哪能不少呢？"老萨满还说，"天地万物互为依存，皆有灵性。"

进行完"落乌云"，张丽君领走了老萨满的神服、驴皮抓鼓、神鞭，还有一串腰铃，回家的脚步几近庄严。

……

福林不出现，张丽君就敲着抓鼓再次唱起来，唱得满身是汗，福林还不过来。张丽君不得不改变方法了，她停下一切声响，回屋将脸上施了脂粉，又在院里放了一张矮腿儿炕桌，神秘地摆上鸡鸭鱼肉，跪下来，嘴唇颤抖着祈求风神、雨神、雷神诸神保佑棒槌村风调雨顺、五谷丰登。阳光沐浴着张丽君的身体，她的脊背淌出一股股涓涓细流，瘙痒无比。转动转动脖颈，那种痒反倒更加强烈，她直起腰，喉咙里忽然滚出一串咿咿咿……呀呀……手上的驴皮抓鼓紧跟着咚咚咚隆咚……

就在这时，她的眼睛死盯住自家院子墙根儿背阴处，这么愣怔着，不一会儿，她的身子一跃而起，扑了过去，趴在墙根儿一动不动，嘴里呼噜噜喷出一溜烟儿的粗气，翻江倒海一般，说不出半句话来。金英，从小跟春艳一起玩的金英，慌忙跑出屋，跑到她跟前，问："妈，你这是怎么了？"张丽君还在呼噜着粗气，真就说不出话了，无论金英怎样拉她拽她，她的身体始终死沉死沉的，不离地面。好半天，只听见她的喉咙咕隆一声，渐渐缓过气来，说："棒槌，快把福林叫来，我身子压住了一个大棒槌。"

五

人参节结束了，福林也没搞到一棵棒槌。镇里的街上一夜间人就抽空了，满地都是彩纸和脚踏过的从树上掉下来的横幅。天开始没完没了下起了黏糊雨，张丽君猫在家里，抬头看向窗外雨丝，突然走神儿了。雨中的棒槌山山根儿跑来一串尖嘴小脑袋，拨出草梢唰唰移动，没多长时间，草矮了，尖嘴小脑袋全露了出来，还连带着半截身子，黄黄的皮毛湿漉漉的，发出亮光。张丽君睁大了一双惊愕不已的眼睛，不知所措，她还从来没见过这种浩荡的阵势。只见两只大黄鼠狼，一条为首，一条为尾，中间夹着一串小黄鼠狼，一只咬着一只尾巴从棒槌山根儿窜出，搬家呢！张丽君的心登时一扑棱，出事了！她烧起了三炷香，跟天神说话了。在这样的天气里，天神也格外地眷顾她，长时间的静谧之中，一炷香灰慢慢地动了，一点点发黑，打着弯儿，指向了棒槌山。

张丽君腾地站起身，脸色大变，说："不好！"

抬脚踏步出门外，鞋磕掉在门槛里面，又转身趿拉到脚面，跌跌撞撞往出跑，跑向福林家。

金英愣了一下，也赶紧磕绊着出门。

张丽君脚步真是快啊，眨眼工夫冲出老远，金英喊都喊不住。

在福林家院门口停住，张丽君举手啪啪啪拍打起院门，扯着嗓子喊："福林，福林！"

福林跑出来，问："你还要骗我不是？"退身把门关上。

张丽君不依不饶啪啪拍打，福林猛地打开院门，问："你到底有完没完？"

张丽君说："参园要出事了，我没骗你。"

福林说："不用你管。"又要关门，张丽君伸腿挡住。

"你就听我一回，咱们去你那园子看看吧，真的要出事了！"

福林气呼呼地问："能出啥事？"

他们就一起跑向参园，春艳随后也跑过来了。还没跑到参园，就看见山上不知哪来的黄泥汤子，哗哗从参园里流过，不住地翻滚，参园很快要被冲垮，所有的人都傻眼了。

张丽君催逼着福林："马上起参，把地里人参全搬回家去。"

这参是福林养了八年的宝贝。八年呐，多么不容易的八年。福林打了个电话，叫来了村里的几个壮劳力，人们飞奔着赶来，参园里一下子沸腾起来，热火朝天。一棵棵人参从泥土中跳跃而出，滚动在泥水里，很快堆积在一起，被雨水那么一冲，显露出白白胖胖的身段儿，相互挤压着，抻胳膊撂腿儿！

天上的雨不断地加大，张丽君身上全湿透了，衣襟贴裹着身子，她招呼着金英和春艳跟她一块儿抱起那一棵棵胖人参，往山下跑。正跑着呢，她陡然看见前面沟旁恍恍惚惚闪动出一团火红。棒槌！真是巧合了，张丽君不敢相信那真是一棵棒槌，果实通红的棒槌！它怎么在这节骨眼儿上出来了？张丽君的心怦怦擂响，惊得脚下一挫，放慢脚步，小心着向那沟旁探去。三年前死羊的场面又出现了，她不能再招惹这东西，决不能。她转过头,不去看那棒槌。不看,说不定那棒槌自己会跑掉。正寻思着,福林冷不丁跑过来,跑到她身旁,一声不吭地直接向前跑,拼命向前跑,张丽君感到大事不好,福林肯定也看见这棒槌了,他看见这棒槌,才不管不顾往前跑。

张丽君猛地抛掉抱在怀里的胖人参,拔腿跟着福林跑,可脚怎么也跑不过福林,头总往地下栽,踉跄起来,差点儿摔倒。眼看着福林甩得她越来越远了,越来越接近那棒槌了,她急出了哭腔,脚底哧溜一滑,头重脚轻扑倒在泥水里,眼前金星哗啦啦一顿狂闪,她晃了晃脑袋,稳稳地定住自己,冲着福林大喊:"棒槌,这里有棒槌!"

福林停下脚步,半信半疑转过身。张丽君已没了力气,死死趴在地上,双臂珍贵地搂抱着泥水喊:"棒——槌!"

福林跑回来了,懵懂地看着张丽君脸上挂满的泥水,弯下腰来,用力把她抱起,放到一边,伸手在她刚才压过的蒿草里拨弄,一遍又一遍地拨弄。张丽君就这么坐着,试探着睁开眼睛,透过眼前晶亮的雨帘,向远处沟旁瞥了一眼。真好,她看不见那棵棒槌了,终于看不见那棵棒槌了!

原载《民族文学》2017 年第 12 期

太极高人

一

非常奇怪，以前刘大海无数次见过太极图，也没觉得怎样，可在陈师傅家，当那张太极图冷不丁撞到脸上，他感觉图里两条阴阳鱼竟然动了，旋转着，同时，有一股气流随着阴阳鱼的旋转，从墙上飘落下来，催迫他周身气脉贯通，四肢张开，不自觉地行起拳来。

陈师傅屋里地面不大，十多平方米，加上沙发、茶几，还有随意摆放的物品，能够让刘大海行拳的空间也就一两平方米，刘大海刚刚舒展开的手脚，不得不慢慢收拢，不然就碰倒屋里那些值钱或不值钱的东西。

陈师傅说：咱们去拳场行拳吧。

刘大海说：好的！

行拳也叫打拳，或者叫走架子、盘架子，虽然叫法不同，意思都是一样的，都是打拳。如果在外面听见有人说：今天早晨行拳了？那多半是以前从陈师傅拳场里带出来的徒弟。在别的拳场，就不这么叫，听着也不像那么回事，总之不够专业。

师徒两人出了家门，衣袂飘飘，健步如飞，身体带动起旋转的小风儿，好像在向所有的人宣布：看看吧，看太极拳是怎样练成的。

二

拳场在南湖公园西南角，面积一百多平方米，用沙土垫成，有心人一眼就能看出，这里也是一幅活生生的硕大的太极图。图案四周长满了杨树、榆树，还有丁香树密密麻麻地环绕，不管从哪个角度看，都是一块风水宝地。

这样的拳场，在南湖公园里有十多处。练拳的种类也五花八门，什么八极拳、罗汉拳、螳螂拳，还有耍大刀、玩花剑、舞枪弄棒的，但更多的人还是在练太极拳。每天早晨五六点钟，各家拳场人头攒动，哼嗨的喊叫声此起彼伏，好一派热闹景象。

刘大海跟陈师傅去拳场，必须经过另一家拳场——张师傅拳场。现在，正是上午十点，张师傅拳场里那帮人从早晨到现在一直没离开。也许行拳的时间长了，有些累，围坐在一起侃大山，刘大海不想听，可还是听到了几句，好像是市里要举办什么太极讲座，是早去，还是晚去，怎么抢占座位。见陈师傅和张师傅打了招呼，刘大海也想很认真地跟那帮人说一句话，忘掉以前那些陈芝麻烂谷子不痛快的事。可那帮人不买他的账，没有一个人接应他投来的目光。刘大海无奈地将目光折回来，投向他和陈师傅的拳场。

阳光慷慨地喷洒在公园里茂密的树林枝叶上，枝叶在微风的拂动中银光闪闪，热情似火地欢迎着他们的到来。刘大海提了提精神，气定神闲，很快忘掉刚才那帮人，觉得拳场四周这一棵棵树木很有灵性，跟他的情感是相通的，见到它们，他无形中有一种行拳的渴望。

入境，起势，双手刚刚抬起，张师傅拳场里响起了音乐声，一下子把刘大海的心境扰乱了，他不得不做了收势，等待音乐停止。张师傅每天领着那帮人行拳时，总播放太极音乐，好像不播放音乐就不会行拳。

以前，刘大海不止一次地告诉那帮人，太极拳不能这么练，这跟广场舞有什么区别？那帮人对刘大海很是反感，说：我们就喜欢这么练，你管得着吗？

刘大海碰了一鼻子灰，还是不死心，想着老祖宗传下来的好东西，就这么被那帮人糟蹋了，真有点可惜，必须加以挽救。他每天打完拳，总会跑到张师傅那边的拳场，装模作样地听着音乐跟那帮人一起打拳。那帮人以为刘大海被音乐征服了，便带他其乐融融地打起了音乐太极。但他们哪里知道，这是刘大海的一次潜伏，他正用润物细无声的方式，悄悄地改变他们对太极拳的肤浅的认识和原有的理念。那帮人发现刘大海的真实用意后，群起而攻之，说：我们只想活动活动，不想成武术家，你还是离开吧。

刘大海白费了一番心思，不再去张师傅的拳场，更不跟那帮人有任何来往。朽木不可雕,道不同不相为谋。在很长一段时间里,刘大海都在专心致志打着自己的拳,心无旁骛,身上的功夫随着日月的更迭逐渐增长。十几年的行拳经验告诉他,太极拳练到他这种程度,一招一式已不重要了,重要的是心,我心即太极。只要心中有了太极,看世界的眼光都跟以往有着很大的不同。

三

现在,刘大海站在拳场中央,感觉头顶有祥云聚集而来。也许是他跟陈师傅的气场太大了,举手投足之间就把祥云招引过来,随之他耳边的音乐声也没了。

刘大海的心在一片虚静中,舌尖顶向上颚,下颌微收,百会穴伸向浩瀚的天空,与之对应的会阴穴,却要紧紧裹住。沉肩坠肘,收小腹,松腰胯,双脚抓地,脚心涌泉穴就有了感觉,微微发热。气流渐渐从腿部升起,升至胯部,调整为一个横向气圈,再升,又在腰部形成一个横向气圈,气圈渐大,继续上升,在胸部形成一个横向气圈,三道气圈催动身体转动着,催动肢体伸展着,那是肉眼难以识别的气圈,它完全来自行拳者的意念。

行完一套拳,做了收势,等待陈师傅夸他几句,可这时的陈师傅正双目微闭,腰板笔直地打坐。刘大海很是失望,刚才有着那么好的感觉,却被陈师傅视而不见,真是白用心思了。

这时,陈师傅说话了。

陈师傅问：张亮没影儿几年了？

刘大海无法理解陈师傅为何又想起了张亮。每次他行拳叫陈师傅比较满意的时候，陈师傅总会若有所思地提起张亮。

刘大海说：三年。

陈师傅说：他要是也同你一样安心拳场，恐怕也不会落后于你。

陈师傅说得没错，刘大海天资不如张亮，他练拳，靠的是自身的刻苦和对拳场的热爱。刻苦自然不必多说，那么他对拳场爱到什么程度呢？这么说吧，每天步入拳场，他的情感都跟平时不一样，身体里也有着某种感应，总感觉有一股气团笼罩在他的周身，渐渐地，那气团又会弥漫开。弥漫到树枝上，那树枝就会向他摇曳微笑；弥漫到草丛中间，那草叶也会向他频频示好。正因为如此，刘大海的爱每天都要在这里释放，他总是拿起大扫帚，将这里清扫一遍，哪怕是一片树叶、一粒石子，都不允许留在拳场地里。拳场也是有灵性的，它让刘大海将行拳时的感觉发挥得淋漓尽致，让他体会出这里无与伦比的美妙。

这一点，张亮跟刘大海不同，张亮从没在一个拳场里落脚扎根儿，而是喜欢行走在各个太极拳场之间。张亮最初在张师傅那里练音乐太极，练着练着，那音乐太极就满足不了他了，他就偷偷跑到陈师傅这边来了。当时陈师傅对张亮还有些顾虑，生怕惹张师傅不高兴，过了一段时间，看着张亮那份真诚，陈师傅顾及不了张师傅的面子，喝了张亮的拜师酒，收留了他。张亮在拳场学得很刻苦，练得也很用心，进步速度远远超出陈师傅的想象。有句话说，"学拳容易，改拳难"，把张亮身上原有的毛病改正过来，陈师傅的确费了不少工夫。张亮在拳场苦练三年，忽然有一天，跑到离陈师傅拳场五百米开外的李师傅拳场，跟人家推起手来。李师傅练陈式老架，平时不怎么跟其他拳场的人有往来，面对张亮，还存有戒心，跟当初陈师傅心理一样，没搭理他。没过几天，那帮人的心就被张亮说活了，试探着跟他推起手来。开始张亮是输给人家的，推着推着，张亮居然赢了几次，这一赢不要紧，他将陈师傅传授给他的那些没有外传的东西，全都抖搂出来。陈师傅找他算账，他听到消息，偷偷从那拳场消失了。据刘大海了解，张亮在不到一年时间里，活跃于南湖公园十几处太极拳场，他以为他会把各个太极拳场串通在一起，简直是痴心妄想。太极拳场里的人向来都是自己玩自己的。

陈师傅说：我收了一辈子徒弟，还没见过这么不安心的人。

陈师傅多少有点为张亮惋惜，说张亮要是踏踏实实守住这个拳场，会有很大发展，起码在全市太极比赛中能拿到较好的名次。因为出现了这么一个吃里扒外的张亮，刘大海把对外交往的大门自动关闭，他不再关心别的拳场是怎么行拳的，只相信在这个公园，练太极的人没有谁能赶上他和陈师傅，他必须身体力行地维护好自己拳场的尊严和陈师傅的威信。

失踪后的张亮，在陈师傅拳场上出现过三次。

第一次，陈师傅宣布：张亮已被开出师门，从此不要再来拳场。

张亮委屈地说：但我心中还认你这个师傅。

陈师傅说：你在我这里学不到任何东西。

第二次，张亮再来拳场的时候，他只能站在拳场外面，陈师傅和刘大海都不正眼看他，更没跟他说一句话。张亮进不了拳场，很没意思，不知什么时候蔫声蔫语地走了。

第三次，也不知张亮是怎么想的，又恬不知耻地过来了。不管陈师傅听没听见，张亮站在拳场外面说：师傅，我是来告辞的，今晚我坐火车去河南再找个师傅！

四

又是一个晴朗的早晨，刘大海步入南湖公园，发现这里的气氛跟平时有些不同，有什么不同呢？经过张师傅拳场时，他看出了问题，张师傅拳场竟然不见一个人。

开始刘大海以为自己对时间产生了错觉，静下心来想一想，没错啊！那么张师傅拳场里的人都跑哪儿去了？要知道，每天这个时候，这里的音乐早就响了，那帮人也早就翩翩起舞了，要是觉得还没尽兴，那音乐会一直响到日头照在头顶上。

刘大海又很好奇地向五百米开外的李师傅拳场望去，透过稀疏的树枝，他发现李师傅拳场也见不到人。肯定有什么事了。刘大海没有及时回陈师傅拳场，他向更远的地方走去，想知道公园里究竟发生了什么。

刘大海没走多远就回来了，他看见陈师傅一个人在拳场行拳，或是一边行拳一边等刘大海。

刘大海把自己的发现说给了陈师傅。

陈师傅斩钉截铁地说：我们要心无旁骛。

噢，原来市里有活动。平时，市里有什么活动，陈师傅都不参加，他不喜欢那种沸沸扬扬的场合，更不喜欢与那帮人谈与太极拳无关的事情，即便谈几句，也谈不到一起。那帮人根本不能与陈师傅站在一个层面上，是无法交流和沟通的。

刘大海活动了一下筋骨，准备行拳了。刚一起势，脑袋就出现一个怪想法儿，开始溜号了，他赶紧做了收势，问：太极里的起于脚、使于腰，这些我都明白，可通达于背，我怎么体会不出来？

陈师傅心情很不好地说：拳打万遍，拳理自现。体会不出来，说明还没达到一定火候，等你达到一定火候，不用我多说，点一句你就会领悟。

刘大海问：我什么时候能达到一定火候？

陈师傅说：到时候你自然知道了。

刘大海忽然有些郁闷，陈师傅这是怎么了？自己达到了如此高的水平，他怎么还是不满意？真是个老顽固了。刘大海不便再刨根问底，将思想集中一下，静心老老实实行拳。这天早晨，刘大海行拳平平常常，没有出现前几天的那种特殊的感觉，那感觉好像稍纵即逝，怎么也找不回来，他很想跟陈师傅谈谈，但最终也没张开嘴。

离开拳场，走出公园，刘大海见到一位刚来张师傅拳场没几天的新人，主动向人家打了招呼，问起市里的活动。

那人说，市体育馆从北京来了一位太极高人，给大家做了一场报告。

刘大海问：讲的什么内容？

那人说：太极心法。不愧是从京城来的人，听着很受启发。

刘大海回到家，已是中午了，他很想知道那个太极高人还会不会做第二场报告，如果做，他一定想方设法听一场，见识见识那位北京高人究竟高到什么程度。简单吃了一口东西，拿起手机，正准备找个人询问，手机不凑巧地响了。看电话号码，不认识，但他还是接了。

是那个不知好歹的、失去三年联系的张亮打来的电话。刘大海拧着鼻子，想着张亮如今不知沦落成什么样的人，便不耐烦地问：你怎么这么长时间没消息？前几天陈师傅还问起你，直为你可惜。

张亮惊喜地问：陈师傅真还想着我？

刘大海说：难道我跟你说谎吗？陈师傅说你要是在拳场上老老实实行拳，会有很大进步，甚至不次于我现在的水平。

张亮说：那我明天去拳场看陈师傅。

五

第二天早晨，刘大海走进公园，还没走到拳场跟前，便看见陈师傅拳场周围站满了人，这是以前从没有过的现象。张亮正跟陈师傅进行太极推手，刘大海很快看出门道，陈师傅对张亮还是从前那种不曾改变的态度，他想利用推手将张亮摔出拳场。张亮呢，还极力抵抗，化掉陈师傅劲力，拼死挣扎呢。

嘿哟喂！原来所说的北京高人，竟是张亮。刘大海大失所望，看那帮人仰慕的样子，真不能理解。

时间一分一秒地过去，人们目不转睛盯着张亮和陈师傅一来一去，腾挪跳跃，似有一股神来之气，笼罩在拳场的上空。刘大海一个箭步奔到拳场中央，接过陈师傅手中的张亮。刘大海的动作明显告诉陈师傅，也告诉拳场外的所有人，杀鸡焉用宰牛刀？用宰牛刀杀鸡还是大材小用了，看我怎么制服这个臭小子，摔个他龇牙咧嘴，找不到东南西北。

见到刘大海，张亮着实愣神了一会儿，想跟刘大海说什么，刘大海哪能容他张嘴，伸手就来个高探马，那股劲力也如神助，用得到位、完美，完全是刘大海的本能使然。

突然，事情竟出现了意想不到的逆转，张亮不再像与陈师傅推手时那样胆怯，他顺着刘大海的劲路将手腕轻轻地一旋，就把在场所有的人都惊呆了。

刘大海倒在地上怎么也搞不明白自己是怎么摔倒的，他的脑袋有点转不过弯来，只感觉天在旋，地在转，四周的一草一木都在旋转。在旋转中，张亮伸手要把他拉起来，刘大海哪能给他手呢，给他的只能是拒之于千里之外的态度。张亮就那么眼睁睁看着倒在地上的刘大海，尴尬得不行，停留了一下，忽然使劲将头一甩，泪眼婆娑地跑出拳场。

张亮还想要说什么，但是他又突然不想说了，只见他给陈师傅深深地鞠一躬，强行控制着自己的情绪，拨开人群，头也不回地飞一样地走了。

后来，刘大海听张师傅拳场里的人说，张亮去了一趟美国，参加一场太极拳比赛，还拿了奖。这事是否属实，无从考证，刘大海也不想考证，反正他觉得张亮的确离他很远了，他有点想张亮了，想象着不知哪一天，张亮超乎寻常的出现在陈师傅的拳场，他们又见了面。

原载《北京青年报》2014 年 7 月 12 日

楼上那人是老外

中午我在家睡懒觉，隐约觉得房门有点响动。那时我刚刚进入朦胧状态，对房门的响动并没在意，更没想到是妻子打开了房门。我妻子单位虽然离家很近，但一般情况下，她中午是不回家的。可是今天中午妻子却意外地用钥匙打开房门，我还听见门被关上后有钥匙掉在地上的声响，然后就是鞋跟落在地板上时产生的不小的震动。这声音我很熟悉，我熟悉这声音发出的每个音节，但我搞不清妻子今天怎么会回家来了。

妻子身上散发着外面空气的清香走到我床边说：你知道我中午回来干什么吗？本来中午我不想回来，可我还是忍不住回来了。妻子的脸红扑扑的，显得非常好看，妻子心里有什么喜悦的事情，肯定要比平时好看。

妻子说她早晨上班的时候，看见一个人正在上楼，那人走到她跟前的时候，着实吓了她一跳。

我问：到底发生了什么事？

妻子说：我们楼上住着一个老外，您说咱们楼里怎么会出现外国人呢？

我说：你不是神经错乱了吧！

妻子狠狠在我大腿上拧了一把说：你才神经错乱了呢！妻子继续说：当时我感到特别奇怪，我下了一层楼，就不准备走了。我不知道那外国人来咱们楼里干什么，而且我还往回走了几个台阶，后来我听见那外国人走到咱们楼上就不动了，还居然把门打开，进屋了。当时我真想跑回来告诉你，可我上班时间已经不够用了，即便这样，我紧赶慢赶，到单位还是晚了五分钟。

我问：你中午跑回来就是跟我说这个？

妻子说：当然还有比这更重要的。这一上午我一直纳闷，楼上住进了一个外国人咱们怎么一点动静没听出来呢？

我问：你想让他出什么动静？

妻子说：比方搬家呀，挪动家具什么的。

我问：一个外国人为什么住这鬼地方？

妻子说：这正是我想要问的。上午我给楼上搬走的那个老王家打了个电话，问他的房子是不是租给了外国人，他说那外国人已经搬进来一个星期了，是美华外语学校外教。

我说：那你也不该这么兴奋，而且大中午的回家就是为了告诉我这件事。

妻子说：你想想啊，咱家冬冬学的外语扔下快半年了，这回外教住我们楼上，我们是不是跟人家商量商量，没事的时候把冬冬送到楼上学外语，顺便我也跟着练练口语？

我说：如果这么说，楼上那老王家也算没白搬走。

我们楼上老王家是半年前搬走的，那是一对很文明的知识分子，我一直为有这样的好邻居而感到欣慰。

妻子说：我印象中的外国人都住在香格里拉或者有名的什么大饭店，现在真是开放了，他们也住进了我们贫民区了。

我说：外国人并不一定都有钱住大饭店，你看到的都是有钱的外国人。

楼上住的外国人，一次也没被我碰到。有段时间我很想看看住在我们楼上的外国人长得究竟什么样，为此有几次上班，我特意在走廊耽搁一段时间，可我仍然碰不到楼上那个外国人。这样，我时常在脑海中想象那个外国人的模样，那一定是一脸大胡子长得很酷的外国人，我甚至想，什么时候那外国人在楼上搞出点什么动静，我借机敲响楼上房门，表示我们对他的不满。可那外国人很守规矩，很少在上面弄出点什么动静，即使有那么一点动静，也惹不起你往楼上跑一趟。听一楼收发室的人讲，那外国人还是很讲究的，搬来之前，找人把墙粉刷了一遍，还新买了一个双人床和一大堆生活用品。由此说来，那外国人的举动也不算小啊，可我感觉怎么就是神不知鬼不觉呢。

我妻子对这件事表现出了异乎寻常的兴奋，她说她又在楼里碰到了一次那外国人，那外国人好像认识了我妻子，很友好地向我妻子点头微笑，妻子想趁机跟他练习一下口语，就跟他说了一句。这回你知道了，我妻子是英语爱好者，她的英语水平实在拿不出手。我妻子说，就那一句英语可不得了了，只见那外国人两眼一下子冒出了亮光，面部表情十分夸张地跟我妻子说了一大堆英语，可我妻子一句也没听懂，妻子越听不懂，那外国人说得越多，而且手也上来了，脑袋一探一探地伸向我妻子，搞得我妻子很难为情，一步步地向后躲，最后不得不涨红着脸一个劲儿向那外国人摆手，逃走了。

我妻子说：我没想到我的英语水平会糟糕到这种程度，也怪当时太紧张了，所有的词语一下子跑到脑后，这样哪能行，有机会我一定领冬冬上楼跟他练习练习口语。

我说：你要想练习口语还是到学校学，你领着冬冬上楼，万一遭遇骚扰怎么办？外国人跟咱们不一样，他们在男女事情上是很随便的。

妻子的脸变难看了，她显然对我后面的话很反感，说：你怎么能这么想问题，你把问题想哪儿去了？我看你比外国人还邪！

女儿冬冬扬言她也看见了楼上的外国人。晚上冬冬很神秘地把我叫去，那时她已经躺下很长时间了，还没睡。外屋灯光照着她圆亮亮的小眼睛。她拿被盖着一半脸说，今天下午她在楼下跟几个小朋友跳皮筋儿，那外国人从外面回来，他看见几个小孩子都好奇地看他，他就站下了，跟这些小孩子说了一大堆英语，结果是几个小孩子你看我我看你都不自觉地笑了。他们都参加过英语班学习，但要想听懂外国人说话的确有一定难度。那外国人见几个孩子都答不上来，就笑了笑，用汉语问：你们都是女孩？这回这几个孩子放松了，她们七嘴八舌地跟那外国人说起了简短的英语。我女儿说，那外国人还问了她的英文名字。

妻子见我跟女儿唠得津津有味，有些不高兴了，说：闭灯闭灯，说多长时间了？还不快睡，快睡快睡，什么外国人外国人的，外国人跟你有什么关系？

我说：你第一次见到外国人比孩子还兴奋呢！

妻子说：你别再提那外国人好不好，一提外国人我就想起你说的那句话。今天早晨我一见那外国人心里就别扭，就像见到绿豆苍蝇那么别扭。

我问：你又看见那外国人了？

妻子说：那当然了，我看那外国人极力想跟我说话，可我这回却躲得远远的，我心里总感觉那是个大色鬼！

我说：你大可不必那样，其实那外国人很需要语言交流。你也可以利用这个机会练练口语。

妻子说：咦？你怎么一会儿东一会儿西一会儿风一会儿雨，翻云覆雨都是你？

话说到这份儿上就有些没意思了，我以为妻子是个没心没肺的人，没想到竟在这个事儿上跟我较起真儿来。我还能说什么？眯着吧，说不上哪句不对谱，她那像吃枪药的嘴再劈头盖脸弄我一下子，就更划不来了。

等我看到那外国人的时候，已是三天后的事了。那天我在楼下小摊铺买菜，看见一个外国人也跟着进来了。不用说，那准是我们楼上那位，不然他不会到居民区小摊铺买东西。正像我说的那样，他身边可不能没有女人，一个单纯幸福得不得了的女孩子也尾随着进来了，而且我还看出，这女孩子跟他接触的时间还不长，不然她不会在我的审视下还显得有点卖弄有点张扬有点激动不已。假如允许我多嘴，我非把那女孩子说得无地自容。但我又一想，这是人家的自由，你干涉得着吗？又不是你的孩子。

那老外实在有点抠门儿。我回家如实向妻子做了汇报：买菜的时候，那老外手里捏着几个一块钱的硬币木愣愣地站在一边，那女孩子选了半天，竟选了一根胡萝卜和一根黄瓜，然后那老外就开始付钱，他拿出一块钱硬币，竟找回一把一角一角硬币。我想那老外攥着一把硬币也够为难的，可他却一点也不感到有什么不便，一丝不苟地攥着，好像再坚持一会儿，就会攥出一把金币来。

我妻子说：那叫会过。吃不穷喝不穷，算计不到就受穷。像你这样大手大脚的人，一辈子也富不起来。你说外国人为什么有钱？就是一点点儿抠门儿抠出来的。

我说：那女孩子也太嫩了点，她不撞南墙不回头，可是话又说回来，等撞了南墙再回头可就什么都晚了。

妻子歪着头做着怪样儿说：看看吧，出门买了一趟菜，就怜香惜玉了，还看人家呢，管好你自己吧！

再看见老外已不是稀罕事，他毕竟住在我们楼上，低头不见抬头见的。有时我看见老外出入楼门都是一路小跑，我就觉得这人有点怪，什么急事使他总是一路小跑呢？后来我发现小跑成了他走路的一种习惯，小跑能给他带来一种与众不同的感觉。他上课的美华外语学校其实就在我们楼前方不到 200 米的一个服装厂厂房里。也许服装厂不怎么景气，楼上两层出租当成业余外语学校的教室，那老外每天晚上都去那里给学生上课，每天上课时他总是提前十分钟出门，一路小跑去那所学校。我想这老外身体也够好的，每次上完课他又一路小跑回来，而且还不显得累。我的感觉跟妻子有些不同，每当我与那老外相遇时，他只看我一眼就把目光回避了，只剩下我不停地打量他，也许是晚上的灯光的作用，那老外有着浅黄的长睫毛的脸就像得了白癜风似的让人不舒服。等我再想仔细研究一番时，那老外裹着一阵风从我身边跑了过去。妻子说：老外在中国的钱也太好挣了，你看他连一本书都不拿，空着手往讲台上站两个小时，就是几百块钱，太不公平！

我说：谁让你们崇洋媚外了，人家挣的就是你们这样的钱。

妻子说：那也不见得，如果以后这茬儿孩子长大了，都会说一口流利的英语，这批老外就会找不到饭碗了！

我又不失时机给妻子提供一则消息，我说我看见那老外换了个女人，这个年龄比上次那个大，而且比上次那个丑，但那老外却把这个当个宝儿似的，走路还拉着手。我妻子的脸又一下子不好看了，她说你这个人怎么净注意人家那个？我说不是我注意，这事就偏偏让我看见了，实践证明，我当初对你的提醒是完全正确的。妻子说：你把我当成什么人了？你对人应该有起码的尊重。我说：不是我耸人听闻，那天中午跑回家你就有点傻里傻气的兴奋，要不是我提醒，你还要跟人家练口语呢！妻子有点激动了，说：就因为你那一通胡说，我见着人家就脸红就心跳，我就像见到老色鬼似的老远躲着，连一个正常健康心理都没有了！

妻子把一切过错归咎于我，就让我很难接受了，我说：你心理不健康肯定另有原因。

妻子不依不饶地说：你说吧，另有什么原因？

我说：难道我那几句话竟能在你心中起那么大作用？关键

是你心虚，才感觉不自在！

妻子不愿与我争辩了，拿起毛巾坐在沙发上嘤嘤地哭起来，而且越哭声越大，最后哭得悲痛欲绝。这么多年来，妻子好像从没像今天这样伤心过。起初妻子的哭声让我心烦意乱，当然恶言恶语也不能少了，渐渐地，我又觉得没意思了，事情是由楼上老外引起的，但楼上那老外跟我们没有任何瓜葛，我们甚至没有说上一句完整的话，只是因为他而使我们家里发生纷争太不值得。也许人家现在正悠闲自得地在家看书或出门一溜儿小跑给他的学生上课去了。我不知道那老外要是听说我们家发生的事会作何感想。这样一想，我又觉得挺可笑的，我很想从我与妻子一手制造的情境中解脱出来，就悄悄走到外屋，轻轻在房门上叩了两下，再叩两下，这一招果然奏效了，只听妻子的哭声戛然而止，然后一边整理头发，一边强作笑脸地从里屋出来。妻子就是这样一个人，无论跟我闹多大别扭，绝不在外人面前丢丑，你看她像个变色龙似的做出什么事也没发生的样子开门去了。妻子发觉自己中计时，又生气又可笑地回手打了我两拳。我强忍着这两拳，知道这其实是妻子友好的表示，一切就由阴转晴了。

妻子没有跟我商量一下就做出一项重大决定：星期天她要领冬冬参加英语学习班。妻子是英语爱好者，不管冬冬愿意不愿意，她就把她的爱好强硬地施加给冬冬，不免有些残忍了点。但冬冬的英语学习已经扔下半年了，如果再不学习，就要落后于别的孩子。为了这些，妻子中午也不在单位打牌了，有时间她就读英语，晚上冬冬放学时，她把冬冬刚从班车上接下来，就跟冬冬说英语，一直说到回家进门。总之妻子利用一切的机会锻炼冬冬的英语思维。妻子说，你看现在是什么时代了，是知识经济时代，不懂英语，你就少知道很多事件，你就会变成聋子变成睁眼瞎。妻子抨击了一会儿又转到我的午睡上，她说午睡能使人少干事情。她说：你就不能少睡一会儿？帮我们做做饭，买点菜，收拾收拾屋子？妻子开始领冬冬参加小苗英语班了。妻子的确比平时忙起来了，有时为了赶时间，催冬冬快吃饭，快换衣服，快穿鞋，拽着冬冬急急忙忙跑下楼，骑起自行车一溜烟儿似的跑出老远，我真担心妻子这么干会出什么事，便劝妻子还是到我们楼前美华外语学校学习，也就是我们楼上老外教的那个班学习，可妻子不干，她说她宁可多跑二十分钟的路，多挨点累，也不到那个英语班。

我说：你这样做，不是存心跟我憋着劲儿吗？

妻子说：你别多心，其实是我自己跟自己憋着劲儿，我真不想再看见那老外，更不想听他上什么课的！

那个搬走的老王家的女人给我妻子打来电话，问楼上的外国人有没有让我们感觉不习惯？如果他给我们带来不方便，可以直接找他或给她打电话。其实那老外除了让我们两口子闹了一通别扭，没有什么更直接的影响。也就是说，我不再注意我们出出进进是否再能见到那老外了，我关心的是我的老婆孩子。她们出去上课，我总要观察天是否下雨，天黑了，我还要把楼道的灯打开或者接她们回家。有时妻子有应酬，我还要代替她按时送孩子。这样的日子挺好的，可偏偏有一天，一个朋友打电话约我吃饭，我说我老婆孩子都不在家，我得等她们回来才能出去。那位朋友说，老婆没在家你正好出去。我想想也是。正当我收拾得当准备出门的时候，发现妻子钥匙落在屋里，她们回来肯定打不开门。我决定先给妻子送钥匙，然后再去吃饭。我走进小苗英语班，孩子都在上课，有仨俩家长在教室外织毛衣或围坐在一起唠闲嗑，我穿过走廊，一边寻找妻子一边走向拐角处冬冬教室门口，当我将要走近走廊拐角处时，我看见妻子站在窗前跟一个老外磕磕巴巴地说英语，老外声音很大，妻子声音很小。我走近跟前，看见那老外正是我们楼上的那位。我不想打扰妻子，转身离开。也许事情坏就坏在我这急转身上，我的急转身肯定引起了妻子的注意，她马上寻着我的背影追了上来，在我即将消失在楼梯拐角处时，妻子大声喊了我的名字。我不得不停下脚步，转过身来看着妻子。妻子说：你走什么？我说：我是来给你送钥匙来的。妻子说：你送钥匙你还走什么？你是不是看见我和那老外说话你才走的？我说：我这样做是让我们彼此都讨个方便。妻子愠怒了，同时又涨红了脸。妻子说：我没什么不方便的，是不是你想得太多了？我说：不是我想得太多。那老外本来在咱们家跟前那个美华外语学校，现在为什么偏偏又跑到这个小苗学习班来了？妻子说：你问我，我问谁？妻子的脸更红了。妻子说：你问这话是什么意思？我说：没什么意思。妻子说：你猪狗不如。我说：我并没有说什么，你干吗跟我发这么大的火？妻子又骂了一句更难听的。我说：你干吗这样？妻子说：我咋样了？我不就是说了几句外语吗？我说：你说几句外语我也没说什么，况且我也不知道你们说了什么。这时我看见妻子的脸由红变紫了，而且一句话也说不出来。如果我再多说上一句，事情就会变得稀里哗啦不可收拾。我手攥着钥匙反复告诫自己无论如何要沉住气，我没权利不让妻子跟老外对话，况且妻子也不是那种人，说几句话也算不了什么。我把钥匙放在妻子手里赶忙跑掉，我怕妻子和我打起来，那么多人看着多没面子呀。

那天我在朋友那里急急忙忙喝了点酒，就回家了。我回到家里，尽量使情绪表现得和平常一样。我推开里屋的门，看见妻子也没什么变化。我想妻子肯定要跟我说说她在冬冬的学习班见到楼上老外的事，或者说那老外不但在一个地方给学生讲课，还在很多地方兼职，所以她才跟那老外练习了很长时间英语。如果妻子这么说，我心会释然，会慢慢平和下来。但直到吃过晚饭，妻子也没跟我提起这事。妻子不是好忘事的人，这种事她应该很愿意兴致勃勃地讲给我听，但妻子始终像没那回事似的，干着她干不完的事。

不知有多长时间没提起楼上的老外了，我和妻子似乎都避免提到这个话题，但我的心情并不能为此轻松下来。倒是妻子，和以前没什么差别，只是买了个随身听，中午在单位虽然不那么热火朝天地打扑克了，但总是站在旁边一边看热闹一边听英语，什么也不耽误，别人笑她也笑，别人喊叫，她就把随身听从耳朵上摘下来，也跟着喊两嗓子。妻子说这样既培养了语言环境，又不显得与大家格格不入。妻子是个英语爱好者，她不是想通过学英语达到什么目的，她喜欢英语那种音调，她听英语就像听音乐，听美声唱法。有时我想，妻子和老外学说几句英语并不能说明什么，我没必要庸人自扰。我尽量在家里多洗碗，多擦地板，我知道只要我一提起老外，妻子马上会浑身不自在……

楼上老外好像害怕我们忘掉他似的，几天来总是在上面弄点动静来提醒我们。老外也开始不讲文明了，总是把地板搞得哐哐当当直响，但我与妻子都像没听见似的，更没表现出抱怨情绪，我们依然避免谈论有关楼上的话题。有时夜深人静，我们被一阵杂乱的脚步声搞得心烦意乱。妻子开始辗转反侧了，妻子说：这种人太不像话。我说：真太不像话。我们决定到楼上说说。

第二天早晨，我们敲响了楼上的房门，听到里面传来拖拖拉拉的脚步响，妻子就用她那好听的英语说话了，说得那拖拖拉拉的脚步戛然而止，好半天也不出声了。那老外可能正从猫眼看我们，我有些怒不可遏了，再次敲响了房门。

门打开了一条缝，伸出一张蜡黄的老妇人的脸。我说：那老外呢？我们要跟那老外说话。那老妇人显然莫名其妙。她说：什么老外？我昨天刚搬来，什么都不知道！

原载《作家》2002 年第 8 期

小　赖

　　小赖所在的单位是这个城市比较扎眼的机关。小赖出入机关大门，总会看见街上蹬自行车的人不住地看他们单位的大牌子，看小赖。小赖不以为意，他知道有很多人羡慕像他这样坐机关的，丰衣足食，旱涝保收。但用小赖的话来说，这是个撑不着饿不死的地方，没啥让人羡慕。

　　小赖现在是机关业务大拿，独当一面，政策法规倒背如流烂熟于心，领导向上级汇报工作，总要向小赖索取各种数据，几次三番加以核对，方可得出正确结论。可以说，哪个处有小赖，哪个处的处长就不用过多地操心，就可以潇潇洒洒出色地完成工作。领导的青睐，自然增添了小赖的自信，现在小赖的脖子也比过去高出了两厘米，有时下班前十分钟领导为了联系群众，到各处室看看，唠点闲嗑，小赖还能插上几句话。小赖是机关的老主任科员了，跟领导说句话，开个玩笑，很正常，当然小赖开玩笑很会把握分寸，既能让领导开心，又不伤害同志。为此小赖人际关系非常好，平时在走廊见到其他处的同事，不管职务大小，他都笑哈哈地打个招呼，不咸不淡地幽默一下。年底机关民主考评政绩，小赖得到大家的普遍好评，理所当然地晋升为副处级调研员。

小赖刚上班那阵儿，可不是这样，他像一只羊羔掉进了大宫殿，倍感压抑。父母都是地地道道的农民，他被分配到这样的机关，完全是他个人努力的结果。在校期间，小赖是学经济的，跟辅导员关系不错，每年寒假回来，都给辅导员背半面袋子豆包。辅导员跟系主任关系不错，舍不得吃，又把这半面袋子豆包直接背到系主任家里。这样，小赖通过辅导员，跟系主任建立了关系，后来寒假回来，他就背两个半面袋子豆包，送给辅导员和系主任。毕业分配，辅导员和系主任力荐，小赖就来到了这个机关。机关和学校的情况不大一样，很多想法在机关都不切合实际，他拼命改变自己，但时常露出马脚，小赖是个很顾家的人，这不免引起同屋人善意的笑声。小赖心里很难受，这笑声虽然不含有别的用意，但至少把他看作另一类人，一个农村来的土包子。小赖想，在机关要有发展，必须有一个很硬的靠山，也就在这时，他选择了郝处长。郝处长在机关颇有年头，属于资深年高那一类处长，小赖第一次接触郝处长便有一种高山仰止的感觉，特别是开会时，郝处长讲话总带有一种手势，小赖觉得那手势的确给郝处长增添了不少的风度，小赖曾经暗中学过那手势——把掌从脸部一侧向外劈出，劈得要有力，而且在空中达到一定位置收回来，划个圆弧，再重新劈。小赖照着镜子练习无数次，但怎么也劈不出郝处长那样的风度来。也就是那个手势，小赖非常敬仰郝处长，并不惜一切代价要靠住郝处长，那时郝处长爱抽一种"良友"牌子的香烟，小赖在烟摊上买了两条送给郝处长，郝处长非常吃惊地问：你刚上班，怎么买这个？小赖说：我不是花钱买的，是别人送给我爸，我爸不会抽烟就让我拿来了。郝处长问：你爸在家做什么？小赖说：乡里当书记。郝处长嗯了一声就心安理得地把烟放进了抽屉。小赖想，当初他要不这么撒谎，郝处长决不会很痛快地把烟收下，而且决不会这么重视他。

　　小赖转身刚要走出郝处长办公室的时候，郝处长从椅子上站了起来，伸手在小赖肩膀上拍了拍，这一点小赖是没想到的，那手的分量强劲有力，好像是鼓励、是鞭策，又好像是说：哥们儿好好干吧，没说的。总之，那一拍，差点把小赖激动的眼泪拍下来。小赖知道郝处长不会轻易拍一个人的肩膀，这一拍，皆在不言中。

　　郝处长的确是对下属很负责的处长，小赖的科员职级不到一年就评上了，比他先来的同志还早半年。小赖的"良友"烟供应一年就有点支持不住了，他在这个城市里吃住要花钱，父母又是老实巴交的农民，他们虽然不向小赖要钱，但小赖知道每年春天买种子的钱他还是要往家寄的。郝处长显然不是爱占小便宜的人，小赖断绝了"良友"烟，他也并没有怎么样，依然语重心长地拍拍小赖的肩。这时小赖多么希望郝处长多拍拍他的肩，郝处长每一拍，就是对他最大的安慰和信任。郝处长拍肩是另一种手势，和讲话时的手势一样充满着力量和美感，同样是他风度的一次展现。

　　小赖没想到郝处长正值事业辉煌时期急流勇退了，那是社会上第一次下海浪潮席卷大地的时候，郝处长信誓旦旦地搞起了投机倒把的行当。郝处长就这么下海了，有好长一段时间，小赖觉得后背肩膀空空落落地不踏实，他不能没有郝处长那坚实的一拍。

新来的处长比郝处长年轻，是个矮胖子，干起工作来雷厉风行，他讲话没有更多的手势，只是两只手放在肚子跟前，不停地轮换着挠手背。开始时，小赖以为这位处长患有什么皮肤病，经过一段时间观察，小赖看见新处长手背白胖细嫩，根本没什么毛病，而且也不见挠过的手背留下什么疤痕。新处长没有拍过一次小赖的肩膀，但他同样很欣赏小赖。小赖很快适应了新处长的处世方式，工作起来如鱼得水。

这些都是十几年前的事了，现在小赖娶妻生子，在机关打下了牢固的根基，虽然迎来送往好几任处长，每一任处长，小赖都不同程度地在他们身上学会了一些处理问题的方式方法，把各种关系搞得八面玲珑，成了十足的机关油子。每遇到问题，小赖都不急不忙，无论办什么事，都矜持一些，要朋友感到他的分量。

现在小赖早已忘记了郝处长那种手势，他平时在大会小会上的发言，也无形中有了自己的手势，当然这种手势不是刻意学来的，而是多年工作养成的习惯，好像没有手势，他就不能很好地表达所要表达的意思，没想过自己的手势是否还有潇洒的成分。

有时工作之余，小赖还要打听一些有关郝处长的消息，听说郝处长这几年除了不倒卖人口、军火和白面儿外，什么都倒腾。小赖还听说郝处长有意要回机关，但机关已不能接收他了，看来郝处长在外面混得很不理想。有几次，小赖接到郝处长偷偷给他打来的电话，托他办一些小事，小赖自然给办了。郝处长毕竟对自己有恩，而且他能为郝处长办事，也感到自己这几年没白挣扎，就感到自己很自豪。小赖想，他好几年没见到郝处长了。

郝处长下海后，仍然住在机关宿舍，有事没事小赖都想不起来去看看郝处长。机关调过几次房，处长们都搬到更新更大的楼里去了，郝处长已无法享受处长的待遇，年底单位再次调房，小赖的房子调到郝处长家的楼上。那天小赖去看房子，下楼时遇上了郝处长，小赖自然要跟郝处长寒暄几句。从气色上看，郝处长已经失去了原有的风度，就像现在街头随处可见的普通人一样，那些人时常用羡慕的眼神看他出入机关大门。小赖亲切地握着郝处长的手，这里面有关怀、有安慰，但他表达更多的一层意思是，不管你如今处境怎样，你依然是我心中高山仰止的好处长。

后来小赖觉得没什么话可说了，他们就分手了，小赖转身下楼，郝处长忽然从背后拍了拍他的肩膀：好好干吧，你很有发展前途！

小赖不觉有点愣住了，十多年来，还没人拍过他的肩膀。回到家里，他使劲用拳头敲了敲被郝处长拍过的肩膀，觉得很不自在。妻子问他肩膀怎么了，他就又用拳头敲了敲。妻子说，可能着了风寒，便扯开他的衣领，在他的肩膀上扣了三个玻璃瓶火罐，晚上睡觉时仍不见好转。妻子躺在床上快要睡着时，小赖翻了个身，后来就听见小赖叹了一口气：我的肩膀怎么能随便说拍就拍呢！

原载《作家》2000 年第 11 期

书 法 家

一

　　李丽娜接到那幅湿乎乎的"天道酬勤"时，恨不得花处长立马嘎嘣一下死了，即使不死，瘫了也好，他倒在床上再也握不住那杆秃毛笔，给人写"天道酬勤"了，然后这幅字很快在市场上一路飙升，她也能卖出个好价钱。可这么多年，花处长就是不死，也许在外面总是获奖，心情好，活得劲儿劲儿的，比谁都健康。

　　这幅"天道酬勤"是在一个星期五的午后，神秘兮兮地出现在李丽娜办公桌上的。当时，它装在单位常用的大信封里，特意露出一指宽的宣纸毛边儿，李丽娜从信封里抽出叠得中规中矩的宣纸，抽到一半儿，又塞了回去。她无须将这幅字全抖落开，也知道出自花处长之手。李丽娜随手打开抽屉，将字塞了进去，心虚地往办公室四周瞥了两眼，看是否有多余的目光窥视过来，没有。王爽正趴在办公桌上，还没有从午睡中苏醒，哈喇子从嘴角流出好长，堆积在桌面，如一摊清屎，根本不可能顾及她这边的事情。赵小红倒是没睡，她神情专注地嗑着瓜子，看手机上的泡沫剧。她离李丽娜比较远，在办公室最偏远的旮旯里。人在旮旯里待的时间久了，就会边缘化，没有人注意她，她自然也不关心别人的事。

机关里写字好的人很多，但能把字写到艺术层面上，就凤毛麟角了，假使那字又能卖钱，当属花处长。花处长在省书协还有个响当当的头衔——副主席，这头衔就像挂在脖子上的钱袋子，能给他带来真金白银，能招来徐娘半老的美女蝴蝶一样绕着他纷飞。有了这个头衔，他的字就论尺算价，每平尺怎么也得几千，甚至上万，因市场行情而定。花处长出了机关，就是社会名流，手便紧起来，给不到相应的价钱，他不会轻易给人家写字。字写多了，也就烂了，他死后，价格肯定很难上来。花处长不只是写字。他还想着生前死后的事。虽然手紧，但该出手时还是要出手的，看他那挥挥洒洒的劲头儿，谁都看不出花处长其实很重视自己的字。特别是有头有脸的领导出现，上千上亿资产的老板光顾，花处长就像打了鸡血、吸了大烟，亢奋无比，甩开他那支秃毛笔，立马投入到一派忘我境地，身子不由自主跟着桌上的字一顿一顿的。

李丽娜从没张口要过花处长的字，他的字一旦跟金钱挂上钩，她便免张尊口。这样一来，花处长在她面前就是一个脚踏实地、能说会干的老处长，她好像压根儿没想起他是个省书协副主席，用秃毛笔往纸上那么一"划拉"，就能变成衣钵满满声名显赫的人物。

花处长很懂得公私分明，在他的办公桌上，从来不见一支毛笔，也不见一张用来写字的纸张，他的办公桌上总是干净利落——除了文件、装订成册的法规条文，再就是用来签字的碳素笔。花处长干的工作，好像跟他追求的艺术搭不上边儿。可下了班，回到家里，他会变成另一副模样。据到他家串过门的人说，花处长家三室房子里有一间屋子当作单独书房，书房中间，摆放着一张能躺下两条大汉睡觉的大案板，花处长每天晚上穿着睡衣，夏天干脆光着膀子，穿着一条大花裤衩，披了一头散发，在那大书案上一写就是两三个钟头，然后一个人坐在书房里抽烟、发呆，突然起身，一把抓起案板上刚刚写好的字，七扯八扯撕个稀巴烂，拧成一团，摔进纸篓。

自从李丽娜来到花处长手下，花处长就许诺送给她一幅字，一幅大大方方宽宽敞敞的字。那时，李丽娜的生活好像忽然有了盼头，既想尽快得到那字，又怕得到那字，得到字无疑是拿了人家的钱，就有点手短了，关系肯定不像从前。李丽娜发现花处长不但姓花，人也有点色。男人色不足为奇，可花处长身体里的力必多肯定要超出正常值，只有超出正常值，他的工作才干得比常人出色，才干出业绩，才在工作之余以旺盛的精力从事他的书法艺术，这是优秀男人特有的品质。花处长的色，总表现在嘴上，有点太显山露水，这不免让人感觉他有些轻浮，不像是在机关混了多年久经历练的老处长。他的嘴也不说什么脏话，而是特别干净，只是见了女同事话就多，且多半是废话，若不是女同事生硬摆脱远离，说不定花处长嘴里的唾沫星子会一泻千里。

花处长没有意识到不受控制的嘴对自己有多大害处，不管他的工作干得多么出色、多么有成绩，这些年始终得不到重用和提拔，所以，他把剩下过多的力必多全部投入到书法艺术中，顺理成章。

李丽娜不怕花处长的色，他的色是他的短处，也是他的长处。有好几次，她发现正是花处长那色眯眯的小眼睛，撩拨起她兴奋的神经，她也像整天打了鸡血，吃了兴奋剂，有事没事就往花处长办公室跑，离开时，背对着花处长，故意将脚下长短有度的高跟鞋踩出一个个笃定之声，花处长肯定被她迷得受不了了，不能自拔，颠三倒四，又不知如何处置应对。李丽娜眨眼间就飘然而去，没留下任何让他施展才能的机会。如此一来，李丽娜工作上的顺风顺水理所当然，即使有消极怠工的小毛病，也被花处长忽略不计，花处长甚至会不辞辛苦亲手代劳。李丽娜成了花处长身边不可替代的红人，让同屋的王爽、赵小红妒忌了那么一阵儿，又无可奈何。

李丽娜老公程林在北京常年做汽车销售，一年也回不来两次，她出现这样那样的想法情有可原，也在情理之中。她与程林结婚一直没要孩子，跟单位里单身女人没什么区别，甚至比单身女人多了一层保护伞。这一点花处长心知肚明，只是他不知道如何体面地在李丽娜身上打开缺口，让她昏倒在他烈火中烧的怀抱。有那么一段时间，花处长愚蠢地自掏腰包，召集处室的人员聚会吃饭。每次吃饭，花处长都要喝酒，喝得他摸着楼梯扶手才能走出酒店。花处长很享受这样的感觉，他就像是这伙人中的皇帝，被人拥着、抬举着、吹捧着，虽然言不由衷，但还是让他陶陶然。他还会借着酒劲儿给每个人指点江山，表现出诸多真知灼见，且语出不凡。这样的机会，李丽娜不能溜边儿，她会恰到好处地挽起花处长的胳膊，提醒花处长脚下每一个台阶，这一提醒，花处长脚下反倒踩不实了，身子有些飘，直往李丽娜这边撞，看似无意，其实每一次撞击都充满了蛊惑和蓄意而为。花处长心里一点也不糊涂，而且满是小伎俩和小聪明，他用他那常握秃笔的大手，紧紧箍住李丽娜的纤细无骨的小手，以防俩人随时在台阶上摔倒。李丽娜很会顺势而为，反倒把花处长粗大的硬手握得更牢更紧，两个人的手心与手心无缝连接了。她比谁都清楚，自己决不能在这个时候给花处长泼去冷水，浇灭他心中烈烈燃烧的火焰。花处长的手心开始出汗，湿涔涔，在她的手心生满了蛆，胡乱地滚，实在受不了了，她就喊王爽，喊赵小红，让两个人一左一右扶住花处长，说自己要去卫生间方便一下，算是脱身了。

走到酒店门口，大家欲作鸟兽散，各自叫出租车，花处长要送李丽娜，李丽娜哪能给他这样的机会，这是原则，也是底线，不能动摇。她拽起王爽或赵小红，像什么都没听见似的上了出租车，留下在寒风中孤苦伶仃的花处长。

二

十一长假，花处长要在北京搞一次个人书法展览，这是他半年前策划好的事情。在这之前，李丽娜从来没听说花处长有这样的举动。花处长在半年时间的酝酿中,将此事做得天衣无缝、滴水不漏,保密意识何等了得? 这回,花处长告诉全处的同事,能抽出时间去的, 尽量去, 往返飞机票、住宿吃饭全都由他个人承担,大家去了,也是给他撑个面子。这样的面子,谁都不会不给,况且是白吃白住,也算假期里一次旅游。王爽和赵小红格外兴奋,花处长的话音刚落,两人马上举手报名,大家虽不懂书法,但热情高涨。李丽娜也参与到了报名的喊叫声中,这一喊,办公室里不免有些乱套,花处长乐不可支,告诉大家把身份证号码统一写在一张纸上,他要提前订机票。

事情就这么定下来。

其实这次出行,李丽娜另有自己的小九九,她可借此机会跟老公程林见上一面,让程林陪她在北京转上几天,至于参不参与书法展览,临时再定。但又一想,为了对得起花处长那两张机票,她怎么着也得参加开幕式,等看过领导剪彩,给予应有的足够掌声,再悄悄跟王爽或赵小红打个招呼,离开。

一切都按部就班地进行。

处室人员的机票订在了十一的前一天,因为放假前,单位的工作基本松懈,已经没什么事可做,也没心做事,一切都推到了节后,他们莫不如抓紧时间,赶到展览会现场,处理一些应急的事情。

四个人登机牌是挨着的,登机前花处长选了靠窗的座位,剩下三个座位可不分你我随便坐了。李丽娜责无旁贷地坐在了紧靠花处长身边那个座位,她心里明白,这是王爽和赵小红跟她耍的小心眼儿,她俩表面抬举她,实际上是为了避免与花处长肌肤碰撞。李丽娜心安理得地坐在那里，跟花处长说着一些无关痛痒的话，就有了很长一段时间沉默。沉默中，花处长漫不经心地抬起手指，在空中有意无意地比画起来，练上了书法。练着练着好像想起了什么事，又有话要说了，他嘴巴紧贴李丽娜的耳朵，喷出一股强劲儿有力的气流，李丽娜耳孔开始痒痒了，又不好躲闪，任凭气流携带着诸多杂菌的唾沫星子长驱直入。别以为花处长跟她谈什么艺术，花处长从来不跟手下的人谈工作之外的事情。他谈最近他对工作的打算和设想，谈他现在亟须在处室里培养一个助手，也就是副处长。花处长的话娓娓道来，步步推进，然后停顿一下，好像有意吊起她的胃口，又没话了。李丽娜眼里长时间发起了亮光，经久不息。要知道，哪个在机关工作的人不想在升迁这条路上飞黄腾达呢，即便你没有野心，没有太多的欲望，但一辈子总不能在那一张桌子上蜗牛一样原地不动吧？李丽娜虽深谙此理，又泰然处之，此时不免惶惶然了。这时，空姐分发饮料的车到了跟前，花处长的嘴离开她的耳朵，李丽娜迫不及待伸出小手指，抠向耳孔，搅动几下，耳孔里真就灌满了水分，在快速地搅动中哗啦啦作响。李丽娜就想，如果今天王爽或赵小红坐在她这个位置，花处长会不会也道出这番心思呢？凭李丽娜直觉，这种可能性不大。

　　飞机降落时，接站的主办方显然跟花处长早已相识，他们在一起有说有笑说个没完没了，她们三位女性默不作声地当起了旁观者和倾听者，无形中被冷落了。上了一辆面包车，李丽娜想的是应不应该给老公程林打个电话。当然，她的想法只是一闪而过，她没必要在这狭小的空间说自己的事。车走走停停，不知开出了多远。王爽和赵小红两人谁都没问起程林，这很不正常，她俩是那种最爱把自己老公和别人老公挂在嘴边随意咀嚼的人。

宾馆房间早就提前安排好了，一人一个普间。李丽娜打开房门，拖着拉杆箱走进去，打量一眼，还算称心如意。第一件事要做的，是打开窗户，拉上窗帘，脱掉外衣，从箱子里扯出睡衣，穿上，到卫生间打开热水，扯下钢管上的毛巾，打上浴液，将浴盆刷洗一遍。做完这些，也不急着冲澡，她要走出卫生间，拿起座机，给程林拨电话，告诉他，她正在同他一起呼吸着同一城市的空气，吃同样的水，冲同样水的热水澡。电话接通了，程林气喘吁吁，好像正在进行着无法停止的马拉松，他不耐烦地喂喂，努力放平喘息，又喂喂了两声，愤怒地按掉电话。

也许程林身边还有一个陪跑者？刚才这个电话，无疑打乱了他们奔跑的步伐。李丽娜掂量着还用不用继续拨去程林的电话时，竟不知不觉走进了卫生间。她打开水龙头，一股喷枪似的水柱，发泄一般冲向了浴盆。

后来，她再次拨出了程林的手机号码。

"是我。"

"我现在很忙，正在跟客人签单，晚上还要吃饭，明天我去看你。"他说话的口气，像是撞上了一个急欲摆脱的难缠客户。

"好吧，明天再见。"

不知怎么放下了电话。李丽娜脱下睡衣，走进卫生间，想把自己痛痛快快冲洗一通。

房门铃意外响起，她抱住自己，原地不动。

房门铃又响了，她关掉水龙头。

"谁？"

"是我！"花处长的声音。

李丽娜松懈下来，嗓音柔和地问："有什么事吗，花处长？"

"不方便开门吗？没什么事，你准备一下，尽快下楼，跟我去机场接王局长，我在一楼大堂等你，尽快啊！"

房间里的温度要比卫生间冷三四度，像有凉风吹拂在她的身上，她马上收紧肩膀，感觉身上的水珠霎时凝固了。快速擦起身子，准备穿衣服，一件一件地穿，从里到外，不断地添加，那些衣服一层层包裹起她隐蔽的身体，无比得体。长时间在机关工作，李丽娜知道这世界不是你一个人的，你不能因为自己的事情耽搁别人太多的时间，你必须尽快穿好衣服，梳理头发。但不管怎么快，衣服也得一件一件地穿，手头的事还得有条不紊地做，慌张不得，急不得，不然露出慌乱的马脚，引出外人的窃笑，那脸面可就丢尽了。李丽娜绝不允许自己的身体每个角落生出是非，尽管急，必要的时间还是要花费的。衣服穿戴整齐了，她又到卫生间冲着那面大镜子照了照，重新整理衣领，抻抻前襟，确保万无一失，再转身照身后，后腰直挺挺，衣服也笔直，在腰部明显地凹陷下去一块，又在臀部凸起，翘翘的，很吸引人，也很甜糊人。但这个部位是最容易露怯的，稍微整理不好，里面的内容就呈现出来，最要命的是翘臀上的衣物不能扭歪，不能出褶，扭歪了，出褶了，就会在紧绷绷的外裤上透露出来，所以她必须重新解开裤带，将两只手伸到翘臀上，摸摸里面每一层衣物是否有不当之处，是否很理顺地包裹住她的臀部，好了，她的双手从翘臀上抽离出来，对着镜子系好裤带，拿起梳子梳头。梳头的工夫，她的注意力并没有留意她姣好的发质，她的发质无可挑剔，尽管头顶百会穴有三根白发，也早就剪掉了，上个星期天，她还将满头黑发染成棕色，不易被人察觉的颜色，那颜色只会在太阳光下才能分辨出来。李丽娜现在全部心思都停留在自己的一张脸上，经过热气蒸腾的沐浴过的脸，白里透红，红中生艳，鲜嫩无比，像正在盛开的桃花，让自己百看不厌。她冲着镜子抿了一下嘴唇，张开，这时外面的门又被敲响，还是耽搁时间了，让花处长等不及了。李丽娜应声走出卫生间，还在确认自己的判断，多余地问了一句："谁呀？"

"收拾完了吗？"

果然是花处长。花处长的声音不紧不慢，但他肯定是心急火燎，又以足够的涵养控制住自己。

"马上完事。"

李丽娜不知怎么嘴里就随便溜达出这么一句。其实，这也不算什么随便，每当她遇到忙乱的催促，总是这么习惯性地回答。

"我们马上去机场，时间快到了。"

再不开门，就不礼貌了——你是何人，让花处长反复敲门催促？李丽娜反正收拾妥当，她随手打开房门，然后回身取包包。

可是，她的身子还没转过去，一双臂膀张开在了门口，那臂膀张得太大，完全堵住了门口，李丽娜想重新关门，已经来不及了，那双臂膀收拢了一下，伸进了门框，横在她的跟前，向她的身体围拢过来。事出突然，李丽娜本能地架起了胳膊，抵挡住那双臂的合拢。也许那双臂并没急于合拢，她很快挣脱了。

花处长跟进了房间。

李丽娜的怵色和花处长的笑逐颜开形成了鲜明的反差。

花处长落下双臂，手伸到了背后，摸到了房门板，吧嗒，房门板不紧不慢轻轻关上。

李丽娜问："你想干什么？"

花处长再次抬起双臂，张开，像是暗影中的特大蝙蝠。

李丽娜倒退几步，退到床边，她感到那只蝙蝠很快扑过来，把她扑倒在床上。

李丽娜头脑异常清醒，她斩钉截铁地说："别过来，再过来我就喊人了！"

那双臂膀颓然落下，花处长收起笑容，一本正经地说："看你吓成这样，跟你开玩笑呢，你怎么就经受不住了呢。走吧，我们下楼去接机。"

李丽娜仍然警觉地注视着花处长的每个动作。花处长感觉到了，行为举止开始小心翼翼，摸索着向后退起脚步。他的脚步在地毯上表现得深浅不一，有些踉跄了。他说："跟你开玩笑呢，你还当真了，我真没发现你是个不爱开玩笑的人。走吧，我们一块儿去接机。"

李丽娜心情稍稍有了缓解，但她必须生着气，给花处长看的那种气，她说："我不去！"

花处长整个人坍塌了，说："你不去，我怎么向王局长交代？他特意点名让你去机场接机。"

李丽娜仍在生气，说："我不管，反正我不去，明天我提前回去！"

花处长急起来，说："我跟你说了嘛，开玩笑呢，要知道这样，我不跟你开这玩笑。好了，现在我收回。"

李丽娜说："你可真会收放自如！"

三

在去机场的车里，李丽娜一句话也没说，她不是没话，而是不想说。这并不是因为刚才花处长对她虚晃一枪给她造成的伤害，那样的虚晃算不了什么，她似乎在很多年前就预料到他会对她有什么动作。让她难以接受的是，花处长的动作搞得太突然，没有任何征兆和铺垫，让她始料不及，所以尴尬在所难免。李丽娜感觉车里憋闷得很，她伸手去开车窗，车厢是全封闭的，空调也不十分好。她想叫司机调整一下，话到嘴边，又咽了回去，车里坐着花处长、王爽和赵小红，如果他们都没感觉到憋闷，那大伙都挺着吧。无聊之中，她拿出手机，像无聊的人犯了烟瘾，手机是她的瘾，她的瘾犯了，不拿出手机心就痒得难受。程林连一个短信都没发过来，看来他那边忙得已经应接不暇了。

接到王局长才知道，他们这一干人被折腾出来，不仅仅是接机，接下来还有更重要的工作——陪王局长喝酒。王局长是下班时乘坐飞机赶来的，他一个人形单影只地承受旅途劳顿之苦，也真够难为他了。不管王局长下了飞机有多晚，花处长都要为他举行隆重的欢迎仪式，让王局长从旅途疲惫中振作起来，兴奋起来，所以这顿酒必不可少。

王局长看到李丽娜，眼神禁不住倏地一亮，握着她的那只手长时间忘了松开，有失领导身份了，好在谁都不好挑剔领导的小节，相反，这可以看成领导对你的恩惠，对你的偏爱，这样想，轮到谁，谁心里都会有些小激动，释然了。最终王局长的手还是被王爽抢去，王爽那双细小的手紧紧握住王局长的那只粗大的手掌，不知深浅高低地来回摇晃，晃得脚跟也跟着颠起来。王局长很是沉稳，不管心里怎么高兴，都努力克制自己不动声色。现在，他太需要喝一顿酒了，假使花处长不安排酒局，他也要主动提出。到了宾馆酒店，李丽娜感觉肚子有些空落，来北京已经五六个小时了，她还没吃一顿饭，她以为今天这顿晚饭免了，以为会身心轻松地在宾馆入睡，想不到她还是逃脱不过去，而且还要大吃大喝一顿。豁出去了，别再想什么血脂高低，别再想肚皮肥油如何堆积，王局长能跟大家坐在一起，是对大家最大的恩赐，难道他不知道血脂和肥油的事吗？他肯定知道，只是在今天这样的夜晚忽略不计了。偶尔放纵不是不可以。

也许王局长旅途过于孤寂和疲劳，需要酒精的刺激，才能使整个人精神抖擞起来、昂扬起来，他大老远赶到北京，不是为了打盹儿，不是蔫头蔫脑听人摆布，他要不失局长的身份与体面，在短时间内聚拢起强大的气场，属于王局长特有的气场！菜还没上两道呢，王局长跟前上了一小碗酱油泡尖椒，尖椒有红有绿，看着就有胃口。李丽娜以为桌上每个人都有一份，其实不然，这是花处长特意给王局长安排的，王局长就喜欢这一口味。王局长急不可待了，桌上刚上来两盘菜，就不自觉地端起酒杯开喝了，喝了第一杯，就想喝第二杯，有些刹不住闸的意思，那架势就有点吓人了。要知道，大家都空着肚子呢，这样的喝法儿，没等菜上齐，人就会撂倒几个。李丽娜看出，今晚王局长有点馋酒了，他在飞机上肯定吃了点食品，不觉得肚子空，他没有想到大家为了他，已经空了五六个小时肚子。李丽娜趁大家说话的空当，不管不顾狠狠夹了两筷子菜，饕餮起来，在饥饿面前，她顾不得应有的体面，先把肚子填上东西再说，不然她的胃就会火烧火燎，像个滚烫的小炭炉，把全身从里到外都烤红了。当然动筷子的不止她一个人，王爽和赵小红也行动了，大有大快朵颐之势。李丽娜发现王局长由始至终没有对跟前那只小碗里的尖椒动一筷子，原来那尖椒只是一个摆设，是他与他人区别的特权。如果谁不知好歹也要一小碗酱油泡尖椒，无疑是对王局长的冲撞。最可怜也最忙活的人还是花处长，他的心思不在吃上，他的嘴只是用于灌酒和说话，变着法儿跟王局长说话。王局长听得心不在焉，可能他还想喝酒，冷不丁地叫花处长提酒，花处长不提酒话就多，提起酒话匣子更打不住，王局长不耐烦了，说："你先把手里的酒喝完了再说！"花处长很知趣，一扬脖子，手里的酒就没了。杯里再次填上了酒，花处长不能再说了，他只能稍稍休息一下嘴巴，才讨王局长喜欢，才深得人心。这回，没等王局长提示，花处长主动请缨，又迅速干掉一杯，干得王局长心花怒放，与花处长勾肩搭背起来。

就因为这次饭局，李丽娜知道王局长也搞书法，还是全国书法评审委员会委员，只是他在机关里从来不显露山水，是深藏不露的高人。说起书法的辈分来，花处长还是王局长的学生，花处长因为王局长才搞起了书法。十几年前王局长一直练智永和尚的字，已经炉火纯青了，花处长也跟着练智永和尚的字，十几年，不曾改过。这几年王局长专攻张旭的草书，花处长也练起了怀素的真迹。花处长的人和字都颇受王局长的赏识，两人贴心贴肺，已成为难得的知己，不然王局长不会大老远不辞辛苦跑来为花处长擂鼓助威撑腰捧场，他很像个护犊子的老家长。

嗯？花处长不知什么时候嘴巴子闭住了，他怎么蔫了呢？可能是酒起反应了，让他不舒服了，可他还以顽强的意志顶住那迅猛攻击的酒劲儿。看来花处长也不是什么钢铁之躯，他好像挺不住、溃不成军了，李丽娜头一次看见花处长出现这种状况，真是奇怪了！

越看，花处长越晒脸了，只见他旁若无人地眼皮一睒一睁，总想把自己从醉酒中挣扎出来，没想到，这一举动最终彻底挣断了自己，在大家的眼前扑通一声从桌面上消失了。所有的人都惊呆了，"扑通通"站起来，拉开花处长的座椅，掀开桌帘，花处长躺在桌子底下已经不省人事。王局长本来还四平八稳呢，想处乱不惊，看见桌底下死猪一样的花处长，不得不起身推开座椅，猫腰将自己伸进桌底，去拉拽花处长。

"快叫服务员！"

"快叫120！"

王爽、赵小红吓得早已不会动了，连操作手机打120的能力都没有，她俩只会用嗓子眼儿发出一阵阵刺耳的尖叫。李丽娜觉得自己还算可以，她没有参与到尖叫声去，而是快速地帮助王局长把花处长从桌底下拉出来，随手扯过椅子，让花处长重新体面地坐上去。

"叫通120了吗？"

这时，花处长奇迹般地睁开眼睛，他显然听见了有人叫喊的声音，奋力摆手说："没事，没事，再给我五分钟，我就起来，千万不要打！"

事已至此，酒没法儿进行下去，饭也无法吃了，王局长说："先把花处长扶回房间。"花处长似乎听懂了王局长的吩咐，挣扎着起身，王局长伸手帮他使了一把劲儿，花处长居然晃晃悠悠站起来了，站得很不稳，好像随时会一屁股坐在椅子上。李丽娜赶紧搀扶住花处长，花处长感觉到了李丽娜的存在，死死抓住李丽娜的手不想放开了，身子不住向她这边倾倒，那身子好沉，李丽娜根本支撑不住，她就喊王爽，喊赵小红，让她俩替换下王局长，可心里想着的是替换下自己。王爽和赵小红从惊慌中醒过神儿，脑子还有点木，很听话地奔过来。李丽娜的手用力从花处长手里挣脱，花处长不明事理地还要伸过来，正好赵小红走到跟前，李丽娜抓住了赵小红的手，像抓住了一根稻草或救生圈，狠劲儿地塞给花处长，花处长的手踏实了，抓住赵小红的手怎么也不放开，李丽娜突然有一种嫁祸于人的幸灾乐祸。

其实，这时王爽和赵小红都忽略了一个重大问题，这两个不长脑子的女人做事太感情用事，被花处长这出洋相折腾得完全忘记了王局长的存在，这使王局长再次陷入孤独。好在李丽娜手疾眼快，从花处长这边腾出手来，立马奔向王局长，她帮王局长查看手机是否落在饭桌上，衣服是否穿好。王局长还有一个包挂在衣架上，李丽娜随手摘下，送到王局长跟前。王局长也是需要保护的，他若是像花处长那样一不小心摔倒了，事情可就闹大了，不可收拾了。

服务员匆忙赶过来，张嘴第一句话是："谁埋单？"

王局长脑袋还是清楚的，说："我来。"

李丽娜顺手拿过账单说："等一会儿我来！"

四

李丽娜从王局长房间出来，随手轻轻带上门，就听见侧门开动的声响，然后挤出王爽和赵小红。宾馆走廊灯光暗淡，笼罩起深夜的阒寂，每个细微的声音似乎都被放大数倍，嗡嗡作响。最先见到的是王爽，她显得无比窘态，转身要把赵小红推回去，已经来不及了。李丽娜清晰地看到她俩慌张的表情，一时语塞。她迟疑了一下，反倒不想马上回到自己房间。是的，她要下楼，将饭费结算一下。

刚才，她扶王局长进入他的房间，打算放下王局长，帮他脱掉鞋，往他身上盖上被子，就离开。这天晚上王局长也喝了不少酒，李丽娜有点高估了王局长的酒量，大意了。王局长虽然不像花处长那样丑态百出，但他的腿也在地上画起了8字形，嘴也像没个把门的絮叨婆儿，若不是有李丽娜搀扶，他想摸回自己的房间肯定要费一番周折。进入房间，王局长超乎寻常地睁了睁眼，醒过来了。也许他喝得并不那么严重，只是看到花

处长那出洋相，心里过意不去，有意画出 8 字步。李丽娜看着
王局长，不知下一步该如何动身离开，只见王局长兴致勃勃打
开背包，掏出一卷黄不拉叽的帆布卷，放在桌面上。桌面早已
铺好了毛毡，备好了墨汁、毛笔和宣纸。王局长推走那些备用
品，展开帆布，现出一排毛笔。原来那帆布卷是个大口袋，大
口袋外面套着小口袋，小口袋里有印泥印章，还有一瓶跟雪糕
一样大小的"一得阁"墨汁。王局长是个有心人，他又回身从包
里抽出一张宣纸，铺在桌面毛毡上，伸手上下左右抚摸着，似
乎在手上寻找着宣纸的感觉，又似乎在抚平多皱的折印，然后
端起茶盘里两只水杯，压在宣纸上边左右两角，将一只杯盖掀起，
反扣在杯口上。王局长再次审视宣纸，手不自觉地拧开"一得阁"
瓶盖，将黏稠的墨汁倒入反扣的杯盖上，从帆布里抽出一支毛笔，
向反扣的杯盖里的墨汁蘸了蘸，问："我给你写什么？"

李丽娜不知写什么。

王局长说："我一定要送你一幅字！"

李丽娜想起花处长送给她的那幅"天道酬勤"，难道这次王
局长还来一次"天道酬勤"？她可不想咒王局长早死，怎么说
土局长在她心中还有一定的位置，她希望王局长能够健康地活
着，他活着不一定对李丽娜有什么好处，但至少没有坏处。

犹豫当口，王局长默默挥毫了，他不再征求李丽娜的意见，
而是按着自己的套路和习惯，在宣纸上一挥而就"天道酬勤"。
李丽娜差点儿晕厥过去，王局长居然跟花处长如出一辙。在她
几乎要惊叫的同时，王局长却一把团起宣纸，他对这幅字很不
满意，那团"天道酬勤"不停地在他两只手里拧动着，恨不能拧

得粉身碎骨，然后甩手扔进垃圾桶里。王局长又从包里抽出一张宣纸，在桌面上展开，抚平，压上茶杯，端详片刻，屏住呼吸，气沉丹田，猛地挥腕，宣纸上呈现出"上善若水"。这回，王局长比较满意了，从帆布包里拿出印章，打开印泥盒盖，将印章在印泥上不停挤压，小心翼翼按在落款下面。

王局长放下长毫说："水如女人。水润万物。水滴穿石。水能载舟亦能覆舟。在机关待久了，我愈发品出水的妙处！《易经》中曾说，水火相济，乃成大器！"

王局长的酒还是喝多了，说起话来颠三倒四，不分条理，他由水联想到单位，由单位说到人和事，由人和事说起机关，单位里可是暗藏着各种机关的，就看谁有本事找到，谁找到了，会开动了，谁的所有问题就会迎刃而解。

李丽娜无法从王局长跟前脱身了，王局长好像无形中在给她施定身术，她无论如何也不能生硬地进行挣脱。她耐心倾听着，恭恭敬敬倾听着。她忽然觉出王局长很害怕她提出离开，她要是离开这里，真就是给王局长一个最大的打击。王局长是否与花处长一样呢？她感觉王局长没有花处长那么色，可现在王局长种种表现，很是黏人，这跟色没什么区别。王局长要是真跟她色起来，怎么办？还用问吗，很简单，这正是投怀送抱的好时刻，不要不识时务，不要错失良机，更不要不知好歹。李丽娜咬牙切齿等待王局长胆子大起来，色起来，她甚至有了鼓励王局长的冲动，来吧，没问题，勇敢一些，不要唯唯诺诺，不要瞻前顾后，我心里已经做好了准备，剩下的，只靠你向前迈一步，只要你稍微欠动一下身子，我就毫不犹豫扑到你的怀里。

空气有点窒息，骤然变得紧张了，王局长不会看不出李丽娜的行为暗示，他思想肯定斗争得厉害，身子似乎颤抖了，好像一不留神，眼前的格局就会被打破。这是不是花处长有意为她和王局长腾出这样一个空间，一个属于王局长和李丽娜独有的空间？要不，他怎么醉成那样呢？李丽娜在晕眩中突然为自己的想法错愕不已，怎么会这样？她的脑子一阵清醒，酝酿已久的感觉轰然坍塌，身子奋力一跃而起，如同一阵细风吹醒了醉酒的人。她说："王局长，时间不早了，你也早点休息！"

从王局长房间出来，李丽娜记得当时是半夜十二点。她看见王爽和赵小红鬼鬼祟祟退回了房间，知道她们在想什么，她不需要掩盖，不需要躲避，更不需要解释。穿过灯光暗淡的走廊，她急火火下楼。

寂静的夜晚，风来路不明，出租车也异常诡秘而安静地滑到她的跟前。

李丽娜知道程林住在今典花园，那是个让她产生无数联想的地方。出租车行驶四十多分钟，终于摸到准确位置，她下了车，走到了他的屋门口。是的，就是这个门口，不会错，楼栋、门牌号有着清晰的标注。在这样的夜晚，敲门是件讨厌的事，李丽娜拿出手机，号码呈现，她按下了绿键。

"是我。"

"我知道是你。"

"你在哪儿？"

"我已经跟你说过了。"

"那你给我开一下门。"

"别闹了，这么晚了，你不会专程到我这里！"

"我现在就在你门口！"

程林无声了，是惊骇让他思维短路。

"如果不方便，我走了。"

"别别！"程林终于张口了，"你稍等我一会儿，就一会儿，我给你开门。"

"不方便就算了，别硬撑着。"

"没，没撑着，就一会儿，就一会儿。"

这一会儿，李丽娜按秒计算，五六分钟时间过去了。门打开，程林手扶门框，瘸着一条腿，那脚着不了地，包裹着厚厚的纱布。

这是李丽娜无法想象的场景。她的心好像被沉重的物体猛烈地撞击了一下。

"怎么回事？"

"你进屋再说吧，前几天被车轮碰了一下，没多大事。"

"你为什么不早跟我说？"

"事情已经发生了，说也不解决问题。"

这天晚上，李丽娜决定留在这里。

五

这次书法展览真忙坏了花处长，他根本没精力注意到李丽娜是否由始至终光顾那个展厅。在他们返程中，李丽娜发现花处长对她的行踪一无所知。书展的主办方是一家不出名的房地产公司，老板对书法一窍不通，却很愿意搞这类活动。展览结束，公司以三十万元的价格将花处长展览的作品全部收购。这是个精明的老板，他知道怎么跟花处长相处，下一步公司将到东北发展。更让老板喜出望外的是，他结识了王局长，他准备在春节前后为王局长举办一次更大规模的书法展览。王局长是个谨慎的人，他客气地一笑，留下几张墨宝，婉言谢绝了。

李丽娜回家第二天，接到一个陌生女人的电话，女人在电话里哭诉道："那天晚上，你害得我在厨房阳台蹲了一宿，我要是早认清他这个人，就应该勇敢地站出来，可我那时为什么那么软弱？"

李丽娜问："你们吵架了？"

女人说："他的脚根本没坏，他怕我黏住他，才做出那样拙劣的表演，被你看见，只是一个意外。"

李丽娜默言掐断电话。这之后的很多年里，她与程林没有离婚，程林也没有再婚的意思，他们的婚姻就像账本上的欠账，就那么挂着，谁都没有兴趣来解决。

从北京回来不到半年，机关举行一次副处级岗位竞选，副处长岗位三名，副处级调研员三名，此消息三个月之前就哄哄出来，方案正在拟订当中，不过有一条消息比较准确，就是公开竞争，群众投票占相当大的比例。有人开始蠢蠢欲动了，平时同事之间有爱答不理的，这几天总有人向你主动搭话，跟你说外面的空气，说路上怎么堵车，反正都是一堆废话，废话体现跟对方不陌生不见外，跟你没有敌意。正式文件下来那天，李丽娜认真阅读上面的条件、竞选的每一步骤，越看越觉得这文件是为自己量身定做的，她想起那次花处长在飞机上那阵耳语，想起喷进耳孔里的唾沫星，心里一阵颤抖，脸上不自觉地有些微微潮热。她不能按兵不动傻等了，必须行动，马上行动！她首先去了花处长办公室，让花处长帮助她解读文件上的字句，虽然此法多此一举，但她可以摸清花处长的口风。花处长十分坦诚，对她推心置腹地说："机会难得，你一定要好好准备准备，虽然这次竞选程序复杂了些，笔试，面试，上台演讲，群众投票，领导班子集体讨论，但更规范了，更有利于优秀的人才脱颖而出，你千万不能掉以轻心，认真走好每一步！"花处长的话，也就是一锤定音了，给了她一个定心丸，那三个副处长的位置，明显是有一个非她莫属！李丽娜心潮澎湃着，身不由己地离开花处长的办公室，脚下的高跟鞋又再踩得笃定有声，腰肢和臀部还扭出动人的波浪，肯定馋得花处长痛不欲生。为了保险起见，她有必要拜见一下王局长，探听他的口风。李丽娜在王局长那里得到如花处长同样的答复，甚至比在花处长这里更确切更让她心潮澎湃，这还有什么说的？李丽娜胜券在握，胸有成竹，剩下的就是对群众实施行之有效的攻略，比方什么人肯定能投她一票，什么人肯定不会投她，什么人又可以争取拉拢得到一票，她都做了一一甄别和盘算，比方王爽和赵小红，是最不稳定的分子，稍不小心就会被对手拉过去，她必须把这两人牢牢控制在自己的手心里，在行动上又不能太明显，让人家一下看出她的企图和破绽，必须做到顺水推舟润物细无声。她先是在一个上班的早晨送给王爽一支唇膏，是从欧洲带回来的那种，过几天，她上街顺便给赵小红的七岁的女儿买了一件连衣裙，在下班的时候塞给她。没过几天，李丽娜又在中午请王爽和赵小红吃了一次西餐。在餐桌上，那两个女人一中午不是讲自己的老公，就是讲孩子，再就是谁谁又在淘宝店淘到好看的衬衫胸罩和内裤，全都胸无大志，听得李丽娜都有点腻歪，还要装作饶有兴趣参与其中。俩人吃相也可圈可点，王爽一边吵吵减肥，一边又管不住自己，将切成一块块的牛排不停地送进嘴巴；赵小红呢，盯着眼前的三文鱼一个劲儿挥动着筷子，吃得李丽娜不得不又为赵小红单独点了一份。这俩人好像前世都是饿死鬼，今天终于抓到了李丽娜这个冤大头！

　　一切都在按部就班进行。能争取的都争取了，不能争取的，见面了也给人家一个笑脸，表示一下客气，什么事都心知肚明。静下心来，李丽娜想想自己还有什么做得还不到位的地方，盘点还有哪处有所遗漏。没有，想到的都做了，做不到的尽管放弃！

　　竞选的日子说到就到，单位里够条件的人都动员报了名，王爽和赵小红这两个没长脑子的女人，也参加其中。笔试，面试，上台演讲，群众投票，所有的人犹如过五关斩六将，被活剥一层皮，整个办公楼霎时间犹如山呼海啸，又雷霆万钧，人们都拼红了眼。每一环节下来，李丽娜都打探到一点消息，自己发挥得很好，效果不错，票数也与事前的估计没多大的出入。她狠狠攥了一下拳头，憋着劲儿对自己说："程林我是没什么指望了，要想出人头地混出个样儿来，必须靠自己，命运完全掌握在自己的手中。"这几天，副处长官职的竞选一改李丽娜从前的形象，她落落大方，雷厉风行，打扮得又是那么精致得体，如同单位里横空出世一位铁娘子，真正掌握了单位这部偌大机器的重要机关密码。

竞选结果不到一个星期就出来了。张榜公示消息传开那天早晨，李丽娜坐在办公室里没有急于下楼去大厅看结果。此时，她心里比任何人都想跑到楼下，但她好害怕。倒是王爽和赵小红活蹦乱跳没心没肺地奔出办公室，挤到那些看热闹的人群里了。

后来，李丽娜还是下楼，看了公示。那副处长三个位置，被王爽和赵小红分别占据了两个，李丽娜的名字被列入副调那一栏目中。

晴天霹雳吗？

在接下来的几年里，王爽由副处长很快晋升为处长、副局长，赵小红升为处长后，不知什么原因，跟花处长发生了不愉快的摩擦，被传到领导耳朵里去了，她在处长那个位置上一干就再也没有挪动过窝儿。那次竞选后，李丽娜调离了这个单位，她在新单位一路舒心地走上了副局长的宝座。

六

李丽娜工作的那个副局长办公室，虽不宽大，但很是敞亮，办公用品每天上下班前后都有人过来整理，整个房间窗明几净，一尘不染。窗台上摆满了花盆，种着不同样式的花草，茉莉花、水仙、吊兰，工作疲乏时，她总要起身，来到花草跟前，手指挑剔地收拾着枝叶。当然，这些花是有人定时定期帮着浇水修剪的，不用浪费她太多的时间。去年，她的下属帮她搞来装裱好的名人字画，准备挂在她的办公室墙壁上附庸风雅，她毫无来由地生气了，告诉下属把这些全搬走，她办公室的墙绝不允许挂任何东西。闲暇时，她还能跟王爽通通电话，保持着那么一点若即若离的关系，后来手机微信普及，她跟王爽相互加了微信，时时知道点对方的消息。两人都是同一级别，过去又在一个单位同一办公室，关系自然比一般人亲近一些。

心态平和几年后，李丽娜有一次到省宾馆开会，从眼前不断向前涌动的人堆里，她一眼见到花处长。花处长头发有些花白，背也驼了，除此之外，他的模样一点没变。她看着花处长，不自觉地笑了，真是有些年没见到花处长了，她很怀念与花处长相处的那段时光和花处长那些年真真假假的玩笑，尤其是花处长那勾人的眼神，看着多有趣啊！李丽娜忽然有了一种亲切的冲动，她上前紧赶几步，冲了过去，伸手在花处长后背狠狠拍上一巴掌。花处长一缩肩，赶紧停住脚步，双目对接中，李丽娜热切地展开手臂，准备做出一个大大的热烈的拥抱！就在她双臂张开的那一瞬间，花处长惊愕不已，笨拙地退缩着脚步，规规矩矩地说："李局长，您好！"

李丽娜放下双臂，兴奋地问："你现在还搞书展吗？"

花处长缓过神儿来，说："我是来替王局长开会！"

李丽娜问："我知道，我知道，几年不见，你怎么不会开玩笑了？"

花处长涨红着脸，不好意思地说："自从那次北京醉酒，我脑子一直不太好使！"

两人进入会场，李丽娜陪着花处长找到了座位，花处长旁边有一个位置还空着，她干脆坐在了花处长身边，聊起天来，聊得两人之间气氛活络了，花处长渐渐原形毕露，嘴巴又凑到她的耳朵旁，她没有躲闪，而是打听起王局长，打听王爽，打听赵小红。李丽娜对过去的事情还耿耿于怀，那是她心里无法消失的一个痛点。她试探又好奇地打听当年王爽和赵小红是怎么神不知鬼不觉横空杀出来的。花处长闪烁其词，岔开话头问："你听没听说，王爽这些年的一些事？"

李丽娜问："什么事？"

花处长说："怪事，都是一些你想不到的怪事。"

李丽娜胃口被吊了起来，问："什么怪事？"

花处长说："我先不说王爽，我跟你讲讲赵小红。你还记不记得那年我搞书展？咱们从北京回来的当天，是我的生日，在飞机上，赵小红让我晚上去她家，她要给我过生日。"

李丽娜好奇地问："有这事？"

花处长说："你别不相信，当时连我自己都不相信，我回到家放下东西，就去了她家里，你猜怎么的？她正在家等我。我进了屋，高兴得不得了，她让我坐在她家大厅沙发上，沏了茶，就神秘地回她的卧室去了。我坐在沙发上左等右等，就是不见她出来，我以为她不好意思，就决定亲自去她的卧室。她的门居然没上锁，我轻轻推开门，竟见卧室里点了一堆蜡烛，里面居然还有几个什么人，她们一起为我唱起了'祝你生日快乐'！"

李丽娜问："有这等好事？"

花处长说："好什么好，当时我把身子脱了，站在那儿，都不会动弹了！"

李丽娜一拳捶向了花处长，大笑起来，笑得差不多了，缓了口气问："那你说说王爽吧，王爽肯定跟赵小红不一样！"

开会的人差不多都到齐了，四周座位坐满了黑压压的人，领导都端坐在台上，会议马上就要开始，花处长清了清嗓子，欲言又止。

原载《海燕》2018 年第 1 期

单　位

　　侯处长是个很耐人寻味的人。他到了退休年龄回家，是很自然的事。

　　侯处长是局里财务处老处长。马大壮从妇联调到这个局时，侯处长就在这个处当处长。那时财务处急需调进来一个人，条件是既懂会计业务，又能担当起杂务活儿，申请报告交到了局里，局里把物色人选的任务派到侯处长身上。风声传出去，前来报名的人不少，侯处长除了看每个人的简历、学历，剩下的就是相面，看来人顺不顺眼，是不是踏实听话干活的料。

　　相面这一关难住了不少人，因为侯处长对人的面相十分挑剔。他时常盯着人家的脸好半天不动声色，直看得来人心里发虚发毛，不理解侯处长良苦用心的人，会以为他有意刁难。尽管如此，在漫长的选人过程中，他还是在心里圈定了两个人选，其中的一位，学历达到了博士，人长得相貌端正，但鼻窝里长了一颗泪痣，侯处长看着那颗泪痣心里不舒服，权衡再三把这个人从心里剔除了。

还有一位，各方面都挺好，跟侯处长谈着话，忽然眼神向别处瞟了一下，当时他瞟的方向坐着一位女同事，侯处长顿时心生反感，认定此人心术不良，最后彻底放弃。

这时候，陆陆续续有不少托关系的来找侯处长，侯处长却一视同仁，因为人是他选的，选好选坏直接关系到财务处的工作质量和处里人员的工作心情，绝不能因顾及面子而自己活受罪。马大壮就是在这时进入侯处长视野的。他按照常规翻看了马大壮的简历、学历，看得比平时仔细。马大壮的学历很引人注意，名牌大学会计专业，简历虽然简单，但大学毕业后到妇联，一直从事会计工作，经验肯定不缺。接下来侯处长盯着马大壮的脸看了两三秒钟，不说话，就是看。马大壮不知何意，微笑着向侯处长点头，微笑中的马大壮没有意识到，最终是他身体一点小小缺陷促成了他的成功。马大壮有点驼背探肩，他点头微笑时，显得格外谦虚，这正是侯处长所需要的。侯处长看马大壮看顺眼了，心里有了眉目，决定下来，就是他了。虽然心里这么想，侯处长并没有在脸上流露出来，他再看马大壮的衣着，没什么不得体的地方，很符合机关审美，再不痛下决心，就很难找到这么合适的人选了。接下来，再挑选一位跟马大壮各方面条件差不多的人作为备选，形成材料，报给局领导考核审批。不久，马大壮顺顺当当调到局里，被安排在侯处长所在的财务处。

在财务处，马大壮思路清晰，工作能力强，各种财务报表搞得井井有条，不需要侯处长过多地操心。更重要的是，马大壮每天早晨上班，首先去水房拿拖布将侯处长办公室拖扫一遍，然后再拖扫自己的办公室，为同事擦桌子整理物品。年节机关搞福利,马大壮一马当先,为处里的每个人照顾好分发的福利,有出差不在单位的,马大壮不辞辛苦送物到家。可以说,马大壮的到来,为处里增添了新鲜血液,增添了活力。侯处长也不止一次当着人事处长夸奖马大壮,无形中好像夸自己有眼力,看人准,赶上火眼金睛了。

一晃,马大壮在财务处工作了三年,工作态度始终如一,每年年底机关评先选优,名额都责无旁贷地落在马大壮头上,马大壮当之无愧地显示了一个处室里的正能量,正能量压倒一切小肚鸡肠蝇营狗苟,谁还有什么可说的?财务处还有一个显著特点,就是大家在一起工作时间长了,各种毛病都显露出来,相互之间争风吃醋挤兑争斗的事不可避免。天就这么大一块,大家的眼睛都局限在这里,想突围是件很难的事。当然争斗的目的也只有一个,那就是利益。侯处长人前背后不止一次发牢骚,说他周围怎么聚集起这么一帮乌合之众。牢骚归牢骚,侯处长要想方设法把这帮人笼络在一起,不然就显得没有工作能力,没有能力的处长还能继续在这个处室干下去吗?马大壮在这些乌合之众中从没在乎过蝇头小利,说明他什么事都能看得开。

有一天局领导找到侯处长,让他晚上陪外地客人吃饭,这本来是件好事,可侯处长却犯愁了,老婆这几天出差,他自己在家接送孩子上下学,本来忙得焦头烂额,哪有时间在外面应酬?侯处长的孩子是个女孩子,叫小玲,上下学没人接送总不放心,况且小玲放学后还上课外班,雷打不动。马大壮似乎看出侯处长有什么心事,想问又没法张口,他很想为侯处长承担一些事情,就在侯处长跟前不停地转悠,既不让侯处长感觉心烦,又不让侯处长感觉空落,果然马大壮不断晃动的身影如一道闪电,触发了侯处长的灵感,他忽然灵机一动,停下长久的思索问:小马,你今晚有事吗?马大壮的机会终于等来了,不,应该说是创造出来了,是用无声的语言争取来的。他说:没事。侯处长说:有一件事我想求你一下,下班后替我去学校接一趟小玲,然后送她去课外班,辛苦你了。

晚上,马大壮骑着自行车接回了小玲,帮侯处长解决了大问题,虽然事小,却意义重大,他跟侯处长的关系由工作上的默契,转化为个人交往的私密,做得浑然天成,没有一点不舒服之处。从这以后,只要侯处长工作加班或在外面应酬,接送小玲上下学就成了马大壮下班后经常做的事情。侯处长甩开了家庭包袱,各方面的事情都得心应手。小玲从小学毕业到上初中,已经跟马大壮很熟了,她更熟悉马大壮那辆自行车,有时放学她看见马大壮手里扶着的自行车,会像小燕子似的撒着欢儿飞奔而来,叫声"马叔叔好",然后一屁股坐到自行车后架上,快活得像个无忧无虑的小天使。

有句话说得好:有福不用忙,没福跑断肠。这个福让马大壮赶上了,因为局里新设立一个处室,叫发展中心,是个事业编,有着很好的前景,由一个姓张的副处长牵头组建,具体工作人员还没到位,侯处长就迫不及待地忍痛割爱推荐了马大壮。马大壮来到了发展中心,工作不到半年,姓张的副处长没把握好自己,出了点问题,马大壮赶鸭子上架似的主持了一段工作,这一主持,副处长的位置又顺理成章落在了马大壮头上。由于经验不足,加上各项工作千头万绪,有一段时间忙得马大壮很少能见到侯处长，偶尔在办公楼走廊见到了，也匆匆打个招呼走过去。侯处长很理解马大壮，并没计较他的变化。有谁会想到，不久局机关进行人事调整，马大壮以副处长的身份又回到了财务处，给侯处长做起了副职。这事俩人自然高兴，毕竟原来有感情基础，工作起来能减少不少磨合，可高兴仅仅是几个月的事，侯处长发现马大壮想法太多，总是在处室里提出各种合理化建议，他几乎是被马大壮牵着鼻子干工作。

侯处长心里不悦，就有了警觉，马大壮再次提出什么合理化建议时，他都巧妙地否定一部分，保留一部分，事情发展到后来，他就否定多半甚至全盘否定。想想看啊，在单位里很多工作思路都是处长提出，副处长跟着干就是了，哪有上下不分本末倒置的事！马大壮像是挨扎的皮球——瘪了，不再提出任何工作思路。侯处长有了胜利感的同时，又有了一丝说不清道不明的心酸，感觉到马大壮跟他有隔阂了，虽然表面上友好，心里说不定有什么不愉快的想法，只是不说罢了。侯处长按住了马大壮，在手心里握住了马大壮，心想，小家雀再鬼也斗不过老家贼，看明白了吧！也就是说，在许许多多的日子里，马大壮在侯处长手下干工作很困难，很无奈，有时还搞得他抓耳挠腮哭笑不得。

有一天，马大壮来到侯处长办公室，有点主动打破生疏的意思，笑眯眯坐下问：小玲上高中了吗？

侯处长说：嗯哪，都上大三了。

马大壮一愣，说：是吗？这么快，在我印象中，她还是这么高的小孩子。马大壮抬手在半空中举起一个高度。

侯处长说：是呀，眨眼工夫，我都当了十几年处长了，老了，咋能不快？侯处长转念一想，说：你不是光跟我唠这些吧。

马大壮不好意思地说：我最近准备换换处室，不过事情还没定下来。

侯处长提了一下精神问：往哪儿换？

马大壮说：我想回发展中心。

侯处长眉毛紧锁地说：是吗？哦——

马大壮说：我一直是你培养起来的，所以有什么事一定要提前向你汇报，征得你的同意。

侯处长严肃地说：你不能走，我跟领导说说，决不能让你走。你想想啊，我再在这个岗位干个五六年就退休了，我退下来，这个位置就是你的了，你怎么能走呢？

第二天，侯处长从局领导那儿听到了马大壮离开财务处的事。而且让侯处长出乎意外的是，马大壮不是简单地离开，而是被提拔为发展中心正处长，任职去了。侯处长脸色都变了，昨天马大壮哪是征求他的意见，分明是定下来的事，只是跟他打个招呼。想想这多年自己一直待马大壮不错，马大壮却没把他放在心里，跟他玩起了心眼儿，暗藏心机，一转眼跟他平起平坐？侯处长有点受不了，真的受不了了。那滋味，像嘴里含着冰溜子吐不出水来，难受得很。

从此，他给自己制定一条原则：在办公楼里与马大壮相遇，如果不是马大壮主动跟他点头打招呼，决不主动吱声；有工作交叉，两个处室需要联系的时候，马大壮不主动打电话或者到他办公室请示，一律不予搭理。

侯处长很牛，他是局机关的老处长，掌握着机关各种人脉和信息，所有的人都应高看他一眼才是，何况刚刚提拔起来的马大壮呢？

转眼间，侯处长所在的财务处的人退休的退休，调走的调走，只剩下两个整天打不起精神的大头科员。财务处需要增加新的人员，以备不时之需。新的用人选人制度与以往不同，要在网上报名，面向社会公开选拔，报名审核合格后，进行笔试，笔试合格后进入面试，面试后进行公示，一层一层筛选淘汰，像在砂石里找黄金，像于无声处响惊雷。虽然是为侯处长处室选人，面试考官包括人事处长在内有十多名，侯处长只是这十多名中的其中一位，侯处长不再一言九鼎，但对前来面试的人员依然很挑剔，轻易不给任何人高分，当然也不轻率地给人家打低分。面试结果出来，有位叫董天明的小伙子脱颖而出。侯处长想起董天明长着一张娃娃脸，皮肤白得像女孩子，一看就知道从小家庭生活不错，很符合高富帅的选美标准。

董天明对侯处长来说算得上称心如意，正常情况下不会有什么大问题出现，可侯处长偏偏没按正常情况看待董天明。在董天明上班三天后，侯处长了解到董天明没有女朋友，便动起了心思，因为女儿小玲已经到了谈婚论嫁的年龄，自己还不着急。她不急，侯处长急，前些日子他还四处托人给小玲介绍男朋友，董天明的出现，无疑在侯处长眼前点亮了一盏明灯。侯处长计算了一下，自己还有两年退休，小玲目前读研究生，不能马上结婚，如果小玲跟董天明谈两年恋爱结婚，他退休回家，两人再结婚，可谓两全其美了。况且这两年时间，足可以在局里为董天明铺平一条光明的道路，为未来发展打下坚实基础。在侯处长的意识里，决定一个人未来有没有发展，最初的基础很重要，趁着年轻，不声不响比同龄人先迈出一步，以后发展起来会一步赶上一步，好事会主动直往你脚面上砸，连老天都跟着帮忙。要是一步赶不上，以后步步赶不上，呼天喊地也赶不上，气炸肺也赶不上，只得认命。

董天明和小玲处上了对象，侯处长保密工作做得相当完备，相当于一级保密，机关任何人没有一丝察觉，随之而来的是侯处长心情非常好，人也比从前胖了、白了，一副志得意满颐养天年的状态。有一天他在办公楼走廊碰见马大壮，还保持着很好的心情，马大壮就在他跟前停留了脚步，侯处长收起笑容问：你找我吗？

马大壮说：我上个星期到南方出了一趟差，给你带回点新茶。

侯处长严肃起来说：你这是干啥，还是你自己留着喝吧！

马大壮说：我这是特意给你买的。

这三四年里，侯处长头一次主动让马大壮到他办公室坐坐，马大壮跟着侯处长屁股后进了他办公室，将茶叶盒放在办公桌上。

侯处长问：你最近工作怎么样，顺利吗？

马大壮说：还可以。

侯处长说：什么叫还可以，明摆着好嘛，年轻人，有朝气，不像我这个老家伙，马上退休回家了，以后你们处室有什么事需要我，尽管吱声，我们处室有什么事，也需要你多加帮忙。前些日子我们处里刚招来一个小伙子，一表人才，还需要你多加扶持。

说着话，董天明敲门进来请示工作，侯处长说：你来得正好，介绍一下，这就是刚才我说的刚招进来的新同志。

董天明谦虚地跟马大壮握了手。

侯处长说：马大壮马处长你认识吧，是咱们处的老同志，别看他现在是个处长，刚来时跟你一样。

马大壮赶紧接上话茬儿说：侯处长最爱扶持年轻人。

这话说到侯处长心坎儿里了，侯处长得意洋洋，心花怒放，整个面容如同庙里的金箔泥佛。

事若至此一直保持不变该有多好，可好景不长在，好花不常开。董天明跟小玲处了半年对象，两人闹矛盾，吹了。这事气得侯处长火冒三丈，又不能对任何人讲，只能憋在心里生闷气。董天明也来了犟脾气，提出不在侯处长手下干了，要调到别的处室去。

侯处长说：你往哪个处室调？你哪儿也不能走。

董天明态度坚决地说：不管你放不放，我必须走。

董天明找局领导谈要调走的事，局领导说：只要有处长接收，领导同意你的要求。

董天明找到马大壮。

马大壮问：你在侯处长那里干得好好的，为什么要调走？

董天明不住唉声叹气，不愿说出其中隐情。

马大壮说：你先回去，过后我跟侯处长商量商量。

董天明不走，眼里挤出着急的泪水，泪水越流越多，不可阻挡，不一会儿双手也不住发抖，好像马大壮不答应，他就永远不走了。

马大壮想起当年自己的遭遇，他非常同情董天明，他知道这事没法跟侯处长沟通，他说跟侯处长商量，那是搪塞董天明，董天明态度如此坚决，他不能不认真考虑。

董天明调到了发展中心。这无疑是当头给了侯处长一记闷棍，气得他牙龈化脓牙根生疼。马大壮和侯处长头上刚刚有所缓和的气氛，再次笼罩上一层乌云。

侯处长抄起电话，要对马大壮质问。质问什么呢？他要质问马大壮为什么抄他后路，为什么落井下石，为什么？为什么？你马大壮忘恩负义，狼心狗肺，想不得好死吗……

马大壮看着侯处长打来的电话，就是不接，任电话铃一遍又一遍响起。

侯处长来敲马大壮办公室的门，马大壮办公室的门紧锁着，人躲出去了。

侯处长有很强的消化能力，这事只有靠他自己慢慢消化吸收，慢慢平息情绪。

这时，有谁会知道马大壮正面临着人生的重要关口。已经是三年局领导后备的马大壮正向新的台阶迈进。侯处长当然知道，只是他现在内心被嫉妒、气愤塞满了胸膛，没有心情考虑如何调整他与马大壮的关系。

聪明的人一眼就能看得出来，这几年马大壮将发展中心搞得有声有色热火朝天，制造不少先进经验供人参观学习，其实都是为今天步入新台阶打下坚实的基础。

经过几轮群众投票，上级部门考核，马大壮如同耀眼的明

星在整个局机关大楼里凸显出来，无可争议，众望所归，他的
人气指数不断飙升，人们心怀一团热火期盼着马大壮走马上任，
甚至有人替马大壮着急，问任命文件怎么还没下来，什么时候
下来。上级部门工作效率太低了。

三个月后，马大壮走上了新的领导岗位。

马大壮上任的第三天，侯处长出事了。早晨上班，侯处长
还没有发现自己有什么异常情况，他在走廊里跟碰面的人打招
呼，掏出钥匙打开自己办公室的门，然后随手关上。按照每天
习惯，他应该收拾一下办公桌，拿拖布擦地、打水。这天他回
到办公室什么也没干，坐在办公桌前觉得头晕恶心，他以为休
息一会儿就能缓解，等了半天，不但没有缓解，还有点加重，
天旋地转。一种不好的感觉出现了，他想起身打开办公室的门，
整个胸部就翻江倒海闹起来，一口早晨刚刚吃过的食物无可遏
制地喷射出去。恐惧的乌云密布了他整个身体。

如果没有人发现侯处长这种情况，他的办公室的门关上一
上午没人敲响，那后果不堪设想。事情巧就巧在侯处长命中注
定跟马大壮有着某种必然联系，好像老天安排好的。

这天马大壮从自己办公室出来，走到侯处长办公室门口，
很快走过去了，忽听见侯处长的呕吐声，马大壮心里一惊，停
住脚步，折回侯处长办公室门口，他没有马上敲门进去，而是
停留了一会儿，侧耳倾听。侯处长办公室里杳无声息，这时面
对新提拔起来的领导马大壮来说，有两种选择，一是悄悄离开，
继续做自己的事；二是敲门进去看看侯处长办公室里究竟发生
了什么事。在他提拔的前前后后，侯处长所有的反常表现，让

马大壮心存芥蒂，很多事他跟侯处长都无法解释和沟通了，他们之间好像隔着万水千山。马大壮毕竟还是马大壮，他没有计较这些，站在侯处长门口，他总是有一种不祥之感，他必须敲响侯处长办公室的门。敲了两下，里面没有反应，再敲，仍然没有回应，他拧动了门把手，推开门，惊人的一幕呈现在眼前——侯处长倒在了呕吐物上。

侯处长患了脑出血，送到医院抢救，他不知道自己昏迷了几天终于从死亡里挣扎出来。

病愈后的侯处长又来上班。他整个人变了，不再趾高气扬，不再颐指气使，而是脱胎换骨变成了一个格外温和的人。

他当然知道是马大壮救了他。按常理他应该到马大壮办公室坐坐，当面说说感谢的话，可侯处长又觉得难为情。什么样感谢的话说出来，都丢掉了原有的分量，说不好还显得苍白、无味、虚假；不说，更不行，好像他侯处长心里还在跟他较劲儿，不能接受他。要是换别人，不说也就不说了，都心知肚明的事，可侯处长总觉得自己应该向马大壮表达出点感谢的意思。

就这样，侯处长心情复杂地去找马大壮。站在马大壮办公室门前，举手敲门的瞬间，侯处长胆怯了，他感到马大壮门前有一股强大的气场把他罩住，他紧张、透不过气来，手还微微颤抖，不受控制。为什么会这样？侯处长也不知道，但有一点他是清楚的，马大壮非同当年，现在的马大壮已是局领导，他正站在领导门前准备敲门，性质非同一般。侯处长放下颤抖的手，想缓解一下紧张的情绪，调整一下心态，马大壮忽然开门出来，猝不及防地，两个人差点撞在了一起，都吓了一跳。

侯处长赶紧向后退了一步，点头示意抱歉。

马大壮纳闷地问：你怎么在这里，身体有什么不舒服吗？

侯处长说：还行，就是刚才走到这儿，赶巧头还有点晕，扶门框站一会儿，站一会儿。

马大壮说：那你到我办公室休息一下。

侯处长说：不了不了，你有工作，不打搅你了。

马大壮说：坐一会儿有什么打搅的。

侯处长说：现在好了，缓过来了，没事了，你忙你忙，我走了。

日子一天天过去，一如平常。

一晃，侯处长收拾了办公室里的所有物品，退休回家了。

有一天董天明告诉马大壮，他要结婚了，女朋友是小玲，就是侯处长的千金，他们又好上了。

马大壮惊喜地笑笑说：好哇，我首先向你们表示祝贺！

发表于《光明日报》2013 年 9 月 13 日

土 鳖

一

这事要是被吴云知道了怎么办？

管她呢，先把事办完再说。

你以为吴云是那么好惹的吗？

无非把天闹翻了。

吴林自问自答，满脑子想的都是吴云，唯独没想母亲，更想不到母亲会为这事出事了。

二

吴林天生是爱财的命，早年他在工厂上班，搞产品销售，天南海北地跑，不管哪里有了财路，马上跑到火车站，买了票走人。这种没有准备的出差，多半要遭罪，卧铺票根本不用想，能买到硬座票就算烧高香了，何况很多时候他总是买一张站台票，挤进车厢，在两节车厢连接处，找机会补票。如果是夜车，他会拿出一直夹在腋窝里的一沓报纸，铺在人家座位底下，蹲下身子，先头后脚地钻进去，睡觉，虽然空间狭窄了点，但也不次于卧铺，只是两只脚还伸在过道上，有人走路不小心，猛地绊了一下或直接踩在他脚脖子上。

吴林早年挣钱很不容易，不付出一定的辛苦是挣不到钱的。即便他这么能吃苦耐劳，随着工厂的不景气，他的推销工作每况愈下，最后不但没挣到钱，还欠了一屁股债。好在推销给他最大的好处是让他在天南海北搭建起了人脉，在工厂即将倒闭的当口，他一脚踢掉了养活他大半辈子的单位，到外面独立门户，进行了几年土鳖养殖，那是 20 世纪 90 年代，挣钱是件很容易的事，吴林钱没少搂，但也没攒下，他坑过别人，也被别人坑过，幸亏那些事都不大，没捅出什么娄子，不然他现在是个什么样儿还不好说。

如今，吴林快奔六十的人了，身体比过去胖了一圈，再让他往火车座位底下钻已经不可能了。即便能钻，他也不会那么做，自从养殖土鳖，他手里已经有了相当数目的钞票，每次出门，他都提前买好软卧，最次也是硬卧，总之，他的生活态度和生活质量已与以往大不相同。辛苦钱他基本不挣，他挣的钱完全靠开动脑筋，他的脑子像个大罗盘，每天都在飞速旋转，有些人也学着他那样转，可速度根本跟不上他，也就是说，他的脑子比一般人灵活好使，这既是后天捶打的结果，更主要还是先天的，从娘胎里带来的，谁都比不了。再说那大罗盘似的脑袋，说不定什么时候一停，两只手像两只大耙子张开，一搂，满耙子里面全是金灿灿的钱，看得叫你头晕。

能吃苦加上有头脑，这样的人大体错不了，可吴林总觉得自己这辈子活得很失败，他挣了那么多的钱，又觉得自己是个最没钱的人，他的生活虽然略有提高，但还是在低水准上游荡，不管买什么高档物品武装自己，掩饰自己，都无法让自己从整体水平上有个提升，干脆土鳖养殖就此中断。如今儿子长大了，结婚事宜摆上了议事日程，他更没心情考虑怎么提升自己的问题。老伴儿在他做销售的时候得了肠癌，去世了，他一直没找，如果找个女人在他身边，也许会改变他目前的这种现状，可这么多年他一个人习惯了，有个女人在身边，反倒显得累赘，折腾不起。

在跟亲家见了一次面后，吴林跟儿子商量，他自己一个人住这么大一套房子也没什么用，过几天他搬出去，到外面租房子住，然后将这套住房重新装修一下，当作儿子结婚新房。应该说，这是个比较切合实际的想法，既经济又实惠，当然他不会在儿子终身大事上节省钱，该花钱的时候还是要花的，比方婚宴办得阔绰点，好烟好酒也不能吝啬，办完大事后，把手头剩下的钱都给儿子，让儿子自行支配。可儿子被没过门的媳妇李芳菲洗了脑，脖子一梗，坚决不住这套旧房，他要到开发区买一套新开发的花园式住宅。吴林拗不过儿子，更主要的是，他不想在这事上惹儿子和李芳菲不高兴，决定跟儿子去开发区看看，一看不要紧，就连自己都看好了这个地方，还有什么可说的，买房吧！

三

这片小区里根本没有小户型，最小的房屋面积一百五十平方米。按每平方米一万元计算，不算装修就得 150 万。吴林这辈子再能搂，腰包里的钱也是有数的。不过，儿媳妇李芳菲那边传过话来，她父母那边能拿出五十万。好像故意给吴林施加压力，如果再不掏出那一百万，他人前人后就没脸面，往后还怎么跟亲家相处？吴林狠下心，咬咬牙跟儿子说，你爹的情况你也不是不知道，一个人在外面很难攒下更多的钱，我顶天也只能拿八十万。吴林回去就把自己住的这套旧房卖了，正好卖了八十万。儿子也算通情达理，剩下二十万也没再向吴林要，自己找了个地下钱庄，搞来了二十万，每月利息却高得吓人。吴林有些后悔，不如当初再咬咬牙给儿子拿出那二十万，如今儿子搞来了高息二十万，不好再反悔，那样损失会更大，他只好每个月从兜里掏钱帮儿子还利息。

那套开发区花园式的房屋用了吃奶的劲儿买到手，总该高兴吧，可吴林脸上整天挂着难以言说的苦笑，有点像被人打掉牙自己往肚子里咽的味道，什么也别说了，路还得往前走，生活还得继续。儿媳妇李芳菲忽然提出把房证上的名字写成她的，防止婚姻出现不测她也有个保障。吴林一听就火了，还没结婚呢，就想着离婚，这样的人还能跟她结婚吗？

当然不能。儿子在吴林的鼓动下，去跟李芳菲理论。李芳菲也是个犟种，面对吴林儿子讨说法，据理力争寸步不让。两人僵持住了，婚没法儿结了，说分手就分手，十天半个月没见面。儿子结婚的事彻底泡汤了，吴林劝儿子不要后悔，天下三条腿的蛤蟆难找，两条腿的人到处都是，还害怕这辈子打光棍儿不成？吴林开始四处为儿子张罗对象，见过的女孩子有十多个，竟一个也没处成。吴林不免有些慌神儿，有些着急，看来找对象并不像他想象的那么容易，不是儿子看不上人家女孩子，就是人家女孩子看不上儿子，有时两人都看上了，不是女孩子看不上他这个家庭，就是儿子看不上女孩子爹妈的生活习惯，难呐！这期间，吴林找过李芳菲的家长，要求见个面，把买房子的钱算一下，总不能这么放着不解决问题，李芳菲家长正在气头上，不愿意见面，事情一拖拉，就是大半年。

这时，儿子和李芳菲又悄悄有了来往，干柴烈火凑到一起，突地燃起大火，熊熊火焰照亮了吴林心里黑暗冰冷的天空，看着两人好得整天难舍难分如胶似漆的样子，吴林不能强加干涉了，一切都顺他们去吧。李芳菲也放弃了房证的署名权，两人领了结婚证，住在了一起。吴林说，等你们啥时想举办婚礼，我从银行取十万元崭新的百元大钞，叠成一个个粉红色的玫瑰花，合成一个特大的花篮，摆在婚礼现场供人欣赏和采摘。儿子不屑一顾地说：土豪吗？我看你是做梦吧！全此，吴林一直为儿子悬着的心落了下来，自己干脆退掉在外面住了大半年的出租房，搬到母亲那里。

四

母亲房子比较宽敞，三间屋，母亲住一间，姐姐吴云领孩子住一间，剩下一间好像就等着吴林搬过来住。吴云在孩子两岁时离了婚，一直跟母亲住在一起，一来母亲年岁一年比一年大了，身边需要有人照顾，二来吴云离婚后不思进取，生活也没什么起色，整天靠着老人混日子。其实母亲外面还有一套房屋，吴林习惯叫它红房子。红房子面积不大，也就四十多平方米，每个月能额外挣出一千多块钱的出租费。在搬进母亲家之前，吴林很想让母亲辞退租房户，自己搬到那里住，但吴云不同意，说那房子是母亲的钱匣子，母亲一个月少收入一千块钱日子肯定不好过。吴林只好作罢。有谁会想到，吴林在外面租房，滋味很不好受，房东今天说，房子租便宜了，要涨价，明天又说，所有人家都涨价了，就我没涨。吴林好说歹说，房租虽然没涨，房东脸色却不好看，让他趁早找房子搬出去，她租下一个房户时一定把房租涨上来。吴林每个月为儿子偿还那二十万高息贷款很是心疼，再多花出一份租房钱实在不情愿，只能硬着头皮往母亲这里挤。

吴云说，吴林住的这间屋子实际上并没空闲，孩子每天都在这里睡觉写作业，既然吴林执意要回家住，她只好把这间屋子倒出来，让孩子跟自己挤在一个屋子。

吴林听出吴云不欢迎他。也可以理解，吴云长期住在母亲这里，早已把他排除在外，认定这里就是她的家，等母亲百年之后，这房子理所当然归她所有。吴林心里也认这个账，只是吴云的排挤，让他心里有了一股反弹的力量，母亲还没怎么样，她就打起了这种主意，多么无耻的想法！吴林偏要回来，起码这房子现在还写着母亲的名字。父亲去世前，有过交代，外面那套红房子将来给吴林，这套房子给吴云，吴林当时很不满意，这种做法显然不合情理，为什么小房子给他，大房子给吴云？母亲的解释是，吴林自己有房子住，给这套小红房子你也算白得，起码比吴云强，吴云除了住我这里，她自己根本没房子。吴林想说，吴云没房子，是她自己不努力，想不劳而获，我有房子是我辛辛苦苦挣来的，怎么就一下子归到你们那一套分配方案里去了？父亲去世后，吴林把那套红房子改成了自己的名，因为母亲健在，他还不好意思把出租费用归为己有，就是说，吴林用自己的房子出租，给母亲零用钱，母亲这么大年纪能花多少钱？说白了，那出租房屋的钱，实际上是填补给了吴云。

吴林只能睁一只眼闭一只眼，将事情稀里糊涂蒙混过去。

五

心里有了不舒服，吴林白天就总不在家。每天吃过早饭，他一大早推起自行车出门。现在骑自行车的人越来越少了，外出上班办事不是步行，就是坐公交车，再就是乘出租车、开私家车。吴林外出必须骑自行车，他的工作是走街串巷，走走停停，一整天他都在城区有老房子的地方转悠，偶尔见到闲人，他会站下来，到处搭话打听有没有卖房子的。吴林买房子不是自己住，而是要转手倒卖，挣中间差价。

随着形势的发展，很多有钱没钱的人都躁动得急于改变生活环境，有人在新开发的小区里买了大房子，把原来居住的旧房子卖掉填补资金短缺。吴林很早就看到了商机，他脑子一转，想出了门路，别看有人买新房买得热火朝天，不是所有的人都能买得起小区新房，旧房还有很大的升值空间，吴林准备花二十万元买个旧房，放在手里几个月或者半年一年，等房价涨起来，他再卖掉。吴林心里早就有了算计，每套旧房不多挣，能赚个七八万他就卖掉，接着买房接着卖房。

但事情总不能按他预计的方向发展，吴林推着自行车在大街小巷转悠了一个多月，也没买到旧房。他始终没碰到急于卖房等着用钱的人，偶尔见到有几个卖房子的，也知道房价正在上涨，只是不知道涨到什么时候到头，轻易不出手，给出的价格，基本没有可挣到钱的空间，吴林不敢买，也买不起。

好在走街串巷成了吴林打发富裕时间的一种方式，时间久了，吴林听到不少关于房子的信息，也发现了不少门道儿。在一个风和日丽的下午，他一口气喝掉一瓶矿泉水，扔掉空塑料瓶子，决定放弃每天的走街串巷，改为到开发区以外的城郊买平房。那些平房过去都是郊区农民居住，随着城市的快速发展，那些农民早已不是农民，他们成了城市最底层的打工者或小商贩。吴林买房还不能从这些人手里买，这些人早就知道自己的房子早晚会拆掉，叫棚户区改造，等着拿一大笔拆迁费，另找出路。吴林必须远离这些地方，到接近农村的地盘买平房，当然这些房子必须是正式房照，不能是农民的宅基地。那些人以为城市开发猴年马月也开发不到他那里，又想将房子卖个好价钱，所以吴林手里的二十万能买到相当不错的砖瓦水泥结构的平房，这样的平房不过三五年房价肯定翻倍上涨。

六

想到这些，吴林暗自激动得手心冒汗，握着车把的手整天湿漉漉的，他到这个地方找房子，必须每天五六点钟出门，晚上九十点钟回家，每出去一趟，都累得腰酸腿软，回来什么也不想一头栽到床上睡着了，少了不少麻烦和闹心事。这几天，他已经看好了三家平房，他在心里对这三家平房反复对比琢磨，评估了利害得失，终于在这天下午天黑之前选中一家。吴林天生就是做买卖的料，他不但能把眼光放远，还能把眼前的事盘算得异常精细。交了定金就算交易成功，接着吴林跑回城里，给房子更名，更了名交齐所有房款。卖房子的这户人家也是做买卖的，因为买卖做得大，需要到外地发展，这房子已经两年没人住了。吴林把房子买到手自然高兴，就像捡到了一坨黄金。卖房子的也高兴，这房子毕竟二三年没住人了，墙皮开始掉渣，能卖出这样的价钱已经算不低了。

吴林第一次涉足这个行业，很是小心，生怕吃亏上当。他有一种感觉，这回无论如何也上不了当。事情说来也怪，自从买了这套平房后，不管他付出多少辛苦，跑多少趟这个区域，再也没碰到称心如意的房子。吴林并没有放弃对房子的浓厚兴趣，他觉得这是一项很有意思的行业，一个大有前途的行业，现在他对这个行业了如指掌，称得上是这方面的专家了。只要听说有卖房子的信息，不管自己买不买，他都要好奇地骑车过去看看，打听打听。他对房子如此着迷连他自己也没想到，有时晚上睡觉做梦还梦见看好一处房子，跟人家讨价还价，眼看着成功了，却发现手里没钱。懊恼地从梦里醒来，翻了几个身，叹了几口气，想接着睡，折腾半天怎么也睡不着，起床，穿衣服，推起自行车出门，到早市上喝一碗豆腐脑，吃两根油条，继续走街串巷。

七

这天晚上，吴林回到家，感到屋里气氛不对劲儿，母亲居然没睡觉，敞开卧室的门好像在等他。厅里的灯光也忽明忽暗扑朔迷离，好像有一个节能灯泡要出现问题。吴云在厨房洗碗，水龙头阀门紧，拧开时，水吱嘎嘎冲着水池狂吼，压下屋里所有不规则的声音。吴林在门口换拖鞋的工夫，母亲问："今天怎么这么早回来了？"

吴林说："早吗？我每天都是这个点回来。"

母亲说："我记得你以前总是半夜回家。"

吴林说："以前是以前，现在我就是这个点回家。"

母亲说："那好，你过来，我跟你说几句话。"

吴林真猜对了，家里要有事。他小心翼翼走到母亲卧室门口。

母亲问："你整天起早贪黑地往外跑，挣到钱了吗？"

终于问到了实质问题。不管母亲怎么想，吴林说："当然挣到了，至少挣二十万。"吴林把想象的数字当真事说了。

母亲听到吴林随口说出的数目，睁大眼睛惊讶地问："干啥挣这么多钱？"

吴林不屑地说："搞房产。"

母亲笑了一下说："看把你能耐的，今天我要跟你商量点事。"

吴林还没意识到事情的严重程度，漫不经心地说："有啥事你直说。"

母亲说："你已是个大人了，也应该为家分担点困难，从这个月起，你每月应该交点房费和伙食费。"

吴林惊愕地看着母亲，他还从来没想过这个问题，看来母亲早就不把他当成这个家里的人了，他是这个家的眼中钉肉中刺。吴林脸红脖子粗地挠了挠脑瓜壳，猜想母亲压根不会有这种想法，是吴云怕他跟她抢地盘，才鼓动母亲说出这番话来。

吴林心里很难受，忽然和母亲有了疏离感、陌生感。此时他竟无语凝噎了。

母亲说："你外面有房子，怎么说也比你姐姐强。"

吴林说："现在这房子还没改她的名呢，我就有权住这儿。"

厨房水龙头的狂吼声戛然而止。吴云从厨房里走出来说："妈，吴林说得对，你就别难为他了。"

见母亲不接话茬儿，吴云走回自己的房间，轻轻把门关上。

吴林冷笑了一下，想吴云真会装好人。

八

各种迹象表明，房屋市场前景不再看好，街上电线杆上到处贴着出售房屋的野广告，都是中介公司贴出来的。房屋价格不涨也不回落，卡在那儿僵尸一样硬挺着。吴林有些上火，嘴角起了泡，化了脓，火就从脓包里释放出来。他担心郊区那套平房会烂到手里，把老本搭进去。市场开始紧缩，吴林的心更是紧缩，缩得没缝了。天也开始冷了，他也不愿出门了，整天猫在母亲这套房子里睡觉。从睡梦中醒来，躺在床上眼望天棚，他忽然想，母亲这房子不错啊，温暖舒适，充满了人气儿，以前他在外面忙来忙去的，怎么没在眼前的房子上动动脑筋呢，怎么没想过他守着一块大金砖，偏偏要到外面拼死拼活地讨食儿吃呢?

吴林好像大彻大悟了，一骨碌从床上爬起来，饭也没顾得上吃，急忙收拾一下东西，出门把那套四十平方米的红房子房证名儿更改到儿子名下。儿子是他的骨头是他的肉，是他全部所有，那层血脉关系谁也分割不开，所有的财产放到儿子名下才是最安全的，所有的房子放到儿子名下才是最安全的房子。

吴林很快到房屋登记处办理了房屋更名手续。他马不停蹄地给儿子打电话，他想急切地见到儿子，亲自把房屋登记证交到儿子手上。

接电话的是儿媳妇李芳菲，吴林直截了当说了此事。李芳菲难以抑制喜悦，说儿子刚下楼到超市买烟，一会儿就回来，干脆你过来吧，晚上好好招待你一顿。

吴林就这么去了儿子家。李芳菲好像从来没对吴林这么热情过，她的热情有些夸张，趿拉着一双拖鞋在屋里走来走去，一会儿沏茶一会儿洗水果，真把吴林当一回老爷子供起来了。吴林坐在白皮沙发里，身体不住地往后陷，不自在了，他不停地调整坐姿，表面装作无动于衷，心里被忽悠得热气腾腾。看来钱财真是个好东西，它能改变一个人的态度。吴林想起李芳菲跟儿子处对象时那一阵耍闹，也不一定全怪人家，还不是自己没钱没能耐？

儿子早就从外面回来了，接过房证，看了一眼就漫不经心地扔到一边儿，他显然不理解吴林的心思，更没有像李芳菲那样面露喜悦。在他看来，这一切都稀松平常，请吴林回家吃一顿饭才是天大的事情。

九

在儿子家吃过饭，已经是晚上八点钟，儿子要留吴林住下，吴林坚决不同意。可吃过饭的身体有些懒，还有些困，连看电视的精神头都没有了，吴林真想就此倒在沙发上一觉睡到天亮。但他无论如何也不能这样做，儿子不把他当外人。李芳菲心里并不一定接受他，他必须自觉，必须有自知之明，更重要的是，他必须回到母亲那儿住，一天也不能落空，让她们知道那房子也是他的栖身之地。

回家的路上，吴林满脑子都在转悠房子的事。夜晚的风吹拂着他的脸颊，吹得脑子格外清晰，再加上脚步的活动，更让吴林浮想联翩。现在他最担心的是母亲给吴云立了遗嘱，把房子全都交给了她，他一定要探听母亲的口信，进一步确认。他又觉得母亲给吴云立遗嘱的可能性不大，母亲毕竟健康，现在立遗嘱总显得不吉利，好像盼着母亲早早没有。

吴林回到母亲那儿，见吴云和孩子没在家，他坐在母亲房间里不走了。

吴林说："从今往后，我每个月按时交房费和伙食费，一分不少。"

母亲说："这就对了。"

吴林说："我额外还给你一些零花钱。"

母亲说："这才是我的儿子。"

吴林说："我在你这儿住也不是办法，我想自己买一套房子。"

母亲说："我支持你。"

吴林说："买房子需要贷款。"

母亲说："缺多少钱我给你拿。"

吴林说："那倒不用。"

母亲说："那我能帮你做什么？"

吴林说："我想用这套房子做抵押。"

母亲说："那怎么行，我住哪儿？"

吴林说："你还住这里，抵押不是把房子给别人，只要把房证变一下我的名，我就能从银行拿到贷款，我拿了贷款就可以买房子。"

这天晚上，母亲很容易答应了吴林的请求。

等吴云知道了这件事，吴林早已利利索索办完了更名手续。吴云就闹，怎么闹也无济于事，吴林毫无疑问地成了这房屋的真正主人。

十

　　母亲回过味来，哭天喊地追着吴林把房证名字更改过来。吴林不紧不慢地打开冰箱的门，从里面拿出一瓶酸奶，插上吸管，一口一口地吸。这瓶酸奶他不知喝了多长时间，最后他放下吸干的空奶瓶说：我会更改过来的。从此走出家门不回来了，不回家也罢，他还关掉手机，怀揣新房证缩头缩脑东躲西藏，过起了居无定所的日子。

　　有一天早上，吴林贼头贼脑地从二十元一宿的地下室旅馆爬出来，想着母亲这两套房子至少能给他带来百万元以上的收入，便得意地抠掉积攒了一夜的眼屎，心满意足地去地摊吃豆腐脑，儿子这时气喘吁吁跑过来，说奶奶昨晚脑出血住进市医院，让吴林赶快过去。吴林脑袋嗡的一声大了，扔下那碗豆腐脑就往医院跑。

　　在医院里，吴林看见吴云守在母亲床边，她已一宿没睡觉，眼球通红，不知是哭的还是熬夜造成的。她见到吴林已没话可说，只能静静守在母亲床边。床边挂着吊瓶，大量的液体源源不断输入母亲身体。母亲闭着眼睛处在深度昏迷，不知是否还能再一次睁开眼睛。这时，吴林和吴云眼睛无意中撞在了一起，吴林看见那布满血丝的眼睛里面全是怨恨哀伤，意思是说，看你把妈气成啥样儿了？吴林以同样的眼神将吴云顶撞回去。

　　再不回避，俩人说不定会吵起来。

　　十几天后，母亲离开了人世。让吴林想不到的是，在母亲去世第二天，吴云便领着孩子搬离了这套房子，到外面租房住了。

她对吴林彻底心凉了，凉得连吵架的心情都没有。

经过这段时间的折腾，吴林感冒了，鼻子里有流不尽的鼻涕，他一个人整天住在空落落的大房子里，心比房子还空落。屋子里虽然有暖气，他总觉得比从前冷，没有一点活人的气息，还有一丝冷风总在屋顶诡秘不停地环绕。吴林找遍了屋里的角角落落，也找不到冷风的出处。他给儿子打电话，说了自己的感觉，儿子说，干脆我搬过去跟你住一起吧，正好这段时间李芳菲表妹要结婚，找不到像样的房子，打算住我们那儿。

儿子和李芳菲搬来时，吴林才知道，他那套改成儿子名字的红房子，也被李芳菲折腾给了她的表哥，她表哥住进那套房就赖着不走了。

吴林吃惊地问："你说什么，你再说一遍？"

吴林只觉得心冷，都冷到脚后跟了。儿子就是这么一个人，有什么办法？儿子在经济问题上一塌糊涂，简直跟他是两路人，他要是批评几句，儿子不愿意听，说他除了钱，六亲不认，土豪吗？

吴林一气之下，感冒加重，咳嗽，发烧，不得不住进医院。躺在医院病床上，吴林满脑子都想着被儿子折腾出去的那两套房子。他绞尽脑汁费尽心机搞来的东西，儿子却不当回事，真是伤心，伤心透顶了。他还想的是，要是李芳菲表妹住进儿子那套房子也赖着不走怎么办？他创造的一切，就这么被儿子败坏光了？

他看见儿子心就不顺，儿子看他也别扭，跑出医院躲着他了。吴林若不是躺在病床上，他恨不能叫回儿子抽他两个耳光。他跟儿子势不两立，不共戴天。

十一.

吴林脑子烧得一会儿明白一会儿糊涂,他想起了姐姐吴云,他从吴云手里玩弄手腕巧取豪夺抢来了房子,搞得家里乌烟瘴气,让母亲过早离开了人世,结果他得到了什么? 吴林很想吴云,想对吴云说对不起,让她搬回来住,一家亲人和和睦睦,比什么都重要。吴林眼里全是泪水,他感到自己快不行了,他要追随母亲,离开这个世界,他的泪水被人慢慢擦去,他恍惚感觉是姐姐给他擦拭泪水,他好像出现了幻觉,觉得吴云已经陪他两三天了,吴云脸色很不好,但还是丢不掉那份亲情,在医院里陪护他。吴林睁开眼睛,发现眼前的一切又不是幻觉,吴云真真切切在他跟前。

吴云说:"终于醒了,你一直说胡话。"

吴林睁大眼睛,晃动了一下脑袋,对眼前的一切确定无疑了。

儿子和李芳菲也在跟前,看来他病得不轻。李芳菲喜出望外地对着他耳根子说:"我想跟你商量点儿事。"

吴林压住火气说:"我知道你想说什么,你想让我把房子也改成你的名吗? 这办不到!"

李芳菲说:"这是哪儿跟哪儿呀,你还真是烧糊涂了,你听我把话说完。我是说吴云大姑领孩子在外面租房子挺不容易的,你还是把房子还给她吧。我知道你在郊区买了一套平房,一直空着,你把钥匙给我们,这几天我们收拾收拾,咱们搬到那里去住,你看行不?"

原载《文艺报》2014 年 7 月 7 日

北京邻居

钥匙插在门锁孔里，左拧右拧，没拧动。防盗门中间是厚厚的铁板，绿色的油漆已经脱落，上下是纱网罩着的铁栏，纱网上挂着黑乎乎的灰尘，边缘已经烂掉，露出指头宽的缝隙，有一只苍蝇落在纱网上，又飞起来，乱撞到缝隙跟前，一头钻进去。我调整钥匙的深浅度，试探着再拧，门终于开了，同时打开的还有我的心情。

大白天的，走廊黑得伸手不见五指。我无法适应这里的光线，伸手触摸着墙壁，一点点摸索着往前走。突然，这时我只能说突然，我的脚下哗啦一声巨响，踩到一堆空矿泉水瓶，惊心动魄。

屋里的一道门紧跟着打开了，走廊里出现了大片光亮。吴老太太手扶门框，看着我问：你来了？

我应声说：来了。

之后便归于平静。

行李箱向走廊里挪了挪，我回身弯腰收拾七零八落的矿泉水瓶子。吴老太太急忙跑过来，扯住我的衣袖，说：我来我来。

她将僵硬的腰用力地弯下去，捡起地上的矿泉水瓶子，规规矩矩地装进塑料袋里，重新立于墙根儿。

趁这机会，我以同样的试探、同样的小心打开属于我的那道屋门，一股既陌生又熟悉的气味扑向我的面部，很是亲切。我将行李箱搬进屋，转身想跟吴老太太说几句话，却看见对面的屋门轻轻关上了。

我也只好关上自己的房门，脱鞋，换衣服，这时候最需要的是洗一把脸。我有些犹豫，心想这时吴老太太正在睡午觉，真不该踢倒那些矿泉水瓶惊醒她。

这是北京龙潭湖公园旁边的老式住宅小区。这套不足五十平方米的房子里，住着两户人家，分南北两屋，我住的北屋八平方米，是我姐十多年前从她小姑子手里买下的。我平时到北京办事，常落脚于此，虽不如宾馆舒服，却也安心，况且还省下住宿费用。我姐姐曾经把它租出去过，但回到老家没多久就接到派出所打来的电话。原来，租户不分白天黑夜在出租屋里打麻将、喝酒、大声喊叫，扰得邻居吴老太太无法休息，找到了街道，还打了110。解决问题的办法就是我姐退掉所有预收的出租房款，清除租房户。

后来因为姐姐怕麻烦，房屋就这么一直空着，偶尔成为我来北京办事时落脚的地方，顺便交上物业费、采暖费还有电费。我和吴老太太两家共用一个水表，我每次到这里住，临走时，都要往煤气台旁边放二十元钱，表示这是我用水的费用。

水龙头哗哗的放水声还是惊动了吴老太太。关紧的门重新打开，她走到厨房告诉我，用过的水，不要随手扔掉，要端到卫生间，倒在塑料桶里面。卫生间里有两个塑料桶，装着脏水，墙壁上挂着水舀子，每次去过卫生间，摘下墙壁上的水舀子，从塑料桶舀出脏水进行冲刷。虽然我也是这个单元房屋的另一半主人，但我感觉吴老太太完全统治着这单元里的一切，她毕竟每天都生活在这里，我只能"入乡随俗"。

我住的这八平方米的房屋，用现在的眼光看，十几年二十几年前是相当便宜的，吴老太太没有买下来，实在有些可惜。近些年，北京房价不断上涨，不知她有何感慨。不过这只是我的想法而已，事实上不管整个社会发展步伐如何之快，都跟她没有一点儿关系，她习惯于自己的方式生活。就像对于她废水利用的习惯，我是了解的。可我每次来，她都怕我忘记了，特意叮嘱一番。

我说：好的，我知道了。

吴老太太又回到她的屋里。以前我就注意到，在她居住的那十多平方米的房间里，各种生活用品齐全，旅行包、纸盒箱，还有布包裹整齐地叠压在一起，摞得接近房顶。也许是我到来的原因，白天吴老太太洗衣服、洗菜、切菜都在她的屋子里完成。屋子中央靠床头的位置常年摆放着一只木箱，菜板就放在箱子上面，高矮度正适合她。她那张宽大的木床，特别显眼，笨拙而结实，是吴老太太和她的外孙女睡觉的地方。她外孙女有二十好几了，没见过有男朋友来。每天下班，她打开电脑，一坐就是几个小时，我从没正脸看见过她长得什么样，但从背影上看，还是打扮入时的姑娘。由此我想，如果吴老太太早年想开点，买下我这边八平方米的房屋，她们的生活会有更多的自由和乐趣，但我不能用自己的想法来要求别人，我总在想，即使这房子比她想象的还便宜，她也不会买。

四月的北京，鲜花盛开，我从东北光秃秃的土地上来此，着实感觉到季节的不同，心也如鲜花般盛开了。

第二天，我去了一趟市场，拎回一捆小白菜。吴老太太好心地告诉我，今天是星期天，市场里的菜要比平时贵两毛钱，以后不要赶在这个时间买菜了。

以她的生活经验，市场上的菜最便宜的时候是在星期一到星期五上午 11 点钟，早市摊贩们快要撤摊了，一块钱可以买到一大堆蔬菜。

吴老太太的节俭，我是知道的。在这之前，她还告诉我很多生活中可以节省的好办法。比如，她会歪起头，凑到我跟前，让我看她的头发。我没看出她头发上有什么特别，她便问我：是不是我的头发特别好？我说：是好。她告诉我，她外孙女每天洗一次头发，用的都是高档洗发水，她就用她外孙女洗头的水洗头，然后接着用外孙女冲头的水冲头。她说她不花一分钱就把头洗得这样好，是不是很值？我说：是。还比如，我每次去卫生间，她就站在走廊里，我从卫生间里出来，打开的电灯没有及时关上，她就马上提醒。虽然我们两家分别使用各自的电表，但她实在看不惯我不随手关灯的坏毛病。

第三天早晨，我打开那道锈迹斑斑的防盗门，准备出去锻炼，她从厨房里出来问：你出去办事吗？

我说：我去龙潭湖公园打太极拳。

吴老太太说：龙潭湖公园要收两元钱门票的，你应该去西湖，西湖公园不收门票。我头一次听说还有一个西湖公园。

吴老太太说：出了这个小区的院儿，一直往西走，过了铁路桥洞，再往西，就是西湖公园。我脑子里搜寻起西湖公园的大概位置。

吴老太太说：很好找到，我给你画一张图，你一看就明白。说着，回到她的屋里找纸找笔。出于尊重，我只好停住脚步，耐心等待。

吴老太太很快从屋里出来，手里并没有拿笔和纸，而是换了一套外衣，说：干脆我领你去一趟。

我赶紧说：不用，我能找到。

吴老太太说：走吧，走吧，我不把你送到公园门口。

我实在有些不好意思，下了楼，便改了主意说，我还是去龙潭湖公园吧。

吴老太太着急地说：你不要去那里，西湖公园也很好的。

我只好跟在吴老太太后面默默地走。她说，你实在想去龙潭湖公园，可以花五元钱办月票，五元钱可以随时进公园，不过，月票是二十九号和三十号办，现在办不了。等你下次再来，提前给我打个电话，我可以帮你办一张。

我答应着，表示感谢。

过了铁路桥洞，再往前走几步，吴老太太停下来，不准备往前走了，手指着远处，告诉我，前面就是西湖公园大门。见我听明白了，摆一下手，转身回去。

西湖公园景色跟龙潭湖公园没法儿比，而且占地面积、绿化程度远不如龙潭湖公园。不过既然吴老太太好心把我领到这里，我还是要在公园里走一走，看一看，找个肃静的地方压压腿。打了两套太极拳，一个多小时的时间很快过去了，我走出公园，顺便去了菜市场，买了三根黄瓜悠闲地回到住处。

打开门，吴老太太还在厨房忙活，她对我手中的三根黄瓜极为敏感，问我花多少钱买的。我说两块五。吴老太太忽然异常惊讶，问我在市场哪个摊位买的，我简单给她描述了一下。她显然对市场每个摊位都特别熟悉，听完我的话，她更为惊讶，忽地从厨房地上拎起一个塑料袋，塑料袋里同样也装着三根黄瓜，弯弯曲曲，很不好看，显然是从众多黄瓜中挑选出来的便宜货。

让我想不到的是，吴老太太说：我这是花三块钱买的。

吴老太太不再说什么，拎起黄瓜回到她的屋里，一会儿工夫，穿上外衣又拎着黄瓜出来，她要重返菜市场说理，讨回公道。

我着急地说：您慢走，别急啊。

吴老太太已经听不进去我的话，很快下楼不见了踪影。我一个人站在漆黑的走廊里很是无奈，想起前天从纱网边上钻进的苍蝇，有了一种警觉，很想在黑暗中把那只狡猾的苍蝇找出来，赶出门外。由于对苍蝇的关注，我暂时忘掉了吴老太太，摸索着打开走廊的灯（原来走廊是有灯的），仰脖在天棚上墙壁上一点点耐心地寻找。我几乎找遍了墙壁的每个角落，也不见那只苍蝇，倒有一个蜘蛛网在天棚的墙角处被我看见了，那是一个被蜘蛛废弃的网，上面挂满灰尘，一角已经破损，耷拉下来，好像在记录着这个房屋的陈年往事。那只苍蝇真就不知躲到哪个角落了，是否在神不知鬼不觉中又顺着纱网边儿飞出去了，我不得而知。反正苍蝇没跑进我的房间，我想也不会跑到吴老太太房间吧。

吴老太太回来了，她开门，动作和心情格外轻松，没有了刚才出门时的那种急促和慌慌张张。她告诉我，她从商贩那里讨回了五角钱。

然后又善解人意地说，刚才买菜的人多，商贩肯定是在忙乱中把菜价报错了。

一个常年节俭生活的人买的菜比一个大手大脚的东北爷们儿还要贵，看得出吴老太太很在意这件事。我当时也有些尴尬，有些后悔，自己刚才要是多说一块钱就好了。就在我不知所措的时候，手机铃声前来救援，我便进屋去接听。打电话的是我一个小学同学，名叫刘铁军。因多年未见，恰巧两人都在北京，便相约聚聚。

我们小时候两家是邻居，同上一所小学，同在一个班级里。他爸爸是铸造车间的工人，一个月几十块钱的工资养活一大家子人，生活的节俭可想而知。那时，我们小学门口每天上午十点钟，总路过一辆送面包的手拉车，刘铁军总在这个时间溜出校门，趁拉车人低头走路，从车后面掀开帆布，拽出一个面包，边跑边塞进嘴里。有一次吃得急，面包噎在嗓子里，涨得脸通红，喘不过气来，多亏我看见，及时送去水，救了他一条小命儿。我始终认为刘铁军从小聪明过人，偷零食的本领往往超过一般的孩子。那时他发明了一种工具——将一尺多长、手指粗细的木方一端钉上一个小铁钉，藏在袖筒里，找来一个跟他同样嘴馋的同学一起去水果摊。那同学装作买水果打听价钱，引开售货员的视线，刘铁军则从袖筒里伸出木方，用带钉子的一头刨向一只水果，木方一缩，那水果瞬间进入他的袖筒。这事做过几次，最终被售货员抓住，扭进了派出所，派出所民警又通知了刘铁军的爸爸。那个话语不多的铸造工人，在派出所拎起惊恐万状的刘铁军，像拎着一只小公鸡，回到家里，关起门将他一顿胖揍。那一天刘铁军声嘶力竭的哭喊声至今回响在我的记忆里。

如今只知道他在北京闯荡二十多年，早年做过医疗器械，也当过书商。现在，自己又开办了一家影视公司，貌似混得还不错。

两个小时后，刘铁军开着车来了，我赶紧拿起照相机出门。

到了楼下，刘铁军摇下车窗向我招手，这家伙，派头大得连车都不肯下来，好像屁股被钉在座椅上了。

我打开车门，钻进车里，刘铁军用带着东北味儿的北京腔说：咳，您看这北京城，不是雾霾就是堵车，今天算你命好，雾霾没有，车肯定是堵，怎么走都是堵，要不我拉你到长安街转转？

听你安排。我对刘铁军说。

那我们直接去昌平，我在那儿刚装修了一套房子，二百八十平方米。让您看看怎么样？

我问：你怎么到那么远的地方买房子？

崇文门那儿，我有一套，现在雾霾太大，城市没法儿住，有钱人都搬到昌平那边去了。

我说：我来这儿两天，北京天气挺好啊，比长春强多了。

刘铁军说：那您是没赶上坏天儿。

我问：你这车什么时候买的？

刘铁军说：五年了。最近正准备处理喽，想买个保时捷。

我说：你真够奢侈的。

刘铁军说：这算什么呀，在北京，有钱的主儿多的是。你看我这台车，是我十多个签单中一个单的数目，小数目。

我瞪大了眼睛。

刘铁军说：干脆你把工作辞了，凭你在长春的人脉，跟我干，我保你一年挣二百万。

我在一家机关工作，过着撑不着、饿不死的日子，业余时间看书、打太极拳，充实而饱满。一年挣二百万，对我来说就像天上掉馅饼，从来没想过。

来到昌平，我对刘铁军房子的装修，没法儿评价。他见我无语，指着门口的鞋柜问：您猜这个东西值多少钱？

我笑而不答。

刘铁军说：一万五，仿红木的，值吧？

原来刘铁军大老远地把我带到昌平，就是让我看这些。我更是无法回答。我知道，刘铁军久久期待着我能给他一个溢美之词，但我实在无法给出，这让他很是失望。在新装修的房子里转悠了几圈，刘铁军说：晚上你喜欢吃什么？

我说：我喜欢吃炸酱面。

刘铁军说：吃炸酱面也成，您自己找地儿，我不请您了。

傍晚，我回到龙潭湖公园门口，闻着公园里飘出的花香，不想马上回到那八平方米的小屋子里，我买了门票，走进公园里，端起照相机四处拍照。这时我的脑袋里还在转悠着刘铁军，我想，我们是走在两条道儿上的人，他的很多想法实在让我无法苟同。恍惚中，我的眼睛一亮，我看见了一个熟悉的人——吴老太太。她见了我，略显意外，停下脚步说：我有老年证，进公园不花钱的，每天这时候，我都要进公园走一走的。

她手里攥着几片玉兰花瓣，见我看她的手，羞涩地将手藏在背后。

我灵机一动，说：你就这么站着，别动，我给你照一个。

她有些不好意思地站在那儿，脸上显现出一种藏不住的喜悦，说：这怎好意思！

我说：没什么！

吴老太太竟然朝左右扫了两眼，快速挪动起脚步，跑到一棵开满鲜花的树枝旁，挺了挺身子，又抬手捋了捋头发，很是郑重其事。我端起相机，寻找着角度，相机里的吴老太太忽然跑开了，我纳闷地放下相机，看见她跑到刚才走过的小路上，向着一个人跑去。

她见到了一个熟人。

那是一个五十多岁的男人，他感觉到吴老太太走来，停下脚步，手里拿着的棍子，也停止了探寻，目光空洞地笑了笑说：您也来遛弯了？

原来，他是个盲人。

吴老太太说：我今天是特意来这里找你的，我那儿矿泉水瓶子攒了不少，你明天到我那儿去取吧。我还有几件衣服送给你，我外孙女不穿了，她花上百块钱买的，明天你一定要去啊。

好的，好的！那盲人感谢着离开了。

吴老太太又回到开满鲜花的树枝旁，对那盲人喊：记住啊，明天一定过去！

我再次端起相机，看见吴老太太将手中的一瓣玉兰花别在头上，还不断地移动，寻找合适的位置，微笑的脸，与鲜花交相辉映，构成了美妙的画面。我激动着，屏住呼吸，一阵咔嚓嚓快速按动快门，恨不能将这世间的美都摄入镜头里。

稍事停歇，吴老太太凑过来，对我说：你看见刚才那个人了吧，碰着他很不容易的。他媳妇有精神病，常年住院，家里穷得很，我总是攒了好多矿泉水瓶子送给他。你知道吧，矿泉水瓶子卖给收废品的，挣不了多少钱，送给他，他卖给废品收购站，能多挣好多！

四周的花香忽然浓郁起来。

晚上，我回到那八平方米的小屋里，从地上、床底下，收拾了所有散落的矿泉水瓶子，装进一个袋子里，拎到走廊，与先前的那一堆矿泉水瓶并排摆放在一起。

我还说，下次我来北京，一定把不穿的衣服全带来。

吴老太太一高兴，又要跟我喋喋不休。

原载《光明日报》2015 年 7 月 24 日

聚 会

那次聚会安排在晚上的确有一种特殊的情调。

那次她穿了一件平时最喜欢穿的天蓝色真丝套裙，精心打扮了一番，提前三分钟赶到聚香楼酒店，那时酒店门口已有很多人围在一起神情兴奋地吵吵嚷嚷。她凭感觉知道那群人就是中学时的同学。她朝那些人试探着走去，还没等她靠近那群人，就听见一位尖厉的嗓子在咋呼：老班长，老班长！所有人的目光都向她扫射过来，她很不适应大家这种目光，心跳了起来，脸上一阵发热。有人老远伸出手，她跟那人有力地握了一下。那人问：还能认出我来吗？她说当然能认出来。那你说我叫什么名字？她的脸又一阵发热，真蒙住了。她就和很多人握手。十多年不见面，的确想不起很多人的名字，而且许多人体态、相貌、神情都发生了变化，她需要一段时间才能从记忆中把他们挖掘出来，然后在某个特征上跟眼前的人物吻合。她觉得跟所有的人都握过手了，她要加入这个集体共同回忆的时候，又有一个人从人群背后伸出手说：咱俩还没握手呢！她又一次犯窘，刚才的确没和这个人握手，是被她在忙乱中忽略了，而这个人又很会突出自己，等所有的人跟她握过之后才冷不丁伸过手来。这个人说：我也要问一句，你能叫出我的名字吗？她就破口叫道：于航，咱俩是老同桌。人群一阵哄笑。如果老同桌的名字她再叫不上来也太那个了。

于航在人群中属于春风得意那种人，他腋下始终夹着一只精美的皮包，一看就知道那包里装着事业有成的人必备的东西。据说今天聚会的晚宴就是于航个人出资。

想当初，于航是他们班最没出息的学生，他的各科成绩都在 60 分以下，那时班级里开展互帮互学，老师让最没出息的于航和她一桌。于航也就成了她的管教对象。那时互帮互学成绩最显著的就属她了，因为她投入了大量精力帮助老师管理于航。于航自从跟她一桌，脸上总掩饰不住心中的兴奋和喜悦，学习成绩直线上升，而且每次小考成绩都跟她拉平。在老师对她和于航大加表扬的同时，她心里犯嘀咕，于航上课并不认真，跟她一桌怎么成绩上来这么快呢？后来她发现，于航有个不易发现的特点——眼疾手快。他的眼睛特别好使，在她专心致志做题时，他不用转头，就可以看见她所有的题。她做完最后一道题，于航也就能抄完最后一道题。她发现于航这一行为之后很生气，更看不上于航，后来每次答题她都在卷面上压着一个本儿，写一点儿，把本儿往下挪一点，而且尽量斜着身子，让卷面远离于航。于航抄不到题，分数直线下降，现出原形。后来老师当着全班同学的面挖苦说，于航你啥时把这种本事用在正地方就好了。看着于航那副无可救药的德行，她就为自己的正义行为暗暗贺喜。于航的报复行动悄悄开展前的那些日子，他变得老实了，上课趴在桌上睡大觉，不再回头回脑，下课铃一响，他猛然从桌上弹起来，第一个冲出课堂，上课时，他又准时回来，趴在桌上睡大觉。有那么一次，她拿课本时，手在书包里抓到一个湿淋淋肉乎乎的东西，她感到不好，妈呀一声抽出手，一只大青蛤蟆跳了出来。这场恶作剧嫌疑人落在于航身上，可他始终不承认这事是他干的。那时老师断言，于航是个非常可怕的人物。

现在于航和中学时代的于航判若两人，他的举止言谈彬彬有礼、谦和有度。据说他是某公司总经理，自己有上千万资产。宴会上，于航推举她为主持人，因为中学时她是班长，威信最高，嘴茬子厉害。她连连推脱不行，还是被同学们拥到前面台上。她站在台上，握着麦克手抖腿颤，围坐在圆桌旁的同学都看着她，等她说话，她从来没见过这样的场面，她笨嘴拙舌，中学时的大胆爽快已荡然无存。她说：我太想你们了，我真的太想见到你们了，有时做梦都梦见你们其中的一位。说到这儿，她的眼泪就在眼眶里打转儿了。幸好于航大步流星抢上台，他接过麦克，就着这气氛来了一个漂亮的开场白，晚会的气氛逐渐活跃，大家闹闹哄哄张罗喝酒，不时响起尖厉的笑声。

她从台上走下来，回到自己的座位上，发现跟前的酒杯里斟了满满一杯白酒。她欲把这杯酒与旁边的一个空杯调换一下，那位总爱发出尖厉叫声的女生说：唉，这可不行，那空杯是于航刚刚用过的，这杯酒是专门给你倒的。

她说：我不会喝酒。

那位总爱发出尖厉叫声的女生说：不会喝酒算什么理由，我喝一口酒就过敏，就浑身起红疙瘩我还得喝，要知道我们十多年没见面，今天不但要喝，而且一定要喝个痛快。

台上于航开始喊了：请大家静静，我要说，今天宴会的主题是联络感情，建立联系。接着他又换了一副诙谐腔调说：比方说，过去谁对谁有好感当初不敢说的，今天就可以彻底地表白，谁家亲戚想出国做劳务的，可以找我！

那位总爱发出尖厉叫声的女生说：你们看，于航往那儿一站多有派，一看就是有钱的大老板。听见没，这回谁想出国，可以找他了。

正说着，于航走下台来，他的座位跟她挨着，和上学时的位置一样。于航拿起酒给自己杯斟满后对她说：我和你单独喝一杯。

她刚端起酒杯，于航的杯向她的杯碰了一下，然后一饮而尽。

她看他那副样子，也毫不犹豫地把酒倒进了嗓子，一股灼热涌起，她屏住呼吸，生怕火辣的嗓子发出叫人难堪的声音。还好，酒慢慢顺畅流了下去，她的食道划起一股热流，一股感觉很好的热流。

于航说：你还记得蛤蟆事件吗？

她点点头，心想，刚才我一见你就想起那件事。

于航说：那件事的确是我干的，我郑重向你道歉。说着，又自斟自饮一杯。

她一激动，也跟着喝了一杯。

于航说：那时，我心里暗恋着一个人，但我不知道怎么表达，你猜我怎么样，我用恶作剧引起我心中那个人注意，她跟我一生气，我心里就快乐极了。

大家马上嚷嚷开了：那人是谁？快说。

她的心怦怦乱跳了。

于航冲着她说：我说出来没关系吧？

于是大家又冲她起哄，为她鼓掌。

于航对她说：绝无戏言，那时我的确暗恋着你，因为你是班长，学习好，最听老师话。

她脸上一阵燥热，说：我怎么不知道？

于航说：这是我的心事，我没有勇气让你知道。

那位总爱发出尖厉叫声的女生说：这回还得喝一杯。

她激动得举起酒杯一饮而尽。

她感到头晕了，她想她不能再喝了，可是总有些话题让她激动，她一激动就喝酒。眼前的人影摇摇晃晃变得模糊。她不知自己喝了多少酒，也不知自己能喝多少酒，现在她反倒有一种渴望，渴望醉酒时的感觉。

她忽然想起放在邻居家的孩子。她站起身，又不自觉地坐下，难道自己真的喝醉了吗？她说：我爱人今天出差，孩子放在邻居家，我应该早点回去。

还是那位总爱发出尖厉叫声的女生说：什么？你看看现在几点了，都12点了，人家早就睡觉了，你也不怕打搅人家，干脆放那儿一宿吧，也让孩子在那里睡个安稳觉。

她说：那多不好意思。她再次站起身，稳稳当当站了起来，刚一抬脚，发现腿不听使唤：完了，我肯定醉了。她对于航说：

我今天喝多了，我必须马上回去。

于航说：我送你。

于航扶着她的胳膊一步步往外走，他好像也喝多了。同学们仨一堆俩一伙说着醉话，没人注意他们走的姿势。

于航说：今天我不能开车了，我打车送你回家。

她说：你最好送我到家门口，不然我会不行的。

于航一直把她送到家门口，扶着她上了3楼。于航帮她找出钥匙打开房门，她的神志很清醒。她说：到屋坐一会儿吧，喝点茶水。于航站在门外迟疑了一下，还是跟她进了屋。她脱掉鞋，感到天旋地转。她说：我不行了，你自己倒水喝吧。说不行的时候，她就倒在了床上。她想躺一会儿也许会好一些。

她实实在在睡着了，嗓子里发出轻细的鼾声。

于航坐在沙发里，不知是马上离开还是继续等候在这里。他第一次看见她熟睡的容颜，发现她比中学时候还要美，也许是过去班长的身份掩盖了她的美……他慢慢站起身，找来被子盖在她身上，他感觉天旋地转，他不能马上走。他为自己沏了一杯茶，一口气喝了半杯，又端起暖瓶把杯子斟满，打开公文包掏出一盒中华烟，抽出一支吸起来。他看她，看屋里的摆设，他觉得她的家简陋而整洁。他想象她的家不应该是这样……他慢慢吸着烟，发现自己内心是那么平静和美好。这份美好完全来自这些同学，如果说最初他举办这次宴会还存在炫耀自己的目的，那么现在这些想法荡然无存了。他曾说过今晚不设防，大家彼此的确没有任何防线，在这样的气氛中，他不能不喝酒，明知要喝多了他还是喝了很多酒……于航一根接一根吸烟，他的头越来越晕，无论如何他要尽快离开这里。

她醒了，看见茶几上放着满满一杯凉茶和丢下的半盒中华烟，好像忽然明白了什么。她想，她怎么能让于航进屋呢？其实丈夫不在家她不该让他进屋。她感觉身上丢失了什么，又似乎什么也没丢。

原载《作家》杂志 1999 年第 12 期

恐　慌

　　SARS 横行的月份，常琳本不该出门，不出门又觉得没事可做。她便在家包起了饺子，又把饺子装进饭盒，然后拎着饭盒出了家门。五月的街头到处飘浮着白花花的口罩，口罩扣住行色匆匆的脸。玉彬说过，这没什么可怕的，谁要想染上"非典"比中大彩还难。常琳出门还是没忘戴口罩，捂着口罩的鼻子和嘴巴浸出潮乎乎的汗水，刺刺痒痒的，很不好受。她想把口罩摘下来，这时 62 路车来了，她知道上了车更要把口罩捂严，因为车里人的密度太大，不安全。那口罩就一直扣在常琳的脸上。车刚停稳，车门便像一张大嘴，把各种人毫无选择地吸了过去。常琳没急于上车，她不想跟那群人挤成一团，于是漫不经心地看着拥挤的人流，把希望放在了下一辆车上。

　　冥冥之中注定要有什么事情发生。常琳完全可以乘上一辆公共汽车去父母家的，可她执意要等下一辆车，事情果然发生了。下一辆车来了。常琳从前门踏上了车，眼睛在车厢里寻找适合自己站立的位置。她的身子不住地向里面移动，也就在这时她看见了父亲，父亲戴着口罩很难让人认出来。可她熟悉父亲身影，那身影即使身穿防毒服，她也会认出来。父亲没有看见她，或者说父亲故意装作没看她，把脸极力扭向另一侧。父亲的背影多么与众不同——微驼，坚挺。父亲的右手紧紧攥着一个布兜子，扶着横在头顶的栏杆上，那是父亲出远门时常常拎着的兜子，在常琳记忆中，那兜子伴随父亲十几年了。此时，车厢很不稳，人们时常前后撞击，父亲的左手不得不死死抠住身边的座背，整个身体变得特别的坚固，所以就有另一只手死死攥住父亲的胳膊。那手是旁边一位老妇人伸过来的，那老妇人也戴着一个厚厚的口罩，几乎把整张脸都扣住了。常琳不认识。常琳很想认真地看看那老妇人，但那老妇人被父亲整个身子挡住了。这个季节戴口罩肯定不会让人好受，父亲的手时常在脸上整理一下口罩，大概想透入一点空气。常琳也不自觉地把口罩向上提了提，她好像害怕父亲忽然转过头来。还好，父亲始终扭着身子，脸冲着另一侧，无论车厢怎么晃动，也不肯调整姿势。父亲早就应该看见她了，也许她在站台上，父亲就看见她了，只是无处躲闪，才这么僵硬地站立，假使身下有个空座，父亲也不肯坐下的，那样，脸就会转过来的，就会看见常琳。

常琳不希望眼前发生的一切能证明什么，或许那妇人是父亲晨练时的功友，或许是在车上偶然相遇的多年不见的老邻居。然而让常琳无法理解的是，那紧紧挽住父亲胳膊的为什么不是自己的母亲？母亲患有肺心病多年，每年都要住上一个多月的院，好几次眼看不行了，奇迹又会出现，母亲不知不觉又活了过来。活过来的母亲叫常琳产生无数次欣喜，在她整个心思里，就是

想让母亲多活几年，母亲一生坎坷，现在日子好了，她没有理
由不多活几年。多少年来，常琳每个星期天都来陪陪母亲，风
雨无阻。今天不是常琳回家的日子，可单位防非典，常琳提前
离开单位，决定回家看看母亲，为此她特意包了饺子，乘62路
车去看母亲。她提前离开单位的另一个原因，是玉彬不在单位，
她在单位里不能看不见玉彬，玉彬坐在她对面，工作时间他轻
易不多言多语，当办公室只剩下他们两个人，玉彬的话匣子就
打开了，常琳不明白玉彬为什么总是在不同人面前扮演着不同
角色，她常常讨厌他这种架势，又不能不接受他这种架势。

　　记得她来这个单位没几天，玉彬给她下个结论：单纯、热
情、不伤人，而且还有一点点小脾气。那时她看着对面坐着的
玉彬，觉得这个比她大不了几岁的家伙，比她油滑许多。那时
她跟玉彬说话很有节制，再加上那阵子她正忙着人生中最重大
的事件，找对象、恋爱、结婚、生孩子，无暇注意观察周围的
人。玉彬说，那时我每天都在观察你，我跟你说什么，不把话
说白了，你是听不懂的。常琳那时还不会听话外音儿，更不懂
一个办公室里的人要经过几个回合摩擦、较量，才以相互妥协
的方式固定成一种局面，大家都按着这种局面或勾心斗角或友
好相处。让常琳真正注意玉彬的时候，是她28岁那年，儿子小
强9个月，放在母亲那里，她轻手轻脚地，完成了人生一个段落。
在不算紧张的工作中，常琳开始在意每个人对她的态度了，这
就免不了与人磕磕碰碰，在磕磕碰碰中，玉彬无形中成了她的
同盟，她在内心无数次感激过玉彬，她感觉玉彬是真正顶天立
地的，是值得信赖和依靠的人。玉彬在领导那儿并不吃香，他

唯一的优势是，他是这个处室里的老人儿，煮不熟蒸不烂，而且对处里的情况了如指掌，谁也不能把他怎么样。在数次磕磕碰碰中，玉彬总能想出一些好点子，用起来果然奏效，常琳就对玉彬刮目相看了。那时候，如果没有玉彬拉她一把，推她一把，她的人际关系不知会陷入怎样一种尴尬的境地。她觉得自己有必要请玉彬吃一顿饭，也算是对玉彬的帮助有个回应。那天，趁办公室里其他人出去办事，常琳就跟玉彬说了此事，玉彬对常琳的举动表示意外，琢磨半天，还是答应了常琳的请求。那天他们在一个很不知名很隐蔽的小饭店吃了饭，地点是玉彬选的，玉彬为了让常琳准确找到那家不知名的饭店，还特意画了一张图，下班后两个人装作若无其事的样子走出办公室，向约定的地点进发了。常琳摸到那家饭店，心就往下一沉，莫不是玉彬为了让她省钱才选择这个鬼地方？就在常琳为这里的环境发愁的时候，玉彬鬼头鬼脑地来了，还没等常琳说话，玉彬竟有些发火。玉彬说，你怎么明晃晃地在大街上站着，也不怕遇见熟人？要知道我们随时都会被单位里的人撞见的。常琳这才知道，玉彬为了避免遇见熟人才选择了这个鬼地方。那天玉彬破例喝了一瓶啤酒，玉彬平时不喝酒，玉彬说酒壮熊人胆，而不是英雄胆，喝了酒他的胆儿就大了，就能说平时不敢说的话，做平时不敢做的事。那顿饭之后，常琳曾反复想自己是不是有哪点不得体，她翻来覆去想过好几次，觉得没有什么过失，如果硬要说有什么不妥当之处，那就是常琳在邀请玉彬吃饭这件事上过于主动，让玉彬有些想入非非了。那天喝了一瓶啤酒的玉彬脸红得不成样子，他好像真的醉了似的，在走出饭店门口时，很随意地将手挽在了常琳腰上，这让常琳颇感意外，她知道这是一种信息，一种让他们的关系向前发展的信息。常琳本能地把玉彬的手扯下来，快步向前走了几步，把玉彬甩在了门口，然后不知怎么竟冷冰冰地说了一句：玉彬，你想错了。好在那时天彻底黑下来，黑暗遮住了玉彬的尴尬。常琳不想因此得罪玉彬，本来她树敌已经够多的了，如果玉彬再不跟她站在一条战线上，她就无法在这个办公室里待下去了。第二天上班，常琳没话找话地跟玉彬闲聊，她想她这样做，足以让玉彬挽回点面子。开始玉彬还显出不爱搭理的样子，后来架不住常琳三番五次的轮番轰炸，竟然有苦难言地说：有时间我还真得教你几招儿。常琳问：什么招儿？玉彬说：你看办公室里这帮人，一个个道貌岸然，夸夸其谈，其实背后都是一肚子男盗女娼。跟这帮人在一起，就像幼儿园里小孩子玩游戏，你必须知道怎么玩，只要你玩得高、玩得巧，就有人佩服你，你就能夺取最后胜利。常琳看着玉彬玄机莫测的模样，禁不住笑了，说：其实现在人们玩的又何尝不是幼儿园里那一套把戏……

　　从老妇人和父亲站立的角度上看，那老妇人要比父亲年轻许多，年轻的老妇人肯定是父亲的情人。那老妇人却全然不知常琳的出现，不然不会死死地扯住父亲的衣袖，而父亲又扭着头无法跟那老妇人讲清什么，身体只能随之僵硬地挺立，连干咳一声还要扭着头。父亲是个本分人，长这么大常琳从没听到过关于父亲不好的传闻，她努力地认为父亲只是跟老妇人偶然在车上相遇，不会有什么事发生，但父亲跟那老妇人的样子，不能不使她产生许多联想。那是一种怎样亲密无间的动作？那是一种怎样用神态表达出的语言？此时什么事对他们来说都已是心照不宣了。常琳好像压抑不住自己了，她想冲过去，为自己，也为母亲。常琳是母亲心中的小拐棍儿，是母亲最心爱的女儿，她要冲过去，撕去整天罩在父亲脸上欺骗的面纱。她在车里开始移动脚步，她一点点地接近父亲，如果母亲知道了今天这件事，她会作何感想？母亲已经是经不住打击的人，为了母亲不经受这种打击，她必须在车上把事情戳穿。父亲也许意识到了什么，把始终扭着的头终于转了过来，常琳竟猛然把目光移向窗外，回避了父亲的目光。父亲肯定看见她了，她的脚步停在了那里，失去了再向前迈进的勇气。她忽然觉得父亲这一辈子也很不容易，他一直生活在母亲病魔的阴影下，也许他跟母亲早已不存在感情，只是为了儿女才坚守在一起。

父亲的脚步向后车门移动，父亲准备下车了。这辆车是通往父亲家方向的，父亲没有理由中途下车。也许父亲看见了常琳才决定中途下车的。那老妇人一步不离地跟随着父亲，他们真的准备下车了。这一站是他们事先约定好的地点？然后他们共同去某个地方？常琳寻思自己是否也下车跟过去。车到站了，他们并没有下车，他们只是堵在车门为下车做准备。常琳又把身子移回到前车门，她占据的位置离父亲稍远，是最佳的观察距离。站台上没有多余的人，假使刚才他们下了车，父亲马上会暴露在她的视线之内，也许正因为这样父亲才决定不下车的。父亲，你是一种怎样的心理？常琳无意跟踪，父亲只是偶尔落进常琳的视线里！常琳专注地向后门望去，她决不会让父亲在这时候从她的视野中逃离。

　　常琳把左手的饭盒换到右手上，饭盒里的饺子散发着温暖的气息。不管怎么说，常琳今天多包了几个饺子，这些饺子不仅仅给母亲，也给父亲带出一份，她想用女儿的温情让父亲感到温暖。常琳知道，父亲从来没有对母亲好过，他们在一起生活了几十年，父亲的心始终没在母亲身上。如果父亲对母亲好一点，那么常琳就无须为这个家里花费这么多的精力，她可以有更多的时间考虑单位里的事，考虑玉彬对她感觉的真实成分究竟有多少。玉彬对她说话总是一针见血，让她不寒而栗，而她一点儿也点击不到玉彬的要害之处。有时候常琳就想，玉彬对事物的穿透力是与生俱来的，他不但能看到常琳对自己婚姻有那么一点点不如意，而且说：在你内心深处，渴望外遇。常琳当时没给玉彬好脸子。但玉彬马上又把话收回来，说：当然，你轻易不会走向这一步，你努力让内心封闭。你的渴求是白日梦，是幻想型的，一旦事物来临，你马上就会关闭自己。那时，常琳好像才真正认真地审视玉彬说话时的奇怪的表情，感到面前坐着一个巫师，叫她毛发竖起。玉彬说你的眼睛可不要发直哟，玉彬肯定从她的眼神里发现了空隙，不然在以后的日子里不会那么大胆地向她发起进攻，直到她彻底地坍塌。那天，玉彬手拿着一支圆珠笔，在她的对面比比画画，还说：我知道你骨子里是个传统的女人，这不表明你不渴望外遇，只是现在没有出现让你铤而走险的男人；或者说与你爱人相比，还没有让你去值得外遇的男人。常琳对玉彬的话当然给予了有力的回击，措辞相当严厉。当然所有语言的反击，都不如立刻起身离开办公室。常琳不是没想到这一招儿，但常琳固执地坐在玉彬的对面，与之长时间唇枪舌剑。玉彬说：咱们不但要在工作上达成联盟，我还要在情感深处对你实施保护，这样才能使你免受伤害，才能使你排除随时可能出现的外遇，才能使你过上衣食无忧情绪平稳的正常女人的生活。这样你会感到枯燥无味，会感到寂寞难忍，有时还会出现淡淡的忧伤和孤独，这不要紧，这正是一个女人平庸而美丽的人生。常琳真想破口大骂了，当然那是丝毫不会伤害玉彬而且是言不由衷的大骂。她知道所有的语言都会在玉彬那里瞬间消解。用玉彬的话来说：你要想学成一个泼妇，这辈子算是不可能的了。

面对玉彬的进攻，常琳早有提防，甚至以后所有发生的事情，都在常琳的预料之中。常琳没有像玉彬说得那么傻，她很有心计。如果从另一方面来讲，玉彬已经被她迷惑了，她可以很好地利用玉彬，玉彬是个多么自负、聪明的男人，这并不影响他在女人面前变得低能弱智。不久，有人提醒常琳：玉彬跟你很有点那个意思，你要小心噢。常琳没有反驳，她更加饶有兴趣地听着玉彬分析坏男人的几大特点，还有怎样避免性骚扰，怎样练就女子防身术，恨不得让常琳变成烈女。玉彬真的希望常琳成熟起来，能抵御一切来自外界的进攻，其实都是为自己的进攻打基础。很多时候，常琳面对玉彬，防御空间越来越小了，而每一步退守都是心甘情愿的，她感到自己真的对玉彬有了感觉，甚至内心深处有股冲动的力量，她好像喜欢上了玉彬，她又不希望被人看出他们之间的秘密爱情。当常琳第一次接受来自她丈夫以外男人的身体的时候，常琳对他说：你才是真正的少妇杀手，多么坚强的女人拿你都没办法。玉彬说：你也并不像我说得那么单纯，原来你什么都知道！常琳说：不，有一点我不知道。玉彬问：哪一点？常琳说，别人会知道我们走在了一起吗？玉彬说：我想不会的。常琳问：你说这事会成为我们一生的秘密吗？玉彬问：你怎么会生出这种想法？常琳说：我真不知道，明天我们走进办公室的时候，我怎么面对你。玉彬什么也没说就开心地大笑了。常琳问：你笑什么？玉彬说：你真的很单纯，就你这个样子到外面真的让人不放心。常琳问：那你面对这样单纯的人怎么还忍心下手？玉彬说：我不想让别人得到你，并不等于我不想得到你。常琳说：你这话是什么意思？玉彬说：这也许就是我们之间的秘密爱情。

常琳时常想起他们之间的这次谈话，认为玉彬真的很在乎她，她不能不认为他们之间的确发生了爱情，而且是不自觉地发生了。那些日子，常琳坐在办公桌前，大胆地看着一丝不苟工作的玉彬，除了自己内心有那么一点不好意思之外，发现他们之间没有发生多大变化，办公室里的人也没有多大变化；是自己把这事看得太重了，总觉得有人知道了他们之间的事，其实没有的，他们之间的事怎么会被别人知道？相比之下，玉彬显得无比从容，大大咧咧地该怎么样还怎么样，也许这正是不被别人怀疑的重要原因吧！常彬对玉彬更加刮目相看了，在这方面玉彬的确训练有素。不管怎么样，常琳常常为自己的越轨充满自责，有时心乱得什么也干不下去，干脆把办公桌上的文件摔得到处都是，搞得周围的人莫名其妙地相互看几眼，然后又归于平静。应该说，常琳与自己的丈夫相处得很好，他们之间没有什么太大的矛盾，常琳也说不出对丈夫有哪点不满意。丈夫是个外企技术员，脑袋属于一条道跑到黑的那种人，他决不会像玉彬这样有那么多花花肠子。如果让她把丈夫与玉彬客观地做一下比较，无论从哪方面来讲，玉彬都赶不上自己的丈夫，常琳搞不清自己为什么偏偏跟这种人发生了秘密爱情。

公共汽车在一个常琳很熟悉的站点停了下来，通常这个站点上车的人少，下车的人多。常琳的背部被什么人不轻不重地撞了一下，她警觉地转过身，没看见有人在撞她。常琳侧身离开车门，向车厢里面串了一下，然后摸摸兜，钱包还在。她躲过了危险处境，再次把目光移向父亲所处位置，却一下子慌了，她发现父亲那熟悉的身影没有了。她急忙把目光投向窗外，分辨着即将散开的人流，没有。在她犹豫是否重新叫开车门、奔下车去的时候，她又及时地在车厢里捕捉到了父亲，父亲侧身坐在后排刚刚空下来的座位上，旁若无人的样子，那老妇人安之若素地坐在他的身边。常琳又对父亲生出怜悯。父亲的确不容易，父亲年轻的时候，除了工作，好像什么事都没想过，起码在常琳眼里，父亲是个责任心很强的人，在几十年的工作中，父亲一步一个脚印，以稳扎稳打的态势一步步走上领导岗位。父亲在那个岗位上没干几年，年龄成了他前进中的最大障碍，后来不得不走进了政协的大门，然后退休回家。按理说，父亲很会调整自己的心态，从门庭若市到门可罗雀需要经历一个极大的心理反差，父亲好像早就看明白了这些，从没向任何人发出怨言，他为自己制订了一系列工作计划，比方说一天要练多少字，画几幅画，一年之内要发几篇文章，两年之内出几本书。有时常琳很为父亲感动，父亲退休之后还以这么大的毅力投身自己热爱的事业，很不容易。父亲是个严谨的人，他说到做到。

这也许是父亲始终走向成功的一个很重要的原因。

现在父亲怎么了呢？也许婚外情也是一种病毒，这病毒一点也不亚于 SARS，也许父亲本来就是这个样子，只是她一无所知。父亲肯定难为情了，他不知自己此时如何面对女儿。父亲要做的只有在目光上回避。常琳忽然对自己的行为有些后悔，她如果不这么死死盯住父亲，彼此会相安无事，可她实在无法忍受父亲这种行径。不知不觉中，62 路车到了离父亲家最近的那个站点，常琳该下车了。常琳下车的时候，看见父亲和那老妇人没有起身。父亲一定看见她了，因有意回避才不下车，或者父亲根本没打算下车，他要把那老妇人送到什么地方再乘车返回。这样也好，免去了父女之间的尴尬。常琳回到家很熟练地用钥匙打开房门，母亲对常琳的进来熟视无睹，她的手正干着总也干不完的活儿。常琳问：我父亲呢？母亲说：他吃过中午饭就出去散步了。琳常问：你怎么不跟着去呢？这纯属一句废话，母亲从来没有时间出去散步。母亲说：你在这儿吃晚饭吧，我多做出一些米饭。常琳无心回答母亲，问：他说没说除了散步还干什么？母亲显得不耐烦了，说：散步就是散步，散步还能干什么？母亲的这种心态没什么不好，她和父亲一辈子都是革命式的夫妻，他们不谈感情，谈感情是很累人的事，母亲不会为这事所累，她只知道干活养孩子，然后再养孩子的孩子。常琳决定把一肚子要说的话咽回去，权当今天什么事都没发生，她什么都没看见。这时父亲开门进来。父亲一直拎着的布兜子被拧成一团，揣在裤兜里。父亲问：你怎么来了？常琳想说难道我不该来吗，可她还是改口说：单位里正在防"非典"，没什么事就早走一会儿。父亲说：防"非典"也应该坚持正点下班，这是一个人工作作风问题。常琳想说：你肯定是不想让我来的，我来这儿你很不方便是不是？但她还是说：单位领导有要求，处理完手里的工作尽量别在单位里久留。父亲说：现在乘车很不安全，没什么事这几天你就少来几趟吧。常琳想说：你刚才也乘车了，你明知道乘车不安全，为什么还乘车？哪有散步还需要乘车到很远的什么地方的？可常琳还是改口说：从明天起单位轮流值班，我想在这儿住几天。父亲说：好好，让小强也过来好了，我有点儿想他了。常琳心里说：你有点不自然了是不是？现在单位还没达到轮流值班的程度，领导只是有这个打算，要看势头的发展。父亲说：你们总也不来住了，我们清静惯了。这回常琳不能不说了，常琳说：平时我们不是不想在这儿住，我们有家，家里有孩子，而且单位里有很多事要办。父亲说：我没有埋怨你的意思。常琳的话儿有点带刺了，常琳说：我也没说你有埋怨我的意思，从今以后我就把家搬过来住，正好这几天房子要打扫一下卫生，墙上刷点白粉，你不会反对吧？父亲说：你这是什么话，你怎么能这么跟我说话？常琳说：我一直这么说话。我为什么不能这么说话？而且从明天起，我陪你出去散步。父亲的火气一下子上来了，父亲说：你这话是什么意思？常琳说：没什么意思！难道散步还能有什么意思？难道女儿陪父亲散步不正常吗？父亲大吼一声：你少跟我来这套，你是不是看见我跟你解阿姨在一起了？常琳说：我从没听说过什么解阿姨，我只知道你身边只有我妈一个女人。父亲说：解阿姨你妈是知道的。常琳说：可我妈知道你们在公共汽车上亲密无间地挎胳膊吗？常琳终于把话说破了，说破了也好，她忽地感觉心里一片释然。父亲暴怒了，父亲说：你给我滚出去，你永远别踏进我这个大门！常琳说：想赶我走没那么容易，我就是不走，看你怎么的？母亲听到声音跑过来，母亲总是息事宁人，息事宁人就要站在父亲一边，母亲说：吵什么吵！怎么刚回家就吵？你们年轻人就好往歪里想，你爸都这把年纪了，不可能是那种人。常琳看着母亲，眼泪就出来了，她说：妈呀，你知道什么，事情都这样了你还蒙在鼓里，我是心疼你才打抱不平的。母亲说：晚上在不在这儿吃饭？如果不吃就早点回去，免得惹你爸生气。常琳说：我不回去，我永远不回去！

晚上，爱人打来电话，说：饭已经做好了，回不回来？

常琳说：不回去。

父亲又要出去散步，父亲什么话也不说开门出去了。父亲走了不长时间，常琳也跟了出去。她看见父亲向北走，她也向北走。父亲好像漫无目的。父亲在跟她绕弯子呢，父亲肯定发现了常琳，故意不达目的地。常琳有意拉大了距离，她看见父亲忽然朝西边的方向走去……

父亲什么时候回家的，常琳不知道，反正常琳知道父亲在跟她赌气。

在以后的几天时间里，常琳除了给单位打几个电话，问了问有没有别的事情，一直在帮母亲干活。常琳感觉有点想玉彬，她有好长时间没见到玉彬了，这些日子她好像把玉彬忽略了，她想她有必要给玉彬打个电话。她拿起包里的手机，走到不易被父亲听到的房间里，给玉彬打去电话。玉彬不在办公室，其他人也没在办公室，常琳拨起了玉彬的手机号码。那边的手机通了，常琳心有些跳起了，她好像忽然怕玉彬接这个电话，玉彬要是接这个电话，她不知道跟玉彬说什么。

"喂，哪位？说话。"玉彬电话里一片吵噪声。

常琳说："是我！"

玉彬问："你是谁？"

常琳说："难道我是谁你都听不出来了吗？"

玉彬忽然有些兴奋地喊道："不会是常琳吧，这可是你第一次主动给我打电话。"

常琳有点不好意思地问："是吗？"

玉彬说："还问是吗？你不知道每次都是我给你打电话？"

常琳说："我好像有点想你了。"

玉彬说："我觉得你这个人还是有点幼稚，面对 SARS，你怎么还有这种心理？"

常琳说："正因为 SARS 我才更想你！"

玉彬沉吟了一下说："好了，我出差刚回来，现在正在家主动隔离。等隔离结束后，我要去南方学习，这次学习很重要，关系到以后职务问题，哎，你好像什么都不知道哇！"

常琳说："我只知道这次学习人员中没有你吧。"

玉彬说："可我不能不去。我一定要争取去，这对我很重要。"

常琳眼泪忽地出来了，玉彬怎么变成了这么一副口气？她不知道这是怎么了，泪珠止不住下掉。她无论如何不能这样，她要学会坚强！她转过身，准备走出这个房间，忽然看见门缝中一双窥视的眼睛，那是父亲的眼睛。

原载《作家》2003 年第 11 期

去王家村

去年夏天，家乡发了一场大水。大水过后我回了一趟家乡。在电话里大哥反复说，家里接到了救助款，正在盖房子，让我不要回去，回去也插不上手。大哥认为我在城市里住久了，特别是当了处级领导之后，根本干不了家乡的活儿。有些话他还没说出来，那就是，他没时间招待我。我说，我什么都不用你管，你只管忙你的。坚持回家看看。

家乡灾后的阳光难以想象的充足，各种飞禽不停地翻动着翅膀寻找田间的食物，到处都是农民搭建住房的忙碌景象。水泥、沙子和红砖在工地旁堆放，很多田地里的庄稼匍匐在泥地里无法收获。通往家乡的桥梁已被大水冲垮，我开着私家车只能驶出公路，沿着沙石临时铺成的土路绕行。小车左摇右晃好不容易驶出土路，刚在公路上跑出没多远，又遇见一处断桥，不得不再次驶进另一条土路，就这样，我的车遇到三四处这样的路，走得很慢。我要说的是，在我走到最后一个断桥时，不但桥断了，还有一段很长的公路被大水冲毁。看来，这里肯定经历了比其他地方更严重的水灾。现在大水已经退去，路两旁还残存着大水走过的痕迹，各种野草朝着河道方向贴附在地面。河道里的水在一派汹涌之后，现在归于平静。河水的反光有时会直接逼进车里，让人的眼睛很不适应，但我还是很想赞美家乡河流的沉静与逶迤。

事情就是在这时发生的。我看见河里有三个光着身子的孩子。两个孩子正往河岸上爬行，另一个孩子却往河中心漂移，两只手胡乱地拍打水面，与那两个爬上岸的孩子距离越拉越远。河岸上堆放着一堆衣物。爬上岸的孩子不断向我摆手叫喊，我知道河里的孩子出事了。事情发生得突然，容不得我多想，赶紧刹车，推开车门向河边跑去。我边跑边甩掉短袖外衣，到了岸边，裤子也被我甩掉了，最后下水的时候，我踢掉了脚上的鞋子。在城里，我每天下班坚持到游泳馆游两千米，自认为游泳水平还可以，可家乡的河水跟游泳馆里的水不一样，看似平静的水面，水流还是很急的，我拼尽力气向那溺水的孩子游去，在那孩子即将沉下去的时候，我抓住了他。我告诉自己镇静再镇静，但还是喝了几口黄浆浆的河水。孩子年龄不大，也就八九岁的样子。我一只胳膊夹着孩子，另一只胳膊划着水游回岸边。上了岸，我甩了甩身上的河水，一件件拾起被我甩得到处都是的鞋子、裤子和衣服。我想我的好事做完了，准备回到车里穿上衣服继续上路。回到车里，我发现车钥匙不见了，找遍车里每个角落，翻遍了衣裤的兜子，也没有找到。我不得不重新下车，寻找车钥匙。就这样，我又回到了那三个孩子跟前，那个被我从河里拖上来的孩子，光着身，鼻涕泪水横流地直哭，像是被刚刚发生的事儿吓得才缓过神儿来。我问他为什么不赶紧穿上衣服回家，另外一个孩子告诉我，他怕回家挨揍。我说：怕挨揍就不回家了？走，我领你们回家劝说你们父母。这时我从岸边沙土里看见了车钥匙。我强行把三个孩子劝说到车里，送他们回家。

那个溺水的孩子家住村头，红砖瓦房一看就知道是水灾之前刚盖的，院子里有一棵老榆树，粗粗壮壮，枝繁叶茂，枝干上系着红布条，大概是把它看成了一棵神树，祈求着某种心愿吧。从车里放出这三个孩子，我在院门外叫喊这孩子的父亲，好半天，屋里出来一个四十多岁的男子茫然地向我张望，我喊他过来，他似懂非懂地挪动脚步。我看着有点生气，说你孩子犯了点错误，教育教育他就行了，千万不能打。男人看了看孩子湿漉漉的头发和被阳光晒干的皮肤，知道是怎么回事了，紧跑几步上前扯起孩子衣领，如同拎着一只小公鸡儿，头也不回地走了。我冲着他背后说：记住哇，千万不能打孩子。那男子没有回应我的话，钻进了屋，"砰"地把房门关上，声音大得我的脚板跟着抖动了一下。

我在院门外站了一会儿，没听到屋里有孩子的哭声，便放心地走了，走得孤孤单单很没意思。我总觉得孩子父亲的态度有点欠妥，他应该向我客气一下才是，虽然我不希望他对我有什么回报，但礼貌总该有吧？我心情郁闷地离开了这户人家，离开这个村子，继续赶我的路。

到了大哥家，才知道我刚刚去过的那个村叫王家村，只因我离开家乡太久，对那个小村没有多少记忆。我在大哥家住了三天，对于灾后繁忙景象我的确是个旁观者。我想尽自己所能帮大哥干点什么，总被他推到一边儿。大哥说我碍手碍脚，耽误他们劳动进度，我只好知趣地返城。三天里我没有跟大哥讲起在王家村遇到的事，即使我讲，我想他没时间也没兴趣听。

回到城里，我上班的时候跟同事闲聊，就聊到了王家村那户溺水的孩子家。当然我没有显摆的意思，我尽量淡化从河里救出孩子的过程，只讲那孩子父亲给我带来的郁闷。

同事开始跟我讨论这事干得值不值的问题，说万一你出了危险怎么办？对于那样一户人家，值得你冒那么大的风险吗？

我回避了这种话题。我要强调的是，当时我根本没想什么，当我眼巴巴看到一个溺水的孩子拼命挣扎时，本能促使我必须搭救那幼小的生命，不这样，我心里会一辈子不得安宁。

当天，报社的朋友孙义伟听我同事讲了我在王家村救起溺水孩子的事，打电话要求过来采访。他的电话打得很不凑巧，机关里正在开会布置对受灾村子的包保责任工作，我无暇接听孙义伟的电话，又不想怠慢媒体的朋友，只能告诉他：我现在很忙，改日我请你吃饭。

我向领导请求，我负责大哥家所在的那个村的包保工作，领导很快答应了我，又让我顺便包保王家村，因为王家村离我大哥家所在的那个村很近，没必要再另外派一名同事。

就这样，我再次返回家乡。我的主要工作任务是，调查一下还有多少受灾扶贫项目没有得到很好地落实，群众目前需要解决的问题是什么。

来到王家村，我暂时住在村部。我特意向村主任王东明打听那个溺水孩子父亲的情况。王东明告诉我，那个孩子的父亲叫王宝贵，是个聋哑人，一直是村里的贫困户。我想了想王宝贵上一次见我时的那种样子，有些原谅了他，他是聋哑人，肯定不会跟我说什么。即使不是聋哑人，作为地地道道只会干活的农民，也很难表达出内心的感激之情。

晚上，村主任王东明来到村部，跟我唠起家常。他告诉我，王宝贵是村里的老大难，水灾前，村里收到上面扶贫款，盖了两间房屋，其中一间给了王宝贵。房子盖完了，王宝贵却不满意，嫌房子盖到了村子里的低洼处。当时村里能盖房子的地方也只能是这里，没办法的事，我们怎么解释都说不通，王宝贵的老婆倒不是聋哑人，我们就跟他老婆讲，王宝贵却在一旁火冒三丈，上来就抓我衣领子。做了好事人家还不领情，你说我这心里该是什么滋味？这几年，大家都奔着钱使劲儿，钱比自己的亲爹妈还亲，我猜想这聋哑人挣不到钱，心里不痛快，见到谁，都看不顺眼，有什么办法？这次闹水灾，村里很多人家房屋都不能住人了，王宝贵家的房子完好无损，这回他才看到了自家房子的好处。

不过，通过这次水灾，也的确看出王宝贵家房址有些问题，全村的水全往他家院子里流，他家的院子成了河道，大水经过时，王宝贵将一袋袋提前准备好的沙袋堆在房门口，看来他早就想到了会有这么一天，真有先见之明，不但如此，他还用棉被从屋里把房门全都堵住。当时，很多人为躲避洪水，都爬到自家房顶，洪水瞬间涌来时，人们看见王宝贵一家困在屋里出不来了，好在洪水到了他家窗台就不涨了，当时盖这房子时，窗台的确比一般人家的高，地基也垫到半米多厚，他家房屋能抵御这场洪水，大家都没想到，这也是村里建筑史上的一个奇迹。

这还不是最主要的，最主要的是王宝贵的举动让站在房顶上的人都看呆了。洪水到来时，上游的水裹卷着死猪死鸡直往下冲，一起冲过来的还有门板、家具、柴草垛，柴草垛上居然还趴着一个人，不管怎么呼喊，柴草垛和人还是被无情的大水冲走了。这时我们惊奇地看见，王宝贵站在自家窗台上张望了一阵，往腰上系了一根粗绳子，跳到洪水中，大家以为王宝贵被洪水吓疯了，急于逃生，但我们都想错了。跳到洪水中的王宝贵拼命游到他家院子里那棵老榆树跟前，爬上了老榆树，解开腰上的粗绳子，捆在树干上，他又扶着绳子游回窗台，撅着屁股爬回屋里。

我打断王东明絮絮叨叨的讲述，说：今晚就到这儿吧，明天我还有很多事要做，你也回去早点休息。王东明知趣地走了，临走时告诉我晚上怎么上厕所，怎样闩好门，半夜里不管谁叫门也不要开。我看出他脸上的表情还有些不情愿，有点恋恋不舍，既然我的话已经说到这份上了，他又不好意思赖着不走。

第二天晚上，王东明又来到我的住处，还要跟我讲王宝贵。他说：昨天的事我没讲完，今天我接着给你讲，你听了如果感兴趣，就向上级部门汇报一下。

我说：你讲吧，我听着。

王东明说：王宝贵往那棵大榆树上拴上绳子不长时间，洪水里又漂来一堆柴草垛。柴草垛上蹲着一个三十多岁的女人，她被吓傻了，不喊也不叫，直看着站在房顶上的人群呆愣，柴草垛漂进王宝贵家的院子，正好被那根粗绳拦住，不走了，柴草垛一点点散开，变成了零星几块，又顺着绳子底下漂走。王宝贵老婆在窗台上喊那女人，让那女人拽住绳子，王宝贵从窗口伸出一个木杆，那女人趴在绳子上，一只手攥住木杆，用另一只手和胳膊挽住绳子，王宝贵用劲把女人拽进屋里。刚救完这个女人，紧接着又漂过来一根圆木，圆木上趴着一个男人，那男人倒是灵巧，漂到绳子跟前，伸手抓住绳子，一点点挣扎着爬进了王宝贵家的窗台。有了这男人，王宝贵也多了一个帮手，只要有人漂过来，就被他们拽进屋里，就这么忙活了不知多长时间，王宝贵救出了五六个人。当然也有没救成功的，我们亲眼看见有一块门板漂过来，门板上趴着一个十几岁的小男孩儿，漂进王宝贵家院子的时候，洪水忽然出现旋涡，门板偏离了原有的方向，朝着榆树那边靠去，王宝贵老婆喊：抓绳子，快抓绳子！那男孩儿慢了半拍，伸手没有抓住绳子，又顺着洪水漂走了，王宝贵急了，他冲出窗台欲跳入水中追赶那块门板，被他老婆从后面一把抱住，王宝贵也许急红了眼，回手给了他老婆一巴掌，他老婆的手松开了，那门板却漂远了，即使王宝贵跳入水中，也追不上了，他就眼睁睁看着那男孩儿，沮丧得要命。也就从这时开始，王宝贵不再站在窗台上救人，他拽住绳子，把半个身子探入水中，只要漂过来一个人，他就能及时搭救。当时我们都看傻眼了，想不到这个木呆呆的王宝贵竟有这么大的勇气和胆量。

后来洪水退去，那些被王宝贵搭救的人，有的来看过他，有的根本没来，对于那些来与不来的人，王宝贵全没理会，经历了这么一场大水灾，什么事都不算事了。

我被王宝贵的事迹深深打动了，当着王东明的面儿，给报社朋友孙义伟打去电话，说起这个聋哑人的壮举，希望他能过来采访一下。

第二天上午，孙义伟坐着一辆出租车急匆匆来到王家村。他是早晨五点钟从家里出发的，身上背着十几斤重的照相机，风尘仆仆的样子。为了感谢出租车司机一路辛苦没生抱怨，他还多给了人家一百块钱的车费。

孙义伟马不停蹄跟着我和王东明赶往王宝贵的家。王宝贵的老婆在院子当中洗衣服，满胳膊是白花花的泡沫，她说：王宝贵到村外干活去了，你们找不到他，他对自家的事从来不上心，就喜欢干外面的活儿，也不知他咋想的，不理解的人，还以为他脑子不正常，我也管不了他。

我们不免有些怅然，孙义伟向王宝贵老婆了解上次孩子溺水的事，王宝贵老婆竟没话可说，看来她对孩子溺水的事一无所知，所以当然不会想过是谁救了她家的孩子。孙义伟拿着照相机在屋里简单拍了几张，我们就走了。

次日，我们起早赶往王宝贵家。这回，王宝贵老婆蹲在屋子里剁鸡食菜，身边堆着乱七八糟的菜叶。王宝贵则在院子前边的菜园子里翻着地，准备重新种些蔬菜。他看见我们，抬起头来，一脸木然。王宝贵的儿子从屋里跑出来，这是个俊俏机灵的小男孩儿，黑黑的脸蛋儿显出洁白而整齐的牙齿。看见我们，这小男孩儿一个劲儿往他母亲身后躲藏，眼里全是对我们的好奇。用家徒四壁来形容王宝贵家一点也不为过，在他家空空荡荡的屋子里，外屋除了堆着一些做饭用的柴草，再就是一口水缸，地面又黑又潮，因脚板频繁摩擦，生起一片鸡蛋大小的泥塄子，油光锃亮。鸡狗倒是出入自在，随便在屋地觅食大便。里屋有一铺老式炕柜，柜里有几条被褥。还没洗刷的碗筷装在一只大盆里，盆里放着淘米水，一只死苍蝇漂荡在水面上。看着眼前的一切，我心里一阵阵发酸，跟孙义伟碰了一下眼神，心照不宣各自从兜里掏出二百块钱，放在王宝贵家炕上。我们的动作似乎惊动了王宝贵，他上前捡起炕上的钱塞给我们，在挣挣扯扯中，我发现王宝贵的确不想要我们的钱，他们一家人似乎已经习惯了自己的生活，他们过得心安理得。王东明向王宝贵老婆说明我们的来意，王宝贵老婆用手比画着把我们的意思告诉了王宝贵，我们笑容可掬地等待王宝贵接受这次采访，他的事迹肯定会得到社会的关注，会得到很多好心人的资助。不想，出乎预料的事发生了，王宝贵撇开我们，拽起老婆就往屋外走。在我们不知所以的时候，王宝贵已走到院子里，拎起一把铁锹，再从鸡窝里的棚顶上扯下一个柳条筐，走出院门到外面干活去了。

王东明不好意思地向我们道歉说：看见了吧，他就是这么一个怪人，谁都不明白他心里到底想着什么。

孙义伟打着圆场说：怪人好，说明有性格。

我们在屋里站了一会儿，决定跟王宝贵走，说不定能搜集到更多鲜活生动的材料。

这时，王宝贵领着他老婆早走没影儿了，我们也不着急，顺着他们的方向边聊天边走，轻松而惬意。快要走出村口时，我们看见了村边的那条公路，王宝贵正一锹锹挖起路边的沙土装进柳条筐里，筐里的沙土装得差不多了，他和老婆一起抬着柳条筐走上公路，往坑洼处填起沙土。孙义伟赶紧从包里掏出照相机，嘴里自言自语叨咕：太好了，真是太好了，我就需要这样的画面。孙义伟端着照相机，猫起腰亦步亦趋地小心翼翼向前移动，生怕惊动了他们。看着他那紧张得要命的样子，我觉得好笑，心想：王宝贵一点也不呆，他很懂得怎样炒作自己，知道有人采访，特意让孙义伟拍摄他修筑公路的场面。但我又想错了，我为自己的狭隘羞愧难当。王宝贵发现我们冲他走过来，停下活计，气愤地拎起铁锹和柳条筐扬长而去，头也不回一下，让我们尴尬得不行。

由于孙义伟过于小心，过于激动和过于强求完美，他一张照片也没抓拍到。

乡村的空气真是好、一尘不染，吸在肺部里甜丝丝的，比城市家里用的过滤器生出的空气强几倍。我们四周是一排排整齐的杨树，高大笔直，像天然的屏障守护着这片劫后余生的富饶的黑土地。杨树上飞起飞落一只只喜鹊，看得出，它们成年累月自然地生，自然地长，悄悄在这里安家生息，没有人打搅，没有人探寻它们的一切。

孙义伟无可奈何地对我说：我在这里给你拍一张吧，留个纪念。

为了排解孙义伟心中的不爽，我稍微调整了姿势，让他尽情地拍照。

这次包保工作，我在王家村工作了四天，在大哥家所在的村子工作了两天,搜集了一笔记本材料,准备理顺思路形成文字,回单位向领导汇报。

回城里上班第一天,我的同事在办公楼走廊里叫住我,兴奋地说:你抢救落水少年的事迹昨天登报了。他跟我回到办公室,找出一张晚报,我看见有关我的"事迹"刊登了大半个版面,标题是:我市公务员不顾安危,回家乡勇救落水少年。还配发了一张王宝贵儿子的照片和我的照片。我的照片很有艺术性,头顶着蓝天白云,晴朗的天空中飞起一只只长尾喜鹊,一排排高大笔直的杨树成了我身后的背影。这时,我还看见我的眼睛深情地眺望远方王家村那片土地,眼眶里挂着不易被察觉的热泪,晶莹闪亮。

我笑笑说,孙义伟这小子,我真拿他没办法。

原载《光明日报》2014 年 6 月 6 日

参 园

一

山雾像一头张牙舞爪的野兽，时急时缓地伸展起腰肢，劈头盖脸向这边扑来。草窠里三只山鸡见势不好，不合时宜地从脚尖突然飞起，嘎啦啦……惊得兰子禁不住将大胜往怀里一拉。

"我家出什么事了？"大胜上气不接下气地问兰子。

"没多大事。"兰子只想赶路。

"我爸妈怎么不跟我说一声就走了？"

"他们走得急，过几天就回来。"

"我家到底出什么事了？"

"他们回来，你就知道了，信姨的话，好好走路。"兰子显出不耐烦。

比起山腰的雾，大胜心里的雾更大，他想不明白兰子为什么领他上山来。

兰子说："这几天你住在山上，等你爹妈回来，再下山。"

兰子还说："这几天正好学校放假，你和我家小刚采参花。"

二

昨天早晨也是个大雾天，雾里还夹杂着细碎的雨丝，黏黏腻腻，整个山不知是泡在雨水里还是雾水里。水芬使劲儿拍打窗框喊："兰子起来了吗？"

兰子打了个哈欠，似在睡梦里，懒洋洋地说："水芬啊，还没呢！"

水芬就有些急，啪啪啪，更加使劲儿地拍打窗框，震得潮乎乎早就裂了缝的黄泥墙皮吧嗒一下脱落墙体，稀松地砸在地上。这房子是建参园时盖的，孤零零地立在高坡上，窗口上两块玻璃，像总也合不上的黑洞洞的大眼睛，没日没夜警惕地注视着参园里的一切。上个月水芬跟她的男人玉成还住在这房子里，她熟悉这里的每一处砖头瓦块儿，每一个蚂蚁爬过的地方和狗屎尿窝，可转眼之间，这里好像又不属于她的了。

水芬裤腿湿到了膝盖，泥水泡儿咕叽咕叽响着从鞋缝里挤出来，丝丝缕缕冒着热气。她又伸手拍打窗框喊："兰子起来了吗？"

没有一点儿回声。四周静得有些奇怪。眼前窗玻璃上粉红色碎花布窗帘，也是水芬从山下地摊上买来的，挂在窗户上，那窗帘只挡住下半截儿玻璃，上半截儿留了空当，让屋里的人每天晚上躺在炕上都能数天上的星星。

水芬手挂窗台，向上蹿腾了几下，想通过上半截儿空当往屋子看。屋里太黑，她什么也看不见。

兰子说："有啥事，你就说吧，我不给你开门了。"

"玉成昨晚肚子又疼了，我想领他到县里看看。"

"你的意思是，你们这几天不来了呗！"

"要是他得了不好的病，恐怕十天八天也过不来。"

"我明白了，你就去吧，缺钱不？缺钱我给你拿点儿。"

"不用，不用，这就够麻烦你们两口子了。"

"哟，话说到哪儿去了，都是乡里乡亲的，麻烦啥？"

停顿了好半天，水芬又说："我还想跟你说件事。"

兰子说："你就痛快说吧，别像放屁似的零星地往出挤。"

"我家大胜，我就不带他去了，托你照顾一下，他跟你家小刚能玩到一块去，让两个孩子做个伴儿！"

"这事我巴不得呢。"

"那这事说定了？"

"你快走吧，我不留你。"

水芬没走。她坐在房门口湿漉漉的木凳上，心里酸溜溜的，不托底，还没有着落。这辈子自从嫁给玉成，她几乎没过上一天好日子，没过上好日子也罢，玉成说话也从没跟她有过好气儿。这么多年，水芬已经习惯了，不跟他一般见识。可麻烦就出在不跟他一般见识上，七年前，玉成头一次跟她正经说的一句话，就是要从家里拿钱，去林场申请一块参地。玉成老爹得了白内障，大白天的，走路还要摸墙根儿。他姐姐是个傻子，虽然不跟他们在一起住，他总得搭钱供养。玉成想种参翻身，可他没想过，人参生长期长，没个十年八年的，卖不出价钱，要想翻身要等到哪个猴年马月？种参是靠老天吃饭，老天叫你发财，躲都躲不过去，老天叫你赔本，就赔个血本无回。玉成种参带有赌博的意思。自从种上参，县里在他们镇上搞了一次人参节，本来平静的小镇突然人满为患，那些花花绿绿奇形怪状的男女从广州、上海、香港、台湾那边跑过来，走在街上，看得参农们一惊一乍的，满眼都是新鲜，没谁想起卖参赚钱！

那次人参节，也真叫人大开眼界，县里把所有参农的人参集中在一起，一串串挂满了展会会场，还摆满了大街小巷。本来稀缺昂贵的东西，像水萝卜似的堆积成山，再想挣钱，竟卖出个水萝卜价。那次展览会，水芬还从电视上看到，韩国餐馆里将种植二三年的人参起出来，端到饭桌上随便吃，见不到一点儿药性不说，好端端的东西一下子被糟蹋完了。也就是从这时开始，人参的价格一年不如一年，而且，玉成十几万元的贷款眼看还不上，他偷偷背着水芬又从银行里搞贷款，拆东墙补西墙，东挪西凑，只等着人参长到十年八年，价格升上来，起参，卖掉，偿还银行贷款。可谁承想，玉成将所有银行贷款都用完了，再没有哪家银行肯给他贷款了。那些日子，水芬不知道玉成在银行贷了多少钱，她要是知道，非吓死不可。玉成没让水芬知道，自己嘴角却偷偷起了厚厚一层水泡，水泡破了，冒出黄水，水芬让他去医院看看，他硬是不去。参园资金链断了，玉成无力投入资金将参园维持下去了。想当初，玉成还野心勃勃，要将生长三年的参苗移栽到山林里去，移到山林里的人参，就像野参一样自然生长，虽然个头不大，却跟野山参一样，能卖出好价钱。水芬不同意，说移植到林子的人参，没个二三十年长不成个儿。二三十年我们都老了，还想发财不成吗？再说了，移植人参，可能叫人偷走，也可能生病，到头来还有多少赚头呢？要是当年玉成贷款也跟她商量商量，何苦如今赔个老底儿朝天？

生了一嘴水泡的玉成两天两宿没有睡觉，找到强子，强子和兰子两口子正帮他们看参园，两家算走得比较近便的。玉成说了自己的难处，向他们借钱，强子苦着脸说，我不是信不过你，两年后人参价格要是跌了怎么办？强子手里有一些积蓄，不但手里有积蓄，他的亲戚都有钱，强子向他们借钱肯定不困难。这时强子说出了折中方案，说我肯定能搞到钱的，当然我也是从银行贷款，你把参园兑给我，我用贷款还你那利息。玉成当场就翻脸了，说，亏得你能想出来啊，那样，这几年我就白忙活了。

……

太阳羞羞答答慢慢悠悠出来，参园里的雾气散去，水芬从木凳上疲惫地抬起身，准备悄声地下山，迈步的当口，屁股后圆圆的深色湿印子，完全显露出来，她自己却浑然不觉。

三

夏天的长白山，湿气大，起雾就像天要下雨天要刮风那么平常，甚至比下雨刮风还要来得勤快。每天早晨和傍晚，那缥缥缈缈绵绵不绝的山雾，总是缠绕在山顶，成条儿成絮地慢慢地打滚，游走，铺天盖地又无可遮拦地将天上的云扯下来，跟自己连在了一起，混混沌沌，茫茫然然。

大胜和小刚爬进参园，太阳就出来了，遮盖了一夜参园的雾，伸个懒腰，贴着参园蓝色的塑料棚一波一波地缠绕、散去，搞得头顶的太阳光线晦暗不明。

雾水湿了大胜两只鞋，鞋底沾了泥，泥上是折断了的草叶，草叶挂在裤腿上，皱皱巴巴的裤腿裹在腿上，腿就像刚从泥水里蹚出来。

小刚跟在大胜的身后，踩着大胜的脚印，在参园的垄沟里一步步往前走，尽量避免碰到那些带雾水的草叶，但鞋和裤子也还是跟着湿了。

不知什么时候，太阳彻底透过亮儿来，光彩熠熠照临过来，他们的鞋和裤腿很快风干，发出生硬的脆响。

七八月，正是草木葳蕤的时节，各种植物的叶子翠绿绿、油汪汪，凭借黑土的劲儿力，飞一样地疯长，遮挡住整座山体。这时有谁还会想到，秋天或是冬天的另一番景象呢，没了叶子的树干，像人头皮上剃了板寸的直发，齐刷刷直立在冷峻的山上，让你万万想不出夏天枝叶还有这般的奢华与铺张。

大胜和小刚耐心地采着参花。

人参是喜阴怕光的植物，雾气中的浓密丛林是它们的最好庇护。早年种参也是要伐掉那一棵棵树木，将腐土刨出一条条垄沟，打上一米多高的木桩，搭上架子，草帘子铺在上面，阳光出来的时候，也晒不到草帘子里的人参。如今那草帘子改成了蓝色塑料布，那蓝，就像一汪水浮在山体上。

大胜和小刚蹲在同一条垄沟里，一左一右，摇摆的身子不停地向前移动。刚才兰子说，什么时候参园里的参花采完了，大胜的妈妈水芬就会来接他。他要是很快采完参花，妈妈就会很快回来。凭着这句话，大胜把参花采得格外卖力。可这么大参园，他什么时候能采完？大胜抬头看看明晃晃的太阳，太阳的光线立马把他的眼皮合住，怎么也睁不开，他只好低下头，认真地采撷。参花茎干的断裂声，清晰地在耳边响起。身旁那筐，大口，圆底儿，大人拎着正好，放在孩子手里就显大了，磕磕绊绊，但也没关系，移动脚步的时候，就在地里拖拉一下，头都不用转过来。

早上，兰子递给大胜和小刚一人一只筐的时候，还给他们下了任务，筐里的参花不装满，谁都不能回来啊。到中午，大胜和小刚必须把两只装满参花的大筐交给兰子，兰子再把参花铺在窗台底下柳条帘子上，晒干，收起来，背到山下，卖给商店。

四

兰子从村里领大胜来到山上，还有一个想法，那就是，由参园去山岗村上学，要比从村子里去山岗村省一半儿路程。他们村的小学早黄了，孩子想上学，得翻过这座山去山岗村，每天路上要走一个半小时。现在，村里很多孩子都不上学了，只有大胜和小刚坚持去山岗村。本来小刚不想念书，兰子看大胜每天去山岗村上学，就鼓动小刚也去，说他能去，咱们为啥不能去。于是就去了。两个孩子正好在路上做伴，互相有个照应，何乐而不为？兰子有很多事都要跟水芬学的，只要水芬做的事，肯定都是好事，要不然当初兰子也不会为了每月八百块钱，来为水芬打工。

有谁会想到，那么有正事的两口子，却在种参这事上栽了个大跟头，现在可好，两户人家调过来了，参园换了主人，水芬和玉成两口子竟为兰子和强子打工了！

参园里很静，静得能听到树林各种稀奇古怪的声响，那是空气摩擦的声音，是枝叶抖动的力量，是昆虫们的窃窃私语。太阳出来，雾气散去，支棱八翘的头发丝挂满了毛茸茸的水珠，用手一抹，发丝倒了，打成绺儿，水珠顺着头发淌到脖颈儿里，浸湿了衣领，又印出一条条不规则的碱线和波澜不惊的图案。

大胜人实，干活也实，眼见筐里的参花形成一小堆儿，他手指肚、指甲都被白浆浆染黑，黑里还隐约透出暗红，粘着零星的泥水，一时半会儿褪不掉的。大胜的手还快呢，那一朵朵参花被他一个个掐下来，飞进筐里，砸在先前落在筐里的参花上，颤巍巍地弹动了一下，混入其中，也就在这时，他不自觉地站起身，抬头望向远处的山坳，恍惚觉得妈妈水芬正在盘山路上行走……

小刚没有大胜这番心思，他的劳动就变得单调和乏味！他总觉得这些都是兰子没事给他们找事，好好的日子，采什么参花呢！既然大胜没怨言，他也不好公开跟妈妈作对。兰子和强子就像山里的两颗老人参，霸道得很。人参在土地里生长几年，会把土地里的养分吸得二三十年缓不过来。在小刚眼里，爸妈做事，也在吸人家的养分，叫人二三十年缓不过气儿。

两个孩子在参园垄沟里已经移动了二十多米，一前一后，互不妨碍，眼看着大胜随手扔进筐里的参花快要填满了半筐，小刚筐里的参花连一筐底儿还不到。

小刚问："你爹啥时从县城回来？"

大胜说："不知道。"

小刚说："你爹的病是愁出来的。"

大胜说："不一定。"

小刚说："听我妈说，你爹得的可能不是什么好病。"

大胜汗水出得更多，聚集在鼻尖上，坚持不住，啪地掉在地上，摔得叫人心碎。

眼前，人参细碎的白花正一团团开放得绚烂，有一只蜻蜓忍不住诱惑，站立在花顶上，撩拨的羽翅瑟瑟抖动，小刚蹑手蹑脚，伸手猛地一搂，蜻蜓弹起，撞到了塑料棚顶，又将身体降落一下，冲向棚下一侧空当，悠地飞走了。

五

马车走了一个小时，还在山沟里绕着弯儿。长白山的山并不白，只是天池主峰白皑皑的积雪，让人误以为其他所有的山都是白色的。每到春天，山上有那么多植物都会冒出新绿，鲜鲜嫩嫩地养眼，夏天呢，那绿就像每片枝叶都擦了油似的鲜亮，还膨膨胀胀。

水芬赶着马车拉玉成走在去县医院的土路上，她抬头看见自家的参园，不，现在应该归兰子家管理的参园，心里涌起海水一样的波浪，微微的苦，微微的咸。那蓝色的塑料棚，波光潋滟地贴敷在山腰，让她的心更加的苦，更加的咸。从远处移回目光，回头看着像虾一样在车里佝偻成一团的玉成，她狠甩了一下鞭子，鞭梢在马屁股上抽出一道长长的印子，车就加快地向前冲去。女人赶马车，在乡下也算是一件不体面的事，牲口不听女人吆喝的，可它看见窝在车里病得不像样子的玉成，也就百般顺从了水芬。水芬怎么吆喝，它就怎么走，没有一点儿欺负水芬的意思。水芬回头问："你能坚持住不？"玉成手捂着肚子，脑门子全是蒸气腾腾的汗水，不搭理水芬的。水芬说："这病是你自己找的，这叫自作自受。"玉成说："你能不能把你那臭嘴闭严实了！"

水芬又狠抽了马一鞭，马车颠儿颠儿飞快起来。

……

那次玉成从强子那儿生气地回来，又向别的人家借钱去了，他走了一家又一家，钱还没借到，鞋底却磨裂了口子，正发愁的当口，强子追过来说："你别到处跑了，没人肯敢借你钱的，还是咱俩商量商量吧。"

就开始商量了。

玉成说："杀人不过头点地，你不要太狠了吧！"

强子说："我怎么叫狠呢，这不是跟你商量吗？"

玉成问："怎么商量法？"

强子说："我知道你头几年没少在参园上下功夫，我不能让你吃亏，但你总得让我挣钱吧。"

玉成说："说吧，你有啥想法？"

强子说："你那贷款窟窿，我拿钱帮你填上，过两年起参的时候，咱们俩二八分成，你八我二，怎么样？"

玉成说："亏得你想得出来，做梦去吧！"

强子说："你不干是吧？"

玉成说："这事打死我也不干。"

玉成领着水芬到大舅哥那儿借钱去了。按本村的规矩，去大舅哥家，手里不能空着，玉成特意到水果摊买了两箱苹果，他肩上扛一箱，水芬怀里抱着一箱，俩人心里七上八下地进了大舅哥家，把两箱苹果往门口一放，大舅哥说："你们缺钱是吧？我这儿多了没有，只有一千块，你们拿去吧，也不用着急还。"

在大舅哥那儿碰了一鼻子灰，玉成又领着水芬去小姨子家，同样买了两箱苹果，两人一个扛一个抱，到了小姨子那儿，两箱苹果刚放在屋里，小姨子开始数落玉成了，说："姐夫你真是异想天开，要是种参能发财，家家什么都不用干了，都去种参，这回可好，欠了一屁股债不说，我姐也跟你活受罪，不是我埋怨你，你瞒上欺下，想没想到会有今天这样的结果？"

结果是，他跟水芬从小姨子家出来，不但白搭了两箱苹果，还惹了一肚子气。

那时，水芬还说，看能不能从你家那几个亲戚想点办法？

玉成有个弟弟，在县里做瓦工，爹和那傻姐姐都在他那儿住，能糊住嘴吃上饭就不错了，家里不可能有什么积蓄，比弟弟小的，是个妹妹，因妹夫赌博成性，把家搞得乌烟瘴气，两人头十年就离婚了，妹妹领着十几岁的孩子，也没什么正经工作可干，更不可能从她那儿借出钱来。

该想的办法全想了，该找的人也全找了，玉成不出门了，他在参园小屋炕上一会儿倒下去睡觉，一会儿坐起来看窗口发起呆来。随着窗外天空游走的浮云，玉成的魂儿不知飞到哪去了。晚上倒是出门了，在参园子里走了一圈又一圈，烟也不知抽了多少根儿，那明明灭灭的亮光，如同地上跳动的鬼火，发出摄人心魄的贼光，将人的身体抽空了。

有一天，玉成做出了重大决定，说重大，是他把怀里那颗撕碎了的心又重新组装在一起，黏合在了一起，心平气和地来找强子，说："二八分成我同意。"

强子说："你同意，我还不干呢！"

玉成说："好兄弟，我这不是求你嘛！"

强子吧嗒吧嗒嘴寻思了好半天说："既然这样，我还有个要求。"

玉成心咯噔一响，问："什么要求？"

强子说："这参园什么时候起参，什么时候卖，我说了算。"

玉成说："行！"

强子说："从今往后，你两口子给我打工。"

玉成说："行！"

强子说："我可不给你们开工资！"

六

人参是个很挑剔的东西，离开山里的树叶腐土，就无法生长。腐土清澈的气息总是给参园生成一种难以名状的神秘。

这么长时间了，大胜采下的参花始终停留在半筐那个位置。这就有些奇怪，大胜的想法只停留在奇怪上，没有往下深入。倒是小刚筐里的参花长得飞快，已经是大半筐了。

还有，大胜左垄参花只剩下零星几个，他摘得很小心，生怕摘掉了参叶，伤了地下的人参。小刚右垄那边参花摘得七零八落，很不用心，散散漫漫拖泥带水。大胜向前移动几步，他也跟着挪动几步，两人筐挨着筐，寸步不离。

摘掉的参花茎秆，突兀地立在六片参叶上，渗出白浆，慢慢地涌出个浆包包，堆积不住，顺茎秆往下淌，那是人参身上的血，是眼泪，是疼痛的人参生长过程中必须经受的过程。谁都知道，如果在这个季节里不掐掉参花，参果就会结出来，浪费参体里的养分，地底的人参就长不大，卖相不好。

大胜的手开始累了，他想，要是照这样的速度，每天摘五垄，十天妈妈就回来了，妈妈回来，爸爸的病也就好了！要是每天摘十垄呢？大胜不敢想了，他万万做不到每天摘十垄参花的。他的指甲缝有点疼，蜇啦啦的。偷懒的工夫，不自觉回头向筐里看了一眼，这一看不要紧，他的心猛地缩了一下，筐里白花花的参花中居然有一只圆嘟嘟、胖乎乎的手。那手撞见大胜的眼睛，哆嗦了一下，木了一样不知所措。

那手缩回去的当口，四周的风仿佛静止了。

大胜连忙回避开视线，抬头看看远处起起伏伏的参棚，看天空慢悠悠的飞禽，耳边响起久远的童谣：

人参人参是个宝

圈在参棚跑不了

不像山参成了精

眨眼工夫没了影

小刚整个人都木了，一句话也不吭。他在等待大胜的指责，等待大胜回手抢夺他筐里的参花。可大胜的眼睛躲过小刚的手，怎么也不肯再转回来了，黑黑的指甲更加飞快地掐向一棵棵参花的茎秆，一会儿工夫，参花在手心里攒成了一小把，支棱八翘，实在攥不住了,才转过手,头也不回一下,将那一把参花放在筐里。

太阳在头顶上火辣辣的,快要把头皮晒出油来,俩人还是不声不响坚持蹲在参园里。

这一刻,小刚多么害怕大胜把这件事戳穿了,又多么希望把这事戳穿。

大胜呢,始终无动于衷。

天忽然暗了一下,太阳羞涩地躲在云朵后面。参园里又出现一缕细风,打着旋儿吹过来,清清爽爽,各种蒿草野花的香气夹杂着腐土的气息,直钻人的鼻孔。

小刚筐里的参花已经满了,他不再想若有若无的心事,而是快速地掐起参花,几近疯狂地掐起参花。朵朵参花大把大把落入手中,呻吟着,哭泣着,又实实在在落入大胜的筐里。小刚不知往大胜筐里放进多少把参花,反正大胜筐里的参花已满满登登的,装不下了。

七

别看远远望去,参园就像巴掌大的那么一块地,其实走进参园才知道这里面有多大。就这么说吧,要想围绕参园走一圈,没有半个多小时是走不出来的。有了参园,就必须有看管参园的屋子,人住在屋里,十天半个月下不了山,看不到一个人影儿,就像一个人十天半个月不见荤腥,心里空得很,也慌得很。所以在山上住上一个月,必须下山回到村子里,接接人气。水芬和玉成雇兰子和强子看参园也就是这个意思,他两口子在山上住一个月，就下山，强子领他媳妇兰子再上山住一个月，有吃有喝的，另外多拿八百块钱，日子神仙一样呢。现在反过来了，兰子和强子成了雇主，他们什么时候住腻了，想下山接接人气儿，就唤水芬和玉成上山，那俩人更神仙了。想起这些，水芬心里有一股掉进冰窟窿般的寒冷，还有一种万箭穿心的疼痛。

昨晚玉成彻底病倒了，水芬说，自从村子里有了造纸厂，玉成就开始有病，山上还起雾。造纸厂在水芬家房后，房后原本清清的水沟，现在已变了颜色，让水芬很是心烦，见人总爱唠叨，这话长了腿儿一样跑到村主任耳朵里，村主任说："不建造纸厂人就不得病了？山就不起雾了？谁不知道玉成的病是自己窝囊出来的，简直是无稽之谈！"从此，水芬什么都不谈了。

马车在山沟里走了一个半小时了。马也会偷懒呢，水芬手里鞭子甩一下，这马便使劲儿跑几步，水芬手里鞭子停止了，马车的速度又降下来，水芬不得不再次甩起鞭子。

玉成蹲在马车里正在难受，后面有辆夏利小车驶过来，还按了两声喇叭，水芬挥动鞭子让马车向右靠拢。小车与马车并排了，车窗摇开，水芬看见是包子开着他那辆出租车。包子探头跟她说着什么，水芬没听清，她不愿意搭理包子，索性不听了。包子是强子的弟弟，在村子开了五六年出租车，手里有俩钱，也算有头有脸儿的人物，连村主任出外办事，也要提前跟他预约。包子超过水芬的马车，在前面不远处停住，打开车门，人从车里钻出来，站在路中间不住摇摆手臂，让水芬把马车停下来。

水芬勒住马缰，坐在马车上没有动。

包子说："今早听我大哥说，你领玉成哥去县医院，怎么没叫我一声？"

水芬说："我们没钱坐出租车。"

包子说："那也不能赶着马车去县城。"

水芬说："我就赶着马车进县城，又怎么了？"

包子说："别犟了嫂子，赶快下车，我开车拉你们去，车放在路边沟里，马拴在树上，没人牵走的，今天天黑前，我肯定帮你们牵回去。"

水芬说："我没钱给你车费。"

包子说："别谈钱，谈钱多伤感情。玉成大哥对我们家还是有恩的，前年我老爹走出村子走丢了，还是玉成哥把我老爹领回来，那事我不会忘的。"

听包子这么一说，水芬的心松软了下来，柔柔的，挺不住了。她放下鞭子，扶着玉成磕磕绊绊下了马车，坐进包子的出租车里。其实水芬早就想着租一辆车去县城，包子主动追上来了，说明他的心还没被狗叼去。

包子专门为玉成的事跑了一趟县城，不知要丢掉多少活儿，要少挣多少钱。水芬不能亏欠包子，等手里有了钱，一定把包子这趟车费还上。

到了县城已经是中午，包子请水芬和玉成在县城医院门口吃了两碗面，要开车回去。临走时，从兜儿里掏出一张纸片，告诉水芬，什么时候回村，打个电话，他会赶过来接他们。

这时的水芬，心里对包子有一种说不出来的感激。在村子住了这么多年，她好像从来没有发现包子的好，在这之前，水芬看不上包子，觉得他整天油嘴滑舌不干正经事，还有点像他哥强子，就知道占便宜。现在水芬对包子的印象有所改变，觉得包子比强子强多了，虽然都是一个爹妈生的，人还是不一样的。水芬冰冷的心一点点回暖，一点点热起来，在心口窝变得滚烫了。

一碗面，玉成吃了两口，不想吃了。水芬把玉成这碗面也吃了，吃饱了再吃，有些撑着了，晚上不用吃饭了。

说来也怪，进了县医院大门，玉成的胃不那么疼了。他捂着肚子蹲在医院墙根，想回家。水芬听了就生气，她手捏着挂号本扯起玉成去看医生。医生问玉成的病情，在病志本上比比画画写了十多分钟，又抬头唾沫星子横飞地问了好半天，让玉成明天早晨空腹做钡餐透视，就唤站立在门口的下一个病人。

水芬说："能不能今天把病看完，我们还着急回去。"

医生说："看这病，没那么快。"

水芬扶着玉成走出医院，玉成说："我这一病，说不定强子怎么算计我们呢，恐怕'八成'也保不住了。"水芬说："管他呢，他想要，全拿去，现在是看病要紧！"玉成说："你这个败家娘儿们，我死了都闭不上眼睛啊！"他们花了20元，在医院旁边小旅馆住下来。旅馆房间很小，除了一张床，连转身的地方都没有，而且屋里没有窗户，亮着灯，光线昏暗得看不清人的脸。床是木板的，上面有一个席梦思垫子，垫子上面直接铺了床单，潮乎乎的，人爬上去，吱吱嘎嘎响。水芬转念一想，花20元钱有个地方住就不错了，讲究不了那么多，不像家里一铺大炕，从炕头到炕梢，要打好几个滚儿。水芬从床底拽出只盆，竟看见半尺多长的大耗子睁着两只贼溜溜的小眼睛与她对视，一点儿害怕的意思都没有。倒是水芬害怕了，浑身毛发炸起，妈呀一声扔下手中的盆，站在那儿半天不会动。水芬说："咱不能住了，找老板换房间。"老板听到水芬的叫声，很不高兴，说："别的房间没有了，你只能住这个房间。"

水芬蹑手蹑脚走回来，忍不住泪水一个劲儿地往出流，若不是种参赔了本，她何苦受这份罪呢！受罪也罢，老板对她也没有好脸色，真是气死人了。玉成的胃疼又发作了，比来时路上还严重，满脑门子又是汗，脸色煞白，瞪着直勾勾的眼睛躬身在床上。水芬问："用不用再去医院？"玉成没作答。刚从医院出来，再去恐怕也解决不了啥问题，水芬要做的，就是不住地给玉成擦汗，给玉成搓背，玉成胸前后背衣襟全湿透了。

这一宿俩人挤在小床上，谁都没有睡。

第二天早晨早早去了医院，玉成喝了一大碗白糊糊的东西，就上了机器。

下午再见到医生，医生让玉成到走廊里坐坐，关上门对水芬说："你男人这胃里好像长了不太好的东西，到省城去看看吧。"

水芬心里咯噔一下，猜出是怎么回事了。

八

天黑的时候，山上又起雾了，雾大，夜晚更黑了，那么大的参园就被夜晚吃掉了，不见一点儿踪影。小刚这一天从参园里出来，多了心事，可没人注意他想什么，干什么，他领大胜吃了饭，大胜住在外屋，他进了里屋，什么话也没说。静静躺在被窝儿里，静静看着兰子在灯下把两筐参花倒在帘子上，分散开，准备明天阳光出来，晾到外面去。

小刚说："妈，我跟你商量件事。"

兰子说："不好好睡觉有什么事可商量的！"

小刚说："我想到外屋跟大胜睡一起。"

兰子说："我不管。"

小刚说："你不应该要人家参园子。"

兰子说："大人的事你别管。"

小刚说："你让人家打工，就得给人家打工钱。"

兰子说："大人的事，小孩子别跟着掺和，快睡觉。"

小刚说："你不答应，我就不睡。"

兰子说："你看大胜都睡了，别吵醒人家，听话。"

小刚说："你不答应，我就不睡。"

猛然，小刚后脑壳遭到一记脖溜子，愣神儿的工夫，强子拎起小刚光溜的身子，放倒在炕上，强行把他塞进被窝儿，将被角死死按下。

强子说："你再不睡，我把你扔进狗窝里。"

第二天，太阳照进了参园，兰子端着两帘子参花，放在屋窗台下面木凳上，喊："小刚，今儿天好，你跟大胜每人采两筐参花回来啊。"

九

水芬领着玉成回到了村子，进了自己家门，将院子打扫一遍，将屋里天棚、墙壁灰尘也打扫了。早在养参的时候，她家就不养鸡鸭，只养了一匹马，帮她上山下山拉东西。现在那马还在包子那寄存，院子没有这些活物，显得冷清了不少，也失掉了活气，看着心里就不舒服的。打扫完屋子，水芬把该叠的东西叠得整整齐齐,锅碗瓢盆也摆放得井井有条。屋子里整洁了，再往灶坑塞了一把柴草，点着火，烧热了炕，扯来炕柜里的枕头，让玉成躺下。也许这是玉成最后一次躺在自家炕上,躺过了这天，玉成还能不能回到这个村子还不好说。

水芬推开屋门，急匆匆上山，去参园。

兰子见到眼泪汪汪的水芬，估计水芬红肿的眼睛肯定没少流泪水。

两个女人脸对脸地坐一起，好像都明白彼此的心思，谁也不想第一个张嘴。不知等了多长时间，还是兰子咽了咽口里的唾沫，试探着问：“玉成的病看得咋样了？”

这话好像把装得胀满的泪水袋子捅破了，水芬的泪水哗啦一声倾泻出来，四处纷飞，哭得一塌糊涂了。

水芬说：“我命怎么这么苦！”

兰子说：“你也别这么想，玉成活不成，这是他的命。”

水芬说：“可男人终归是一个家里的顶梁柱，顶梁柱没了，这日子可怎么过！”

兰子眼圈竟跟着红起来，停顿了一会儿，想了想，起身回屋，说：“也不知怎么搞的，这几天我整天看着大胜，就像看见了你们的心！”搬开地柜上面的电视机，从灰尘暴土中掀开柜门，拎出个布包包，拍打掉一抹灰尘，来到水芬跟前，用牙咬开布包的死扣结儿，拿出钱来，也不数一下，重重地放在水芬的手上，说："你就死马当作活马治，玉成的病治不好，你心里也净了，不后悔。"

看到钱，水芬哭得更加不行，像嗅到玉成死亡的气息，还有一种人财两空的味道。

水芬说："这钱，将来我一定还你，我砸锅卖铁也要还你。"

兰子说："行了行了，抓紧时间看病吧！"

因为手里死死攥着兰子的那笔钱，虽然是哭，却与刚才有着不同的心情。水芬说："我们去省城，参园里的事，你就多操心。"

兰子说："行，这会儿大胜跟我们家小刚去了参园里，我就不喊他们了，这孩子懂事呢，你就领玉成安心看病吧！"

水芬走了。

兰子送她到大门口，看着水芬下山的背影，不自觉地扶住门框说："人心都是肉长的，如果玉成真有那一天，你一定吱一声！"

十

天放凉的时候，山上不再起雾了。天空也总像水洗过似的透明，还瓦蓝瓦蓝的。水芬领着玉成从省城回来，她做的第一件事，就是赶紧去参园。

兰子坐在参园房屋门口吃秋黄瓜，腮帮子一鼓一鼓的，把黄瓜嘎巴嘎巴咬得生脆，见到了水芬，她嘴里含着一口黄瓜呜呜咽咽地说："你急什么还钱，啥时有啥时再说呗，玉成的病看得怎样啊？"

水芬伸手拽下兰子剩下的半根黄瓜，接着她的牙口，狠狠咬了一大块儿，也跟着嘎巴嘎巴咬得生脆说："谢天谢地，没什么大毛病，死不了人。"

兰子眼睛瞪得老大，渐渐缓过神儿来，说："你说这是咋的了呢？前几天我叫强子到省城医院去看你们，到了医院，顺便给自己做了检查，结果出来，他没心思见你们了，人立马吓瘫倒了，你说他得罪了哪个老天爷！"

水芬问："强子又怎么了？"

兰子说："不说这些了，反正强子说，他万一有个三长两短，参园里的事交给包子，昨天包子又捎过话来，说这里的事，他不懂，还得是你们说了算。"

水芬说："强子肯定没事的。"

兰子说："但愿什么事都没有！"

远山处蹦出两个小人影儿，水芬心里热乎乎的，波浪翻滚。大胜和小刚放学回来了，今天是期星一，是放假后第一天上学。看着又黑又瘦的大胜，水芬心说："这孩子又长高了一截儿！"她有些日子没看见儿子大胜了。

一 罐 茶

一

李纯刚去了一趟卫生间，来回不超过五分钟。为此他的办公室的门是半敞开的，走廊里的人，只要稍停一下脚步，便会看见他办公室大部分内容。事情就在这个时间发生了，他的办公室来无影去无踪地进来过一个人。整个公司办公楼安全管理严格，外人很难进入，能够走入他办公室的，十有八九是楼里的人。李纯刚平时出出进进很少关门或锁门，那是告诉所有要进入他办公室的人说，主人刚刚出去，马上会回来。有人见到这种情况，站在门口等一会儿，就等来了笑容可掬的李纯刚。

这次李纯刚去卫生间，和以往没什么不同，他解开腰带站在小便池跟前，酝酿了一两秒情绪，集中精力屏住呼吸，尿就出来了，而且撒得欢畅淋漓，痛快得像他整个人一样。李纯刚的前列腺没有肥大，没有炎症，几次检查身体都让他松了一口气，上厕所没有一丝一毫心理障碍，特别是尿流正当奔放之时，外面忽然进来人，李纯刚好像故意给人家做示范表演，把本来平常的尿流撒得格外强劲有力，冲击得便池里的祛臭球上下跳跃，左突右撞，竟然"咯噔"一下弹出池外，在地上打着滚儿，不知跑到哪个角落了。

　　一个五十多岁的人能把尿撒出这等水平并不多见，这是李纯刚多年练成的本领，霸气十足，挥洒自如。年轻时李纯刚并不这样，那时他在卫生间里只要有人跟他并排站在小便池前，他的精力就无法集中，无法撒尿，多半是那人撒完尿提裤子走人，他还站立在小便池边一动不动，等那人脚步声渐行渐远最后彻底消失，他的尿才缓缓而来。这还不算什么，如果他正要去卫生间，后面紧跟一位领导，麻烦就来了，因为领导眼看着他往卫生间方向走，他又不能半路改变主意，只能硬着头皮钻到卫生间，解开裤子，站了好半天，一点儿尿意也没有了。有几次，那位领导撒完尿，边提裤子边好心相劝，看你这么年轻怎么会这样，应该去医院检查检查，看看前列腺是不是有什么毛病，可不能麻痹大意。李纯刚嘴里答应着，心里说，我根本没什么毛病，这都是被你吓的，只要你出去，这尿自然撒出来。随着年龄的增长，阅历增加，特别是在公司待的时间长了，李纯刚这种厕所恐惧症逐渐有所缓解，但也不很彻底，只是学会了变通，只要发现有人跟他一块儿进入卫生间，不管是领导还是平头百姓，他都转身装作蹲大号，把门关上，让自己独处一个相对独立的空间，情绪就没那么紧绷，放松了肢体全神贯注顺利完成了这一重大问题。事情说来也怪，自从他在公司提了职，脚底踩下一帮人，他发现那些以前他看重的人，其实远没有那么重要，跟那帮人一起如厕，李纯刚这种厕所恐惧毛病没有了，有时到外面开会，和领导一起如厕，他能一边聊天一边无障碍地排泄，而且和领导同一时间将尿排出，一起结束，一起提裤子，有着很好的节制力和控制力。

这天，李纯刚从卫生间里回到办公室，有些纳闷，刚才进来的是个什么样的人？这个人竟然往他办公桌上放了一罐茶。这罐茶李纯刚不陌生，是阿里山乌龙。前几天公司中层去台湾旅游，很多人带回来这种茶，金盒包装，别致典雅，他一共收到三罐，又转手送了出去。李纯刚捧着这罐茶，闲来无事，反复看着上面的文字：

阿里山高山乌龙茶

免税专卖

台湾精选手工揉捻茶

产品特色：产于高山地区，外观翠绿，香气优雅，茶汤密绿金黄，入口甘醇，韵味厚实。

冲泡方法：

1. 用沸腾开水将茶具冲洗加温后，放入适量茶叶，再以沸水冲泡即可。

2. 茶叶用量可以依个人喜好斟酌并连续冲泡数次。

3. 使用陶制茶具冲风味更佳。

保存期限二年

有效日期：详见罐底。

李纯刚翻来覆去摆弄着这罐茶，真就看了一眼罐底，觉得自己往日的体温、往日的气息从茶罐里悠悠飘出。罐底上有一块不规则的茶迹附在其上，这是他再熟悉不过的图案了，那天他冲泡一壶普洱茶，有茶水滴于桌面，还没来得及擦拭，有人敲门进来，粗心大意地将手里一罐茶放在桌面，不偏不倚，正好压在水滴上。李纯刚连忙将茶罐拿起，已经晚了，纸制的罐底染上酱黄的水迹，无法除掉。后来他把手中的三罐茶分别送给了副总经理李奇和许文达，还有办公室主任小刘。李纯刚清楚记得，他把这罐带有茶迹的阿里山乌龙特意送给了李奇。事隔半年了，李奇把这罐茶给了谁，中间又转移到几个人手里，李纯刚无法知晓，但有一点可以肯定，这看似普通的一罐茶一直在这座办公楼里循环着，像是人与人之间的关系链条儿，吸进各种各样交往的密码，今天又以这种奇特而又神秘的方式悄悄回到了他的办公桌上，颇有些意味深长。

李纯刚感慨万千地端详着这罐茶。茶罐四周已隐约生起了毛边儿，却丝毫不影响整体美观。李纯刚不会忘记，当时他送给李奇这罐茶时，俩人正处在针锋相对的尴尬阶段。那天上午公司召开办公会议，讨论土地开发问题，李奇当场跳出来提出反对意见，搞得会场一度紧张，会开不下去了，李纯刚板起脸马上宣布散会，拂袖离开会场。谁都知道，一个保险公司搞起了土地开发，纯属不务正业，可十几年前，市政府为招商引资，在郊区给一个香港商人划拨了两垧土地，没过多久，那位香港商人突然撤资，两垧地闲置起来，成了老大难问题。市政府秘书长老周给李纯刚打来电话，让他接收这两垧地，原因是，李纯刚所领导的公司有这部分闲置资金；而且随着形势的发展，以后保险公司肯定要新建办公楼。不管李纯刚有多么不情愿，老周的面子他还是应该给的，便硬着头皮接收了。前几年市政府在郊区成立了经济开发区，两垧地价格直线飙升，有地产商主动找上门来，商量搞合作项目。没想到的是，公司办公会议刚一召开，就卡壳了，李纯刚的权威受到前所未有的挑战，他看着李奇那副嘴脸，气不打一处来。多年的职场经验告诉他，他还不到发火的时候，李奇跟他作对由来已久，他必须讲求策略。当年李奇跟李纯刚一起竞争过公司一把手，因为李纯刚的胜出，他心里一直过不了这个坎。记得李纯刚刚当一把手没几天，在卫生间里解决大号，李奇和许文达进来了，两个人站在小便池跟前，李奇问许文达，这回办公楼快装修了吧？也许李奇看见大号门紧关，知道里面有人，故意发问，只是他不知道里面蹲着的人是李纯刚。许文达说，我没听说。李奇说，等着吧，过不了几天肯定装修，这办公楼里换个一把手就要装修一次，凿了装，装了凿，说不上哪天这楼就被他们凿塌了，也可以理解，好不容易当上一把手，前期投资肯定没少拿，要是不搞点项目装修，从自己腰包里掏出的那些钱，怎么能尽快收回来？李纯刚听着这些话，气得牙根子疼，他恨不得提上裤子冲出去给李奇两记耳光。好在这时许文达说话了，他说得客观公正，让李纯刚变得心平气和。许文达说，新领导总要有新面貌，改变环境犹如改变心情，有利于工作。就因为李奇那些话，李纯刚从没搞过一次办公楼装修，更没想过利用手中的权力为自己捞什么好处。李奇散布的那些谣言不攻自灭，等于搬起石头砸自己的脚，自己给自己一个彻底响亮的耳光。

作为公司的一把手，李纯刚认识到，不到万不得已，决不能与李奇关系搞僵，不管他有多么嚣张，李纯刚也不能与他一般见识，给他充分表演的机会。公司办公会议解散后，李纯刚回到办公室给李奇打去电话。在这个关口，一个小小的举动，都体现出两人微妙的关系。值得强调的是，电话是李纯刚主动打的，看你李奇怎么办？这就确定了两个人从属地位，你李奇再牛，一个电话让你过来，你就得过来，如果李奇硬顶着不过来，李纯刚也没什么办法，可李奇毕竟是副手，磨蹭了好半天，还是过来了，这就好，说明李奇知道自己是干什么吃的，还算知趣，还有挽救的余地。

李纯刚将罐底沾有普洱茶迹的阿里山乌龙推给李奇说，你尝尝这茶怎么样？我还没舍得喝。

李奇听出李纯刚强调这不是一般的茶，它是作为重要东西送给李奇的。

李奇说，我喝茶没你专业。

李纯刚哈哈笑了，说你跟我谦虚是不是？刚才我回办公室仔细琢磨了一下，你提出的问题，很有道理，跟地产商打交道必须慎重再慎重，决不能让他们牵着咱们鼻子走，我想好了，咱们必须首先拿出方案，让他接受，这样我们才占主动地位。

李奇说，我提的建议也不完全正确，你只是作为参考。

李纯刚心里一阵窃喜，不管李奇心里怎么想，他现在嘴上服软了，虽然一罐茶起不了根本作用，但小东西可以温暖人心的，李奇心里一温暖，防线就不坚固，想一想刚刚发生的事情，主要在于李纯刚这几年在权力上玩得太顺，也就太自信了，轻视了李奇这等人，所以才在公司办公会议上出现那么尴尬事情。

按常规，他应该在会前搞几次吹风，摸清每个人的想法，把基本调子定下，做到胸有成竹，万无一失。可当时李纯刚脑子正发热，谁都知道他李纯刚当年接收这两垧地为公司创造了巨大财富，他有权支配这一切，他是权力的掌控者和实施者。没想到李奇这小子不知好歹地一张嘴，就搞得李纯刚有些措手不及，他当机立断解散会议可谓聪明之举。

李奇拿着那罐阿里山乌龙欲退出他办公室，李纯刚起身离开办公桌，向前送了一步，脸上始终带着笑，一种讳莫如深的笑。当李奇背对他而去的时候，李纯刚脸上笑容忽然不见了，他的牙齿咬得嘎嘣嘣响，心说，你小子还真把自己当人物了，算个什么东西！

二

办公室的门被敲响了两下，李纯刚头也没抬地应了一声，请进！隔了一会儿，门外没了动静。李纯刚觉得敲门人有毛病，他的应声足以传到门外，那人怎么就听不见？办公室的门又被敲响，李纯刚提高了嗓门，请进！他抬头仔细观察门口，看是什么人在搞怪，只见办公室的门被推开一条缝，一张小白脸贴在门缝儿中向他这里张望。在他的目光与那张小白脸的眼睛对接了之后，门被彻底打开。

李纯刚认识这个人，是刚招录进公司的大学生小尚，在财务处工作。小尚站在门口哆哆嗦嗦地说，有一张财务报表请李总签字。

李纯刚说，来吧！

小尚挪动起脚步往里走，一看就是没有工作经验，需要加强锻炼。

李纯刚说，以后你来我办公室大大方方，没必要蹑手蹑脚，像个大姑娘似的。

小尚说，是，我一定改正。

李纯刚在报表上签了字，把笔往办公桌上一扔，将报表递给小尚。

小尚没有要走的意思，李纯刚问，你还有什么事？

小尚说，那茶您喝了吗？

李纯刚问，什么茶？

小尚说，就是那罐阿里山乌龙。

李纯刚豁然一笑说，是你送的？你怎么不吱一声？那茶不错。

小尚说，那茶我一放到您办公桌上就后悔了，你帮了我那么大的忙，我怎么能就送您这点东西！

李纯刚不耐烦了，说，你一个刚出校门的学生，还能送给我什么？记住哇，以后跟外面人办事，一定要有根有脉，不能把东西放下，人就跑没影了，你今天不说，我还真不知道谁放的呢！

小尚说，我真不知道怎么谢您！

李纯刚说，不用谢，好好干工作就是对我最大的回报。

小尚刚到公司上班不到两个月时，找过李纯刚，说他家乡有个表姐，小时候家境不好，没能通过读书离开家乡，长大结婚不久又死了丈夫，一个人带着上高中的孩子，生活很困难，希望帮助找一份工作，来公司打扫卫生。小尚反复说他表姐很能干，不会给领导丢脸。李纯刚说，那就叫她过来一趟。当时李纯刚想，这个行为唯唯诺诺的小尚，能大着胆子来为他表姐找工作，肯定有诸多难言之隐。这种好事李纯刚应该做的，而且只是举手之劳。第二天，小尚领着他的表姐来到李纯刚的办公室。李纯刚问了姓名，年龄，打电话叫来办公室主任小刘，让他安排一下。

小尚的表姐叫李春梅，在小刘领她走出办公室的时候，李纯刚看了她背影，发现一个四十多岁的女人还保存几分姿色，很不多见。不像整天干活劳累的妇女，看多少眼也不能给人留下印象。公司大楼里有十多位清扫工，每位清扫工负责一层楼，主要工作是擦拭走廊门窗、楼梯扶手和地面。小刘给李纯刚打来电话，说公司清扫工位置已被占满，要不要辞退一位。李纯刚思忖了一下，否定了小刘的想法，说三位经理办公室每天需要有专人打扫，就让李春梅打扫经理办公室。

李春梅获得的这份工作有点特殊，她不像平常清扫工，白天正常上班时就把卫生打扫完了，而是在一早一晚。本来三位经理上班时间比一般职工早，李春梅必须在三位经理走进办公室前，将办公桌擦一遍，再将各种物品整理一下，打扫地面，给花浇水。有时这些工作也放在经理下班后。最好的时候，某位经理工作时间到外面开会或办事，李春梅可以把这些工作放在白天。李春梅到来，李纯刚的办公室和从前相比的确有很大改观，各种物品摆放井井有条，都有固定位置，办公室光线亮度也比从前有所增加，最让李纯刚称心如意的是，李春梅干活很是心细，对李纯刚每天用过的毛巾进行一次清洗，拧干，规规矩矩叠成一个小方块，搭在洗手盆架子上，一看就是用心做过的事。

现在，李纯刚的兴奋点还在这罐茶上，他问，你这罐茶是从谁手里得到的？

小尚一时脸红，他显然不敢在李纯刚面前撒谎，他说，前几天收发室电脑出现病毒，看收发室的老头求我帮助处理，事后收发室老头给了我这罐茶。

李纯刚听着，禁不住笑了，让小尚先回去，他收留了这罐茶。

小尚走后，李纯刚饶有兴趣地琢磨起这罐茶的走向，在李奇和收发室老头之间，两人地位悬殊，不可能有直接的关系，那么这罐茶经过了几个人的手才转移到收发室老头这里，是个很大的谜。有一点可以肯定的，那就是，李奇肯定没把这罐茶当回事，随便给了什么人，那人也没当回事，也随便给了别的什么人，后来就随便地落入收发室老头手里。不管这罐茶价格是多少，是否珍贵，反正在一次次转手中，被一次次贬值。这种贬值不仅是茶叶本身，更是人情的贬值。尽管这罐茶又重新回到了李纯刚办公桌上，但李纯刚的心里已经对这罐茶大打折扣。

李纯刚从这罐茶中捕捉到了李奇对他的态度，不管他以前怎么挽回，李奇这小子都无可救药了，他不仅是他的绊脚石，更像一只在他眼前乱嗡嗡的苍蝇，讨厌之极。李纯刚的体内好像突然产生了一股毒素反应，他想有朝一日必须把这小子从公司大楼里除掉。

三

地产商钱真有步步紧逼，他平均每天给李纯刚打两个电话，一会儿说是去茶楼喝茶，一会儿又追问那两垧地如何开发，几乎要把李纯刚逼进了死胡同，然后掐住李纯刚的嘴巴，让他说出真话来。对于钱真有，很多时候李纯刚都不愿提起这个名字。钱真有爹妈给他起这个名字时，已在他的血液里、灵魂深处灌满了铜臭味。好在钱真有没辜负爹妈的希望，自从懂事后一直往钱上用劲儿，但最初运气并不看重他，他刚踏入社会竟成了一名运煤车搬运工，每天汗流浃背还遭受人家白眼，只有下班脱去工作服回家洗完澡，才看出一点儿人样。年轻时钱真有唯一优点就是长得标致，也算一表人才，只是命运跟他开起了玩笑，漆黑的煤灰把他身体的长处掩盖起来，很难让人见到他真正面目。钱真有摆脱搬运工完全得力于女人。当时有人给他介绍一个对象，人长得不怎么样，父亲却是一个单位里的小头头，钱真有很上心地跟那姑娘处上了，为表现自己积极上进，他白天上班，晚上去大学里读夜大，下课后跟对象散步，很是辛苦。到了谈婚论嫁，姑娘的父亲将钱真有从搬运工岗位上调出来，进入一家事业单位，提职提干，滋润的工作、生活便来了。要是换了别人，这辈子也就在这里定格，混到退休回家。钱真有偏偏是个闲不住的人，单位里有个叫李爱花的姑娘，三十多岁没结婚，毛病也出在长相上，在择偶方面百般挑剔，主要是其父是个响当当的有实权的大人物。钱真有在李爱花身上动起了心思，是某一个周末，他没费多少周折，将李爱花搞到手。李爱花未婚先孕，在 20 世纪还是一件沸沸扬扬的事，先是钱真有媳妇找到单位来闹，后是离婚，钱真有和李爱花天公作美地结合在了一起。也许命中注定他这辈子要吃女人这碗饭，李爱花生产完成之后，钱真有辞掉工作，利用岳父的关系，开办一家装修公司，专为各个单位室内改造，捞取大把金钱，然后从银行贷款搞起地产开发。钱真有也算赶上了好时候，地方官员为提高 GDP，不断转让土地，钱真有就不断开发，加上媒体炒作，一时间他成了本市知名度颇高的大开发商。李纯刚认识钱真有是在以前那个事业单位，当时两人关系一般，随着李纯刚职务不断升迁，钱真有像个阴影似的不断靠近李纯刚，有一段时间，他俩在一起混得火热，密切的接触让李纯刚很不喜欢钱真有，钱真有除了有钱，除了那种土豪气势，浑身上下没有让他佩服的地方，但钱真有也有他的长处，不管是孩子上学，老人生病，他总像是从地缝里钻出来似的，抱着一个个沉甸甸的档案，往你怀里一塞，也不避讳什么人，大有义薄云天之势，张扬得让你瞠目结舌。打开档案袋，那一捆捆的现钞挤得一个劲儿地钻出来，要想重新放回去，也恢复不了原样。钱真有办事，从不拖泥带水，只要你给他找个挣钱的机会，他都按扣点，把属于你的那份报酬不折不扣打入你的卡中。

前几年，李爱花跟他闹离婚，钱真有死活不离，他跑到李纯刚这儿哭丧着脸说，有钱的人反倒离不起，一旦离婚，那几个亿就要损失一半，不心疼才怪。钱真有也是个人，他逃脱不了有钱人的怪圈，以为全世界都归他所有，私欲像发酵的面团一天天膨胀，直到发得臭烘烘为止。正当他事业如日中天，却带有显摆的意思说自己干腻了。然后果真把所有的事情甩给手下人，自己坐上飞机东游西逛，外出赌钱。没两年工夫，他资不抵债，成了过街老鼠，人人喊打。就在这节骨眼儿，李纯刚手里的两垧地让他看到了希望，在一个神秘的夜晚，钱真有悄悄打来电话，明确提出，这两垧地，他用一垧地为保险公司建一幢办公楼，另外一垧地归他开发使用。

钱真有说，你放心，瘦死的骆驼比马大，况且我现在还没死，只是资金链出现点儿问题，只要咱们把这个项目做成，我钱真有还是以前的钱真有。

李纯刚说，我相信你的能力，只是公司阻力太大，我一个人做不了主。

钱真有说，跟我打官腔是不？你是公司一把手，吐口唾沫就是钉，只要你拍板，谁敢阻拦？

李纯刚说，那我也应该顾及影响。

钱真有说，我知道你的意思，不就是个李奇吗，这个人我来搞定，你给我一个准信儿就行。

李纯刚说，待我考虑考虑，请示一下上级领导。

钱真有说，不管你请示谁，我势在必得了。

这边的事还没处理完，办公室的门被人推开，清扫工李春梅门也没敲进来了。她眼圈通红，像刚哭完。李纯刚抬头不解地看着李春梅，等她说话。一个清扫工在工作时间突兀地闯入他办公室，简直是犯了大忌，不懂规矩，李纯刚很不高兴，却没在脸上表现出来，以足够的耐心等她说话。

李春梅什么话也不说，傻乎乎原地站着。

李纯刚说，你坐吧。

李春梅挪动了脚步，坐在李纯刚办公桌前。

李纯刚问，你找我有事？

李春梅眼圈一红，又哭了，刚才她肯定是强忍住自己，没哭出来，这会儿，李纯刚一问，她竟把持不住。

李纯刚说，光哭不解决问题，有什么话你直说。

李春梅低头摆弄着自己的手指。她的手指干瘪粗糙，大大影响了她在李纯刚心中的形象。她开始说话了，说一句，眼泪掉一次，擦干了再说，眼泪还不住地往下掉。原来，这几天她给李奇办公室打扫卫生，发现他办公桌上散落着不堪入目的图片，当时她没当回事，帮他整理了，掖在一本杂志下面，等她再次去打扫卫生时，发现他办公桌上还有这些图片，她又帮他收拾起来。今天早晨，她去李奇办公室，看见他居然坐在座位上，他比平时早到了一个小时。李春梅刚要退出，李奇说，没关系，你进来打扫吧，不影响我工作。李春梅进来了。正在干活时，李奇问她看没看见他办公桌上的图片。李春梅说，图片被整理到一本杂志下面。李奇问，哪本杂志，怎么没有？李春梅过来帮他找，正在她翻找那本杂志时，李奇抓住了李春梅的手。李春梅马上知道是怎么回事了，她说，李经理，我求你别这样。李奇说，那你让我怎么样？开始变本加厉对她动手动脚，嬉皮笑脸的，然后是非分要求。

在公司里，李纯刚早听说李奇与若干女性有染，而且还特意在李纯刚这里为那几个女性争得好处，这些，李纯刚心知肚明，却又不得不睁一只眼闭一只眼装作浑然不知。李奇今天这种行为显然是故伎重演,老毛病又犯了,李纯刚心里骂了一句,李奇你这小子真是生冷不忌,连清扫工都有兴趣下手,可见胃口不小哇!

李春梅不哭了,还要接着讲,李纯刚打断她的话说,我听明白了,你先回去,我马上对他进行批评教育。你也想开点,网上每天都有这种事,要见怪不怪嘛!

打发走李春梅,李纯刚给李奇打电话,让他过来一趟。李纯刚忽然窃喜,李奇这小子终于有短处掌握在他手里了,他一定要用这事好好压压他,打掉他身上的威风。但从另一方面看,李奇能发生这种事,说明他不想好好干了,没必要一棍子把他打死,要给他留一口活气,为他李纯刚所用。

李奇敲门进来,李纯刚笑眯眯让李奇坐下问,你最近身体还好吧?

李奇说,还可以。怎么,有出国任务?

李纯刚依旧笑眯眯地说,刚才,新来的那个清扫工找过我。

李奇脸色不好看了,他问,这和我有什么关系?

李纯刚说,她跟我说了一些事,所以我把你找来。

李奇说,她肯定是要陷害栽赃,你相信那些鬼话?

李纯刚说,我当然不信,所以找你过来谈谈。

李奇说,我明天就把那个娘儿们辞了。

李纯刚说,这事你说了不算,那清扫工是咱们公司小尚的表姐,是我亲自招收过来的。

李奇脸色铁青,他说,怪不得连一个清扫工都在公司里牛气冲天,原来是你的人,我要到纪检部门告你去。

李纯刚拍拍李奇的肩膀说，这事你不要跟我嘴硬，也不要倒打一耙，我要利用这事整你，咱俩就没必要说这么多废话，你自己好好考虑考虑，我希望今天咱俩的谈话不要扩大范围，最好控制在你我之间，李春梅那方面思想工作我尽量做好，别再生出是非。

李奇起身走出李纯刚的办公室，脚步乱得像腾云驾雾一般，整个人已溃不成军，又故作镇静，生怕被李纯刚看出破绽。

李纯刚在他的背后说，你不要胡来啊！

四

李纯刚最终还是没有玩过地产商钱真有。在一个雾霾密布的天气里，他驾车到上级主管部门开会，心里总有一种不祥的感觉，脸色也阴气沉沉，很不好看。会后那种不祥的感觉不知怎么竟被他忘得一干二净，他像急于表功似的在人流穿梭的走廊里堵住领导，说起那两坰地的事。

领导谨慎地打量了李纯刚，说，这事还是你自己拿主意。

李纯刚搞不明白领导的意思，又没话可说，转身欲走，领导叫住他说，钱真有与你搞合作开发是好事嘛，你应该抓住这个时机，改善一下公司办公环境。

李纯刚说，这两坰地继续看涨，现在开发我总有点舍不得。

领导说，你不要贪心太重，见好就收吧。

至此，李纯刚已无法转身回旋，他手挠头皮心事重重，心乱如麻琢磨着领导的心思，觉得再不能在公司办公会议上讨论两坰地的事，再讨论，就等于脱裤子放屁多此一举。他必须绕开副总经理李奇，大胆地做一次独断专行。

李纯刚回到公司，也许受雾霾的影响，坐在办公室里总感到嗓子里的气儿喘不稳，不平静的。这时李奇不知好歹地敲门进来。李纯刚的心忽地提了起来，感觉有什么麻烦来了。李奇在李纯刚跟前犹豫了半天，不得不坦言，他确实招惹了李春梅，李春梅现在不依不饶，要到纪检部门告他，他无能为力，只有求助李纯刚出面。

李纯刚的心慢慢平静下来。好哇，李奇将事情全盘托出，说明他服软了，彻底在李纯刚面前低下头来。不需要他大动干戈。

李奇不再有能力成为他处理那两坰地的最大障碍，当然许文达也不可能在这事上说三道四。李纯刚突然精神一抖，感到身上有一种前所未有的轻松，从现在起，他可以称得上这个公司说一不二的人物，他的地位稳如磐石，坚不可摧，没有谁敢冒犯，没有谁敢阻挠，假使他无意间咳嗽一声，那声波肯定在这座大楼形成共振，扩展开去，虽不能响如洪钟，其效果肯定会不同凡响。李纯刚有些稍许的亢奋和激动，两坰地在心里犹如掌心大小，小事一桩，他需要大视野、大眼界对待蓬勃发展的未来，没必要为这区区小事费心劳神。土地开发他不能不搞，上级领导和钱真有他谁都不想得罪，他如同被两个人捆绑在他们的船上，随着这条古怪的船乘风破浪，披荆斩棘，一往无前。

现在，李奇坐在他跟前，好像一个省略号完全被他省掉了，他的思绪随意驰骋，信马由缰，漫无边际，没人来打断。雾霾不知什么时候渐渐散去了，天空晴朗起来，李纯刚的心情格外好，猛地定一下神儿，他才注意到李奇在他面前的存在，李纯刚说，你回去吧，剩下的事我帮你处理。

李奇说，那就让你费心了，这事千万不能传到我老婆耳朵里去。

李纯刚说，我会尽力而为，谁让咱们是一个战壕里的人呢？

李奇说，你不在乎咱们以前的事吧？

李纯刚问，什么事？

李奇说，就是那些矛盾。

李纯刚说，我从没认为咱俩之间还有什么矛盾，有意见不同是很正常的事嘛，怎么叫矛盾呢？

李奇激动着，眼圈潮湿地说，今天我才真正认识到你，你高风亮节是个干大事的人，我，我自愧不如。

五

几天来一直摆放在桌面上的那罐阿里山乌龙不见了，也不知什么时候被李春梅放入茶柜里，和那些他平时享用的茶叶挤在一起。他看着这罐阿里山乌龙，总觉得有些碍眼，有些不自在，说得严重一点，就是心生厌恶。他打开茶柜门，拿出这罐阿里山乌龙，想把它扔进垃圾桶里，可又觉得有点舍不得，只好将这罐茶重新放到桌面上。

下班时他特意晚走一会儿，李春梅打开办公室的门，看见李纯刚，欲退出，李纯刚叫住她说，你进来吧，我这就走。

李春梅低眉顺目走进来，脸色很不好，好像还在为那件事无力自拔。

李纯刚说，送给你一罐茶叶，阿里山乌龙，不错的。

李春梅说，这茶太高级了，给我白瞎了，还是李总你留着用吧。

李纯刚说，我让你拿着你就拿着，客气什么。

李春梅说，我知道李总的意思。

李纯刚说，知道就好，就让一切都过去吧，也算给我一个面子，有我，李奇以后再也不敢那样做了。

其实这时，李纯刚跟李春梅说的这些话多少有些苍白，因为他正面临着前所未有的危机，只是自己还不知道，或者他早有察觉，却无能力挽回，只能坐以待毙或心存侥幸。

没过两天他就出事了。

李纯刚出事的消息如暖天里袭来的一股寒流，让人无论在室内还是在户外都哆哆嗦嗦心生冷战。

那天早晨李纯刚进入自己的办公室，本来想去一趟卫生间撒一泡尿，但他感觉下腹的尿不多，去了也只能挤出几秒钟的细流，这不是他撒尿的风格，他撒出的尿必须像他整个人一样，热气腾腾，大气磅礴。李纯刚先是泡了一壶茶，让茶水充盈起他的身体，充盈起他的膀胱，然后，他慢慢地起身去卫生间。

刚要拉开办公室的门，觉得门把手的力量有些异样，正在疑惑时，门被推开，有两个人把他逼回屋里。

李纯刚说，我知道你们是谁，我先去一趟卫生间，回来跟你们谈谈好吗？

来人说，你想借机逃跑？

李纯刚说，哪能呢，我快去快回。

来人说，别耍花招儿了，没这个必要。

李纯刚一下子小便失禁了，尿流顺着裤腿热烘烘地流淌在脚下，无法停止，他一动不动地听之任之，最后整个人的精气神都随着尿流跑光了。他颓然地站在原地说，能允许我换一条干净裤子跟你们走吗？

在两人注视下，李纯刚从书柜底层找出一条裤子，光着屁股穿上了。那条尿湿的裤子和裤衩浸泡在地上的尿液中。

在李纯刚出事的两三年里，他跟外界完全隔断了，一切喧哗与争端都跟他没有关系，他变成了另一个人，一个时常以泪洗面充满怀旧感的人。在他的案件宣判后，进入服刑期，人们关注的热点已不再是他，公司所有人都把他淡忘了。

越是在外面飞扬跋扈、耀武扬威的人物，到了这个时候越是容易精神崩溃的。李纯刚也不例外，他每天孤单地看着日出日落，食之无味夜不能寐，有时还想起钱真有送给他的那套从来没住过一天的别墅，鼻子一酸泪水又流出来了，他骂自己真是蠢到家了，一个堂堂保险公司总经理，一个在社会上打拼了一辈子的人，怎么就轻易掉进了钱真有事先埋伏好的圈套？

公司里只有一个人来看望他。这个人是清扫工李春梅。她拿来他当年堆放在尿液中的裤子递给李纯刚。她说这条裤子当天就被她洗干净，晾干叠好被她拿到家里保存着。

李纯刚问，你为什么来看我？

李春梅眼圈红红地说，我心里永远记着你对我的恩情。

李纯刚皱起眉头问，什么恩情？

　　李春梅说，还记得你送给我的那罐茶吗？

　　李纯刚不以为然地说，那算什么，小意思，不值一提。

　　李春梅说，我知道，那罐茶送给我的时候，你没觉得怎么样，可对我来说非同一般。

　　李纯刚看着李春梅，怎么都觉得她还是一个美人。他不禁为自己的想法笑了一下。

　　李春梅说，那天我拿着你送给我的这罐茶下班回家，心里一直热乎乎的，我知道经过你手里的茶一定很昂贵。这不是最主要的，主要的是，这罐茶让我想起了我爷爷。我爷爷二十三岁那年，扔下我十八岁的奶奶离家出走，去打日本鬼子，那一走再也没回来过。那时我老家还在河北，我奶奶托亲戚朋友四处打听我爷爷。后来听人说，我爷爷去了东北，我奶奶就跑到了东北，到了东北，又听说我爷爷去了台湾。我奶奶无望地守着活寡留在了东北。20世纪90年代，很多住在台湾的老人回家探亲，我们竟然没听到我爷爷的一点儿音信。我们找遍了老家的熟人和民政部门，也没找到我爷爷回家寻亲的消息。那些年，本来平静了大半辈子的奶奶整天以泪洗面，说她跟我爷爷没享受到一天福，却总是受到那么多不好的牵连。我奶奶这一辈子，从没想过嫁人的念头，她一个人养着我父亲和一个姑姑，那种苦和心理压力，没有亲身经历的人是无法理解的，她多么希望我爷爷能回来给她带来一份荣耀，可她的希望一天天地破灭了，就骂我爷爷在台湾肯定有了家室，彻底把她忘了。我们说不是的，大多数去了台湾的老人一辈子都打光棍，他们也很苦。她不相信，非要找到我爷爷证实，就这样，闹闹腾腾好几年。我奶奶是在你出事那年去世的，她活了九十一岁，临死的时候还念叨我爷爷的名字，骂我爷爷，就是不肯咽下那一口气，我们看着心如刀绞，劝她咽气吧，别再想我爷爷。我看她遭罪的样子，实在没法儿啊，后来我灵机一动，就说我爷爷有消息了，爷爷让人从台湾捎来一罐茶叶，我拿出这罐茶给她看，那一刻，我奶奶忽然睁开眼睛，眼里放出亮光，脸上出现了我们难以理解的表情，她伸手来抓这罐茶，把这罐茶抱在怀里，像抱着她最亲近的东西，慢慢闭上了眼睛。她死得那么安详，完全出乎我们预料。

李春梅在讲述中已哭成了泪人。许多天里，李纯刚望着头顶那个小小的窗口，都无法理解李春梅为什么把自己哭成那样。

去 铁 岭

　　我必须在当天晚上赶到铁岭市。在这之前，我跟铁岭的网友通了电话，他对我的时间安排多少产生忧虑，担心我在天黑后仍赶不到铁岭市。我告诉他没问题，火车票已经买好了。网友说，既然如此，到时间他去接站。按当时的推算，还有足够的时间赶往火车站，我正好利用这段空闲处理一下手头急等着处理的事。处理完手头的事情，看了一眼表，离开车时间还有四十五分钟，我可以提前十分钟到达车站。问题就出在我这份从容上，当我坐着出租车到市中心，发现前面堵车，我不以为然地把头伸出窗外向前看了看，点上一支烟，开始耐心等待。冰雪路面光滑如镜，各种车辆小心翼翼向前移动。后面的车排满了长队，而我们的车一点儿也没有再向前移动的迹象。时间分分秒秒过去，让车掉转车头已经不可能了，我只好就此下车。我重新叫了辆出租车，告诉司机加快速度去火车站。车刚驶入另一条马路，发现前面仍然堵车，我不敢再犹豫，指挥司机试试另一个路口。我对堵车的严重性实在估计不足，我心痛地盯着不停向前跑动的表针，想不出更好的办法。离开车时间只有十分钟了，无论如何十分钟之内我也赶不到火车站。在我改变主意的时候扭头看了司机一眼说："算了，火车肯定赶不上了，改去长途汽车站。"这位司机始终不说话，见我看了他一眼，便有了友好的表示。他说："现在汽车恐怕不安全吧！"我说："没什么不安全。"他说："听说前几天开往四平去的一辆小客车发生一起抢劫案，一个当兵的三千块转业费被洗劫一空。"

不管这位司机是否好意，他的谈话让我不快。我现在要乘坐长途汽车去铁岭，中途也肯定经过四平，我的心情被这层阴影笼罩着，有些呼吸不畅。我没有必要跟他讲我要去的地方是铁岭，中间路过四平，不然他不知又会说什么。时间尚早，也许我在天黑之前会赶到铁岭市，再赶往火车站，与接站的网友会面。现在没有任何力量能够阻止我踏上通往铁岭的长途汽车，而且汽车肯定要比火车提前几个小时到达。

想一想，人没准就会迷上什么事。一个偶然的机会我跟几个朋友闯进网吧，后来我遇到了名叫果果的网友，就像遇到了倒霉事，时常被他败坏的情绪纠缠着。有几次我拒绝接收他的来信，但我发现越是拒绝，越是在把他推向绝望的境地。昨天他打来电话，让我必须在今晚九点之前赶到铁岭市，不然他就会永远地跟我断绝联系。我感到事情的严重，我不希望网友的意外与我有关。今天我必须在九点之前赶到铁岭市。

来到长途汽车站，买票上车，不长时间车就开动了。我开始打量四周的环境，有人还在不住地调整行李架上的物品，没有任何迹象表明这辆车上潜伏着不法分子。我眼睛时常落在穿着时髦的年轻女子身上，她的一举一动都使人耐看。我想要是她的同座健谈，撩起这女子的兴趣，旅途决不会寂寞，也许会感到时间过得很快。但这种情况很危险，如果有一方是骗子，另一方就要遭殃，如果两人都是骗子，结局肯定要超出人们的想象。正当我在这女子身上驰骋想象的时候，她的同座站起身，开始四下张望，我的注意力转到他身上，看来他有些无聊了，张望了一圈又坐下。大家在旅途中打起瞌睡，我没有丝毫睡意，邻座的老伙计不一会儿便鼾声响起，我真担心他不通畅的喉咙会把他憋死过去。车一颠簸，他醒了，张开大手胡乱地抓了一把嘴角的涎液，瞅瞅窗外问到哪儿了。我说刚过四平，他就又响亮地睡去。长途汽车不像我想象的那么节省时间，为了躲避收费和警察盘查，有两次绕道行驶，快到铁岭市，天也就黑下来。窗外几点橘黄的神秘的灯光从几间平房里闪现出来，让人睡意蒙眬。汽车减速行驶，到了铁岭市边儿停下来，售票员提醒我下车。打开车门，四周空旷，寒气袭身，看来汽车不打算进市内，而由此直奔沈阳。我提出不满，那位时髦女子的同座也提着包下来，接着我的话说："算了，他们每次都这样。"车门关上了，售票员从窗里探出头，态度蛮好地说："正好你俩是个伴儿，打个出租车一块进市内吧！"

我在路边停顿了一下，四周广阔田野的风扎得我脚跟好像要丧失根基，远处有几个黑黢黢孤零零的苞米秸垛，更加重了我心里的恐惧。我第一次来铁岭，必须和那陌生男人结伴而行。于是我主动表示友好，问："你是本市人吗？"

他说："从小儿长在铁岭，你是来铁岭出差？"看来他很愿意我跟他搭话。

我说："就算出差吧，要到铁岭见一位朋友。"

"从四平上的车？"他马上对我做出判断。

我说："我们一同在长春上的车。"我断定他在车上四处张望时没注意到我。

他不再说话，逐渐加快了脚步。

我问："从这里到市区还有多远？"

他说："挺远呢，还得走一段才能有出租车。"他有意跟我拉开距离。

我自觉地放慢了步伐，但我发现那男人不想把我们的距离拉得太远。也许刚才一句话引起了他的戒备。从口音上听出他的确是本地人，我的戒备要高于他，而且我的身上背着一只连自己都觉得扎眼的皮包，如果他对我产生歹心，吃亏的是我。不管怎么说，从行进的位置上讲我占优势，他在前面，如果他想做出某种动作，我有充分的时间做出反应。也许他感觉我们之间的位置给他增添了很多不安全因素，他走路时常半侧着身，好像随时准备回头。我想减轻他精神负担的办法就是应该进一步拉大行走距离。路面黑得深不可测，远处有一簇灯光闪闪烁烁。在这黑夜的郊外，一个人行走是件可怕的事，不然他完全可以凭借熟悉的马路不顾前后一直往前走。这时，我忽然感觉从一开始我就犯了一个错误，就是我一直跟他在一条线上行走，这样行走的方式有碍他观察我的视线，于是，我边走边穿到马路的另一侧。这一点似乎被我猜中，他不再计较我们之间的距离。为了彻底消除他对我的顾虑，在我们接近平行的时候，我决定超过他，我逐渐加大步伐，没有跟他说些什么，我像熟路人似的直奔那灯光走去。同时我发现马路另一侧的他开始紧跟在后面。后来，我们来到一簇灯光跟前。这里是个汽车收费站，出了收费站，前面是个岔路，我停下，茫然四顾，希望能从什么地方开来一辆出租车。那男人赶上来，在另一个岔路口停下。看来这地方是等出租车的最佳地点了。

我看看表，我们大概走了三十分钟的路程。我的网友现在也许正站在车站出口，手举着《现代心理学》杂志焦急地张望每位出站台的人。再隔十多分钟，出站的人流散去，他是否还在那里等我？我希望那趟火车晚点，节省我网友焦急等待的时间。顺便说一下，以前我每次打开电脑与这位网友交流，总被网友辛辣犀利的文笔所吸引，我对他来说是个陌生人，他把很多想法都告诉我。作为《现代心理学》的主编，那时正在搞市民心态调查，他的一些想法，能够为我提供一个实例，这也是我不能摆脱他的另一个原因。尽管他的来信会把我的情绪搞得一团糟，但我还是耐着性子倾听他的述说。他说他几年前通过考试从彼机关来到此机关，其实他在彼机关很受领导赏识，而且面临着被提拔，正当领导无期限地考验他的时候，赶上此机关招收公务员，为了证实一下自己的能力，也为了敲一下领导，他偷偷报名考上了。他调走的前两天，领导找他谈了话，再三挽留，并许愿马上提拔。尽管如此，他还是来到了此机关，不久他的工作能力显露出来，同样得到领导的赏识，但接踵而来的是同科室人的嫉恨和围攻，他发现脚跟未稳显露锋芒为时过早，就夹起尾巴做人。他爱人是一个中学的物理老师，整天早出晚归，后来被提拔为副校长，他就对爱人表示怀疑，他甚至觉得爱人副校长的官职不是走好道来的。爱人的变化，对他的精神产生很大压力，他意志消沉，不愿跟任何人说话，他只想干好工作，在很短的时间内得到提拔，改善目前的处境。你知道吧，我的要求并不高，只提一个副科长管两三个人就行，可我这点要求都实现不了，我还能干什么？要知道这样，我还不如在彼机关，要是在彼机关，也许早成为副科长了。他的来信时常有这样的话语，我感觉他正一天天走向绝望，他说他们科室的人总用一种古怪的眼神窥视他，风言冷语地讥笑他，他忍受不了，就不再与他们说话，他越是这样，他们就越拿他取笑，甚至往他茶杯里弹烟灰。他愤怒极了，奋起反抗，他们就说他有精神病。他说，我知道我的脑袋清醒得很，我没病，可他们都像看一个精神病人一样看我，我只有用沉默来对付他们，可他们整天窃窃私语，内容大多与我有关。我看他们那样头脑就发胀，我没病，他们硬说我有病，我现在也搞不清自己是不是有病了。

那男人不愧是本地人，他占据的位置比我有利，一辆出租车从远处的岔路驶来，缓缓地在他身边停下。那男人上了车，"嘭"的一声关上车门，声音沉闷而悠远。我心一下冷了下来，唯一的出租车被他搭乘了，在这偏僻的地方能不能迎来第二辆出租车还是未知数。我的网友也许正心急如焚……车驶出一百多米，忽然停下来，又重新转回车头向我这边驶来，我变得异常警觉，而且镇定自若，迎着刺眼的灯光傲然站立。出租车在我跟前停下来，那男人打开车门说："这地方一时半会儿来不了车，咱们一起走吧！"

我问："你到市里吗？"

那男人说："我到 ××× 下车。"

那男人说的地点我不知道，也记不住。我推断那大概是市中心什么大厦。我点头说："谢谢。"便上了车。

出租车向市内飞奔，马路上空旷无人，那男人与司机有一搭无一搭地谈论南联盟最新情况。我竟看不出他们是老相识，还是萍水相逢。狭小的空间，远比路上危险了，如果两人忽生歹心合谋对我下手，我无计可施。幸好此时我坐在车后，看着他们的后脑勺随车摇摇摆摆，他们每个动作都在我的视野中完成。比方那男人翻兜掏烟，比方司机抬手抓耳朵。我默不作声地看着他们，无心加入他们的谈话当中。后来我对那男人说："等你到地点，咱们一起下车。"提出这样的想法，有两层意思：第一，我与那人萍水相逢，既然两人同乘一趟车，一同下车，车费平摊，免遭挨宰；第二，给司机一个错觉，我与那男人是同路人。那男人听出我的疑虑，只含糊其辞地说了一句没关系。又对出租车司机说："他是外地人，第一次来铁岭。"我的头嗡的一下变得无比警觉。我可以把这句话理解成他向司机传达某种不祥的信号！

我不希望出现什么闪失。现在我的网友在车站肯定心急如焚，可我们又无法取得联系。他如果等不到我，会不会绝望地离开车站？是的，在晚上九点之前我无论如何要见到他。现在我不能不说，我的行为已偏离了我的选题。我为了拯救一位素不相识的人来到铁岭，我不知道我的来到会起多大作用，但至少可以阻止他走入绝境。在这之前，我为了搞清他的处境，特意跟他通了几次电话，我感觉他的精神或多或少出现点问题。问题的根源就是那职位上，假如他的上司真给他一个副科长，他的精神很快就会恢复，但事实上，那个副科长位置不会这么轻率地给他。他说他今晚九点之前一定要见到我，不然他就永远地与我断绝联系。我觉得这是一个不祥的信号，我怕他出现异常行为。

前面一辆自行车摇摇摆摆行驶在马路当中，出租车不得不放慢速度，紧按喇叭，到了跟前，猛然急刹车，司机把头伸出窗外冲那骑车人破口大骂。骑车人好像喝了很多酒，不灵便地退回马路边，也大声骂起来。车驶进一幢幢楼房之间，随意可见零星的行人。我心释然，我心里盘算起一上车就开始盘算的事情，这辆车没有计程表，走了这么长的一段路不知要多少钱，而我一直不见那男人与司机讨价还价。莫非那男人把最麻烦的事留给我处理？我再次提醒那男人："等你到地点，咱们一起下车。"

那男人说："我在前面下车，你到哪儿？"

我说："火车站。"

那男人说："你没必要下车，再往左拐两个路口就是了。"

听他的口气，火车站离这儿不远，我没必要在这里强行下车。

司机看出我的顾虑，说："放心，我一定把你送到火车站。"

那男人下了车，我们轻描淡写地互道再见。那男人一点也没有和我商量车费的事。我想他能把我带到市内我就很感激了，没必要在这方面与他计较，只是希望司机少宰我几十元车费。

出租车继续往前行驶，我无心与司机搭话。凭经验，这一路我们需要 15 至 20 元的车费,如果司机向我要 30 元,虽然挨宰,我也不必跟他磨嘴。如果司机向我要 80 或 100 多元,那就要理论理论。车拐过两个路口,不久就到了火车站,停下车,我口气不软不硬地问:"多少钱?"

司机转过头说:"下车吧,他已经交完了。"

"谁交的?"

"刚才你那位下车的朋友。"

我拎起皮包,心好像一下子转不过弯儿来。那男人什么时候把钱交给了司机?那男人为什么不把交钱的事推给我?这些的确让我一时转不过弯儿来。

很远处,我看见一个人双手举一本《现代心理学》杂志执着地站在车站出口,我直奔那人,那人放下手里杂志,愣愣地看着我,然后大步流星向我跑来。

他说:"终于把你等来了,我就觉得你不会不来。"

我说:"让你着急了。"

他说:"这样很好,我已经想通了,你不来我也不会主动跟你断绝联系。"

我说:"我很感动。"他说:"看样子你比我心事还重。"

我说:"与心情有关。我们走吧。"

那一路,我们都很感动。

原载《人民文学》1999 年第 12 期